演 述 者

赵通香　高国兴　金培光　王德忠　杨仁美　赵光成

金德方　赵通福　王正章　吴光翰　王永堂　杨德芳

吴春豪　王承忠　王永书　王天荣　赵通金　潘义宝

王星跃　赵祥开　赵祥章

国家社科基金"畲族史诗《开路经》研究"成果之一

東家人史詩《開路經》

王星虎 编译

九州出版社
JIUZHOUPRESS

图书在版编目（CIP）数据

东家人史诗《开路经》/ 王星虎编译. -- 北京：

九州出版社, 2025. 1. -- ISBN 978-7-5225-3454-1

Ⅰ . I207.22

中国国家版本馆 CIP 数据核字第 20257BZ931 号

东家人史诗《开路经》

作　　者	王星虎　编译
责任编辑	陈春玲
出版发行	九州出版社
地　　址	北京市西城区阜外大街甲 35 号（100037）
发行电话	（010）68992190/3/5/6
网　　址	www.jiuzhoupress.com
印　　刷	长沙市精宏印务有限公司
开　　本	710毫米 × 1000毫米　16开
印　　张	24
字　　数	240千字
版　　次	2025年1月第1版
印　　次	2025年1月第1次印刷
书　　号	ISBN 978-7-5225-3454-1
定　　价	98.00元

目 录

第四章　祭献粑槽

第五章　指路词

第六章　尾　声

附　录

前　言

　　史诗《开路经》是贵州畲族东家人祭师在丧葬仪式上演唱的长篇创世史诗，东家人自称"嘎孟""阿孟"，母语称"开东家路"为"讲给孟"，意思是给阿孟亡人开路、指路、引路，周边汉族称其唱诵的经文为"开路经"。经文叙述宇宙生成、生命源起、英雄争斗、族群迁徙、节气制定的远古神话，全面呈现东家人的历史、社会、民俗、天文、地理、思想观念、宗教意识等信息，是珍贵的民族文化百科全书。

　　贵州省的畲族，其他民族称其为"东家人"，苗族称嘎孟为"嘎斗"，汉族称其为"东苗""东家"。1996年，贵州省人民政府以黔府函〔1996〕143、144号文件作了批复，认定黔东南苗族侗族自治州和黔南布依族苗族自治州的东家人为畲族，现在当地仍称他们为"东家"。贵州贵阳、开阳、修文、贵定、龙里、罗甸、平塘、都匀、福泉、麻江、凯里、长顺、荔波、施秉、镇远等十多个县（市），基本上形成一个广阔的地域，人口有十多万。因历代迁徙，有的融入他族，东家人居住地不断缩小，现主要集中分布在贵州省麻江县、凯里市、都匀市、福泉市，人口约五万。但因沿海畲族（山哈人）一直以雷蓝钟盘四姓为正宗，东家人三十年来内部自称"阿孟"，为了不引起民族认同的争议，本书仍用旧称"东家人"或"畲族（东家人）"。

　　东家人长期与苗族、仫佬族、瑶族、布依族杂居，有语言无文字，语言属汉藏语系苗瑶语苗语西部方言惠水次方言（或苗语西部方言重安江次方言），和贵阳花溪、平塘、龙里、贵定、惠水等自称"蒙"或"孟"的苗族基本可以通话，与黔东南苗族不能通话，但与黄平、凯里一带的"僮家"有相同、相近和同源的词，总数达73.3%，构词和语法结构没有大的差别，相互通话没有障碍。"僮家"称"东家"为"嘎孟夏"，意为住在上方的"僮家"，"东家"则称"僮家"为"嘎孟朵"，即住在下边的"东家"。

一、史诗内容

史诗《开路经》主要内容有《洗身词》《陪饭词》《喊饭词》《送猪词》《招阴魂》《嘎须词》《混沌太初》《开天辟地》《铸柱撑天》《创造万物》《兄弟争大》《射日射月》《巡天勘地》《雄鹰治怪兽》《洪水滔天》《兄妹制人烟》《大迁徙》《隔阴阳场》《亡人身世》《祭献粑槽词》《敬鸡神谕》《指路词》《喝忘情水》《择吉地》《开日开月》，等等。

史诗追溯的是人类最远古的宇宙哲学思考，混沌之初，生命的产生是水泡水沫的相拥，胚胎结合，才有了生物。史诗叙述的母系氏族，女性有着崇高的地位，阿孟女始祖包恰创造了人与日月星辰。到父系氏族时代，阿孟东家人的祖先"厄"不是靠暴力征服世界，而是依靠聪明才智战胜一切。这些远古的开辟精神，体现了阿孟民众在社会开发史和斗争史中运用智慧，不断征服万事万物的历史隐喻。

史诗中不仅描述和想象当时的天文地理，还涉及许多远古时代的动植物，"太古时没有天/耶恰来开天/古老时没有地/耶恰来辟地/开个天像圆斗笠/开个地像方火塘/耶恰去锈钢谷/砍得一挑樟木/耶恰去相旺谷/砍得一担鱼树/砍得树根有七抱大/树尖有七排长/耶恰抬树木/根抵地面/树尖顶天穹/抬来满了门/抬来满了屋"。这与古时人们"天圆地方"的普遍宇宙观相似，"鱼树"现已不知具体是哪一种树，但如鱼鳞般的树皮，是远古时的主要树种，现在已经十分珍稀，且个头也没有"根抵地面，树尖顶天穹"那么高大。

在《雄鹰治怪兽》中，"去见个耳朵像马耳/鼻子似羊鼻/遇大它咽下/遇小它吞掉/吃不完它咬撂"，这个动物食量大，长相颇似古时的恐龙，又似现在的巨蜥，后在老鹰的机智勇斗之下，才把它打败。足见阿孟东家人先民对这些人类怪兽，有着悠远的记忆。《巡天勘地》，癞蛤蟆背上的瘤是包恰因它误事用钉子"钉"的，乌鸦办事不力，也被塞进靛缸染成黑色的，棕榈树叶分叉、撒秧泡树茎长白斑和椤木长刺，是因为它们不同意两兄妹成婚而受惩罚的。这些自然界的动植物和物体的原形经过《开路经》的演绎，均有了渊源。阿孟东家人先民在认识这些事物时，总是发挥他们丰富的想象力，给它们编以动人的神话，代代解释，或以感恩，或以告诫。

在长期的农业生产中，阿孟东家人根据天文气象，不断调整节气，适应农业生产，"那时一年才是十个月／一个月是四十天／一场是二十天／种地也无收／种土也无获／它惹包恰来生气／它惹包恰来恼火／包恰重新调整日期／重新调整年历／一年调成十二个月／一月调成三十天／一场调成十三天／那时庄稼才茂盛／粮食大丰收／再有仫佬也是老大／仫佬也是兄／十个月他就过大年／十个月他就过春节"，在大杂居的环境中，相互影响，仫佬族称苗族为"嘎绒"，称阿孟东家人为"嘎热完"，过去阿孟东家人也过"仫佬年"，每年农历十月第一卯（兔）日。

总之，史诗《开路经》反映东家人的历史、天文、地理、生物等信息，是东家人世代流传的百科全书，具有重要的历史文化价值。

二、演述形式

阿孟东家人史诗《开路经》演述经文的全程，由主师组织，徒弟跟从，参与人数取奇数，一般为七名男子，俗称"七爸七爷"（有些地方为五人，称"五爸五爷"）。主师手持大长剑，随从分别执竹杖、握鸟枪、背弓箭、拿雨伞、提网兜，网兜里面装饭盒及死者贴身汗衣。要有一只公鸡引路，大长剑用于开天门，猎枪、网兜和饭盒等则给予死者打猎掠食之用，拐杖用于挂行和拦虎狼，伞用于通往阴间遮雨。桌案上摆一升谷子，盖以七把龙穗谷、花穗谷，开路主师在灵堂上手执长剑，高举点击大门头，意在点开天寨门，唤死者出窍灵魂从野外返回，聆听经文而得以超度。

阿孟东家人有语言无文字，史诗《开路经》演述只有靠民族语言记忆和世代口传，目前没有发现手抄、木刻、印刷本和记录本等文本。演述分为演唱和念诵，除了《嘎须词》《敬鸡神谕》等为念词（阿孟语称为"嘎"）之外，其他经文都是演唱，有些章节配以简单的动作，如陪饭、射箭等。

史诗的规模，总行数少的有四千多行，多的则一万余行。分成固定的章节，每一节东家语称为"冗"，每节大小不一，需10至20分钟左右，总长度唱下来，唱得快需四五个小时，唱得慢需要七八个小时。遇意外伤亡，还要念唱宾白结合的《嘎须词》，多人扮演官司辩论等，则需要更长的时间。异文每个村寨不大相同，但主体内容大同小异。演述词形式自由，以散韵结合的诗体形式，无固定格律和韵脚。目前，岩莺、偿班、六堡等村寨的唱腔较为哀婉深沉，圆润绵长，较为优美，很难听清唱词。隆昌、仙鹅、坝寨等村寨唱腔阳刚挺拔，顿挫分明，较为朴实，唱词略能分辨。

三、演述场域

《开路经》的产生、传承离不开它的现实环境，凡是阿孟东家人死者满十五岁的，均要祭司"耶香"唱史诗《开路经》，否则灵魂游荡，找不到祖宗，得不到祖先的认同。史诗的演述贯穿丧葬始终，严格意义上的"史诗"在《开路经》的"摆古"部分，但它离不开"洗身、陪饭、喝忘情水"等仪式，这些是经文的前奏与余音，具有引发与延伸的功能。

演述场景除了极少部分内容在村路口及墓地，大部分演述地点在死者家中堂，于死者躺的棺椁旁演唱。贵州阿孟东家人凡正常死亡者，葬礼均有洗身、陪饭、入棺、喊饭、送猪、家祭、开路、出殡、安葬、复山、居丧等程序，其具体仪式如下。

病人在未断气前要搬到堂屋的三块木板上，如死在床上视为子女不孝，于家不吉利。子孙亲眷时刻守护在旁，病人自知不久绝于人世，往往召唤子女交代后事，分配遗物，晚辈须肃然聆听，尽力照办。此时为了死者到阴间不做饿死鬼，要煮少许鲜肉汤和两口酒喂之，气绝后用银圆一块放入口内，并烧落气纸，以给阴间冥鬼买路钱，然后放三声大炮报丧。妇女们失声痛哭，哭丧较为讲究，要叙述死者生前功德、灾难、家庭今后状态、子女的难舍情感等，都有一套程式。

若病危者或意外死亡为妇女，主家要及时通知娘家人，请母舅爷视殓方可入棺，不然会受报怨甚至发生纠纷。孝子们在死者逝后要跪在前面烧三斤六两的冥钱，寨邻听到三声炮响，即赶来协商帮忙，根据死者寿数和家庭经济状况操办丧事，道师先生测算开纸、上山吉日，并确定内外总管组织一切事务，派人向死者亲友报丧。

洗身前，入殓师（也是史诗演述主师）用三根芭茅草编好小篮子，装上土陶碗，让孝子持香纸到水井去买净水，舀回后放入柏树枝叶、茶叶煮沸后擦洗死者身体。史诗演述主师先象征性地在死者额头、手和脚洗三下，念《洗身词》，然后在场亲人擦拭，男性剃光头，戴官帽，扎腰带，穿布袜布鞋。女性梳辫，戴凤冠，扎腰带，穿布袜及高鼻船型花鞋。穿戴完毕，择吉时设饭菜酒肉一席，扶死者在木梯或木凳上端坐，与在世亲友成席，主师用东家母语大声念《陪饭词》，不断重复端酒肉往死者嘴巴送的动作，在场亲朋好友邻里配合主师高声唱和。这种亲属向死者举杯敬酒共席，互相划拳，称之为"陪饭"。之后主师咒念《送猪词》，宰杀肥猪待客。后来佛道法事盛行，到"望客天"，还请道师先生念佛做法事，敲锣打鼓，举行家祭，凡属死者的所有亲属，在灵枢前跪祭，披麻戴孝，如是岳父母去世，女婿必须抬猪来杀。

晚上大约七点开始唱史诗，从《开天辟地》《射日射月》《洪水滔天》《兄妹制人烟》《指路词》等，最后将亡故者之灵魂引上天堂，认祖归宗。是晚烧篝火，村邻亲族围拢，猜谜语，插科打诨，冲粑槽。随着佛道法事的传播，请法师为亡人做道场，行跪拜礼、开客家路、散花等葬礼的仪式，慢慢由法师主持。至黎明出殡前，家属亲友要为死者整理最后的容仪，称"清棺"。抬棺至寨路口停下，由死者已经出嫁的女儿持硬币和香纸到井边，用事先买来的土碗往瓦罐中盛井水，递给开路主师，众歌师口念《喝忘情水词》，用三滴水洒在灵枢上，唱毕将罐连碗击碎，死者女儿所带的酒分给抬棺男子们痛饮，俗称"吃姑妈酒"，将姑妈带的糖果从高处撒给送葬的人群争抢。死者的女眷亲属送到三岔路口，便跪下悲泣，待灵枢远去才在寨邻妇女的搀扶下回家，不能跟随送葬队伍上山。

出殡后，丧家设席款待奔丧亲友。青壮年男子们抬灵枢抬于坟地，凌晨已有几位中老年男子提前挖好了墓穴，用朱砂或雄黄粉撒在墓穴四周，以驱蛇防虫，法师先生用绳缚一只"跳井鸡"，向东西南北中五方位抛掷，口念"鸡跳东，主家辈辈坐朝中"等祝语，下放棺椁入穴，请风水先生用罗盘定好山向和棺材方位，孝子们在道师主持下，跪在墓坑前，挽起衣后下襟，接风水先生扬撒的"分金米"，兜好第一锄土以后，孝子们依次跪爬过棺枢，把"分金土"等撒于前后端，并连呼死者三声，然后挖几锄泥盖在棺上，众人才开始封土堆坟。死者入葬后在墓侧挖一个小坑供焚烧香纸用，俗称"银窖"，男死者还要在头部方向埋一酒坛，称"凉荫酒"，以方便死者饮用。招魂坟墓称"复山"，又招亡人的一魂回家安于神龛。

旧时，从村口至坟地全由开路师主持，随着佛道法事的兴起，开路师渐被代替。此外，阿孟东家人还有许多丧葬禁忌：居丧时只吃素食，死者七七四十九天内，孝男孝女不许戴长孝入别人家，不允许唱歌参加歌赛等，期满孝子孝女会聚，由开路师咒念后将孝帕撕开一支角表示洗孝，守制三年内只能贴蓝对联，不许张贴红对联。

四、创作源起

阿孟东家人居住在深山老林，信奉鬼神，认为生老病死是神灵在主宰，族人去世，如果亡魂没有得到神人的引导去投胎转世，就会被魑魅魍魉带到荒郊野外去游荡，成为孤魂野鬼，祸害人间。人们到山上或田间活动时，魂魄易被勾去。因此，为了子孙繁衍壮大、逝者魂魄有所依托，于是东家人便开始了驱鬼招魂、开路超度的神娱活动。

《开路经》创作具体年代不详，在麻江县畲族聚居区的隆昌村后山组，金德成老人向笔者讲述了当地一个民间传说。

在远古时代，《开路经》是由一个不知姓名的白发老者（有地方传说为七个白发神仙）创作的。很久以前，天下大旱，庄稼枯死，青黄不接，盗贼四起，一个阿孟青年（有些地方为三兄弟）为了填饱肚皮，也加入了盗窃队伍。当他们来到一个偏远的山沟田地时，大伙都手忙脚乱地盗割起别人的谷子，只有这阿孟青年还没急于动手。在月光下，他看到谷子长得很好，两手捧起一穗穗饱满的果实，心中暗想：这片谷子地的主人不知花了多少心血、流了多少汗水才种出这么好的粮食来，却被我们不劳而获地全偷了去，明后天他一家老小肯定会受饥挨饿的，确实是于心不忍啊。不偷呢？自己又会挨饿。他心里矛盾之极，愁苦辗转。最后心下一横：哪怕自己饿死，也不能偷人家的救命粮。于是他叹气而返，回到半路时，天色已亮，不远处正迎面走来一位银须白发的老者，老者见他这副模样，便问他这么早做什么来。这位阿孟青年就一五一十地将因旱灾饥饿去偷盗，终不忍心空手而回的经过跟老者说明了。老者听后心中暗想：这年轻人倒还算有点良心，我何不与他指条明路，以传我衣钵，惠泽众生，岂不善哉。于是老者就说："好啊！我看你是老实本分之人，有心传授一套东家经文给你，为死人引路超度，也可以去为活人驱鬼招魂，再收一点'香米利司钱'，够你养家糊口，不知你意下如何？"阿孟青年大喜过望，立即拜倒，请老者到家中，热情招待，老者带阿孟青年到一个叫"急水滩"的大山洞中，早晚教授其经文，这里绿树掩荫，急滩飞瀑，宛如仙境，直到这个阿孟青年将史诗全部学会，老者才悄然离去。

金德成带笔者到山上看金氏家族的老屋基，石墙苎麻，松涛阵阵，飞瀑流水在半山腰上流转百回，"急水滩"旁还有一块大石头上布满密密麻麻的细小的方形纹理，据说是当年神仙传授《开路经》遗留的天书，是神授的"经文"。经金德成指点，笔者又到茅坪村采访金德方和金绍平，其祖上从隆昌后山迁来，叔公金德品是村里有名的开路师，他们祖上曾居住麻江县谷硐镇岩寨，现还遗存有老屋基。岩寨老祭司金国泰在当地开路享有美誉，据金氏族谱记载，谷硐金姓由都匀石板街迁来，此街旧称半边街，一半姓李，一半姓金。金氏历代祖先掌管本族祭祀，有祠堂，宗支字派为：国朝应文成，耀廷德绍忠，江长流永远，光宗万世兴。《开路经》传承人有姓名的祖师是金大本、金大用，授徒遍布都匀斗篷山自称"孟"的民族村寨。族谱更远支脉还追溯到都匀墨冲河溜一带，从民族分布看，以"孟"自称的民族在安顺、贵阳、平塘、惠水、龙里、贵定、都匀、福泉、黄平、麻江等区域。他们都有相同或相似的丧葬仪式，唱"讲给"史诗，由此推论，《开路经》还可能存在岩莺吴氏、养鹅司王氏、都匀金氏等众多祖传支脉，与安顺苗族《亚鲁王》，惠水苗族《指路经》，平塘苗族《迁徙词》，黄平僚家"将给"词，都有相互影响、相互借鉴的关系。

当然，从史诗的文本看，其基本内容是分散各地的民间艺人所创，后由一两个智者所集成，不断授徒传播，历经变异，增删添减，各成特色，又经某一时间的整合与传播，慢慢形成现在的各地阿孟东家人《开路经》版本。因此严格来说，它是历代歌师集体的创造成果，后世出于对传授祖师的尊敬，增添神圣色彩，才有了以上传说。

五、分布区域

阿孟东家人聚居区《开路经》古时流传较广，现传承较好的村落有凯里市炉山镇角冲村、六个鸡村，麻江县偿班村、六堡村、隆昌村、中山村、茅坪村、摆扒村、仙鹅村、坝寨村、黄莺村，都匀市甲义大寨等地。经本书译者采访调查，贵州省安顺地区的苗族，惠水、龙里、贵定等县的"东家苗"，麻江县聚居区的"东家"，黄平县的"僚家"，这些自称"蒙"或"孟"的民族都有丧葬唱史诗的习俗。族人去世后唱史诗，祭司手持长剑等法器，以公鸡为指路之物，均有南方民族通行的《开天辟地》《洪水滔天》《兄妹结婚》等故事，其中，阿孟东家人史诗有自身的演述体系，其后半部分也是其他民族鲜有的。

译者对比几个地方族群的史诗，核心内容叙述相似，但其他地方的史诗已残存不全，短小而零散，没有叙述完整的故事情节，演述只是十几分钟便完成，而麻江县阿孟东家人史诗少则四五千行，多则一万余行，叙述故事完整，形式保留较为完美。相似部分对比如下。

惠水苗族《招阴魂》："喊你三声你不应，呼你三句你不听，你头饰打扮恰相反，你穿着佩戴非常人。穿着佩戴不合伴，着装打扮不合群，穿戴不是去种地，打扮不像去耕耘；谁个不知哪个不晓，你穿戴是去祖宗寨，你打扮像去祖宗村。天亮路面亮堂堂，天明路边亮黄黄，你看你穿着慌又忙，你是去和龙王争龙位，你看你打扮很慌忙，你是去和皇帝争地方。"

麻江东家人《指路词》："你说你去得久，我喊三声你还应，你说你去得早，我吼三下你还听……你梳妆不像梳妆，又不是去走亲，打扮不像打扮，又不是去走戚，怪你们做不出耳来给它，做不出眼来给它，让它跟野鬼去看它的仓库，让它跟野怪去看它的米仓……"

僚家《"将给"词》"公鸡走前你跟后，迈开步子赶快过。公鸡引你走到院子正中央，你要反穿花绑腿，反缠黑花带，漂漂亮亮归宗场，标标致致归宗鼓。你跟公鸡走出大朝门，热天要躲在鸡翅膀下，雨天要藏于鸡尾巴。公鸡走前你走后，迈开步子往前走。公鸡带你路，成鸡引你程。"僚家袭古之习，凡有子女而亡者，死时牙未脱落的，须敲掉二颗门牙方能安葬，故称"凿齿之民"。入棺者胸前盖上一块图案为"亚"字的刺绣方巾，僚家人称之为"归宗图"，或"归宗牌"，又称之为盾，以抵挡神刀鬼箭。指路由三人进行，指路师以一只大公鸡为死者"引路"，为死者指去阴间之路。"指路"前，须为死者砍一根"归宗竹"，意为魂归还祖，掩埋死者时，下端埋于死者墓穴头部，入地约三分之二。开路时，孝男恭跪于死者身旁，开路师挂长刀一把，一手提"引路鸡"，一手拿"归宗牌"，口念"开路词"，指引死者归宗还祖。东家与僚家的"讲给"词都有相同的祖先名，即查义和查娅，这是民族语言的发音词，相当古老，东家和僚家都把他们放在人类产生之初，视作人类的始祖。僚家认为天地是查义查娅所开，而东家人认为开天辟地是"包恰耶恰"，但对最古老的祖先查义查娅的认同是一致的。

东家人在死者葬礼上唱诵史诗，主师在灵堂上手执长剑上点大门头，唤死者出窍灵魂从野外返回，聆听经文而得以超度，指引亡魂认祖归宗。东家人在葬礼上要冲粑槽，在长鼓引领下，三人用棒棍敲击粑槽，意为给死者壮胆，使他找到祖先并得到祖宗的接纳，冲粑槽成了维系整个民族的情感纽带。这表明东家有狩猎和稻作民族槃瓠崇拜和"扣槽而歌"的遗迹，与苗、瑶、畲有同源关系，属九黎族群，这一文化表征东家人还传承着。

东家旧时举行祭祖活动，每年农历二月十二日和十月十二日，各举行一次，此为"平祭"，东家语称之为"井逊"，意思是一般的敬供。每隔十三年的农历十月十二日举行一次大祭，东家语称为"哈逊"，意思是祭祀祖宗。祭礼上吹笙擂鼓、冲粑槽、卜卦祭祀，请祖人领受，众人相陪。祭祀和席间全用东家语，严禁汉语。祭末，有人在外边，突然用汉语大声讲话，陪饭人即用东家语说："嘎晒达威，许架交告变啊！"（汉人来了，祖人们快跑啊！）于是乐师慌忙地把芦笙放回鼓洞，众人收拾残席，祭祖宣告结束。

三个不同族称，相距万里，时隔久远，其丧葬仪式、史诗唱词，核心部分基本相同，结构相似。可见，麻江县东家、黄平县偄家和惠水县、贵定县一带自称"蒙"和"孟"的民族有同源关系。但阿孟东家人保留得较为完整，叙述天地万物的形成、雄鹰治怪兽、祭献粑槽词、招魂、迁徙路线、引死者看生前山林、鱼塘至阎王冥界，最后安魂于祖宗地，环环相扣，逻辑分明，是其他地区族群所没有的。

六、传承现状

东家语是属于汉藏系苗瑶语族西部苗语支的语言，与仫佬语相对较远，与偄家语更近，与东部苗语无论哪个方言区的人，都难以通话。阿孟东家人史诗《开路经》由于本民族有语言无文字，没有文本的书面形式流传，其传承只靠代代口耳相传，内容原始齐全，各地大同小异，在流传中各地根据需要增减和修改，呈现出多种异文版本同时存在的现象。

《开路经》歌师在阿孟东家人民间没有特别的称呼，阿孟语统称"耶香"，即主师之意，也有的地方戏称"耶恰"，与史诗中的始祖同名。史诗开路歌师身兼入殓师、仪式祭司等职能，有的甚至是民间"鬼师"、茅草师，能在各种招魂、驱鬼逐疫等活动中身兼数职，是农村社会中"通神镇鬼"的万能之人。他们传承历代史诗，只要村寨中有丧事，不管如何忙碌，丢下自家的事务，随叫随到，与众人一同吃用，没有特殊待遇。事后主人根据传统礼节，给点"香米利司钱"。旧时经济落后，给一升谷子、一瓶酒等，现在送一块一两斤重的猪肉、一瓶酒、两包烟，家庭宽裕的适当给些现金，由主师请参加仪式的师兄弟或徒弟共享。可以说，辛苦的付出不是为了生活，更多是乡邻间的"乡党应酬"。

旧时《开路师》以专门的祭司房族担任，以家传为主，渐向外甥、亲家等传授，后放开向本村寨家族传授。拜师一般要一套衣服，一双鞋子，一升米，一只公鸡，一套香烛。在中堂摆上两张桌子，并排合拢，师傅自己拿一升米，烧自己的香烛敬祖师，徒弟在另一张桌子上置一升米，也烧香烛，然后跪拜。学唱史诗时间很漫长，念和唱需三四年，有的要六七年。除了跟师傅学习之外，遇到丧葬要常跟师傅实习演唱。待到要独立"出师"，跟师傅沟通好，然后拿自己的一碗籼米饭，抓师傅的一把米饭，加药酒做甜酒，放在神龛上，若熟得好，师傅叫上师伯师叔和师兄弟等聚会品尝，宣布"出师"，以后就可以答应主家的邀请，担任主师和授徒，单独掌坛演述史诗；若熟不好，说明自己的道行还不够，做法事不顺利，就得延期一年后再重新举行同样的仪式，直到甜母酒熟甘甜可口，不酸苦，才能正式独立出师。

表1《开路经》演述较为完整的村寨及"耶香"①传承人的分布情况

序号	流传村落	"耶香"传承人	
1	仙坝村（仙鹅、坝寨）	仙鹅：王正章、王正友、王天荣、王星跃、王星明	
		坝寨：杨仁美（甘坝）、杨德芳（青冈林）	
2	岩莺村（黄莺、岩头寨）	黄莺大寨：吴光权、吴春豪、吴春政、吴春炳	
		岩头寨：吴光翰、吴光凡（都匀甲义）	
		岩脚寨：陆家政	
3	六个鸡村	金培光、金明照、金明朝、金雄明	
4	六堡村（新玉头、紫竹寨等）	紫竹寨：赵通香、赵通福、赵通和、赵通华、赵祥开、赵祥章、赵祥永、赵华昌、赵文兴、赵文贵、赵文光、赵祥贵	
		新主头：赵通金、赵勇、赵通富、赵吉亨、赵通光、赵祥兵、赵发孙、王治权	

① 耶香：阿孟东家人称能工巧匠为"耶香"，"耶"是阿孟母语"公"的称呼，"香"是"有才能"，借指有才能的师傅、有本事的老师。

序号	流传村落	"耶香"传承人
5	隆昌村 （摆扒、光头寨、 枫香寨、 井边寨）	摆扒寨：高国兴、王德忠 光头寨：王永书、吴学海 枫香寨：王永堂、王凤金 井边寨：王佳军、王承林
6	中山村	王承忠、王佳杰
7	偿班村	赵光成、赵光富、赵金坡、赵朝品、赵通友、 赵朝魁、赵朝宣
8	茅坪村	金德方、金德海、王凤远、王凤国、王凤清
9	角冲村	潘仁泽、潘仁定、潘仁本、潘义宝、潘义虎、 潘义渊潘义新、潘泽贵、潘德贵、潘义有、潘 石炳、金十斤

七、史诗《开路经》传承谱系

1. 隆昌村后山组《开路经》传承谱系

都匀斗篷山系自称"孟"的民族先祖

↓

金祖师（都匀墨冲河溜）

↓

金大本　金大用（都匀府半边街）

↓

金国泰（麻江县谷硐镇岩寨）

↓

耶唐老金（麻江县杏山镇隆昌村后山组）

↓

金氏历代传人（字辈：国朝应文成，耀廷德绍忠，

江长流永远，光宗万世兴）

↓

金德品　耶南华（偿班小寨塘边赵氏，德品逝，金德方、金德海转向

舅父南华学习祖传《开路经》）

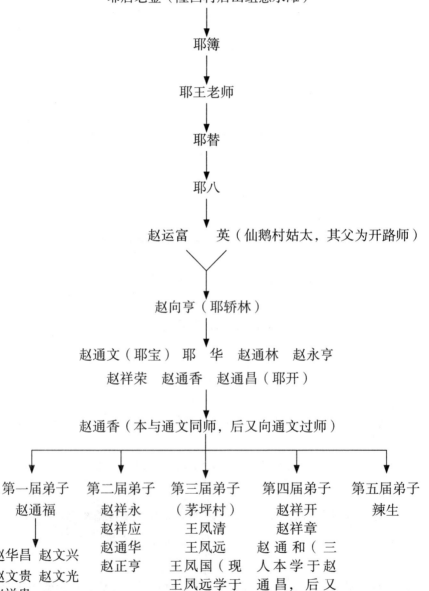

金德方　金德海

2.六堡村《开路经》传承谱系

（1）六堡村（甘塘、紫竹寨等）《开路经》传承谱系

耶唐老金（隆昌村后山组急水滩）

耶簿

耶王老师

耶替

耶八

赵运富　　英（仙鹅村姑太，其父为开路师）

赵向亨（耶轿林）

赵通文（耶宝）　耶　华　赵通林　赵永亨

赵祥荣　赵通香　赵通昌（耶开）

赵通香（本与通文同师，后又向通文过师）

第一届弟子	第二届弟子	第三届弟子	第四届弟子	第五届弟子
赵通福	赵祥永	（茅坪村）	赵祥开	辣生
	赵祥应	王凤清	赵祥章	
	赵通华	王凤远	赵通和（三	
	赵正亨	王凤国（现	人本学于赵	
赵华昌　赵文兴		王凤远学于	通昌，后又	
赵文贵　赵文光		金德海）	学于赵通香	
赵祥贵			赵通福）	

（2）六堡村新玉头《开路经》传承谱系

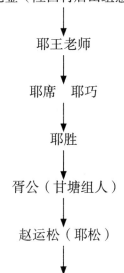

耶唐老金（隆昌村后山组急水滩）

耶王老师

耶席　耶巧

耶胜

胥公（甘塘组人）

赵运松（耶松）

赵枝明　赵枝德　赵枝堂（耶乔）　赵义亨（耶东）
赵隽亨（耶隽）　赵第亨　赵才亨　赵以军　王国富（耶金）

赵火贵　赵通银　赵通良　赵通利　赵通虎　赵禄亨
赵正亨　赵正良　赵通金　赵富亨　赵锡禄

赵勇　赵祥兵　赵发孙　赵吉亨　赵通光
王佳军（井边寨）　潘义宝（角冲村再向六堡学习）

3.角冲村、偿班岩寨《开路经》传承谱系

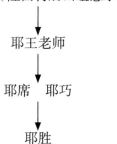

耶唐老金（隆昌村后山组急水滩）

耶王老师

耶席　耶巧

耶胜

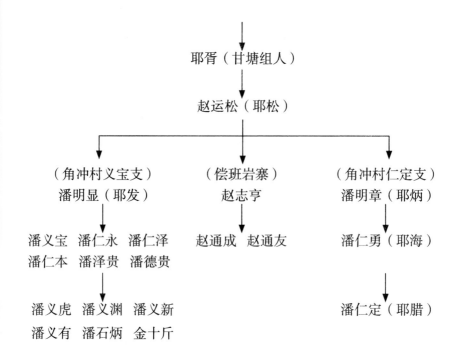

耶胥（甘塘组人）

赵运松（耶松）

（角冲村义宝支）　　　（偿班岩寨）　　　（角冲村仁定支）
潘明显（耶发）　　　　赵志亨　　　　　潘明章（耶炳）

潘义宝　潘仁永　潘仁泽　　赵通成　赵通友　　潘仁勇（耶海）
潘仁本　潘泽贵　潘德贵

潘义虎　潘义渊　潘义新　　　　　　　　　潘仁定（耶腊）
潘义有　潘石炳　金十斤

4. 偿班村《开路经》传承谱系

金祖师（隆昌村后山组急水滩）

王松五

赵氏先师（几代何名已记不清）

赵德荣（耶尼发）

赵光成　赵光富　赵金坡　赵朝品　赵通友（核桃坝）

赵朝魁　赵朝宣

5. 仙鹅村《开路经》的传承谱系

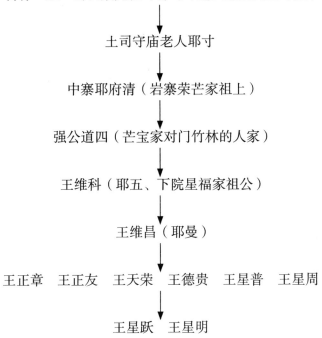

自称"孟"的民族先祖（都匀斗篷山系金吴王等姓）

↓

土司守庙老人耶寸

↓

中寨耶府清（岩寨荣芒家祖上）

↓

强公道四（芒宝家对门竹林的人家）

↓

王维科（耶五、下院星福家祖公）

↓

王维昌（耶曼）

↓

王正章　王正友　王天荣　王德贵　王星普　王星周

↓

王星跃　王星明

6. 隆昌村摆扒组《开路经》的传承谱系

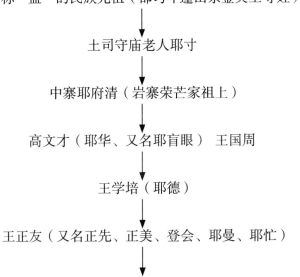

自称"孟"的民族先祖（都匀斗篷山系金吴王等姓）

↓

土司守庙老人耶寸

↓

中寨耶府清（岩寨荣芒家祖上）

↓

高文才（耶华、又名耶盲眼）　王国周

↓

王学培（耶德）

↓

王正友（又名正先、正美、登会、耶曼、耶忙）

↓

王德忠（耶乔）　高国兴（耶六生）　王玉坤（岩寨）　王永堂（枫香寨）

↓

王承杨　王承林（井边寨）

7. 坝寨村《开路经》的传承谱系

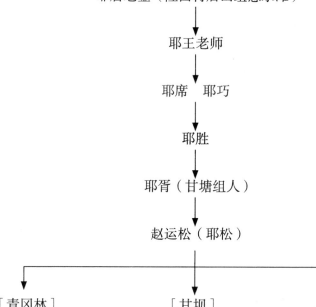

耶唐老金（隆昌村后山组急水滩）

↓

耶王老师

↓

耶席　耶巧

↓

耶胜

↓

耶胥（甘塘组人）

↓

赵运松（耶松）

［青冈林］	［甘坝］	［双杉树］
传承不详	杨启奎（耶申）	杨德兴　王世保

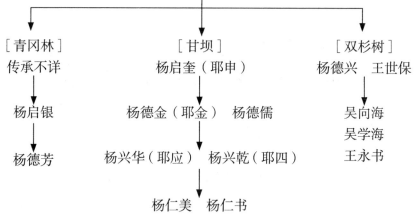

［青冈林］	［甘坝］	［双杉树］
杨启银	杨德金（耶金）　杨德儒	吴向海
↓	↓	吴学海
杨德芳	杨兴华（耶应）　杨兴乾（耶四）	王永书
	↓	
	杨仁美　杨仁书	

8. 六个鸡《开路经》的传承谱系

金祖师（隆昌村后山组急水滩）

↓

耶王老师

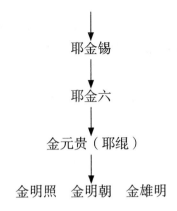

耶金锡

↓

耶金六

↓

金元贵（耶绲）

金明照　金明朝　金雄明

9. 岩莺村《开路经》的传承谱系

都匀斗篷山系自称"孟"的民族先祖

历代传承不详（都匀、黄莺一带吴、杨、陆等姓）

（黄莺高寨）　　　　（黄莺大寨）　　　　（黄莺棕粑林）
杨老潘　　　　　　　吴正元　　　　　　　杨正光

（都匀马场村　　　　吴开科
义红大寨）
吴光凡

吴秀能　　吴秀祯（耶相宝）　　吴开明（岩头寨）

吴春武　　　　　　　　　　吴光翰

陆家政（岩脚寨）　　吴春豪　吴春炳　吴光权　吴春相

陆启朝　　　　　　　　　　吴春政

由于贵州东家人有五万余人，交通与经济发展相对滞后，与周边民族交往较少，文化特征不是特别鲜明，国内对其历史文化的挖掘和认识还不全面。"破四旧"时期，演述《开路经》被视为"牛鬼蛇神"，严禁演唱，后来丧葬多以外传佛教法事代替，在丧葬的主持、形式上，有的村寨的史诗演唱渐被取消，代之以现代佛教法事，有的则是两者都进行表演，有的则只唱史诗中《陪饭词》等一小部分。现在交通、经济和信息发展了，年轻人或在外求学工作，或外出务工，喜欢学唱史诗的反而少了。这些年轻一代外出学习、务工，娶外地媳妇，在城市生活，打破族内婚制，阿孟东家人本民族语言渐被汉化，有的小孩已不会本民族语言。语境和受众呈现出断层，这些外部影响成为阿孟东家人史诗《开路经》濒危的因素。在民族传承的内在因素上，因老歌师相继去世，后任者记忆力衰退等，使得史诗呈现出内容缺损、形式简化的趋势。年轻人对古歌的价值认识不足，重视不够，史诗面临老艺人不断去世，新艺人无法继承施展，口头文本流失严重。

目前，阿孟东家人史诗《开路经》的各地演述，除少部分有文本的整理、翻译、音像采录之外，大部分地区还未开展抢救工作。文本翻译还缺乏国际音标等正规的标注，文本研究更是稀缺。本书对聚居区大部分村寨的歌师进行了录音与采访，内容迥异的部分，尽力保持各地的演述原有风貌，相似相同的则进行综合。这些努力的尝试，还只是冰山一角，仅靠一人之力，时间与精力有限，对于浩瀚的阿孟东家人史诗《开路经》来说，文本的整理与研究还远远不够。由于史诗保留着阿孟最为远古的语言，对传承民族文化具有重要的意义。随着现代多媒体的发展，史诗将会被改编为母语学习教材，以现代诗歌、绘画、歌舞、戏剧、动画片等多种艺术形式展现，并走上民族舞台，成为文艺家们喜爱的创作题材与想象源泉。

序 幕

第一节　洗身词①

　　由于人刚刚亡故，一般蓬头垢面，衣帽不整，入棺前须由入殓师②洗身。洗身前，孝子手持三根芭茅草编好的小篮装碗到水井去买净水，舀回后放入柏树枝叶、茶叶煮沸。歌师一边手持白布，象征性地在亡者额头、手和脚清洗三下，一边唱《洗身词》。随后由亲人给亡者擦拭身体。男性剃光头、戴官帽、扎腰带、穿布袜布鞋。女性梳辫、戴凤冠、扎腰带、穿布袜和高鼻船型花鞋。

一、洗身词（六堡版③）

保公哟④	青天悠悠挤你头
保公哦	大地茫茫挤你脚
你得七十零九轮	魑魅魍魉⑤不好心
你得七十零九岁	砍棍在你手

---

① 洗身：民间认为人刚亡故，灵魂尚未远离，并不认为已成尸体，与亲人还同在。

② 入殓师：也是唱史诗的开路师。

③ 六堡一带版本，由赵通香（68岁，小学文化）、赵通福（63岁，小学文化）、赵通金（46岁，小学文化）、赵祥章（45岁，小学文化）等演述。此书凡注明的六堡版，赵祥章演述于2015年12月21日和2017年8月17日，六堡村老虎坳；赵通香演述于2017年8月14日下午，六堡村兔儿寨；赵通福演述于2017年8月16日上午，六堡村紫竹寨；赵通金演述于2017年7月28日晚，六堡村新玉头，记录者王星虎。

④ 死者名叫保公，具体演述时根据死者名字改动。若无老人去世，远古祖先才受得起直呼其名，如麻江县黄莺村的歌师在演述时，就以开天辟地的始祖"包恰"来代替。

⑤ 魑魅魍魉："魑"是兽形的山神，"魅"是植物之精灵。魑魅便是山林异气所生的山神鬼怪，古书言其人面兽身四足，好惑人。"魍魉"，据说是一种"山精"，是"木石之怪"。由此"魑魅魍魉"泛指山林中木、石、

魑魅魍魉不好意　　　　　我洗三手在前面
抬"绪"①在你背　　　　　是汝②麻疯煞
鬼来前面你不见　　　　　是汝钹锣声
鬼绕后面你不知　　　　　是汝悲哭哀号
一天挤三次　　　　　　　你汝过得久
一天挤九次　　　　　　　是汝血痢怪
那时叶黄叶落　　　　　　是汝瘟疫病
果熟果坠　　　　　　　　是汝恶言咒语
你倒跟跄抵着门　　　　　是汝千言毁伤
你倒趔趄抵着屋　　　　　你汝过得早
你下阎王坡　　　　　　　我洗三手退后面
你到阴水潭　　　　　　　这才来分你儿你媳
爬山喊不听　　　　　　　你子你孙
下坡呼不应　　　　　　　分到制布匠来裁衣师
日照不见你影子　　　　　蒸冥饭婆及祭鸡司
下雨不见你脚印　　　　　分到打纸钱匠与制纸伞师
再有你儿你媳　　　　　　他撮一千锉
你子你孙　　　　　　　　他削一百铣来抢一百锤
你儿你媳　　　　　　　　分到他们喇叭匠与打锣师
有钱搭长手　　　　　　　煮饭来做菜
有力达后路　　　　　　　上肉来斟酒
买得浸石水　　　　　　　摆席来呀置碗筷
买得渗岩水　　　　　　　跑堂及跑动
才求得我觋公　　　　　　分到七大魂与七高魄③
才请得我师公　　　　　　七种龙谷魂七种花米魂

禽、兽变的鬼怪。民间传说在荒野无人的古老的森林，走长途或夜路的人，常常遇上山魈鬼怪。夏朝有一个名叫有德的人，受命把远方的神怪画成图像，铸在九鼎上，百姓从鼎上可识别哪些为神物，哪些为恶物，此后再去打猎避免碰上，或不再因无知而害怕。于是九鼎上纹物起到祈佑君臣和谐、百姓安居乐业的寓意。

① 绪：阿孟东家人的发音词，意思是落气包，类似背垫、枕头之类。
② 汝：东家语谐音，有淘汰、隔开、推开、超度、消灾的意思。
③ 大魂、高魂：一种虚指，形容灵魂的神圣、高尚。

捆鸡来系鸭　　　　　　　　做官显赫

拴狗来缚猪　　　　　　　　致富发达

分到金银管财师　　　　　　来住杀牛来娶亲

木匠和牛司　　　　　　　　杀猪来嫁女

分回放入兜　　　　　　　　来住本成东家公

分回放在袋　　　　　　　　来祭本成地头王

分到天河与阴河　　　　　　来住三岔岭

肉林与酒泉　　　　　　　　来洗铜脸盆

分剩放在你儿房　　　　　　得地盘来住

分剩留在你儿屋　　　　　　得银匠来引

好来拿你儿你媳　　　　　　哦今天我才拿浸岩水

你子你孙　　　　　　　　　才拿渗岩水

他们去居干燥屋　　　　　　去洗个煞鬼①

去住暖和家　　　　　　　　去洗个恶头呵②

二、洗身词（隆昌版③）

保公哟　　　　　　　　　　你开你棺睡

保公啊　　　　　　　　　　你入棺你眠

你得七十零九岁　　　　　　你下阴河水

你得七十零九轮　　　　　　你涉水没裆

叶枯叶落　　　　　　　　　爬山呼不应

果熟果坠　　　　　　　　　下坡喊不听

---

① 煞鬼：东家语音为"晒代"，此为意译，是不吉祥的恶灵恶鬼，替亡者代受。

② 恶头：东家语音为"伙究"，此为意译，与上述同。

③ 隆昌版为高国兴（76岁，小学文化）、王永书（74岁，小学文化）、王永堂（77岁，不识字）、王德忠（69岁，小学文化）等演述。王永书于2017年8月11日演述，隆昌村光头寨，采访者王星虎。高国兴于2015年3月22日和2016年8月12日分两次演述，隆昌村摆扒组，采访者王星虎，摄影者王星华。王永堂演述于2016年5月9日，隆昌枫香寨；采访者王星虎。王德忠演述于2017年6月24日，隆昌村摆扒组，采访者王星虎。同村同师一般相差不大，有时演述者会有错漏，其中以高国兴老人的演述较为齐全。

日照不见你影子

下雨不见你脚印

魑魅魍魉不好心

砍棍来挤你身

抬绪来挤你背

青天悠悠挤你头

大地茫茫挤你脚

一天挤三次

三天挤九次

你挡本不住

你受本不了

你蹒跚倒在门

你跟跄倒在家

你儿你媳摇摇得三天

掐掐得三晚

摇摇你不醒

掐掐你不起

他抬头眼泪满

他低头眼泪落

断气适才哭

绝息方才泣

你蹒跚去大乡

你跟跄去长寨

你儿你媳有钱搭长手

有力达后路

买得来龙水

求得来雷水

龙水来以温水洗

雷水来以热水洗

龙水来洗净你

雷水来洗净你

这有我觋公

这有我师公

我洗三手去前面

我为你来汰

汰你唢呐擂钹声

哭声与哀声

死手到烂手

汰你千样瘟万种病

汰你去住天四边山六棱

你儿你媳好耳哟喊也不听

好眼哟来看也不见

才让你儿你媳

养猪养狗不喂它也长

养羊养牛不赶它也来

养牛也生角

养马也生鬃

养鸡来满山

养鸭来满河

你儿你媳做官来耀门楣

为富来发家

我洗三手在后头

来分你儿你媳

九脉连大魂

十脉达高魂

菜魂与饭魂

肉魂和酒魂

拿来居干燥屋

拿来住温暖家

龙水来洗你

洗你得身净

雷水来洗你

洗你得身洁

洗你头顶到脚底

明天后天哟　　　　　　　　你跟魑魅魍魉去上路咯

你跟魑魅魍魉去爬沟　　　　耶朵哦

三、洗身词（仙鹅版①）

咦啊，耶朵哦②　　　　　　一天挤九次

咦啊，耶朵哦　　　　　　　你忍本不了③

保公哟　　　　　　　　　　你受本不了

保公哦　　　　　　　　　　你倒跟跄抵着门

你得七十零九轮　　　　　　你倒趔趄抵着屋

你得七十零九岁　　　　　　想来扰烦你儿你媳

青天悠悠挤你头　　　　　　你子你孙

大地茫茫挤你脚　　　　　　他们了④一个

世人怜的少　　　　　　　　他们受一力

魑魅魍魉怜得多　　　　　　他们吹你本不醒

世人爱得少　　　　　　　　拉你本不起

魑魅魍魉爱得多　　　　　　挎你眼泪满

鬼来前面你看见　　　　　　放你眼泪落

鬼来后面你瞧不见　　　　　他们商量来商量

砍棍在你手　　　　　　　　他们合计来合计

抬绪在你脚　　　　　　　　商量来决定

一天挤三次　　　　　　　　合计来解决

① 仙鹅版为王正章（75岁，上过一年私塾）、王正友（66岁，小学文化）、王天荣（68岁，初中文化）、王星跃（51岁，初中文化）等演述。演述次数较多，其间集中采访五次为2010年2月23日，2014年6月15日，仙鹅村下院组，采访者王星虎，摄影王星华。2015年5月28日，仙鹅村对门寨组，采访者王星虎，摄影欧黔、吴昌荣、陆朝龙。2015年8月11日，仙鹅村中寨组，采访者王星虎，摄影吴昌荣、陆朝龙。2017年12月22日，仙鹅村石板组，采访者王星虎。

② 主师开腔"咦啊，耶朵哦"，众歌师回应"哦"。

③ 汉语表达为"你本忍（受）不了"，此文本在汉语表达上，尽量保持阿孟语表达习惯，强调词仍为前置。

④ 了：在阿孟语表达中，只有汉语动词"了"能准确表达，即完结、失去之意。

这才来请我觋公　　　　我洗三手在前面

才来请我师公　　　　　是隔干结血痢③过已久

去得凉井水来　　　　　我洗三手在前头

去得冷泉水来　　　　　是隔干结血痢去已早

去得渗岩水来　　　　　我洗三手转后面

去得深潭水来　　　　　是分你子你媳你子你孙

去得渊洞水来　　　　　他们去居干燥屋

生的我不洗　　　　　　去住温暖家

我水路不洗生①　　　　做官显赫

旱路不洗全　　　　　　致富发达呵④

山路不洗全②

第二节　陪饭词

　　给逝者穿戴整齐后，让其端坐在中堂左侧的梯子或凳子上，开路师在桌上放酒肉饭菜，还有整只煮熟的雏鸡放在饭上，东家语称"阿嘎窝辣"。众人各坐立于周围，开路师一边唱一边向逝者象征性作吃饭喝酒的动作，每次众人随主师吆喝一下，表示与逝者吃最后一餐团圆饭。

一、陪饭词（仙鹅版）

保公哟　　　　　　　　青天悠悠挤你头

保公哦　　　　　　　　大地茫茫挤你脚

你得七十零九轮　　　　世人怜的少

你得七十零九岁　　　　魑魅魍魉怜得多

---

① 不洗生：意为只为死者而洗。

② 不全洗：只洗三手之意。

③ 干结：便秘俗称。

④ 唱完后祭司拿碗到门口，重复以上唱词，唱毕把碗摔碎在大门前的房檐滴水地板上。

世人爱得少

魑魅魍魉爱得多

鬼来前面你看见

鬼来后面你瞧不见

砍棍在你手

抬绪在你脚

一天挤三次

一天挤九次

你忍本不了

你倒踉跄抵门

你倒趔趄抵屋

害得你儿你媳

你子你孙

他们了一个

他们受一力

他们吹你本不醒

拉你本不起

挎你眼泪满

放你眼泪落

他们商量呀商量

他们合计呀合计

商量来决定

合计来解决

掏谷出仓底

掏米出仓角

蒸熟甑子饭

煮熟锅里肉

煮熟你的填肚菜

弄熟你的冥饭菜

这才来请我师公

才来请我师爷

领来给你吃

领来给你用

还没来吃你要隔①

还没来拿你要放②

是隔死手到臭手

长手到狠爪

是隔干结血痢

是隔苦瘟辣瘟

是隔痔瘟跛瘟

是隔哭声哀声

是隔唢呐声擂钹声

是隔鼓乐声

是隔黄鼬踩沟雉踩路

是隔四洞四窍

隔你千样瘟万种病

是谁恶狠狠

是谁热心肠

是谁丢朋弃友

是谁疯疯癫癫

是谁痴痴呆呆

是谁刀下鬼

是谁痨病鬼

是谁落水鬼

是谁拦路鬼

是谁管四方

① 隔：阿孟东家语发音为"汰"，即隔开之意，主要指隔开死者病瘟等不吉
　之物。

② 阿孟东家语"巧"为放开之意，主要指放开生者魂魄。

东家人史诗《开路经》

是谁去四角
一千一条瘟
一百二十样病
隔到高月亮去
水引往洞去
风抬往天去
你没来吃你要分
你没来吃你要放
是分给他们水牛种延绵
你要分给他们鸡魂鸭魂
水牛魂黄牛魂
狗魂猪魂
谷魂米魂
金银满乡
是分他们大魂高魂
是分他们子魂孙魂
要分他们坐当街

居闹市
做官显赫
为富发达

分周分匀
还没放手来拿龙谷饭你要拿
还没下口来吃花米饭你要吃
你吃不了菜你端菜走
你吃不了饭你端饭走
我吃不了肉你端肉走
我吃不了酒你端酒走

抬去搁橱柜
抬去放冰瓮
带去给列祖去
带去给列宗去①
列祖说你是官家孩
你来你带菜来
列宗说你是富家崽
你来你带饭来
领来分匀匀
领去分周周
祖列扶你去住上座②
列宗扶你去坐旁席③
带去分匀匀
带去分周周
列祖会安排你住处
列宗会安置你生活

（众人入席陪饭，主师起词，
在座者附和）

咱大伙吃大伙不饱
这保公吃保公饱呀
乃——噢嗬——
咱大伙喝大伙不醉
这保公喝保公醉呀
乃——噢嗬——
咱大伙吃大伙不饱
这保公吃保公饱呀
乃——噢嗬——

---

① 东家话"共包共耶"为列祖列宗，祖公祖太则是"包坦耶坦"。
② 此句喻为安葬在龙头正脉。
③ 此句喻为傍祖宗坟茔安葬。

咱大伙喝大伙不醉　　　　　　　乃——噢嗬——

这保公喝保公醉呀　　　　　　　保公实在饱呀

乃——噢嗬——　　　　　　　　乃——噢嗬——

保公真的饱呀　　　　　　　　　保公实在醉呀

乃——噢嗬——　　　　　　　　乃——噢嗬——

保公真的醉呀

二、陪饭词（六堡、中山版^①）

保公哟　　　　　　　　　　　　你倒趔趄抵着屋

保公哦

你得七十零九轮　　　　　　　　你下阎王坡

你得七十零九岁　　　　　　　　你至阴水潭

青天悠悠挤你头　　　　　　　　爬山喊不听

大地茫茫挤你脚　　　　　　　　下坡喊没应

叶黄叶落　　　　　　　　　　　日照不见你影子

果熟果坠　　　　　　　　　　　下雨不见你脚印

魑魅魍魉不好心　　　　　　　　再有你儿你媳

砍棍在你手　　　　　　　　　　你子你孙

魑魅魍魉不好意　　　　　　　　你儿你媳

抬"绪"在你背　　　　　　　　　有钱搭长手

鬼来前面你不见　　　　　　　　有力达后路

鬼绕后面你不知　　　　　　　　他们蒸饭在甑子

一天挤三次　　　　　　　　　　煮肉在锅里

一天挤九次　　　　　　　　　　磕蛋来壳白

你来顶不住　　　　　　　　　　喊你来吃

你来受不了　　　　　　　　　　你还没来吃你要汰

你倒跟跄抵着门　　　　　　　　还没来要你要汰

————————————

① 中山版主要是王承忠（71 岁，小学二年级文化）演述，师承六堡赵应亨，
为舅和外甥关系。演述于 2018 年 8 月 29 日，采访者王星虎，陪同摄影
者杨仁德。

东家人史诗《开路经》

来汰瘟水牛呀病黄牛
瘟鸡和瘟鸭
瘟狗和瘟猪
你汰他达山四角呀山六棱
鸡叫你不听
狗吠你不闻
雨打入大海
风抬上天空
你汰完来汰尽
放心坦坦来吃龙谷饭
下口嗒嗒来用花谷饭①
你还没来吃你要分
还没下口你要分
来分你子你媳
你子你孙
来分大魂和高魂
小魂和远魂
谷魂和米魂
你分去归它屋
你分去归它身
你分他去做官赫赫
为富旺旺
杀牛来娶亲
杀猪来嫁女
本成亲家婆
本成亲家公
来住三岔岭
来洗铜脸盆
来分尽来分完
放心坦坦来吃龙谷饭

下口嗒嗒来用花谷饭
你吃不完饭包饭
你喝不完酒带酒
你吃不完肉包肉
包饭来放竹篮
包肉来放茅盒
你抬去给你妈
你拿去给你爸
抬去给你祖公和祖太
抬去给他们四朋和四友
抬去分匀匀
抬去分周周
你妈血混着你爸
你家祖太血融你祖公
哪个本是官儿孙
这公你来本是官子孙
哪个本是富儿孙
这公你来本是富儿孙
你来你拿肉
你来你抬酒
来分成一席
来分成一桌
你妈血混着你爸
你家祖太血融你祖公
在远呀援手
在近呀投足
祖先纷纷抱你在膝前
祖先纷纷拥你在怀前
你跟列祖与列宗
喝酒同一席

---

① 龙谷饭、花谷饭：饭菜的一种神圣、美味的雅称。

耕田同一地　　　　　　　筑塘来发财

筑塘同一坝　　　　　　　你本得官来笑呵呵

耕田来丰收　　　　　　　发富来人人爱咯

三、陪饭词（六个鸡版 ①）

保公哟　　　　　　　　　你下阎王地

保公哦　　　　　　　　　你子你媳

你得七十零九轮　　　　　揭被喊你不应

你得七十零九岁　　　　　揭襦喊你没听

还不是你老　　　　　　　掐掐你不听

还不到你死　　　　　　　摇摇你不醒

正正升官时　　　　　　　今天你得昏沉睡

恰恰发富季　　　　　　　今天你得昏迷眠

青天悠悠盖你头　　　　　日晒不见你影子

大地茫茫抵你脚　　　　　下雨不见你脚印

魑魅魍魉不好心　　　　　今天你得阴路走

魑魅魍魉来起心　　　　　今天你得死路去

魑魅魍魉不好意　　　　　你子你媳有心

魑魅魍魉来起意　　　　　你子你媳有意

砍棍来挤你手　　　　　　他们有母鸡得三年

抬绪来挤你头　　　　　　母鸡得三岁

一天挤三次　　　　　　　杀来给你做冥菜

三天挤九次　　　　　　　杀来给你当祭肉

你挡也本不能　　　　　　肉煮锅里

你顶也本不过　　　　　　饭蒸甑子

你踉跄来扶门　　　　　　甜酒和洌酒

你趔趄来抵家　　　　　　来给你吃

你下阴河水　　　　　　　来给你喝

① 演述者：金培光（71 岁，小学三年级），演述于 2018 年 8 月 30 日，凯里市六个鸡村。采访者：高前文、王星虎。

还没开口要你汰

还没下嘴要你汰

汰唢呐声与擂钹声

哭声与哀声

冷嘴和冰手

千样瘟与万种病

汰它去住天四边山六棱

今天你汰这公去哪

你汰这婆去哪

这卜咎①仙婆

这卜咎疙公

这公拥挤乡

这婆拥挤寨

等到黄鼠狼踩沟

锦鸡踏路

汰蛇守路虎守岭

汰完要你分

汰尽要你散

要你来分你儿你媳

大魂和高魂

头魂和脚魂

儿魂和孙魂

分来到官家

分来到富户

分来活生生

分来发展展

耕地本收获

砍柴本满屋

养妻本老

育儿本大

汰完要你分

汰尽要你散

为你来分你儿你媳

金银和圆宝

丝绸和柔衣

分来银库本不缺

金库本不空

分来饭魂和菜魂

谷魂和米魂

肉魂和酒魂

分来谷种本要生

分来稻种本要长

来分水牛魂黄牛魂

狗魂和猪魂

鸡魂和鸭魂

马魂和羊魂

分来养牛养马本长膘

养羊本长肉

养狗养猪如冬瓜

养鸡满山

养鸭塞河

分完你下口

分尽你下口

你吃一口你去管一千年

你吃两口你去管两千年

你吃三口你去管三万年

你去不感饿

你去不觉渴

你吃不完你包回

你喝不完你带转

---

① 卜咎：东家语音译，人名。

包去送祖太	接你亲热坐膝盖
带去给祖公	引你和气搂胸怀
包到列祖场	你本是个大儿子①
带到列宗坝	（你本是个大儿媳）
列祖列宗来在广场等	你亲热坐膝盖
祖公祖太来在宽坝待	你和气搂胸怀
等你魑魅魂	接你头魂来归
等你魍魉魄	引你脚魂来合哦

四、陪饭词（岩莺村岩头寨版②）

保公吔	扶你也不起
保公哟	催你也不醒
你得七十零一年你在啊	你流泪汪汪
你得七十零一岁你死吧	了心到手心啊
青天渺渺在你头啊	了意到脚底么咿吔哦
大地宽宽在你脚吔	你儿你媳想你
哪个起心不好	你子你孙念你
哪个起意不好	父去留下大良田
你的花树③起心不好	良田宽宽满山间
你的花树起意不好	父要去睡山岭
他刮你肚呼呼	父要去眠大地
你倒踉跄抵着沟	他们来商量
你的花树不好意	他们来讨论
他打你脚酸酸	商量做饭给你吃
你儿你媳	你吃莫急吃

---

① 大儿子：凡死者为"大"。

② 演述者：吴光翰（78岁，私塾一年），演述于2017年8月31日下午，麻江宣威岩莺村岩头寨。录音翻译：王星虎，参与采访：杨登贤、高前文、王天贵、赵祥书等。

③ 花树：象征寿命的生命树，据上下文看，借指蛊惑人魂魄的神灵鬼怪、魑魅魍魉。

商议烤酒给你用　你也要带去
你要莫慌要　烂铜烂铁
恐怕他的花树不长　你也要带去
恐怕他的花树不大　九种十样
你栽花树陪伴他　你也要带去
你栽花树陪护他　一百二十样啊
他的花树高又高　你也要带去么咿吔哦
他的花树绿又绿　带到太阳山去
只怕二月间来三月间　领到月亮沟去
他去耕田呀犁土　日来日带去
锦鸡来踏他的路　月来月带去
黄鼠狼来踩他的沟　雨来雨打去
你随他后面　风来风吹去
你跟他后头　带过乡过岭去
你帮他理顺　你转你立耳听
他助他理平　你回你睁眼看
他的鸡吃蛋　伸手来接
你也要带去　张嘴来吃
他的猪睡槽　你吃头碗上前去
你也要带去　你去一千年
身弱脚软病　你吃两碗上前去
你也要带去　你去两千年
柴刀镰刀割伤痕　你吃三碗上前去啊
你也要带去　你去千年万代么咿吔哦
锄头钉耙磕伤疤

第三节　喊饭词

　　阿孟东家人尊敬老人，不但临死前人人探望守夜，去世后寨上家家户户都要煮一碗饭。有条件的人家，或煮几块猪肉，或煎些鸡蛋，由妇女们陆续来敬送给亡人享用，祭司则根据来人的辈分与情况"喊饭"，妇女们蹲在中堂一侧哭丧。此词也灵活运用于祭丧期间，每到开饭时间，祭司也到亡人棺前喊饭，示意他与大家一同进餐。

一、喊饭词（隆昌、仙坝、六堡片区版①）

保公哟　　　　　　　　日照不见你影子
保公哦　　　　　　　　下雨不见你脚印
你得七十零九轮　　　　你倒踉跄抵着门
你得七十零九岁　　　　你倒趔趄抵着屋
叶枯叶落　　　　　　　想来扰烦你儿你媳
果熟果坠　　　　　　　你子你孙
青天悠悠挤你头　　　　他们了一个
大地茫茫挤你脚　　　　他们受一力
世人怜的少　　　　　　他们吹你本不醒
魑魅魍魉怜得多　　　　拉你本不起
世人爱得少　　　　　　挎你眼泪满
魑魅魍魉爱得多　　　　放你眼泪落
鬼来前面你看见　　　　他们商量来商量
鬼来后面你瞧不见　　　他们合计来合计
砍棍在你手　　　　　　商量来决定
抬"绪"在你脚　　　　　合计来解决
一天挤三次　　　　　　这才来请我觋公
一天挤九次　　　　　　才来请我师公
你忍本不了　　　　　　你家谁来疼你
你受本不了　　　　　　你家大婆小婶来疼你
你下阎王坡　　　　　　你家谁来爱你
你到阴水潭　　　　　　你家大婆小婶来爱你
爬山喊不听　　　　　　他煮熟饭在甑里
下坡喊不应　　　　　　他煮熟肉在锅中

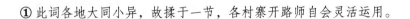

① 此词各地大同小异，故揉于一节，各村寨开路师自会灵活运用。

杀鸡他留毛
磕蛋他留壳
他来他端香饭来
他来他端香肉来
盛来放在你胸膛
盛来放在你棺板

这有我觋公
这有我师公
我喊你来吃你还没吃
我为你来汰
汰你唢呐声与打钹声
哭声与哀声
死手到烂手
汰你千样瘟万种病
汰你去住天四边山六棱
你家大婆小婶耳尖哟喊也不听
眼明哟来看也不见
才让你家大婆小婶
做官威威
致富旺旺

我叫你来吃你还没吃
我为你来分
分给大婆和小婶
大魂和高魂
谷魂和米魂
菜魂和饭魂
肉魂和酒魂
拿来住干燥屋
拿来住暖和家

我放手我觉得你来吃
我放手我感到你来喝
你吃肉来下饭
你吃酒来下肉
你吃饱你再去
你喝饱你再走
你吃一口你管一千年
你吃两口你管二千年
你吃三口你管三千年
三口你管三万年
你去不感饿
你去不觉渴
吃不了饭你包在瓮
喝不了酒你装在坛
吃不了肉你装在缸
那里有你爸和你妈
你家祖公和祖太
列祖和列宗
你拿去分匀匀给足足
他们告诉你是官家儿
也是富家崽
你来你抬肉来
你来你抬酒来
你来你抬饭来
找地平平来等你
挖洞深深来给你
他们扶你多多
拿你去居首脑去
他们扶你多多
拿你去住前头去
公得哦

第一章 序幕

二、喊饭词（黄莺大寨版 ①）

保公 ② 吧　　　　　　　　他随你到火塘

保公哟　　　　　　　　他跟你到卧室

你得七十零一年你在啊　你恍惚阴路去

你得七十零一岁你死吧　你昏昏阴河涉

你在你是人　　　　　　你倒来入冲

你死你是鬼是怪咦　　　你倒来跌沟

哪个不好心　　　　　　你儿你媳

哪个不好意　　　　　　扶你也不起

魑魅魍魉不好心　　　　催你也不醒

魑魅魍魉不好意　　　　哈吧保公吧

你出屋不合时　　　　　你去你留官

你出门不凑巧　　　　　你去你留财

他跟你到屋　　　　　　你去遗田宽宽

他随你到门　　　　　　你去留土广广

砍棍在你手　　　　　　只是他们眼泪汪汪

抬绪在你脚　　　　　　了心到手心啊

挤你紧紧呀嗡嗡　　　　了意到脚底么呷吧哦

一天挤三次

一天挤九次　　　　　　哪个来想你

一天弄三回　　　　　　哪个来念你

一天弄九回　　　　　　你儿你媳想你

你得病痛去　　　　　　你子你孙念你

你得死路去哈吧保公吧　他们来商量

他随你到中堂　　　　　他们来讨论

---

① 演述者：吴光权（71 岁，私塾一年）、吴春政（57 岁，小学三年级）吴
春豪（55 岁，小学文化），演述于 2018 年 8 月 31 日中午，麻江县岩莺
村黄莺大寨。录音翻译：王星虎，参与采访：杨登贤、高前文、王天贵、
赵祥书等。

② 黄莺大寨歌师在没有丧事的场地合唱，必须到村外岔路口唱，且人名替换
为"包恰"，只有人类祖始包恰能接纳与包容后裔的冒犯。

商量做饭来给你
商议烤酒来给你
你不急你来吃
你不慌你来喝
等到明后天哟
他们披麻来戴孝
捆猪来打酒
他们起锣来起鼓
恐怕乌鸦来踩沟
锦鸡来踩路
乌鸦踩沟你再走
锦鸡踩路你也走
日来日带去
月来月带去
雨来雨打去
风来风吹去
风带过山过岭去
保公哦
瘟牛病猪你汰去
瘟鸡病鸭你汰去
瘟马病羊你汰去
汰去放天四角
汰去放山六棱
日来日带去
月来月带去
雨来雨打去
风来风吹去
风带过坡过岭去

他弄鸡来吃蛋
你也要带去
他使猪来睡槽

你也要带去
他使你生病痛
你也要带去
柴刀镰刀割伤痕
你也要带去
锄头钉耙磕伤疤
你也要带去
烂铜烂铁
你也要带去
魑魅魍魉怪
你也要带去
九种十样
你也要带去
一百二十样啊
你也要带去么咿咃哦
带到太阳山去
领到月亮沟去
日来日带去
月来月带去
雨来雨打去
风来风吹去
带过坡过岭去哦
咦保公哦

那时你本汰完
那时你本汰尽
你找不到吃
你找不到用
引来给哪个吃
拿来给哪个用
引来给爷吃
拿来给婆用

那是哪个爷　　　　　哈吧大爷老叔咦
那是哪个太　　　　　我呀我杀鸡给你
这是难产婆　　　　　你呀我抬酒送你
这是瘤包公　　　　　喜酒喜庆不丢你
带给她吃　　　　　　过年过节不忘你
拿给他用　　　　　　魑魅魍魉不忘你
等到明后天呀　　　　煮好不丢你
你去你乡　　　　　　煮熟不忘你
你去你岭　　　　　　我们才来说
你去不拦沟　　　　　我们才来讲
你去不挡路　　　　　哈吧保公咦
相拉推攘蹒跚走哦　　讲来你本是
保公哦　　　　　　　说来你本通
　　　　　　　　　　你说你来吃
你走你立耳听　　　　你说你来要
你回你睁眼看　　　　了心到手掌
伸手来接　　　　　　了意到脚板吧
张嘴来吃　　　　　　保公哦
你吃头碗上前去
你去一千年　　　　　咦保公哦
你吃两碗上前去　　　来剩哪个
你去两千年　　　　　来余哪个
你吃三碗上前去啊　　接来给哪个吃
你去千年万代么咿吧哦引来给哪个要
哈吧保公咦　　　　　接来给黄鳝
　　　　　　　　　　引来给泥鳅
你去是今岁　　　　　那个不好心
你走是今时　　　　　那个不好意
引来给谁吃　　　　　它去钻良田
拿来给谁用　　　　　它去入金塘
你张嘴来吃　　　　　那时乌鸦来叫唤
你伸手来接　　　　　那个来丢命

那个来绝种　　　　　　　　保公哦

相扯相拉去上路哦

第四节　送猪词

　　阿孟东家人老人去世，要杀猪办丧事，此仪式称"就规拔"[1]。用左手反搓一丈六的草绳，祭司牵着，先用绳子捆猪至主家大门口，将绳子另一头让亡者手掌拽着，由祭司朗声唱诵，祭祀先祖与亡者，主要还是为亡者买阴地。同时，愿亲朋好友前来帮助，让他不受鬼魅的蛊惑，纠缠儿孙，祝愿主家富贵发达。唱毕宰杀，敬送亡者。

一、送猪词（六堡新玉头版[2]）

保公哟　　　　　　　　　　一天挤九次

保公哦　　　　　　　　　　你忍本不了

你得七十零九轮　　　　　　你受本不了

你得七十零九岁　　　　　　你下阎王坡

叶枯叶落　　　　　　　　　你到阴水潭

果熟果坠　　　　　　　　　爬山喊不听

青天悠悠挤你头　　　　　　下坡喊不应

大地茫茫挤你脚　　　　　　日照不见你影子

世人怜的少　　　　　　　　下雨不见你脚印

魑魅魍魉怜得多　　　　　　你倒跟跄抵着门

世人爱得少　　　　　　　　你倒趔趄抵着屋

魑魅魍魉爱得多　　　　　　想来扰烦你儿你媳

鬼来前面你看见　　　　　　你子你孙

鬼来后面你瞧不见　　　　　他们了一个

砍棍在你手　　　　　　　　他们受一力

抬"绪"在你脚　　　　　　　他们吹你本不醒

一天挤三次　　　　　　　　拉你本不起

[1] 就规拔：阿孟东家语音，大意是手把手牵猪，意在把此猪送给亡人。

[2] 赵通金演述，2017年7月28日晚，六堡村新玉头，王星虎记录。

挎你眼泪满
放你眼泪落
他们商量来商量
他们合计来合计
商量来决定
合计来解决
这才来请我觋公
才来请我师公
你儿你媳有钱搭长手
有力达后路
（如是自家的猪则唱词如下：
捉鸡在笼间
缚猪自家圈）
（如是买自市场的猪则唱词如下：
那有你儿你媳
你子你孙
他用银来抵
他用钱来当
买得头市猪
换得头毛猪）
引来做法事
接来做筹码
引来买地盘
接来买地界
哪个原是官家儿
你本是个官家儿
哪个原是富家崽
你本是个富家崽
哪个原有好伙伴
你本就有好伙伴
哪个原有好亲友
你本就有好亲友
你的伙伴与亲友
搓绳来拉牛

搓绳来捆猪
领去要阴地
领去买宅基
要得阴地在哪里
要得宅基在哪方
去要饮水坝
去买田两丘
去要田两块
要田坝中央
要塘地中间
要得大田开不动
要得大塘打不开
上边去抵云南省
下边去往北京城
上边能管十万马
下边能管十万兵
骑马啸啸下
坐轿呼呼上
骑马有人牵
坐轿有人抬
为官来显贵
为富来发达
再来分你儿你媳
你子你孙
来分谷魂和米魂
菜魂和饭魂
肉魂和酒魂
分来谷本长多
分来粮本收足
再分水牛魂和黄牛魂
羊魂和马魂
狗魂和猪魂
鸡魂和鸭魂
分来养牛养马本长膘

养马养羊本长骏　　不喂它自长

养狗养猪本长肉　　不催它自大咯

养鸡养鸭本长翅　　公得哦

二、送猪词（黄莺大寨版）

保公吔　　　　　　你倒来入冲

保公哟　　　　　　你倒来跌沟

你得七十零一年你在啊　你儿你媳

你得七十零一岁你死吔　扶你也不起

你在你是人　　　　催你也不醒

你死你是鬼是怪咦　哈吔保公吔

哪个不好心　　　　你去你留田

哪个不好意　　　　水田宽宽在山间

魑魅魍魉不好心　　你去你留地

魑魅魍魉不好意　　土地广广在山坡

你出屋不合时　　　他们眼泪来汪汪

你出门不凑巧　　　了心到手心啊

他跟你到屋　　　　了意到脚底么咿吔哦

他随你到门

砍棍在你手　　　　哪个来想你

抬绪在你脚　　　　哪个来念你

挤你紧紧呀嗡嗡　　你儿你媳想你

一天挤三次　　　　你子你孙念你

一天挤九次　　　　他们来商量

一天弄三回　　　　他们来讨论

一天弄九回　　　　商量做饭来给你

你得病痛去　　　　商议烤酒来给你

你得死路去哈吔保公吔　你不急你来吃

他随你到中堂　　　你不慌你来要

他随你到火塘　　　等到明后天哟

他跟你到卧室　　　他们披麻来戴孝

你恍惚阴路去　　　捆猪来打酒

你昏昏阴河涉　　　他们起锣来起鼓

恐怕乌鸦来踩沟
锦鸡来踩路
乌鸦踩沟你再走
锦鸡踩路你也走
日来日带去
月来月带去
雨来雨打去
风来风吹去
风带过山过岭去
瘟牛病猪你汰去
瘟鸡病鸭你汰去
瘟马病羊你汰去
汰去放天四角山六棱
日来日带去
月来月带去
雨来雨打去
风来风吹去
风带过山过岭去

他弄鸡来吃蛋
你也要带去
他让猪来睡槽
你也要带去
他使你生病痛
你也要带去
柴刀镰刀割伤痕
你也要带去
锄头钉耙磕伤疤
你也要带去
烂铜烂铁

你也要带去
魑魅魍魉怪
你也要带去
九种十样
你也要带去
一百二十样啊
你也要带去么咿吔哦
带到太阳山去
领到月亮沟去
日来日带去
月来月带去
雨来雨打去
风来风吹去
带过坡过岭去哦
保公哦

咿保公哟
那时你本汰完
那时你本汰尽
你子你女拿猪来送你
留名呀传誉
你子你媳拿猪来给你
为富呀发财
伸手你来牵
我拦拦你赶走
我甩甩你捡走
你们相扯相拉去哦
保公哦

第二章

招阴魂 ①

① 招魂在阿孟东家民间，对现世活着的人而言，有落水受惊吓、葬礼上防阴
　鬼诱去等情况，有"招阳魂"之俗，故区分清楚。

第一节　正常亡人招魂

　　此仪式俗称"开天门"。在主家中堂棺木前，于香桌案上摆上一升谷子，覆盖七把龙谷穗、花谷穗[1]。由一个主祭师开头，四个或六个男祭师陪同，组成七爸七爷，或五爸五爷（拟死者"三魂"归宗，生人"七魄"相送，有些地方为五人，人数即使少，一般也只取单数），主祭师手持长剑[2]，其他祭师分别拿竹杖、背竹编饭盒、背装死者贴身汗衣的网兜、扛鸟铳、持伞等，模拟祖先开天辟地，筚路蓝缕，狩猎开荒的生活情景。主祭司手持长剑高高举起，直点大门头，意在点开天寨门，唤亡人出窍的魂魄从野外沿刀背上返回，附在尸身上，远离鬼魅蛊惑，认祖归宗，灵魂得以超度。

一、招阴魂（隆昌版[3]）

保公哟	再走
保公啊	你来我讲一段羊老[5]话给你听
哦你来我讲一段猜查义[4]给你	你再走
听你再走	你来我讲一段野牛语给你听你
你来我讲一段猜查娅给你听你	再走

———————————————

① 龙谷穗、花谷穗：为谷穗的尊称或美称。

② 东家人称"刀"为"京"，称"剑"为"铳"，严格法器为剑，传承时为衣钵显要标识。但民间有时就地取材，用单刃的长刀也可。演述时对剑刃也借称"京"。

③ 高国兴演述，2015年3月22日，隆昌村摆扒组，王星虎记录。

④ 猜：东家母语为"话"或"语"。查义，查娅为阿孟开天辟地的神灵名，在此转意为"古老话、喻世言"。

⑤ 羊老：汉语语序为"老羊"，一般与汉语表达相反，也可解释为福泉羊老。

你来我讲一段猿人话给你听你
再走

你来我讲一段野人语给你听你
再走

你来我讲一段豹子话给你听你
再走

你来我讲一段老虎语给你听你
再走

你来我讲一段狸猫话给你听你
再走

你来我讲一段香獐①语给你听
你再走

你去走姑妈

我叫你也来

你去走姊妹

我叫你也来

你去走亲家

我叫你也来

你去走伙计

我叫你也来

你去赶场

我叫你也来

你去赶场

我叫你也来

你去做买卖

我叫你也来

你去做生意

我叫你也来

你来你也来

迈脚匆匆牛坝来

跨步急急羊坝来咯

保公哦

你去走亲

我叫你也来

你去走戚

我叫你也来

你去干活

我叫你也来

你去砍柴

我叫你也来

你去赶市

我叫你也来

你去赶场

我叫你也来

你去栽秧

我叫你也来

你去筑塘

我叫你也来

你来你也来

迈脚匆匆寨口来

跨步急急门口来咯

保公哦

你去割草

我叫你也来

———————————

① 香獐：雄性麝香，肚脐近旁香囊能分泌香气。

你去割蓬　　　　　　你去洗衣
我叫你也来　　　　　我叫你也来
你去砍藤　　　　　　你去洗裤
我叫你也来　　　　　我叫你也来
你去砍柴　　　　　　你去茅房
我叫你也来　　　　　我叫你也来
你去放牛　　　　　　你去茅坑
我叫你也来　　　　　我叫你也来
你去放马　　　　　　你来你也来
我叫你也来　　　　　提脚急急大门来
你去看田水　　　　　迈步匆匆高门来咯
我叫你也来　　　　　保公哟
你去看塘水
我叫你也来　　　　　你看我觋公
你来你也来　　　　　你看我师公
跨脚急急田坝来　　　我刀亮闪闪架门头
迈步匆匆院坝来咯　　你溜心不溜身
保公哦　　　　　　　溜心溜身溜门头
　　　　　　　　　　你变三个水蜘蛛①
你去挑井水　　　　　你走我的刀背
我叫你也来　　　　　软体软绵绵
你去抬泉水　　　　　我刀白晃晃架门楣
我叫你也来　　　　　你溜心不溜身
你去洗菜　　　　　　溜心溜身溜门楣
我叫你也来　　　　　你变三个山蜘蛛
你去洗笋　　　　　　你走我的刀背
我叫你也来　　　　　软体软稀稀

东家人史诗《开路经》

① 东家人通过日常生活的观察，认为蜘蛛是亡人灵魂所变，平时见到一般不
　轻易打死。水蜘蛛更证明亡魂在外游荡了一段时间。

我刀白口白生生　你看我觋公
黑刃黑乎乎　你看我师公
魑魅魍魉不好心　我砍三手去三段
你要魑魅魍魉走刀口　九人也看不出
断身断体断不断　十人也看不见
断身断体断未接　只现你的阎王地
我刀白口白闪闪　我斩三手去三节
黑刃黑压压　九人也看不出
魑魅魍魉不好意　十人也看不见
你要魑魅魍魉走刀锋　只现你的阎王地咯
断身断体断不断　保公哟
断身断体断未连

二、招阴魂（六堡版）

保公哟　那时叶黄叶落
保公哦　果熟果坠
你得七十零九轮　你倒踉跄抵着门
你得七十零九岁　你倒趔趄抵着屋
青天悠悠挤你头　你下阎王坡
大地茫茫挤你脚　你到阴水潭
魑魅魍魉不好心　爬山喊不听
砍棍在你手　下坡喊不应
魑魅魍魉不好意　日照不见你影子
抬绪在你背　下雨不见你脚印
鬼来前面你不见　再有你儿你媳
鬼绕后面你不知　你子你孙
一天挤三次　你儿你媳
一天挤九次　有钱搭长手

有力达后路

再有一把七掉龙谷穗

来请我觋公师公引你沟

我给你讲真话

再有一把七掉花谷稻

来请我觋公师公指你路

我给你讲实话

你去还不久

我喊你还应

你去还不长

我呼你还应

我喊你要来

我叫你要来

你呼要你转

我叫你要回

你来你就来

跨脚急急来

你来你就来

迈步匆匆来

跨脚来到蓝天际

迈步来到乌云层

我喊你要来

我叫你要来

你喊要你转

我叫要你回

你来你就来

跨脚急急来

你来你就来

迈步匆匆来

迈脚来到雾气岭

跨步来到瘴气谷

我喊你要来

我叫你要来

你喊要你转

我叫要你回

你来你就来

跨脚急急来

你来你就来

迈步匆匆来

跨脚来到平坝头

迈步来到天门头

我喊你要来

我叫你要来

你喊要你转

我叫要你回

你来你就来

跨脚急急来

你来你就来

迈步匆匆来

跨脚上到岭岗

迈步上到岭岩

我喊你要来

我叫你要来

我喊要你转

我叫要你回

你来你就来

跨脚急急来

你来你就来

迈步匆匆来

哦，今天你啊

是个行家

你去围田看

我叫你要来

你去围塘看

我喊你要来

你去看土地

我叫你要来

我去看山林

我喊你要来

你去看沃土

我叫你要来

你去看绿田

你来你就来

跨脚急急来

你来你就来

迈步匆匆来

跨脚来到冷气谷

迈步来到寒冰岭

我喊你要来

我叫你要来

你喊要你转

我叫要你回

你来你就来

跨脚急急来

你来你就来

迈步匆匆来

跨脚来到旧谷岭

迈步来到麻沟岭

我喊你要来

我叫你要来

你喊要你转

我叫要你回

你来你就来

跨脚急急来

你来你就来

迈步匆匆来

跨脚来到水牛坝

迈步来到黄牛坝

我喊你要来

我叫你要来

你喊要你转

我叫要你回

你来你就来

跨脚急急来

你来你就来

迈步匆匆来

跨脚来到旧谷岭

迈步来到麻沟岭

你去走姑妈

我叫你要来

你去走女婿

我喊你要来

你去走姨妈

我叫你要来

你去走伙计

我喊你要来

你去走亲

我叫你要来

你去走戚

我叫你要来

你去赶乡
我叫你要来
你去赶塘
我叫你要来
你去做生意
我叫你要来
你去做买卖
我叫你要来
你来你就来
迈脚匆匆牛坝来
跨步急急羊坝来
哦你去赶集
我叫你要来
你去赶场
我叫你要来
你去栽秧
我叫你要来
你去修塘
我叫你要来
你来你就来
迈脚匆匆门楼来
跨步急急寨口来
哦你去割草
我叫你要来
你去割茅
我叫你要来
你去砍柴
我叫你要来
你去砍梗
我叫你要来

你去放牛
我叫你要来
你去放马
我叫你要来
你去看田水
我叫你要来
你去看塘水
我叫你要来
你来你就来
迈脚匆匆田坝来
跨步急急院坝来

哦你去挑井水
我叫你要来
你去抬泉水
我叫你要来
你去洗菜
我叫你要来
你去洗笋
我叫你要来
你去洗衣
我叫你要来
你去洗裤
我叫你要来
你去尿坑
我叫你要来
你去便坑
我叫你要来
你来你就来
迈脚匆匆大门来

跨步急急高门来

我喊你要来

我叫你要来

你喊要你转

我叫要你回

你来你就来

跨脚急急来

你来你就来

迈步匆匆来

迈脚来到你儿你媳子你孙

跨步来到你房七间屋七层

竖耳你细听

立眼你细看

你看我七爸

你看我七爷

我用什么开天门

我用宝刀给兴①开天门

我用什么开天地

我用宝剑给兴开天地

我划剑成三缕

爬天不爬地

爬天爬地爬溜溜

溜溜爬到皇帝坡

你看我觋公

你看我师公

我用什么开天门

我用宝刀给兴开天门

我用什么开天地

我用宝剑给兴开天地

我划剑成三路

爬天不爬地

爬天爬地爬溜溜

溜溜爬到皇帝家②

你看我七爸

你看我七爷

你不信魑魅魍魉话

魑魅魍魉引你来刀尖

刀尖刀刃亮晃晃

你不信魑魅魍魉话

你变三个水蜘蛛

你溜心不溜身

溜心溜身溜门头

你要魑魅魍魉下我觋公刀背下

你软腰不软体

软腰软体软绵绵

你要魑魅魍魉下我师公刀刃下

刀锋刀刃白闪闪

接得魑魅魍魉身

连腿连脚进你家

----

① 给兴：在东家古语中，给兴是锦鸡、蜂蝶等飞禽的代称，并以此为修辞赞美其他事物。

② 引时开路主师拿刀架门头。

三、招阴魂（仙鹅版）

保公哦

保公哟

保公哦

你说你去得久

我喊三声你还应

你说你去得早

我吼三下你还听

你去赶市来没

你去赶场来没

你去放羊来没

你去放牛来没

你去做活来没

你去砍柴来没

你去看水塘来没

你去看水田来没

你去走亲来没

你去串戚来没

你去拜别列祖来没

你去拜别列宗来没

你来我讲段水雾话①给你听你
再走

你来我讲段水泡话给你听你
再走

那不是水雾话

也是水泡话

那不是警世语

也是喻世言

不是雀鸟话

也是老鹰语

不是百灵鸟语

也是喜鹊话

不是打糖鸟②话

也是下东家③话

你听甜蜜话

你听下东家语

东家语甜蜜蜜

东家话熟溜溜

你说你去得久

我喊三声你还应

你说你去得早

我吼三下你还听

你看我觋公师公

我拿刀剑去划天

我划天成三缕

断天断地响脆脆

一片弄成三角棱

直沟直路直渺渺

东家人史诗《开路经》

034

---

① 水雾话、水泡话：指《开路经》中"开天辟地"一节，宇宙混沌，天地源
起于水的原始哲学观，借指"古老话"。

② 打糖鸟：一种吸吮花蜜的小鸟。

③ 下东家：黄平偆家。

你去你找到沟渠

我拿刀剑去劈

我劈三刀去三头

断天断地响当当

直天直地直愣愣

我看我觋公师公

刀到之处路宽敞

这刀它会放光芒

你去你找到道路

你去你没个冲下

你去你没个坡爬

你上皇帝坡

你下糖果坡

你爬嘎细①坡

你走野蕨地

你倒嘎细睡

你倒野蕨眠

你睡本不起

你睡本不醒

龙王死去惊动海

雷公死去惊动天

震动上三里路

惊动了五亲

震动下三里路

惊动了六戚

五朋得一个

六戚得一惊

引来清②你一桌

引来清你一席

带得给你吃

带得给你拿

没有来吃你要分

没有来拿你要散

要分大家来商量

要散大家来合议

你说你去得久

我喊三声你还应

你说你去得早

我吼三下你还听

你看我觋公师公

我拿刀顶在大门头

你变三个水蜘蛛

千丝万缕在门头

你下我觋公师公刀背

软脊软腰软绵绵

魑魅魍魉不好心

你下我觋公师公的刀刃

直脊直腰直挺挺

你看我觋公师公

我拿刀点在门头角

你变黑蜘蛛来爬屋

---

① 嘎细：阿孟母语，汉名地肤、地麦，俗称为"刷把菜"，其茎枝细长，成
熟后晒干可做刷把和扫帚。
② 清：清空，即亲朋奔丧来送亡人最后一程，随后各自分别。

你变山蜘蛛满屋走　　　　　魑魅魍魉不善意

千丝万缕在屋头　　　　　　它下我觋公师公刀刃

你沿我觋公师公的刀背下　　硬脊硬背硬邦邦

软脊软腰软乎乎

第二节　非正常亡者招魂——嘎须词①

嘎须，俗称"抬头"，也称"占孟"，相当于汉族的"做斋"。"嘎"是东家祭师中的"说唱"部分的"说"，"须"是遇非正常死亡的人，如客死他乡、伤亡出血（车祸身死、坠亡、阵亡、斗殴致死、雷击，等等），此类人死不好，会祸害到宗族家族的人，他已成"须"，需要超度亡魂，"嘎"其不吉利的"须"，去掉不洁净的罪孽，重新做人，认祖归宗。这一过程要一只羊或一头猪和茅草人代为替罪，烧香纸，念念有词，洗去罪孽，方能抬入家中摆放入殓。祭师先作一首招魂词，开头与正常亡者相似，不过要加入迁徙路，请先祖指引。与正常人不同的是，不是引到祖宗地，而是引到十八层地狱止。祭祀先祖，席间严禁讲汉话，并有一人突然在屋外用汉语讲话，开路师便用东家话大声喊："许架交告逼哇！"②最后举行官司辩论。由于嘎须词较为庞杂，针对性强，可创性相当灵活，因此没有固定话语，不易流传。今仅录一二，以供参考。

场景：主人家院坝中各摆设一张相对应的桌子，中间再摆一张，均摆上一只碗肉，一碗酒，一双筷子，三把伞，两个人分别对坐，扮演成冤家对头打官司。中人坐中间。

演述人：主人家代表1人，中人（顾问、律师，即双方协调人）1人，调查者（主家辩论者，俗称上方老虎，即住在上方的老虎）1人，涉事者

---

① 嘎须一节由六堡村赵通金演述，因仪式程序复杂，实际摆坛和组织较难，只能口述或念诵。2017年7月28日晚，六堡村新玉头，王星虎记录。
② 大家赶快跑啊。

东家人史诗《开路经》

（嫌疑人，俗称下方老虎）1人，守坛1人，证人数目不等，群众演员若干。

大略程序如下。

一、请 师

开路歌师作为祭司主持整个葬礼，他身兼道教茅草师，即民间所说的"鬼师"，有些地方正常人去世不用请师程序。但由于亡人为非正常死亡，祭司一般要请师护佑，方能镇住邪气。需净水一碗，香一炷，冥纸三张，烧纸化入碗中，祭司一面执香在碗口画符，一面默默念词：

请我抖米①先师

抹米先师

卜课②先师

八卦先师

七位③先师

八大祖师

阴传阴教

阳传阳教

祖传祖教

千教千荫

万教万灵

千千祖师

万万祖师

姓金姓赵姓王赵宗宾④

天罗地网

茅草先生

九宫八卦

唐公金公

王公老师

巧公圣公

南公胥公

松公乔公

东公隽公

金公等祖师教导

八大祖师来请到

---

① 抖米、抹米：此为阿孟古老占卜术，茅草师（用茅草占卜的鬼师）用瓷碗、木升子装稻米，混杂进主家用过的一条衣角布巾，抹平后反扣在簸箕上，多余的米散在箕中，来回抖动簸箕，沿反扣的碗分别向四面八方划线，然后打开碗，观察布条朝向以断凶吉。

② 卜课：阿孟古老占卜术，用茅草数根，在手中一面摇晃，一面念词，待停下，数茅草数以断凶吉。或用竹根削成羊角状，一分为二，单手合拢原状，高悬掷下，两阴面朝上为阴卜，两阳面朝上为阳卜，一阴一阳朝上为顺卜。

③ 七位：开路经的七位祖师。

④ "姓某某"为《开路经》师祖，而以下"某某公"为本支开路师承的祖师名。各个支脉祖师不同，请的"师"也不同。

八大祖师来请神

请到伤亡白虎太岁

请你们让开

让我主家办好大事

哟咿呵哟咿呵

一切顺顺心心

大家和和气气

二、呈堂报案

主人家：今天我家这个人死得不明不白，不能这样了事啦，我找个人跟我打官司。

〔众人围观，演述人依次上〕

地点：中堂。因当事人已死，不会说唱，调查人于是吟诵道：

噫——

引得水潋潋呀噫噫①

接得火芒芒呀噫噫

我碰鬼睡不了呀噫噫

遇鬼睡不着呀噫噫

恐怕有人搅呀噫噫

恐怕有人扰呀噫噫

进山找干柴呀噫噫

进寨找能人呀噫噫

九沟我不走呀噫噫

十寨我不到呀噫噫

这才来找你七爸呀噫噫

这才来找你七爷呀噫噫

来找一千头呀噫噫

来解一百绪呀噫噫

让他嘴巴讲话来呀噫噫

鼻子呼吸来呀噫噫

手拄拐杖来呀噫噫

脚会走路来呀噫噫

那时我的鬼才完呀噫噫

我的魂才安呀噫噫

师公师爷呵

调查者（扮师公）先应声后诵：

哦，这是这样啊

噫——

引得水潋潋呀噫噫

接得火芒芒呀噫噫

我才顺房门来呀噫噫

才从屋壁来呀噫噫

才做茅草墙呀噫噫

才做篱笆栏呀噫噫

你弄得污气满了村呀噫噫

弄得污臭熏了寨呀噫噫

（如在卧室，则是：

你弄得污气满一室呀噫噫

① 噫噫："嘎"，即"说"（不是"唱"），吟诵时的语气词。

弄得污臭熏一屋呀噫噫）

（如在山沟道路，则是：

你弄得污气满山沟呀噫噫

弄得污臭熏道路呀噫噫）

（如在山谷山林，则是：

你弄得污气满山谷呀噫噫

弄得污臭熏山林呀噫噫）

我们本是不想来呀噫噫

奈何全乡我们会讲呀噫噫

我们本是不会到呀噫噫

谁料全镇我们当事呀噫噫

理是这样摆呀噫噫

话是这样说呀噫噫

我们是讲赢理呀噫噫

我们是辨明事呀噫噫

我们会让他嘴巴讲话来呀噫噫

鼻子呼吸来呀噫噫

手拄拐杖来呀噫噫

脚会走路来呀噫噫

那时你的魂才完呀噫噫

你的魄才安呀噫噫

水才洗你罪呀噫噫

绳才断你冤呀噫噫

你的话如锣声呀噫噫

你的声如桶呀噫噫

有话不在房门说呀噫噫

有声不在屋门诉呀噫噫

送到衙门去呀噫噫

衙门好断案呀噫噫

呈到大堂去呀噫噫

大堂好讲理呀噫噫

三、审案论辩

唱毕，众人皆起出门，到屋外摆诉讼桌案。去找中人，准备七斤七两七分七毫七厘戥子称，分别用七个核桃七个竹节表示，双方以诉讼方式展开辩论。

调查人（上方老虎）：

噫——

引得水来滟滟呀噫噫

接得火来芒芒呀噫噫

今天上方老虎呀噫噫

下方老虎呀噫噫

你阴谋在黑洞呀噫噫

存心在阴沟呀噫噫

你来夺他性命去呀噫噫

你来害他生命了呀噫噫

是与不是呀噫噫

嫌疑者（下方老虎）唱：

我没有这回事呀噫噫

我是心明意诚呀噫噫

我关门在家呀噫噫

他开门入户呀噫噫

我心坦荡荡呀噫噫

实在没有这回事呀噫噫

调查者（上方老虎）说唱道：

我听别人说是你呀

噫——

害了他身呀噫噫

断了他命呀噫噫

你要真诚坦白哟噫噫

嫌疑者（下方老虎）唱：

我早早出门呀噫噫

我晚晚才归呀噫噫

绝无此事呀噫噫

调查者（上方老虎）回去向中
人复话：

噫，恐怕你搞错了哦

你悄悄跟我说

我去责问下方老虎

被他批了

他说他在家中住

我开门入户

他准备要反诉我哩

你听是不是这回事

随即调查者（上方老虎）唱道：

噫——

引得水来滟滟呀噫噫

接得火来芒芒呀噫噫

上到站一层呀噫噫

上到立一刀呀噫噫①

下方老虎说呀噫噫

他没有这回事呀噫噫

他关门在家呀噫噫

我开门进屋呀噫噫

我乱诬陷他呀噫噫

恐怕他反诉我呀噫噫

中人说：

我听本是他

你去好好跟他说就行了

调查者（上方老虎）返回嫌疑
人家说：

下方老虎公你在家啊

嫌疑者：我在家，你来又有
何事

调查者：我听头领（中人）说

大家悄悄说

这本你所为

嫌疑者：噫，这不是我做的

我早出晚归

你想我会做这种事

……

---

① 第一回合，用刀砍竹节两刀，说到第二回合，用刀砍三刀。

如此反复责问至第七回

嫌疑者（下方老虎）唱：

噫——

引得水来滟滟噫噫

接得火来芒芒噫噫

上得站七节

上得劈七刀

我自在坦荡荡

他开门进屋来

本不是我

调查者（上方老虎）说：

我听别人说

本是你害了他的身

本是你断了他的命

你讲东家话

不相信你试转身看

你看这是谁

你看汉人来了没

汉人来就跑啊

汉人来就捆哦

（唱罢，嫌疑人束手就擒）

调查者：你为什么早不答应

涉事者（下方老虎）：

我也想答应

我怕你们加我的罪

那你看用什么赔礼

调查者：

我想法是这样

你把我们的人整没了

我跟中人商量

我要金银七斤七两

七分七毫七厘戥子秤

你还给我猪一头

我抬个头给他

给他替个身

让他下世为人

指引他认祖归宗去

涉事者说

好，我答应你们！

（诉讼案表演到此结束）

四、打替身

涉事者拿出七斤七两七分七毫七厘金银，用戥子秤称——向调查者、中人点清。"抬头"仪式必须要活猪一头，不管大小都要一头。杀猪后就打替身。

主师唱喏：谷神稻魂，知天知地，知沟知路，知房知门，去到屋外去，去到院坝去，今天啊保公（死者名）哟，今天你出门不凑巧，出门见石头，出门不顺利，出门碰撞煞。

　　然后按以上大意唱，东家语称"唉嚎"，喊亡魂经一直到九个山谷山沟岔路口，引至水牛黄牛坝、长寨、村口、院子，不能进家，系猪牛鸡鸭魂，驱赶亡人的身体、手脚耳目的病瘟。接着，主师哼唱开路经中的"十二个龙蛋"。

　　哦，那时哪个来寻龙宝龙蛋

　　包恰来寻龙宝龙蛋

　　哪个来找龙宝龙珠

　　包恰来找龙宝龙珠

　　包恰去问一个水煞

　　去找一个水怪

　　水煞才来说

　　水怪才来讲

　　大是包恰你的龙蛋大

　　长是包恰你的龙珠长

　　大本是我水煞大

　　长本是我水怪长

　　只怪包恰当年你弄差

　　只怪包恰那时你弄错

　　只怕四月天，五月间

　　老天菩萨他放洪水要来冲

　　大水要来打

　　我保不了你的龙宝龙蛋

　　我护不了你的龙宝龙珠

　　你还是去寻山煞

你还是去找山鬼

这本是古老话

这本是古喻言

那时包恰还是去问山煞

还是去找山鬼

山煞才来说

山鬼才来讲

大是包恰你的龙蛋大

长是包恰你的龙珠长

大本是我水煞大

长本是我水怪长

只怪包恰当年你弄差

只怪包恰那时你弄错

包恰造个穿山甲

挖山掘岭我甘心

包恰造个石鲮鱼

钻山穿岭我情愿

只怕一月天

日出日晃晃

晒得牛鼠干枯枯，孩子呜呜叫

只怕二月间

晒得牛鼠干巴巴，孩子哇哇叫

只怕黎民百姓放火来烧毁

菩萨放风来吹坏

我保不了你的龙宝龙蛋

我护不了你的龙宝龙珠

你还是去寻杉树九十桠

你还是去找杉树九十桠

树丫尖有老鹞窝

树枝端有老鹰巢

这本是古老话

这本是古喻言

那时包恰真的去问杉树九十桠

去找杉树九十枝

树丫尖有老鹞窝

树枝端有老鹰巢

窝有十二老鹞蛋

巢有十二老鹰蛋

它窝满登登

它巢满盈盈

有鹞在孵它

有鹰在抱它

说成一个一爱扒①

讲成一个爱别够

要抱达四十②

要服帖达六个③

哪个去看龙蛋

哪个去看龙珠

包恰去看龙蛋

包恰去看龙珠

去看六个来成人

六个不成人

六个成寡蛋

六个来成形

六个不成形

六个成瘦蛋

六个成人来九个

老大是厄

老二是雷

老三是龙

老四是虎

老五是蛇

老六是蛙

蛙本是个老幺

本是个小儿

再有六个成寡蛋

六个成瘦蛋

包恰拿老大扔山谷

它成一个痄痫怪

她拿老二扔山冲

它成一个癞癝鬼

她拿老三扔到山窝

它成一个癫痫怪

她拿老四扔山沟

它成一个獭猁鬼

她拿老五扔河中

它成一个痔疮怪

她拿老六扔山洞

它成一个风寒鬼

第二章　招阴魂

---

① 一爱扒、受别够：东家母语，类似一种交易和约定。

② 意思为抱蛋达四十天。

③ 意思为保证孵蛋成形为六个。

成鬼来染病　　　　　　成怪这样来

成怪来扰疾　　　　　　这本是古老话

变鬼这样来　　　　　　这本是古喻言

　　唱毕杀鸭，今天谁的肉不香油，今天保公的肉不香油，公鸡公鸭三年肉香油。谁的肉不香盐，保公的肉不香盐，公鸡公鸭三年肉香盐，我用水来替水，用熟来替熟，用命来替命，送完不臭臊，送完不臭腥，喜喜滋来领完，喜喜欢来去，只有交生不得回熟。

　　主师手持芭茅草站起来，在亡人身上环绕，唱：

来听坡水渗　　　　　　箭有双绳

来听洞水滴　　　　　　哪个去看土

神花不让听　　　　　　包恰去看土

神树不让知　　　　　　哪个去看柴

来问十二个太岁　　　　包恰去看柴

十二个石头　　　　　　去割耶恰七道手

十二个山头　　　　　　去切耶恰七道脚

十二个神灵　　　　　　她割不脱肉

凭过个我许诺　　　　　她切不出血

凭过个我许愿　　　　　包恰去断腰骨

来听我摆古　　　　　　包恰去断肋骨

来听我劝世　　　　　　伸腰如长谷

来听这包恰　　　　　　开口如仓门

来听这耶姜　　　　　　吐舌如芭蕉

来撒十二类种子　　　　说来有因也有由

来撒十二类果实　　　　讲来有根也有据

撒在院落　　　　　　　来扫三百六十天

撒在山岭　　　　　　　三百六十日

来生在野地　　　　　　才要母体的精血

来生在野岭　　　　　　成了包恰的黎氓

剑有双刃　　　　　　　包恰的百姓

来扫三百六十天

三百六十日

来要母体的精液

才扫包恰黎氓

包恰的百姓

来扫三百六十天

扫雨便扫干雨

扫雨便扫干天

你去不返回

你去不返程

保得我口粮

留得我手艺

我让龙来喷

我让雷来打

上头你打天

尾巴你盛雨

别怪我觋公

别怪我师公

今天请我来洗

洗病来洗瘟

洗他的手和脚

洗他的耳和目

洗他的身和体

肉白似白银

骨白如黄金

来住养女本成年

养儿本到老

养水牛来长角

养黄牛来长膘

养鸡来满坡

养鸭来满河

养狗还是壮

养猪还在肥

炒肉粽香甜

酿酒来香醇

来到后面杀牛来开亲

杀猪来婚嫁

来住本成东道主

来住本成地头王

来住三岔岭

来洗铜脸盆

得地盘来住

得银匠来引

哦，今天天火地火

日火月火

八八六十四火

添你出来添你走

添到添无

百无禁忌

姜公在此

姜孝李孝[1]

病瘥亡形

九有形有式

九有形顺当

去在后面顺顺当当

大吉大利

---

[1] 姜孝李孝，其义不明，疑为道教用语。

唱毕把茅草、鸡鸭一同扔在地上，打替身仪式结束。

五、招魂引路

打替身后，"须"已恢为"正常亡人"，主师念《指路词》，唱至"坐下来吃午饭，我们领你跟列祖去；坐下来吃热饭，我们领你跟列祖去"。这个非正常死亡者误以为开路师真的指引他去认祖归宗，其实此节所领至的"祖宗地"是"十八地狱"。这个地狱在实际摆设中，用碎碗片做九个草灯，代表九层地狱，念完一层地狱就用脚踩灭草灯，如此到九层，安顿好亡灵。接下来就是扫家逐疫，扎一条龙形茅草道具，用细碎瓦片混合豇豆撒在屋中各个角落，除了神龛不撒，边撒边念："哭神八拜，消财八拜，戊申八拜，最原始的生亡出不出？众人大声回应"出"！然后一一扫出鬼煞污秽，赶出家门。

接下来还要进行"踩路"仪式，即按祖先迁徙路招魂，置一升米，备左右各一碗净水，烧纸钱香，先念白：谷魂米魂，知言知语，知路知道。去到平坝—院坝—寨门—大寨长寨—牛场——岔路—二岔路—三岔路，引鬼魂去见踩路公与踩路太，各引各的鬼，各个鬼都自有道路的地名。然后念诵祖先迁徙的地名路线：雾坡—立架——碗井—大干田—石门坎—旧系—平伐—相喜—河五条—湖五个—窝凼寨—冷村……"九人不知，十人不见，一百遍有谁扫除过，一百遍有谁扫毕，一百遍谁扫除瘟疫，一百遍谁扫除鬼魅"。然后又喊魂重新返回此路。分别念及亡者祖宗灵魂，再念上述鬼煞，对踩路公与踩路太说，来吃你的鸡三年鸭三年，去后千年来不到，万年来不了。杀鸡鸭，手持龙形茅草，一同赶到河边"交牲"，回到家系两只小鸡，视主家岔路宽度搓一条绳子，绳子一端系竹筒，穿过竹筒，放在事先刨出的浅泥沟中，滴上桐油，撒上石灰，复土，据说此举可隔绝鬼怪，鬼怪惧怕石灰和桐油，它们才不过岔路来骚扰主家。

第三章

说古喻今 ①

本章阿孟东家人称"老化老猜",即"古老话",讲述这古话古语的动作为"讲归",汉意为"摆古"。此章节许多部分除了在丧葬仪式上演唱,其故事情节还改编为民间故事讲述,是严格意义上的"史诗"。

---

① 本章内容较为宏大古老,除了注明各地版本外,其他未注明的以仙鹅版本为主,适当融合各地相似版本的字句。

第一节　混沌太初

一、混沌太初（仙鹅版）

那是查义的话[①]　　　　　　变个留地公

那是查娅的语[②]　　　　　　怪不得他讲不了话

查义[③]没得个水母　　　　　吹不来哨

查娅[④]说没得个水父　　　　耕地本无收

九条汇一条　　　　　　　　种谷本不得

十条流一处　　　　　　　　养妻本不老

塞沟谷水淹坡头　　　　　　育子本不大

塞坡头水淹山谷　　　　　　一样生长长

水来水不流　　　　　　　　一样发展展

满漫上到天

变个贵姑婆[⑤]　　　　　　　这个贵姑婆

水来水不淌　　　　　　　　这个留地公

涌流到平地　　　　　　　　生个善耶婆

[①] 东家语发音"查（zhā）义"，疑为东家摆古的原始祖先名字，因深受古人崇拜，其说话有如谶语、预言、喻世和醒世的效果，如汉语表达的"正如某某所说的"。后泛喻为古老话、创世言或喻世言。

[②] 东家语发音"查（zhā）娅"，疑为东家摆古的祖先名字，同上，后泛喻为古传说、传世语或警世言。

[③] 东家语发音"查义"，从整句意思看，这里探讨的是生命形成之初的状态，"查义"这个祖先最早可能就是一种原始生物，相当于人类生命的起源的精血、阴水、水泡、水沫、水雾等初始形成生命体征。

[④] 东家语发音"查娅"，义相近于上译。

[⑤] 东家话称婆为"包"，称公为"耶"，开天辟地的动词为"恰"，所以阿孟东家人史诗中开天辟地的男女分别称为"包恰"和"耶恰"。

生个善耶公
怪不得他讲不来话
吹不来哨
耕地本无收
种地本不得
养妻本不老
育子本不大
一样生长长
一样发展展

这个善耶婆
这个善耶公
生个伊榜婆
生个伊娲公
怪不得他讲不来话
吹不来哨
耕地本无收
种地本无获
养妻本不老
育子本不大
一样生长长
一样发展展

这个伊榜婆
这个伊娲公
生个贵契婆
生个贵党公
贵契婆不理贵党公
贵党公也不应贵契婆
天不听贵契婆使
地不听贵党公唤
怪不是他讲不来话

吹不来哨
耕地本无收
种地本无获
养妻本不老
育子本不大
一样生长长
一样发展展

这个贵契婆
这个贵党公
生个登婆
生个引公
登婆来钉天
引公来钉地
登婆钉天牢实实
引公钉地结实实
怪不得他讲不来话
吹不来哨
耕地本无收
种地本无获
养妻本不老
育子本不大
一样生长长
一样发展展

这个登婆
这个引公
生个映交
生个等醒
这个肩膀魁梧
这个臂膀结实
肩膀能挑七斗

臂膀能挑七担

怪不是他讲不来话

吹不来哨

耕地本无收

种地本无获

养妻本不老

育子本不大

一样生长长

一样发展展

这个映交

这个等醒

生个娲婆

生个焦公

娲婆来倒天

焦公来整地

怪不是他讲不来话

吹不来哨

耕地本无收

种地本无获

养妻本不老

育子本不大

一样生长长

一样发展展

这个娲婆

这个焦公

生个银太

生个金公

这个金公

这个银太

生个姜打铁

生个力用钢

同样讲不来话

吹不来哨

耕地本无收

种地本无获

养妻本不老

育子本不大

一样生长长

一样发展展

这个姜打铁

这个力用钢

生个云婆

生个风公

这个风公

这个云婆

生个水婆

生个雨公

怪不是他讲不来话

吹不来哨

耕地本无收

种地本无获

养妻本不老

育子本不大

一样生长长

一样发展展

这个水婆

这个雨公

生个雾婆

生个烟公

那时烟公跟雾婆睡

雾婆跟烟公眠　　　　　　这个雾婆

那时烟公放烟雾沉沉　　　这个烟公

雾婆放雾半山腰　　　　　生个包恰①

他们同样说不出话　　　　生个耶姜②

吹不成哨　　　　　　　　那时包恰会讲话

耕地本无收　　　　　　　耶姜会驱鬼

种地本无获　　　　　　　耕地本熟

养妻本不老　　　　　　　种地本收

育子本不大　　　　　　　养妻本老

一样生长长　　　　　　　育子本大

一样发展展　　　　　　　一样生长长

　　　　　　　　　　　　一样发展展

二、混沌太初（六堡版③）

你来你本是个飞蛾婆　　　造人兽给你听

你听我讲段猜查义④　　　造植物给你闻

你来你本是个蝴蝶公　　　造鱼虾给你听

我听我讲段猜查娅　　　　造飞禽给你闻

开天给你听　　　　　　　本说十二道

辟地给你闻　　　　　　　本说十二路

---

① 在东家古语中，发音"恰"可译为开、辟、擎、拢、创、造等词，而开天辟地的始祖，用其动词化为名词，命名为人名，如包恰、耶恰，而包恰、耶恰是晚于查义、查娅的祖先的，有人形，能说人类语言，能种地养育后代。

② 耶姜：也称耶恰，在《开路经》中通用，包恰、耶恰是原始社会几代祖先同名的统称。

③ 此六堡版为新玉头赵通金演述，2017 年 7 月 28 日晚，六堡村新玉头，王星虎记录。

④ 猜查义，猜查娅：见前注，查义和查娅为阿孟东家和革家的祖先名。猜，即话。因深受古人崇拜，其说话有如谶语、预言、喻世和醒世等神奇效果，如汉语表达的"古人言""圣人道""正如某某所说的"等。后泛喻为古老话、创世言或喻世言。

本说十二回　　　　　　　　那个本是猜查义

本说十二章　　　　　　　　那个本是猜查娅

那时血水汹涌天肚脐

来成个拺溜天①婆　　　　　那个揆齐天婆

血水冲积地肚脐　　　　　　那个刮宕地公

来成个拺溜地公　　　　　　公配揆齐婆

那时公交拺溜婆　　　　　　才来生个揞④压天婆

婆配拺溜公　　　　　　　　来生个揞压地公

拺溜拺溜天　　　　　　　　这婆揞压天来没有天尽头

拺溜拺溜地　　　　　　　　这公揞压地来没有地底脚

这婆拺溜天来没有天尽头　　这婆揞压天来天不齐

这公拺溜地来没有地底脚　　这公揞压地来地不好

这婆拺溜天来天不齐　　　　那个本是猜查义

这公拺溜地来地不好　　　　那个本是猜查娅

那个本是猜查义

那个本是猜查娅　　　　　　那个白揞压婆

　　　　　　　　　　　　　那个花揞压公

那个拺溜天婆　　　　　　　才来成个划天婆

那个拺溜地公　　　　　　　才来成个搅地公

来配拺溜天婆　　　　　　　这婆划天没得个天尽头

才生个刮②宕地公　　　　　这公搅地没得个地底脚

才成个揆③齐天婆　　　　　这婆划天来天不齐

这婆揆齐天来没得天蒂头　　这公搅地来地不好

这公刮宕地来没得地底脚　　那个本是猜查义

这婆揆齐天来天不齐　　　　那个本是猜查娅

这公刮宕地来地不好

---

① 拺（pū）：取自东家语谐音，"播"的简化字，取自东家语音译。汉字古义有击打、铺展之意。此段所有动词有创造天地的迹象，但都不成功，动词时而作名词，以动词来命名人名。

② 刮（guā）：取自东家语谐音，有"刮"之义。

③ 揆（kuí）：取自东家语谐音，测度。

④ 揞（xiá）：取东家语谐音，"刮"的意思。

那时划天婆来配搅地公　　只是不雅观

才来育个翁姑①　　慢慢肚如桶

才来生个伢娃②　　逐渐肚如缸

那时的翁姑　　穿衣来呀遮不了腰

那时的伢娃　　围裙来哟也贴不身

去跟个雾婆　　这才来生个包恰

去随那雨公　　这才来育个耶恰

睡眠在龙潭　　这生包恰那时来

睡觉在岭坡　　这育耶恰那时成

睡得七岁足　　那个本是猜查义

眠得七年满　　那个本是猜查娅

只是不好看

第二节　开天辟地

一、耶恰开天辟地（六堡、仙鹅版③）

太古时没有天　　他辟成这地矮茫茫

耶恰来开天　　开天贴着地

太古时没有地　　开地巴着天

耶恰来辟地　　开天那时来

耶恰开天斗笠圆　　天地那时来

耶恰开地火塘方

他开成这天宽荡荡　　那时谁割血藤

---

① 翁姑：人名，东家语音译。

② 伢娃：人名，东家语音译。

③ 此段属六堡和仙鹅一带综合版本。《开路经》各地版本迥异，但章节内容大同小异，如各地版本差异较大，同时选录并列翻译整理，如某小节相同或相似度较高，或选典型优先录用，或就细微字句进行综合。

包恰去割血藤　　　　　盐肤木流白液

那时谁砍巨树　　　　　豆角木渗经血

包恰去砍巨树　　　　　那个本是猜查义

包恰割藤哪里来　　　　那个本是猜查娅

割藤相里①来

包恰砍树哪里来　　　　耶姜⑥摆家深夜来

砍树相旺来　　　　　　耶姜串寨半夜来

砍得树根有七抱大　　　晓得来包恰的下身

树尖有七捭长　　　　　会来找包恰的下体

包恰抬树木　　　　　　包恰说谁使我难堪

根抵地面　　　　　　　谁使我丢脸

树尖顶天穹　　　　　　开天不是这样开

抬来满了门　　　　　　辟地不是这样辟

抬来满了屋　　　　　　你开天贴地

摔倒捅伤包恰胸②　　　你辟地巴天

磕伤包恰臀　　　　　　这样开来世人嘲

捅破包恰阴③　　　　　这样辟来世人笑

那时包恰拿什么来扶手　世人嘲笑也罢了

她用盐肤木④来扶手　　只是牛马笑不得了

盐肤木没有尖　　　　　牛马笑了不能休

她用什么来撑脚　　　　牛笑牛缺齿

她来豆角木⑤撑脚　　　马笑马断角

豆角木没有根　　　　　牛马笑了也算了

---

① 相里，相旺：音译，为古地名。

② 意为因此后来女人胸有一对乳。

③ 意为因此后来有女人的阴部。盐肤木流白汁喻指白液体，豆角木渗暗血汁液喻指血经，这是古人对女人身体、经期及病理的天问之语。

④ 盐肤木：又称五倍子树、山梧桐、肤杨树，盐酸白，属漆树科、小乔木或灌木状，东家民间认为其树枝往四周分散，如无树尖。

⑤ 豆角木：又称菜豆树、蛇树、辣椒树，属紫葳科，常绿乔木，因其主、侧根粗度相近，主根不明显，根部结有根瘤，似"无根"，如棒槌，故古时阿孟东家人称"给地"，树皮呈锈黑色，树茎暗红棕色。

⑥ 耶姜、耶恰为东家语称呼的同一个人，另一说为不同时期祖先的称呼。

猪狗笑来不得了

牛马笑了也能止

猪狗笑来不能休

狗笑狗抬脚

猪笑猪拱地

猪狗笑了也算了

鸡鸭笑了不得了

猪狗笑了也能止

鸡鸭笑了不能休

鸡笑鸡嘴尖

鸭笑鸭嘴扁

鸡鸭笑了也算了

岩崖笑了不得了

鸡鸭笑了也能止

岩崖笑了不能休

岩笑岩缺角

崖笑崖塌边

岩崖笑了也算了

麻雀喜鹊笑来不得了

岩崖笑了也能止

麻雀喜鹊笑了不能休

麻雀笑嘻嘻

飞往钻石洞

喜鹊笑哈哈

飞翔上树尖

那本是猜查义

那本是猜查娅

055

第三章 说古喻今

二、包恰开天辟地

包恰说

谁开天像你开

谁辟地像你辟

让我开给你看

留我辟给你瞧

包恰去请个银匠

打得十二个银球

去请个金匠

打得十二个金球

包恰拿银球做天际

金球做地界

又拿六个去撑天头下

去擎天尾上

她开个天高又高

她辟个地宽又宽

黎民百姓才得天来盖

才得地来站

开天那时来

辟地那时成

这个本是猜查义

这个本是猜查娅

那时包恰开好又要开

辟好又要辟

包恰去找个拢天太

去找个整地公

拢得个天牢实实

整得个地紧稳稳

这个本是猜查义

这个本是猜查娅

那时包恰想了想
那时包恰思又思
包恰来开天
耶恰来辟地
开成这天宽广广
辟成这地矮茫茫
她开天色蓝蓝不好看
她造星宿闪闪无铜色
她造云彩缤纷来装扮
她造星光棱棱来上色
她开天空青青不好看
她造星宿光光无银色
她造白云隆隆聚拢来
她造星光莹莹来点缀
这个本是猜查义
这个本是猜查娅

那时包恰想了想
那时包恰思又思
她抟七坨黄泥巴
造成七个红太阳
她抟七坨白泥巴
造成七个银月亮
七个太阳相靠挨
七个月亮相聚拢
包恰造日那时起
包恰造月那时来
这个本是猜查义
这个本是猜查娅

包恰想了想
包恰思又思
要谁来放太阳
要谁来放月亮
让石蚌来放太阳
让檐蛙来放月亮
石蚌放得牛场对牛场①
七个太阳高挂天
檐蛙放得猪场到猪场
七个月亮高悬天
那时七个太阳打一堆
烫得地上冒火烟
七个月亮挤一处
辣得地上受不住
晒死石蚌在山洞
烤死檐蛙在石缝
这个本是猜查义
这个本是猜查娅

那时包恰想了想
那时包恰思又思
她开青天茫茫不好看
她造茅公茅婆来遮掩
她造茅公茅婆不好看
她弄蚯蚓蚂蚁来遮挡
她开青天蓝蓝不好看
她造茅公茅婆来遮缝
她造茅公茅婆不好看
她弄蚯蚓蚂蚁来遮严

① 牛场和猪场等均指西南地区贸易赶场的十二生肖排次。

这个本是猜查义　　　　　　这个本是猜查娅

第三节　铸柱撑天

一、铸柱撑天（六堡、仙鹅版）

再说那时包恰开成个天广渺渺　　　耶恰思又思

辟成个地宽敞敞　　　　　　　　　去找打铁匠

包恰开成个天高又高　　　　　　　去找铸钢师

辟成个地宽又宽　　　　　　　　　打得七十二斤金猫柱

耶恰说　　　　　　　　　　　　　打得七十二斤银狗柱

恐怕天边要垮　　　　　　　　　　拿去撑天

恐怕地角要塌　　　　　　　　　　拿去抵地

耶恰来担惊　　　　　　　　　　　打得七十二个铜星

耶恰又受怕　　　　　　　　　　　打得七十二个铝星

耶恰去到四棱岩　　　　　　　　　去撑天头下

耶恰去到四方洞　　　　　　　　　去抵天尾上

去到一处七个高坡岭　　　　　　　耶恰举目来看

去到一处七个岩头巅　　　　　　　这天高苍苍

耶恰见到个霸下①　　　　　　　　这地矮茫茫

屙屎来顶石　　　　　　　　　　　耶恰看不见天际水流

耶恰见到个霸麂②　　　　　　　　耶恰看不见地边水滴

屙屎来撑岩　　　　　　　　　　　他怕水来淹

耶恰想了想　　　　　　　　　　　他怕沙来填

---

① 霸下：阿孟东家语音译，似汉语中的"赑屃（bì xì），上古传说的神兽，
　 原形为斑鳖，似龟，喜负重，旧时大石碑的基座多雕成它的形状。民间传
　 说霸下常背起三山五岳来兴风作浪。

② 霸麂（jǐ）：为雄麂，獐属而小于獐。其口两边有长牙，有短角，好斗，
　 黧色豹脚，脚矮而力劲，善跳跃。

耶恰去请一个打银匠　　　　这地矮茫茫

耶恰去请一个炼金师　　　　耶恰看见天际水流淌

炼得一丈二尺银拐杖　　　　耶恰看见地边水滴溜

炼得一丈二尺金拐杖　　　　耶恰怕蠹虫蛀虫来啃

炼得一十二个银圆球　　　　他拿茅公茅母来挡

炼得一十二个金圆球　　　　耶恰怕蠹虫蛀虫来咬

再撑天头下　　　　　　　　他拿茅公茅母来拦

再抵天尾上　　　　　　　　这个本是喻世语

耶恰抬眼来看　　　　　　　这个也是醒世言

这天高苍苍

二、铸柱撑天（隆昌版）

包恰种有一碗蓬蒿　　　　　崖笑崖塌垮

包恰种有一碗野蒿　　　　　石岩石崖笑也罢

蒿茎大有七抱大　　　　　　再有这牛这马笑不止

蒿高长有七十七庹①长　　　马笑马断角

她使蓬蒿尖顶天　　　　　　牛笑牛缺牙

她弄野蒿脚抵地　　　　　　这牛这马笑也罢

这坝来羞她　　　　　　　　再有这狗这猪笑不止

这地来笑她　　　　　　　　狗笑狗抬脚

这坝这地笑也罢　　　　　　猪笑猪拱地

再有鹏雀乌鸦笑不止　　　　这狗这猪笑也罢

麻雀笑嘻嘻　　　　　　　　再有这鸡这鸭笑不休

飞钻进石洞　　　　　　　　鸡笑鸡嘴尖

乌鸦笑呱呱　　　　　　　　鸭笑鸭嘴扁

飞翔入树梢　　　　　　　　这鸡这鸭笑也罢

麻雀乌鸦笑也罢

再有石岩石崖笑不止　　　　没有谁来拉包恰手

岩笑岩破洞　　　　　　　　没有谁来扶包恰脚

① 庹（tuǒ）：成人两臂左右平伸时两手之间的距离，约合 5 尺。

盐肤木①来拉包恰手
刺老苞②来扶包恰脚
包恰说
盐肤木没多根
刺老苞没梢尖
明后天呵
黎民百姓种地也不灵
良民百姓耕地也不好
请它来看地
请它来看山
再拿树脚来做戟
再拿树梢来做矛
它管千里远
它管万方宽
这本是喻世语
这本是醒世言

包恰她转过头来
包恰她调过身来
她说耶恰包藏言

她讲耶恰保留话
开天谁和你开
辟地谁和你辟
开天来巴地
辟地来贴天
你让我种一碗蓬蒿
你让我种一碗野蒿
这坝这地来笑我
她骂耶恰包藏言
她骂耶恰保留话

耶恰他思去又思来
他想去又想来
耶恰去请一个打铁匠
耶恰去请一个炼银师
炼得一丈二尺银拐杖
炼得一丈二尺金拐杖
炼得一十二个银圆球
炼得一十二个金圆球
耶恰去撑天头下

---

① 盐肤木：漆树科，俗称五倍子树，果实表面披有一层白色的咸味分泌物，古人把其当食盐，也叫盐霜柏、滨盐肤木、盐炭根、文蛤根、泡木根、耳八蜈蚣。叶子是很好的猪饲料，其果可以榨油，果泡水代醋用，故树又名"酸桶"。五月成熟的叫五倍子树，五倍子是一种蚜虫，飞入鼻会生异虫烂鼻子，蚜虫产卵前在叶柄上注入一种液汁，产生比树叶原汁强五倍的一种液体，生成肉瘤，人称"百虫仓"，然后产卵于内，这种寄生在盐肤木叶翼上的虫瘿即中药五倍子，采摘后干蒸，成分不流失，也可米汤高温煮大约十秒钟后晒干，可治体虚多汗、痔疮便血，止泻，治牙痛等。木头烧成木炭，为黑火药来源，干五倍子砸碎煮水染发，也可提取黄色丹灵酸，用于印染布匹。《本草集议》云，盐麸子根，能软鸡骨。
② 刺老苞：学名楤木（sǒng mù），因茎叶上满是尖刺，鸟雀不敢站立，故民间又叫"刺龙牙""刺葱树""鸟不服""雀不站""鹊不踏""鹰不拍""雷公木"等，其嫩芽可食，又称"树头菜""刺嫩芽""刺苞头"，故其梢尖常秃。

耶恰去抵天尾上　　耶恰再撑天头下
耶恰举目来看　　　耶恰再擎天尾上
这天高苍苍　　　　耶恰举目来看
这地矮茫茫　　　　这天高苍苍
耶恰看不见天边水流　这地矮茫茫
耶恰看不见天际水滴　耶恰看见天边水流
耶恰怕水来淹　　　耶恰看见天际水滴
耶恰怕沙来填　　　耶恰怕蛀虫蠹虫^①来咬
耶恰去请一个打铁匠　耶恰拿茅公茅母来挡
耶恰去请一个炼银师　耶恰怕蛀虫蠹虫来啃
炼得一丈二尺银拐杖　耶恰拿茅公茅母来拦
炼得一丈二尺金拐杖　这本是喻世语
炼得一十二个银圆球　这本是醒世言
炼得一十二个金圆球

第四节　创造万物

一、包恰造万物（隆昌版^②）

包恰思了又思　　　开成这天宽广广
想了又想　　　　　辟成这地矮茫茫
包恰来开天　　　　她造青天空空不好看
耶恰来辟地　　　　她造星宿乌乌无铜色

---

① 蛀虫：这里特指蝼蛄（lóu gū），西南地区俗名耕狗、拉拉蛄、扒扒狗、土狗崽，田狗崽。生活在泥土中，昼伏夜出，其形如狗，前脚大，呈铲状，适于掘土，有尾须，吃农作物嫩茎。因与蚂蚁同样挖土为巢穴，引发堤坝溃泄。

② 王德忠演述，2017年6月24日，隆昌村摆扒组，王星虎记录，王星华拍摄。

她拿茅公茅母来去掩
她造青天亮亮不好看
她造星宿光光无银色
她拿茅公茅母来去遮
这也是包恰的喻世语
这也是包恰的醒世言

包恰来捏七坨灰泥巴
就成七条水牛
包恰来捏七坨黄泥巴
就成七条黄牛
包恰来捏七坨稀泥巴
就成七个猪
包恰来捏七坨白泥兮
就成七只鸡
包恰来捏七坨灰泥巴
就成七只鸭
这本是包恰的喻世语
这本是包恰的醒世言

包恰思了又思
想了又想
包恰拉一头母水牛
踩得七坨黄泥巴
来扔呀扔到天
成七个太阳来热烘天
她拉一头母黄牛
踩得七坨烂泥巴
来扔呀扔到月堤
成七个月亮来陪衬
包恰造日那时起
包恰造月那时来

这本是包恰的喻世语
这本是包恰的醒世言

包恰思了又思
想了又想
她拿金水钢水造
造成一个硬背硬邦邦
硬腰硬古古
他吹不来哨
他讲不来话
他生包恰的气
他埋包恰的怨
包恰来削长钢杆
包恰来削长铁杆
她驱往青山
她赶往密林
那个去成一个老羊
那个去成一个野牛

包恰她拿金水钢水造
造成一个硬背硬邦邦
硬腰硬兮兮
他吹不来哨
他讲不来话
他生包恰的气
他生包恰的怨
包恰来削长钢杆
包恰来削长铁杆
她赶往绿林
她赶往密林
那个去成一个野人
那个去成一个蛮人

包恰她拿金水来造、钢水来造
造成一个硬背硬邦邦
硬腰硬古古
他吹不来哨
他讲不来话
他生包恰的气
他埋包恰的怨
包恰来削长钢杆
包恰来削长铁杆
她驱到天岩
她赶到天涯
那个去成一个花斑豹
那个去成一个花斑虎

包恰她拿金水钢水造
造成一个硬背硬邦邦
硬腰硬古古
他吹不来哨
他讲不来话
他生包恰的气
他埋包恰的怨
包恰来削长钢杆

包恰来削长铁杆
她驱到高山
她赶往峻岭
那个去成一个扛鸡猫①
那个去成一个花狸獐②

包恰思了又思
想了又想
她拿银砂水金砂水做血脉
她拿盐肤木当骨头
她拿蓬麻野麻做筋络
造成一个软身软体软灵灵
软身软体软巧巧
他也吹来哨
他也讲来话
他也种得地
也收得得粮
养儿也本大
养妻也本老
包恰造人那时起
包恰造人那时来
这本是包恰的喻世语
这本是包恰的醒世言

① 扛鸡猫：鼬之一种，有黄鼬、紫貂。状似鼠而身长尾大，黄色带赤者，俗称"黄鼠狼"，遇敌放臊臭气味。与水貂和鸡貂有亲缘关系，动作迅猛，非常活跃，嗜血，以幼禽（鸡）和幼兽（鼠）等为食。
② 狸：猫科哺乳动物，又叫山猫、野猫、豹猫。善于奔跑，偷袭，能攀援上树，常活动于林区，胆大凶猛，常夜间活动。以伏击的方式捕鸟为食。獐：麝属动物，外形像鹿而小，无角，非鹿角科，有象牙一样的下曲獠牙，前腿短，后腿长，善于跳跃，尾巴短，毛黑褐色或灰褐色，吃树叶、花草、地衣等。雄獐因肚脐和生殖器之间有腺囊，能分泌麝香，故称香獐子，麝。西南地区民间把介于两者之间的动物称为"狸獐"。

二、包恰造万物（六堡版 ①）

那时包恰想了想	那时包恰想了想
那时包恰思又思	那时包恰思又思
她造人来住世间	她造人来住世间
她造鬼怪住山洞	她造野人住山洞
她用银水来造	她用银水来造
她用铁水来造	她用铁水来造
造一个硬腰又硬肩	造一个硬腰又硬肩
硬腰硬肩直挺挺	硬腰硬肩硬邦邦
种地本无收	种地本无收
种粮本无获	种粮本无获
本养不了妻	本养不了妻
本育不了儿	本育不了儿
住村不旺盛	住村不旺盛
住寨不热闹	住寨不热闹
那时包恰才生气	那时包恰才生气
来削根长钢杆	来削根长钢杆
驱赶到森林	驱赶到森林
去成个妖婆	去成个猿人
来削根长铁杆	来削根长铁杆
驱赶到密林	驱赶到密林
去成个魔公	去成个野人
妖婆那时起	猿人那时起
魔公那时来	野人那时来
这个本是猜查义	这个本是猜查义
这个本是猜查娅	这个本是猜查娅

---

① 创造万物，仙鹅版应用在"敬鸡神谕"中。此节为赵通金演述，2017年
7月28日晚，六堡村新玉头，记录者王星虎。

那时包恰想了想　　　　　这个本是猜查义

那时包恰思又思　　　　　这个本是猜查娅

她造人来住世间

她造鬼怪住山洞　　　　　那时包恰想了想

她用盐肤木做骨头　　　　那时包恰思又思

她用苘麻做筋络　　　　　她造个山羊

造成一个软腰又软肩　　　她造个野牛

软腰软肩软和和　　　　　造成在山崖

种地本可收　　　　　　　造成在山谷

种粮本得获　　　　　　　它吃草尖叶

也可养得妻　　　　　　　它吃藤嫩叶

也可育得儿　　　　　　　它吃相当籼米饭

在世热闹闹　　　　　　　它吃相当糯米饭

住村熙攘攘　　　　　　　它吃活生生

包恰造人那时起　　　　　它吃发展展

包恰造人那时来　　　　　它在满山坡

这个本是喻世语　　　　　它在满山谷

这个也是醒世言　　　　　这个本是猜查义

　　　　　　　　　　　　这个本是猜查娅

那时包恰想了想

那时包恰思又思　　　　　那时包恰想了想

选人来穿布　　　　　　　那时包恰思又思

选鬼来糊纸　　　　　　　她造个巴狸①

人穿翩翩本是布　　　　　她造个巴鼯②

鬼穿款款还是纸　　　　　造成在岩洞

选人穿布那时起　　　　　造成在石洞

选鬼糊纸那时来　　　　　它吃林树叶

---

① 巴狸（lí）："巴"为东家语音，有雌雄的"雄"之意，如巴幺，音意
为黄公牛。狸是一种奇兽，它的样子像猪。脚上长着鸡足，叫起来像狗吠。
狸是古代中国神话传说中的神兽之一，善于挖土。东家语"狸"特指燕子。

② 鼯（wú）鼠：也称飞虎，长有肉翅，能从树上飞降下来。住在山崖树洞
中，昼伏夜出。东家语音为"yóu"，特指蝙蝠。

它吃木嫩尖

它吃相当籼米饭

它吃相当糯米饭

它吃活生生

它吃发展展

它住满山崖

它住满山岩

这个本是猜查义

这个本是猜查娅

那时包恰想了想

那时包恰思又思

她造个巴犀①

她造个巴麝②

造成在山坡

造成在山谷

它吃野果叶

它吃树嫩枝

它吃相当籼米饭

它吃相当糯米饭

它吃活生生

它吃发展展

它在满山坡

它在满山谷

这个本是猜查义

这个本是猜查娅

那时包恰想了想

那时包恰思又思

她造个地獴③

她造个地猲④

造成在山峰

造成在山头

它吃野地叶

它吃藤嫩枝

它吃相当籼米饭

它吃相当糯米饭

它吃活生生

它吃发展展

它住满山峰

它住满山头

这个本是猜查义

这个本是猜查娅

那时包恰想了想

那时包恰思又思

① 犀牛：其壮如牛，脚短身肥，皮厚毛少，眼睛小，实心的独角或双角长在鼻子上，以树叶、嫩枝、野果等为食物。

② 原麝：也称香獐、獐子、山驴、林獐。头小、眼大，耳长而直立，尾短，四肢细长，栖居于丛林灌木地带的悬崖峭壁和岩石山地。

③ 獴（méng）：鼻吻尖长，耳短小。颈短而粗，体躯稍粗壮，足印略似小灵猫的足迹，喜栖于山林沟谷及溪水旁，多利用树洞、岩隙作窝。叫声如猪，嗅觉异常灵敏，当发现地下有蚯蚓、昆虫幼虫时，立即用前爪和吻鼻端拱土挖掘。

④ 猲（gē）：古传说的一种山中野兽，形状像狼，长着红脑袋和老鼠一样的眼睛，发出的声音如同小猪叫，名称是猲狙，是能吃人的。

她造个料鸧①　　　　　它吃黄野果

她造个料鸫②　　　　　它吃红乌果

造成在山林　　　　　　它吃相当籼米饭

造成在山间　　　　　　它吃相当糯米饭

它吃紫野果　　　　　　它吃活生生

它吃酸枣果　　　　　　它吃发展展

它吃相当籼米饭　　　　它住满山岭

它吃相当糯米饭　　　　它住满山林

它吃活生生　　　　　　这个本是猜查义

它吃发展展　　　　　　这个本是猜查娅

它住满山林

它住满山间　　　　　　那时包恰想了想

这个本是猜查义　　　　那时包恰思又思

这个本是猜查娅　　　　她造个蜂鸟

　　　　　　　　　　　她造个百灵鸟

那时包恰想了想　　　　造成在山峰

那时包恰思又思　　　　造成在山林

她造个给兴③　　　　　它吃刺毛果

她造个锦鸡④　　　　　它吃秧泡果

造成在山岭　　　　　　它吃相当籼米饭

造成在山林　　　　　　它吃相当糯米饭

① 料鸧："料"为阿孟东家语雌雄的"雄"音义。鸧（cāng）即鸧鹒，（cāng gēng 仓庚），为一种黄鹂鸟，雄鸟头和上下体羽大都金黄色。鸣声清脆婉转，富有弹音，并且能变换腔调和模仿其他鸟的鸣叫，清晨鸣叫最为频繁，有时边飞边鸣，飞行呈波浪式。吃植物果实、种子、昆虫。

② 料鸫：鸫（dōng），嘴短健，嘴缘平滑，上嘴前端有缺刻或小钩，善鸣，鸣声多样，悦耳动听，吃一些浆果、植物种子和昆虫，营巢于树上、地上、岩石洞穴或灌木丛中。

③ 给兴：东家母语音译，传说为民间一种蜂王，头大得像老虎，性情也凶猛像老虎，身体长有虎斑纹，故称"虎头蜂"。吃成熟果实或树木的汁液。

④ 锦鸡：形状类似喜鹊、大鹦鹉，背部有黄、红两种纹理。嘴红、绿顶、红肚。脚爪利害，喜欢打斗。活动于多岩的荒芜山地、荆棘、灌木丛及矮竹间。它是雉科中最华丽的种类，以一身艳丽无比的羽毛而闻名于世。

它吃活生生

它吃发展展

它住满山峰

它住满山林

蜂鸟本是小幼崽

白灵本是歌中王

这个本是猜查义

这个本是猜查娅

那时包恰想了想

那时包恰思又思

她造个螃蟹

她造个河蟹

造成在岩缝

造成在河谷

它吃石参籽^①

它舔岩缝藻

它吃相当籼米饭

它吃相当糯米饭

它吃活生生

它吃发展展

它住满海洋

它住满河谷

这个本是猜查义

这个本是猜查娅

那时包恰想了想

那时包恰思又思

她造个鲳鱼^②

她造个鲹鱼^③

造成在水头

造成在河滩

它吃海河藻

它吃塘泥籽

它吃相当籼米饭

它吃相当糯米饭

它吃活生生

它吃发展展

它住满水头

它住满河滩

这个本是猜查义

这个本是猜查娅

那时包恰想了想

那时包恰思又思

造成鸡的母亲和父亲

造在茅高树密打猎坡

造在荒坡野岭打鸟坡

老鹃扑翅频又频

老鹰扑翅忙又忙

---

① 参籽：疑为海参类幼体，从上下文看，东家人早期有可能在海湖一带生活过，也可能只是西南部溶洞内贝类物种。海参又名刺参、海鼠、海黄瓜，是一种名贵的海产动物。

② 鲳（chún）：传说中古代的一种鱼，长形，有巨齿。现进化为辐鳍鱼纲鳗鲡目的其中一个科。

③ 鲹（shēn）：因体呈纺锤形，民间俗称棍子鱼、池鱼，口大，侧扁而高，鳞细，尾柄细小。

洪水漫涌厚又厚
暴雨流淌多又多
一天拍三次
三天拍九次
鸡母挡也挡不住鹞的扑
鸡父抵也抵不住鹰的拍
来挡不住洪水
来抵不住暴雨
它飞飘飘扑往包恰的葱园
它飞棱棱钻进包恰的麻园
哪个来去看葱园
包恰来去看葱园
哪个来去看麻园
包恰来去看麻园
去来看到鸡母和鸡父
鸡冠红彤彤
鸡尾长翼翼
包恰害怕以为是妖魔
包恰恐惧以为是妖怪
包恰折荆条来驱赶
包恰折竹枝来抽打
那时鸡母和鸡父
张口如谷仓
吐舌如蕉叶
来说有根又有据
来讲有因又有果
奈何以前包恰她搞错
只怪以前包恰她弄错
造在茅高树密打猎坡
造在荒坡野岭打鸟坡

老鹞扑翅频又频
老鹰扑翅忙又忙
洪水漫布厚又厚
暴雨流淌多又多
一天拍三次
三天抽九次
我挡不住鹞拍揍
我抵不住鹰扑打
我挡不住洪水拍
我抵不住暴雨打
我飞飘飘扑往包恰你葱园
我飞棱棱钻进包恰你麻园
我是小鸡儿
我是小鸡崽
不是妖魔呀
不是鬼怪哦
那时包恰得真话
那时包恰得真言
来捡公鸡装衣兜
来抱母鸡护腰裙
拿来放在包恰的温屋
拿来养在包恰的暖家
选抛包恰龙谷龙米在磨下
选撒包恰龙谷龙米在碓前
鸡壮站磨碓
猪肥挤木槽
这个本是猜查义
这个本是猜查娅

第五节　射日射月

一、射日射月（六堡、六个鸡版①）

再说包恰来弄错　　　　　　黎民百姓做活也不成

包恰来失误　　　　　　　　良民百姓种地也不好

包恰开错七个日　　　　　　干不得来吃

耶恰造错七个月　　　　　　种不出来拿

七个来七方　　　　　　　　耶映耶艮气又气

七个热又热　　　　　　　　耶映耶艮恨又恨

七个来七面　　　　　　　　他转身回家来

七个辣又辣　　　　　　　　掉过头回屋来

白天如晚上　　　　　　　　是谁来制弓

晚上像白天　　　　　　　　耶映耶艮来制弓

耶映耶艮②顶锅去种地　　　是谁来造箭

晒死耶映耶艮的儿　　　　　耶映耶艮来造箭

耶映耶艮顶来锅砍柴　　　　他拿一棵棠棣木③

晒死耶映耶艮的孙　　　　　耶映耶艮制得牛场对牛场④

---

① 赵祥章（45 岁，小学文化）演述，2015 年 12 月 21 日，六堡村老虎坳，王星虎记录。金培光（71 岁，小学三年级），演述于 2018 年 8 月 30 日，凯里市六个鸡村。采访者：高前文、王星虎。

② 耶映耶艮（gén）：阿孟东家语，人名，"耶"为"公"，语序倒装，可译为"映公艮公"，是阿孟东家人史诗中的射日英雄。

③ 棠棣：阿孟东家母语称为"逼娃"。汉语学名甘棠树、棠梨。野生梨树，棠棣花象征着兄弟情义，棠棣喜光，耐寒、耐旱、耐涝，其木质坚硬耐腐，古人常用棠棣木制作剑鞘。

④ 牛场对牛场：阿孟东家人对时间段的一种表述方式，从大的时间说，以十二生肖为赶集的间隔日期，一场一般有十三天。从小的时间说，也对应十二时辰，即牛场对丑时，猪场对亥时。具体指代时间，视上下文的时间夸张程度而用，形容工程大，事件难，废时废力。以下"猪场对猪场、羊场对羊场、狗场对狗场"是同样的表达意义。

制得三支箭　　　　　　　　　他想又有什么树来长登天

三支棠棣木　　　　　　　　　有棵马桑树^②来长登天

根部缠麻线　　　　　　　　　又有棵什么树来生登地

头部抹油滑　　　　　　　　　有棵黄饭树^③来生登地

他拿一根盐肤木　　　　　　　耶映耶艮他顶锅九口

开得虎场对虎场　　　　　　　他爬棵马桑树

制得三支箭　　　　　　　　　耶映耶艮他戴锅九口

三支铁果箭盐肤木^①　　　　他爬棵黄饭树

根部缠麻线　　　　　　　　　地僰地流^④赶马送粮来忙忙

头部擦油亮　　　　　　　　　是养耶映耶艮去射日

耶映耶艮来制弓九丈　　　　　他爬嗯呀嗯

他削来又劈去　　　　　　　　哔呃呷嗣哴到半天

木屑刨花铺满地　　　　　　　地僰地流赶马送粮来匆匆

耶映耶艮来制弓九尺　　　　　是养耶映耶艮去射月

他削来又劈去　　　　　　　　他爬叭呀叭

木屑刨花到腰间　　　　　　　哔哩呷嗣哴到半空

他削得羊场对羊场　　　　　　他爬牛场到牛场

木屑刨花到梁背　　　　　　　爬到太阳沟

他削得狗场对狗场　　　　　　他爬猪场到猪场

木屑刨花到屋脊　　　　　　　爬到月亮路

　　　　　　　　　　　　　　守住太阳沟

---

① 铁果，阿孟东家母语"别老"的意译，一种硬质木。

② 马桑树：阿孟东家母语"别坚"，西南地区普遍认为马桑树是通天神树，吸纳了太阳神树扶桑及桑材（社树）的结果，故而称"千年红""马鞍子"，西南神话史诗广泛流传马桑树曾是高大乔木，因射日英雄攀马桑树射落日月，后被诅咒为"上天梯，不要高，长到三尺就勾腰"，被雷公劈断，从此马桑树不能长高，树身脆，易折断，不再利于攀爬。又因马桑树含水多，民间砍柴都不喜，其树也暗喻指没有用、不招人喜欢的东西。

③ 黄饭树：学名密蒙树，西南地区用其花染糯米饭，故称黄饭花。又因药效上会使胚胎、哺乳和血压下降，孕妇与高血压者禁用，古人认为有防恐高之义，应是高到天上的树木，后被贬为又矮又脆的丛林灌木。

④ 地僰地流：东家人语音，取"僰（bó）""流"二字，意指古代称西南地区少数民族。

拦住月亮路

耶映耶艮看见日月冉冉升天边

耶映耶艮笑朗朗

耶映耶艮张弓搭箭——噌

日月受不了

日月落吧哴

耶映耶艮看见日月冉冉升天际

耶映耶艮笑嘻嘻

耶映耶艮张弓搭箭——嗖

目光对箭头

箭头对日头

六箭去六方

六箭中六日

六箭去六边

六箭中六月

日月受不了

日月掉啵咯

射日落哪里

太阳落汪洋

射月落哪方

月亮掉滂海

日怨日不升

月气月不出

天黑得七天

天暗得七日

不照黎民百姓来引火

不亮鸡鸭鱼虫来觅食

不照黎民百姓来干活

不亮鸡鸭鱼虫来找吃

这个本是喻世言

这个本是警世语

那时包恰也得说

包恰也得讲

来黑得七天

来暗得七日

它生包恰的气

它抱包恰的怨

包恰她思了又思

想了又想

她叫谁去喊太阳

她叫谁去喊月亮

她叫公牛雄将去喊太阳

她叫公牛霸将①去喊月亮

公牛雄将怎样说

公牛霸将怎样讲

我们是外甥崽

日月是母舅爷

我喊它也升起

我喊它也出来

我跟包恰说

我与包恰讲

你打钢角铁角放我头

钢口铁唇放我嘴

钢蹄铁趾放我脚

那时我喊它要出

我唤它要来

包恰真的去请一个打铁匠

去请一个炼钢师

打得钢角铁角来放公牛雄将头

---

① 公牛雄将、公牛霸将：为东家语译，是对牛的美称。以下对"马"的修饰同。

钢口铁唇来放公牛雄将嘴
钢蹄铁趾来放公牛雄将脚
公牛雄将它叫哞哞村头到村边
也不合日月的心
公牛雄将它叫哞哞寨头至寨边
也不如日月的意
日怨日不升
月气月不出
它生包恰的气
它抱包恰的怨
包恰才来凿掉牛上齿
割脚成两叉
背上肩负犁和耙
分得七层褶皱面
七道褶皱沟
让它耕田犁土来养黎民百姓
这个本是喻世言
这个本是警世语

包恰她思了又思
想了又想
她叫谁去喊太阳
她叫谁去喊月亮
她叫公马雄将谁去喊太阳
她叫公马霸将谁去喊月亮
公马雄将怎样说
公马霸将怎样讲
我们是外甥崽
日月是母舅爷
咱喊它也升起
咱喊它也出来
我跟包恰说

我与包恰讲
你打钢梳银角放我头
钢齿铁牙放我嘴
钢蹄铁趾放我脚
那时我叫它要出
我唤它要来
包恰真的去请一个打铁匠
去请一个炼钢师
打得钢梳银角放公马雄将头
钢齿铁牙来放公马霸将嘴
钢蹄铁蹄来放公马雄将脚
公马雄将它叫咴咴村头到村边
也不合日月的心
公马霸将它叫咴咴寨头到寨边
也不如日月的意
日怨日不升
月气月不出
它生包恰的气
它抱包恰的怨
包恰才拿铁链拴马嘴
铁掌钉马脚
背来负鞍鞯
脖来负鞍垫
让它驮食运粮来养兵丁将士
这个本是喻世言
这个本是警世语

那时包恰请谁去叫太阳
她请公鸡兵士谁去喊太阳
她叫公鸡军士谁去喊月亮
公鸡兵士怎样说
公鸡军士怎样讲

我们是外甥崽

日月是母舅爷

我喊它也升起

我喊它也出来

我跟包恰说

我与包恰讲

你打金梳铜角放我头

钢啄铁尖放我嘴

钢趾铁爪放我脚

那时我叫它要出

我唤它要来

包恰真的去请一个打铁匠

去请一个铸铜师

打得金梳铜角来放公鸡兵士头

钢啄铁尖来放公鸡将士嘴

钢趾铁爪来放公鸡兵士脚

公鸡兵士去叫日月

它飞扑棱站圈板

拍翅嘭嘭来叫七层又七层

也合日月的心

日月升冉冉

它飞扑棱站栅栏

拍翅嘭嘭来叫七遍又七遍

也合日月的意

日月升缓缓

日升冉冉如簸箕

它亮彤彤满地晃

月出缓缓似斗笠

它光洁洁满地照

来照黎民百姓来引火

来亮鸡鸭鱼虫来觅食

来照黎民百姓来干活

来亮鸡鸭鱼虫来找吃

这个本是喻世言

这个本是警世语

第三章　说古喻今

二、射日射月（仙鹅版）

那时讲完了一代

那时说完了一辈①

只怪七个太阳很热

只怪七个月亮很辣

晒融耶映耶艮的崽

晒化耶映耶艮的孙

晒化在石缝

晒臭在岩沟

后来小娃去放牛

喊哼它应哼

喊哈它应哈

它惹耶映耶艮来生气

它惹耶映耶艮来恼火

耶映耶艮开得牛场对牛场

---

① 仙鹅版的《射日射月》放在《洪水滔天》之后，故有这两句转场词。其实，
射日射月属于开天辟地神话之后的英雄传说，放在后面是较符合神话到传
说、神到英雄（人）的历史叙事逻辑。

制得六支牛舌箭①　　　　　　　不晓时间砍柴

开得猪场对猪场　　　　　　　　不知时间弄菜

制得六支猪舌箭　　　　　　　　不晓时间做饭

耶映耶艮想了想　　　　　　　　包恰思了思

思了思　　　　　　　　　　　　包恰想了想

天下有什么植物有天高　　　　　让谁去请太阳出来

有什么植物与天齐　　　　　　　让谁去请月亮出来

岩马桑②有天高　　　　　　　　让水牛去请太阳

岩马桑与天齐　　　　　　　　　让水牛去请月亮

他上岩马桑去拦太阳路　　　　　水牛去叫吭吭吭吭

他上岩马桑去拦月亮路　　　　　不合太阳的心声

拦得牛场对牛场　　　　　　　　太阳恼火太阳不来

七个太阳冉冉升　　　　　　　　水牛去叫吭吭吭吭

拦得猪场对猪场　　　　　　　　不合月亮的心意

七个月亮高高挂　　　　　　　　月亮生气月亮也不来

他射掉六个太阳

只剩一个太阳　　　　　　　　　包恰思了思

矢落六个月亮　　　　　　　　　包恰想了想

只剩一个月亮　　　　　　　　　让谁去请太阳出来

射落飘遥去　　　　　　　　　　让谁去请月亮出来

射落大海去　　　　　　　　　　包恰又拿马去请太阳

　　　　　　　　　　　　　　　拿马去请月亮

那时太阳气了太阳不来　　　　　马去叫嘿嘿嘿嘿

月亮恼了月亮也不来　　　　　　不合太阳的心声

白天像晚上　　　　　　　　　　太阳恼火太阳不出来

晚上似白天　　　　　　　　　　马去叫嘿嘿嘿嘿

害得包恰不知时间种地　　　　　不合月亮的心意

──────────────

① 牛舌箭：应是一种喻称，以下猪舌箭同。

② 岩马桑：同上马桑树意。阿孟东家语为"别坚"，直译为高大的果树，阿
　孟东家人史诗传说中的高入云天的大树，后因世间人常攀此树上天，被雷
　公降罪，永贬为矮树。岩马桑在汉语中别名有山蜡梅、铁筷子、毛山茶、
　小坝王、雪里花、鸡卵果等，实际只有 1~3 米高。

月亮生气月亮也不来

再有鸡过来说
我去请它会来
我去请它会到
包恰说
为什么你去请它它就来
为什么你去请它它就到
鸡说
太阳是我的舅舅
我是太阳的外甥崽
月亮也是我的舅舅
我也是月亮的外甥崽
我请它就来
我唤它就到
鸡去站起在牛圈
它叫喔叫喔在夜空
它叫七层又七次
它叫七段又七回

它叫天边渐发白
它叫东边现红日
它站起在猪圈
它叫喔叫喔在夜空
它叫七层又七次
它叫七段又七回
它叫天边渐发白
它叫西边现月亮
天空渐渐升太阳
天空冉冉现月亮
它使包恰高兴来犒赏
它使包恰喜欢来酬劳
打得一把梳子在鸡头
打得耳坠在鸡脸
现在你吃皇帝的粮
你吃皇帝的米啊
这也是喻世语
这也是醒世言

第六节 巡天勘地

一、巡天勘地（仙鹅版①）

那时讲完了一代
那时说完了一辈

也是古老话
也是古传说

---

① 仙鹅和隆昌地区把"划地分疆""雄鹰治怪兽""射日射月"等章节放到
"兄妹制人烟"之后，"隔阴阳场"之前。

那时包恰造成一人来世上
安排人类暖疆域
那么叫谁去勘地情
去找谁去查地况
叫癞蛤蟆去勘地情
叫癞蛤蟆去查地况
癞蛤蟆去得三天
失脚落进包恰的牛脚印①
没得东西吃
急急回来
癞蛤蟆去得三朝
落在包恰的猪脚印
没得东西吃
匆匆转来
包恰左也问
右也问
你去得三天
你看伏羲姊妹安排人住村寨满
不满
你去得三朝
你看伏羲姊妹分配人住村寨匀
不匀
癞蛤蟆说
我虽去了三天
但我落在了你的牛脚印
我哪知道他分得好不好
我虽去了三朝
我失脚落进了你的猪脚印
我哪知道他匀不匀

害得包恰生气
惹得包恰埋怨
包恰她拾棒来
她拿棍来
驱赶癞蛤蟆往园脚
驱赶癞蛤蟆到石缝
拿铜来钉在它身上
拿铝来锥在它身上
钉成糙手癞蛤蟆
锥成糙脚癞蛤蟆
这就是癞蛤蟆身上疙瘩的缘
故啊
这就是癞蛤蟆手脚粗糙的缘
故啊

包恰思虑又思虑
冥思又苦想
那么叫谁去勘地情
去找谁去查地况
她叫乌鸦去勘地情
她让乌鸦去查地况
乌鸦去到水洼
来到水泊
没得山坡野果吃
它转身回来
它去山脚到山巅
没得山坡野果食
它返身转来
包恰左也问

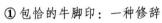

① 包恰的牛脚印：一种修辞手法，包恰创造的牛，脚印也属于包恰，普天之
下，莫非包恰。

右也问

你去得三天

你看伏羲姊妹安排得均不均

你去得三朝

你看伏羲姊妹分配得匀不匀

乌鸦说

我去水洼到水泊

没得山珍野果吃

我跳转身

谁知均不均

我去山脚到山巅

没得山珍野果食

我抽身回

谁知匀不匀

它害包恰来生气

它惹包恰来埋怨

包恰捉乌鸦泡靛缸

变成一个黑乌鸦

包恰捉乌鸦泡灰缸

变成一个白乌鸦

这也是喻世语

这也是醒世言

二、巡天勘地（六堡版）

那时包恰来得说

那时耶恰来得讲

来黑得七天

来黑得七日

恐怕天不齐

担心地不好

请谁去看天

请王不毒①去看天

请谁去看地

请王不毒去看地

请去得七天

去掉一只牛脚印

请去得七日

去落一只猪脚坑

它看个天高又高

它见个地宽又宽

天际连地界

路尽达地头

不见烟火气

不见炊烟升

不见人生活

不见鬼在岩

它转身回来

它调头过来

包恰过去问

请你去七天

看天齐不齐

请你去七日

望地好不好

那时王不毒才得说

请我去得七天

去碰一个牛脚印

077

第三章　说古喻今

---

① 王不毒：东家语音译，一种修辞称呼，属青蛙蟾蜍一类。

请我去七日
去落一个猪脚坑
我见天空高又高
大地宽又宽
天际连地界
路尽达地头
不见烟火气
不见炊烟升
不见人生活
不见鬼在岩
我转身回来
我调头过来
不知天呀齐不齐
地哦好不好
那时包恰来生气
捉王不毒扔篱笆
它棱呼噜牛脚印
捉王不毒扔院栏
它溜嗦啰猪脚坑
那个本是喻世语
那个本是警世言

那时包恰请谁去看天
请乌鸦啊啊^①去看天
她请谁去看地
请乌鸦啊啊去看地
请去得七天
它飞高坡重峻岭
烂尾不烂翅

烂尾烂翅烂糟糟
请去得七日
它飞水岭重河滩
烂尾不烂翅
烂尾烂翅烂稀稀
它看个天高又高
它看个地宽又宽
天际连地界
路尽达地头
不见烟火气
不见炊烟升
不见人生活
不见鬼在岩
它转身回来
它调头过来
包恰过去问
请你去七天
看天齐不齐
请你去七日
望地好不好
那时乌鸦啊啊^②来说道
请去得七天
我飞高坡重峻岭
烂尾不烂翅
烂尾烂翅烂糟糟
请去得七日
我飞水岭重河滩
烂尾不烂翅
烂尾烂翅烂稀稀

东家人史诗《开路经》

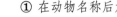

① 在动物名称后加拟声词，是一种修辞手法。
② 乌鸦啊啊：以其叫声修辞、渲染。

我看个天高又高　　　　那时包恰来生气

我看个地宽又宽　　　　捉住乌鸦啊啊三寸颈

天际连地界　　　　　　乌鸦啊啊来说道

路尽达地头　　　　　　怜惜我母手抚育

不见烟火气　　　　　　我父手把养

不见炊烟升　　　　　　不要坏了我名声

不见人生活　　　　　　毁了我名誉

不见鬼在岩　　　　　　那时捉住乌鸦啊啊三寸颈

我转身回来　　　　　　投没天白水①染缸

我调头过来　　　　　　来成个白颈乌鸦鸟

不知天呀齐不齐　　　　那个本是喻世语

地哦好不好　　　　　　那个本是警世言

第七节　雄鹰治怪兽

一、雄鹰治怪兽（仙鹅版）

包恰思虑又思虑　　　　它走得头七天

冥思又苦想　　　　　　暖地暖方暖和和

那么叫谁去勘地情　　　柔天柔地柔绵绵

去找谁去查地况　　　　走得后七天

包恰又叫老鹰去看地方　寒天冻地冷冰冰

又叫老鹞去走村寨　　　孤村冷寨阴森森

一个王老鹰②　　　　　到处是深谷

一个王老鹞　　　　　　到处是黑潭

---

① 天白水：东家语直译，应是一种白色的天然染料。

② 王老鹰："王"东家母语发音词，常称"大王、皇帝"之意，此处为谐音
直译，即"老鹰王"，是对老鹰的美称。

到处是长冲　　　　　　　　它说

到处是高山　　　　　　　　我去前七天

到处是七道沟　　　　　　　暖地暖方暖和和

到处是七道岭　　　　　　　柔天柔地柔绵绵

鬼魅来回返　　　　　　　　我去后七天

妖怪四徘徊　　　　　　　　寒天冻地清寂寂

那天它去遇个怪兽有牛大　　孤村冷寨阴森森

它高有马大　　　　　　　　一个王老鹰

耳朵像马耳　　　　　　　　一个王老鹞

鼻子似羊鼻　　　　　　　　那里到处是深谷

遇大它咽下　　　　　　　　到处是黑潭

遇小它吞掉　　　　　　　　到处是长冲

吃不完它扔龙洞　　　　　　到处是高山

食不完它拖兔洞　　　　　　到处是七道沟

一个王老鹰　　　　　　　　到处是七道岭

一个王老鹞　　　　　　　　鬼魅来回返

它急急回来　　　　　　　　妖怪四徘徊

它匆匆转来　　　　　　　　那天去遇个怪兽有牛大

包恰左也问它　　　　　　　它高有马大

右也问它　　　　　　　　　耳朵像马耳

你去前七天　　　　　　　　鼻子似羊鼻

你看伏羲姊妹安排人在各村均　遇大它咽下

不均　　　　　　　　　　　遇小它吞掉

你去后七天　　　　　　　　它吃不完扔龙洞

你看伏羲姊妹安排人在各寨匀　它食不完拖兔洞

不匀　　　　　　　　　　　包恰说

一个王老鹰　　　　　　　　那是个"暴食餐"①

一个王老鹞　　　　　　　　那是个"厌食僵"

① 暴食餐、厌食僵：东家母语谐音直译，称其为"马龙马兔"。从史诗的描
述猜测，这是个类似恐龙，形似巨蜥的古代猛兽。外形似兔马牛羊的"四
不像"，为古代巨大食人怪兽，凶残贪婪，吞食人类。这个怪兽像古书《山

那你有把握打倒它没　　　没有盘缠

你有实力伤害倒它没　　　包恰说

一个王老鹰　　　你去路途远

一个王老鹞　　　你去时间长

它说　　　我关照你不周

我有把握打倒它　　　照看你不全

我有实力伤倒它　　　你去上寨吃个鸡

只是我嘴巴没包铁　　　你走下寨吃个鸭

脚爪没包钢　　　那是你们的路费

包恰想了又想　　　那是你们的盘缠

算了又算

去找姜打铁　　　一个王老鹰

去找力用钢①　　　一个王老鹞

打得个铁嘴　　　走到一条深冲

打得对钢爪　　　走到一个长岭

拿来包老鹰的嘴　　　去到一个高坡

拿来包老鹞的爪　　　去到七叉沟

一个王老鹰　　　去到七岔道

一个王老鹞　　　遇到一个马耳朵

它又说　　　遇到一个羊鼻子②

我去便去　　　认亲朋也重情

只是我没得路费　　　认老庚③也重义

海经》中的"饕餮"（tāotiè），为龙的第九子。据《山海经·北山经》记载："（钩吾之山）有兽焉，其状如羊身人面，其目在腋下，虎齿人爪，其音如婴儿，名曰狍鸮，是食人。"后人把它铸在青铜鼎上，成为商周"狰狞恐怖"纹饰，表达王权的"神秘威严"，意喻对政治权力、地位与财富的占有，让人望而生畏。

① 姜打铁、力用钢：阿孟东家母语谐音直译，大意是一个叫"姜"的打铁匠和一个叫"力"的制钢师。

② 马耳朵、羊鼻子：是暴食餮、厌食僵的代称，以身上突出特征借代其称呼。

③ 一般指同年生的但不一定是同月同日出生而结交的朋友，一般男的叫老庚，女的叫老同。同性之间结老庚，在中国是常见的人际现象，相当于"拜把子""打伙计"的性质。

吃肉三天不撤席

喝酒三夜均通宵

一个王老鹰

一个王老鹞

它说

老庚你吃肉又重情

喝酒又重义

你找东西吃的姿势如何

你睡觉的姿势如何

你找东西用的样子如何

你睡眠的样子如何

一个马耳朵

一个羊鼻子

它说

你看我乱跳乱跳

跳跳到半冲

半冲芭茅野草断满地

那是我睡眠

你看我钻进刺蓬

那是我找东西吃

你看我跳蹦蹦

蹦蹦到半山

山中芭茅野草断满地

那是我睡眠

你看钻进刺丛

那是我找东西用

一个马耳朵

一个羊鼻子

又说

那我老庚吃肉也重情

喝酒也重义

你找东西吃如何

你找东西用如何

你睡如何

你眠如何

一个王老鹰

一个王老鹞

它说

你看我飞起来飘乎飘乎①

飘乎在半坡

那是我找东西吃

那是我找东西用

你看我飞飘乎飘乎

飘乎在半空

我双翅张开

尾巴遮翅膀

翅膀掩胸膛

那是我睡

那是我眠

一个王老鹰

一个王老鹞

我们俩个不准谁说假话

不准谁撒谎

你找东西吃如何

你睡如何

你找东西用如何

你眠如何

① 飘乎飘乎：阿孟东家母语形容词发音为"边耶边耶"。

一个马耳朵
一个羊鼻子
你看我活蹦又乱跳
跳跳到半冲
芭茅野草断满地
那是我找东西吃
你看我钻进刺蓬
那是我睡眠
你看我跳蹦蹦
蹦蹦到半山
山中芭茅野草断满地
那是我找东西用
你看钻进刺丛
那是我睡眠

一个马耳朵
一个羊鼻子
我们说真话
我们说实话
不许谁哄
不许谁骗
一个王老鹰
一个王老鹞
你看我飞飘乎飘乎
飘乎在半坡
我双翅抖微微
我双膀抖颤颤
那是我睡
那是我眠
你看我飞飘乎飘乎
飘乎在半空
我张开翅膀

翅膀好似盖倒青冈坡
尾巴遮翅膀
翅膀遮胸脯
那是我找东西吃
那是我找东西用

一个马耳朵
一个羊鼻子
我的老庚重情又重义
你睡我跟你睡
你眠我跟你眠
一个马耳朵
一个羊鼻子
它活腾又乱跳
跳跳到半冲
芭茅野草断满地
它钻进刺蓬
甜甜入睡
它活蹦又乱跳
跳跳到半坡
它钻进刺丛
它睡它肩膀
它翻下巴来磨青冈籽
一个王老鹰
一个王老鹞
它尾巴一缩
翅膀一收
双爪死死抓
嘴巴嗒嗒啄
双爪死死抓牢
嘴巴啄放又啄放
马龙马兔瞎了眼睛

马龙马兔聋了耳朵　　　　　　　马龙马兔从此销了身匿了迹啊

马龙马兔死了身体

二、雄鹰治怪兽（六堡版）

那时包恰请谁去看天　　　　　　来大它吃大

她请鹰马哞哞去看天　　　　　　来小它吞小

请谁去看地　　　　　　　　　　吃当纳粮吃

请鹰马哞哞[①]去看地　　　　　　拿当税粮收

鹰马哞哞请去得七天　　　　　　本吃黎民儿

它飞七天高空路　　　　　　　　本拿百姓崽

请去得七日　　　　　　　　　　它转急急来

它飞七日长空地　　　　　　　　它转匆匆回

它看天空高又高　　　　　　　　包恰来去问

大地宽又宽　　　　　　　　　　请你去七天

天际连地界　　　　　　　　　　天空齐不齐

路尽达地头　　　　　　　　　　请你去七日

不见烟火气　　　　　　　　　　大地好不好

不见炊烟升　　　　　　　　　　那时鹰马哞哞来说道

不见人生活　　　　　　　　　　请去得七天

不见鬼在岩　　　　　　　　　　我飞七天高空路

它转身回来　　　　　　　　　　请去得七日

它调头过来　　　　　　　　　　我飞七日长空地

来到九岔沟　　　　　　　　　　我看天空高又高

来到九岔路　　　　　　　　　　大地宽又宽

来遇一个耳朵像马耳　　　　　　天际连地界

鼻子似羊鼻　　　　　　　　　　路尽达地头

在守九岔沟　　　　　　　　　　不见烟火气

在拦九岔路　　　　　　　　　　不见炊烟升

---

① 鹰马哞哞：老鹰，东家民间特有的修辞，以马叫声作为赞美，鹰如飞马般
　宠大，奔腾嘶叫。

不见人生活

不见鬼在岩

我转身回来

我调头过来

来到九岔沟

来到九岔路

来遇一个耳朵像马耳

鼻子似羊鼻

在守九岔沟

在拦九岔路

来大它吃大

来小它吞小

吃当纳粮吃

拿当税粮收

本吃黎民儿

本拿百姓崽

我转急急来

我转匆匆回

不知天空齐不齐

不知大地好不好

那时包恰才来说道

那个就是我的包冲采

那个就是我的耶冲将①

你抓到它手来不

你捉住它脚来不

你拿住它性来不

你断住它命来不

那时鹰马听听来说道

包恰你要我去抓它的手

要我捉住它的脚

要我拿住它的性

要我断住它的命

你打银梳金冠在我头

钢喙铁嘴放我口

钢爪铁趾放我脚

你放我祖宗粮

你给我自留食

那时包恰真的打银梳金冠在

鹰头

钢喙铁嘴放鹰口

钢爪铁趾放鹰脚

来放鹰马祖宗粮

来放鹰马自留食

那时鹰马听听才说道

我跟包恰说

我跟耶恰讲

你放我的祖宗粮

你放我的自留食

恐怕你放不即时

害怕你放不按时

唉我看你姑娘少女养鸡在院子

养鸭在栏内

我去大寨吃个鸭

小寨吃个鸡

我饿我就吃

---

① 与上述怪兽"暴食餐、厌食僵"同，但是六堡版有赞誉之意，"那个就是
　我的包冲采"是包恰有意安排的"天选之子"，用来重选人类，改变世风
　的神兽，"包""耶"为一雄一雌，故用另一汉译。

我吃饱便罢

当时包恰来放鹰马哼哼的祖

宗粮

来放鹰马哼哼的自留食

大户派一斗

小家派一升

这才来放鹰马哼哼的祖宗粮

这才来放鹰马哼哼的自留食

鹰马哼哼这才转急急过去

这才转匆匆回去

来到九岔沟

来到九岔路

才许祖宗粮当吃鸟

才许自留食当吃鸡

来许老鹰吃小鸟

来许老鹰吃小鸡

许鹰吃鸟那时来

许鹰吃鸡那时成

那时鹰马哼哼来说道

你来交个朋友

你来打个伙计

那时他们交朋友呀本在九岔沟

打伙计呀本在九岔路

交朋友那时来

打伙计那时成

那个本是喻世语

那个本是醒世言

那时鹰马哼哼来得问

我朋我友你吃你几时找粮吃

你食你几时找食用

那时马龙马兔来说道

我掠急急九岔沟

那是我找粮吃

我钻匆匆儿岔路

那是我打食吃

那时鹰马哼哼来得问

我朋我宾你睡你几时睡

你眠你几时眠

那时马龙马兔来说道

到时你看我睡呼噜茅草脚

我睡我翻嘴

那是我睡咕噜芭茅蓬

我眠我勾腰

那是我眠

那时马龙马兔来问道

我朋我友鹰马哼哼你睡几时睡

你眠几时眠

鹰马哼哼来说道

你看我展翅扑棱棱

我拍膀嘭嘭

那时是我睡

你看我展翅飞盈盈

我弯膀吧呷

那时我眠

那时马龙马兔来得问

我朋我宾你吃你几时吃

你食你几时食

那时鹰马哼哼来说道

你看我站直直在树枝

哼哼啊哼哼

哼哼到半空

东家人史诗《开路经》

那时我找粮吃

我看我立呆呆在扁担

哼哼啊哼哼

哼哼到半坡

那时我找食吃

马龙马兔来得鹰马哼哼的谎言

鹰马哼哼来得马龙马兔的真话

鹰马哼哼它在它扑棱棱

它拍膀嘭嘭

它在它飞盈盈

它弯膀吧呷

那时马龙马兔来得应

我朋我友睡

我跟我朋我友睡

我朋我宾眠

我随我朋我宾眠

马龙马兔睡呼噜茅草脚

睡着它翻嘴

马龙马兔睡咕噜芭茅蓬

眠了它勾腰

鹰马哼哼忽然啄它眼

立即断它颈

马龙死吧哒

马兔亡咕哆

第八节　姑居姑吕 ①

一、姑居姑吕（仙鹅版）

一个王老鹰

一个王老鹞

急急回来

匆匆转来

包恰左也问

右也问

你打倒它没

你伤倒它没

一个王老鹰

一个王老鹞

---

① 姑居姑吕：阿孟东家人音译，人名，包恰耶恰的后代，在史诗中，包恰耶恰是历代同名同姓的始祖。姑居姑吕，从史诗上下文判断，他们应是包恰最为看重的子女，可能他们平时娇生惯养，不听包恰的话，嫌弃包恰只给他们马龙马兔的残羹剩肉，放了马龙马兔的灵煞出来世间，闯下弥天大祸，被包恰流放到边地和马龙马兔灵煞生活，最终受不了荒野生活，回来偷包恰的粮食，被打死，但包恰还是厚葬了他们，还专门请地上生物为他们哭丧。最后姑居姑吕似乎上升为月亮中的人，在纺纱，可能与汉语中的吴刚、嫦娥有相似的想象。

它说
我打得到它的身
我伤得到它的体
包恰说
抬来煮肉我们吃
抬来熬汤我们喝
那时肉已吃完
汤也喝干
只剩一块肉
还剩一碗汤
还有姑居姑吕去串门
还有姑居姑吕去审寨
姑居姑吕摆家归屋
姑居姑吕审寨回家
见只剩一块肉
只留一滴汤
不是说有水牛那么大
有马那么高
为何只剩一块肉
为何只留一滴汤
姑居姑吕生气不吃
姑居姑吕恼火不喝
他拿一碗倒在橱柜脚
它爬起骨碌变成一只猫
他拿一碗倒在缸子脚
它爬起骨碌变成一只兔

他惹包恰很生气
他惹包恰很恼火
你不吃也算了
你不喝也算了
为何放了我的灵①
为何放了我的煞②
它使包恰来生气
它使恰来愤怒
包恰拿铁棍
包恰捏钢棍
撵姑居姑吕去跟马龙马兔住
赶姑居姑吕去跟马龙马兔吃
他俩住天边
他俩住野外
没有东西吃
也没有东西用
相约偷包恰东西吃
相约偷包恰东西用
他惹包恰来生气
他惹包恰来恼火
包恰拿起铁棍
包恰拿起钢棍
架起在门口
架起在墙缝
马龙马兔伸进尾巴探
姑居姑吕撒腿跟

① 马龙的灵魂，从几个版本来看，民间认为猫狸精灵古怪，动作迅捷，是灵魂的象征。这只马龙幻化成为香猫儿兔，在黄莺地区祭祀粑槽舞时还保留这个文化遗迹，是一种大灵猫，与麝香猫相似，猎人们俗称"地留"，之后马龙的灵魂就成为祭祀冲粑槽的精灵。
② 马兔的魂魄，与上同，其幻化成香狸儿兔，一种小灵狸，黄莺地区猎人俗称"地昂"，马兔成为祭长木鼓精灵。

铁棍钢棍矢过去

马龙马兔尾巴断——喊

马龙马兔跳——嘣

姑居姑吕腿骨断——咚

马龙马兔尾巴断——砰

马龙马兔跳——砰

姑居姑吕腿骨也断——砰

姑居姑吕来找死销了身

姑居姑吕来找亡匿了迹

包恰想了想

包恰思了思

拿谁来哭丧

拿谁来哭死

她拿老鸦来哭丧

它拿老鸦来哭死

它哭哇哇哇哇

可惜姑居姑吕死得太少

我好捡姑居姑吕的饭吃

它哭啊啊呵啊啊

可惜姑居姑吕死不多

我好拿姑居姑吕东西用

它这种哭法

使包恰很生气

让包恰很恼火

包恰捉老鸦擩进靛缸

成了黑乌鸦

包恰想了想

包恰思了思

她拿鸽子来哭丧

她拿鸽子来哭死

它哭嘤嘤啊嘤嘤

姑居姑吕是官家崽怎死去

姑居姑吕是富家儿怎逝去

它这种哭法包恰很高兴要奖赏

这种哭法包恰喜欢要鼓励

包恰说哭丧像你这种哭

哭死像你这样哭

于是包恰送鸽子一身花羽毛

送鸽子一身花毛衣

包恰想了想

包恰思了思

拿谁去说客

拿谁去报信

拿乌鸦去说客

拿乌鸦去报信

乌鸦贪玩耍

去遇到美娘

去遇到靓哥

三亲六戚先来到

乌鸦都还没到

它来跟不上包恰的肉吃

跟不上包恰的酒喝

乌鸦来捡亡人的剩饭

乌鸦来捡死人的剩菜

现在叫多了

有人要丢失

叫多了

有人要死啊

包恰想了想

包恰思了思

不知拿谁来抬姑居姑吕去埋
拿谁来抬姑居姑吕去葬
她拿水牛来抬姑居姑吕去埋
拿水牛来抬姑居姑吕去葬
水牛说
我抬便抬
只是七个太阳太热①
晒干我的背脊骨
后来我就拉不来水②
我抬便抬
只是七个月亮太辣
烘干我的肋骨
后来我就拉不来屎
你看我的角箍数密密麻麻有
格格
以后我犁田种地养包恰的龙子
你看我的对角箍数密密麻麻有
路路
以后我犁田种地养包恰的龙孙

包恰想了想
包恰思了思
不知拿谁来抬姑居姑吕去埋
拿谁来抬姑居姑吕去葬
拿马去抬抬姑居姑吕去埋
拿马去背抬姑居姑吕去葬

马说
我抬我便抬
只是七个太阳太热
晒干我的背脊骨
后来我就拉不来水
我抬我便抬
只是七个月亮太辣
烘干我的肋骨
后来我就拉不来屎
你看我的脚腕有一箍
以后我驮包恰的龙子
你看我的脚腕有一格
以后我驮包恰的龙孙
骑下我走下
骑上我走上

包恰想了想
包恰思了思
拿马给兴③抬姑居姑吕去埋
拿马给兴去背抬姑居姑吕去葬
马给兴说
我抬我便抬
只是七个太阳太热
晒干我的背脊骨
后来我就拉不来水
只是七个月亮太辣

---

① 仙鹅版把"射日射月"放在"姑居姑吕"后面，故这里还有七个太阳的表述。根据上下文，阿孟语对应屎的"尿"有专门词，但此处一直明确是指"水"。

② 拉水，不是我们通常理解的"拉尿"，可能是阿孟的一种讳语。阿孟东家人对于"屎"却没有回避，在古时应有约定俗成之规，有待考证。

③ 马给兴：阿孟东家语音，是一种细腰蜂，据上下文，它的睡眠和吃食与蜘蛛有关。

烘干我的肋骨

后来我就拉不来屎

包恰说

你拉不来水

你抱蜘蛛想

你拉不来屎

你抱蜘蛛亲

想成你得吃

想不成是你的

最后包恰说

抬去埋在窝采谷①

抬去埋在波采冲②

马给兴说

埋在窝采谷

太阳来太阳晒不到

埋在窝波冲

月亮来月亮也照不到

这样它会消声去

会匿迹去

包恰说你遇天穴在哪

你见地穴在哪

马给兴说

抬去埋在太阳沟

太阳来太阳也领他来

抬去埋在月亮路

月亮来月亮也带他来

月亮升起在十四

你见姑居姑吕在织布

月亮升起在十五

你见姑居姑吕在纺纱

091

第三章 说古喻今

二、姑居姑吕（六堡赵通金版③）

鹰马哳哳它抬马龙回

鹰马哳哳它抬马兔到

姑居姑吕去串门

姑居姑吕去摆家

那时鹰马哳哳跟包恰来煮马龙

肉吃

来烹马兔肉食

本留一块肉

本留一碗汤

姑居姑吕串门回来到

姑居姑吕摆家回来至

你们煮马龙肉吃

你们烹马兔肉食

大是马龙大

长是马兔长

肥是马兔肥

你们只留一块肉

你们只留一碗汤

---

① 窝采谷：阿孟音译，一个叫"窝采"的山谷。

② 波采冲：阿孟音译，一个叫"波采"的山冲。

③ 赵通金演述于2017年7月28日晚，六堡村新玉头，记录者王星虎。

姑居姑吕他气他不吃　　　　　　　打伙计那时成

倾倒在碗架脚　　　　　　　　　　那个本是喻世语

它变个马龙　　　　　　　　　　　那个本是醒世言

倾倒在缸脚底

它变个兔马　　　　　　　　　　　那时姑居姑吕来偷盗

那个本是喻世语　　　　　　　　　马给兴来剁姑居姑吕的脖颈

那个本是醒世言　　　　　　　　　姑居姑吕死了去

　　　　　　　　　　　　　　　　那时马龙马兔来偷食

那时包恰来生气　　　　　　　　　马给兴来蛰姑居姑吕的尾巴

骂得姑居住不起　　　　　　　　　来成个断尾巴香猫儿兔①

姑吕受不住　　　　　　　　　　　那时姑居姑吕来摸缸

姑居姑吕负气拍屁走　　　　　　　马给兴来剁姑居姑吕的脖子

生气背手离　　　　　　　　　　　姑居姑吕死呜呼

去跟那马龙　　　　　　　　　　　那时马龙马兔来摸缸

去随那马兔　　　　　　　　　　　马给兴来剁姑居姑吕的尾巴

那时你跟我们交朋友　　　　　　　来成个秃尾巴香狸儿兔②

你跟我们打伙计　　　　　　　　　那个本是喻世语

马龙马兔来说道　　　　　　　　　那个本是醒世言

交朋友来就交

打伙计来就打　　　　　　　　　　那时包恰才请谁来哭姑居

他们交朋友来在九岔沟　　　　　　来请乌鸦啊啊哭姑居

打伙计来在九岔路　　　　　　　　才请谁哭姑吕

交朋友那时来　　　　　　　　　　来请乌鸦啊啊哭姑吕

---

① 断尾巴香猫儿兔：东家人母语"拉告蒂戛留""拉巴巴莽"的意译，古人
常用某动物的突出特征去修辞另一种动物，使其具有超能的神力，这只具
有猫狸特性的兔精（非一般常见的兔，为马龙灵魂变化而成），即长似断
尾巴香猫儿兔，俗称"地留"，它是祭祀冲粑槽的精灵。

② 秃尾巴香狸儿兔：东家人母语"拉邦邦戛"的意译，同上修辞，即长似秃
尾巴香狸儿兔，俗称"地昂"，祭祀冲粑槽木鼓的精灵。香猫儿兔和香狸
儿兔刚幻化出来并没有断尾、秃尾，后来才被斩断尾巴，史诗叙事为了让
人能理解和识记，一开始就界定了名称，以便演述、记忆。故未全译为"断
尾巴香猫儿兔""秃尾巴香狸儿兔"。

乌鸦啊啊它哭呀哭啊啊
说你死不冤
讲你亡无错
那时包恰来得说
耶恰来得讲
乌鸦啊啊它哭得难听
它哭得难闻
它哭没路数
它哭没道理
她让乌鸦去报丧
亲朋好友纷纷来
乌鸦啊啊它去它遇朋
它回它看友
它去它见朋
它回它会友
来赶不上包恰的肉筵
来碰不上包恰的酒席
只好来捡姑居的冥饭
只得来捡姑吕的祭食
那个本是喻世语
那个本是醒世言

那时包恰请谁哭姑居
来请鸽子哭姑居
那时包恰请谁哭姑吕
来请鸽子哭姑吕
鸽子哭得唧唧呀唧唧
你死官家儿
鸽子哭得唧唧呀唧唧
你死富家子
你死你丢官
你死你失财

你死你遗父
你死你留母
你死你抛妻
你死你弃子
那时包恰才来讲
耶恰才来说
鸽子它哭有路数
它哭有道理
包恰她用银水来浇洒
做成鸽子银翅膀
包恰她用金水来喷洒
做成鸽子金翅膀
鸽子来得件花衣
来得件花裙
鸽子来得件彩衣
来得件彩裙
那个本是喻世语
那个本是醒世言

那时包恰请谁看坟山
请耶恰去看坟山
请谁看坟地
请恰去看坟地
来看坟山落何处
坟山在太阳路
来看坟地落何处
坟地在月亮沟
来看坟山埋姑居
来看坟地葬姑吕
那个本是喻世语
那个本是醒世言

那时包恰来请谁抬姑居
来请公牛霸将抬姑居
来请谁抬姑吕
来请公牛霸将抬姑吕
公牛霸将来说道
包恰你埋几时埋
你埋在太阳路
恐怕闪我腰
我屙不来水
耶恰你埋几时埋
你埋在月亮沟
只怕闪我胯
我拉不来屎
公牛霸将不肯埋
那时包恰来生气
敲掉公牛霸将上腭齿
分脚成两叉
肩背辕杠来拉耙
做成七钱穗谷苗
七升稻谷种
做成平坦道
抬养皇帝的子民
那个本是喻世语
那个本是醒世言

那时包恰来请谁抬姑居
来请公马哼哼抬姑居
来请谁抬姑吕

来请公马哼哼抬姑吕
公马哼哼来说道
包恰你埋几时埋
你埋在太阳路
恐怕闪我腰
我屙不来水
耶恰你埋几时埋
你埋在月亮沟
只怕闪我胯
我拉不来屎
公马哼哼不愿葬
那时包恰来生气
才拿公马哼哼咬铁衔
颈脖拖链锁
脚底钉铁掌
肩背棕垫革皮鞍
拉驼绊来奔
拉驼担来驰
驼绊来南进
驼担来北进①
那个本是喻世语
那个本是醒世言

那时包恰来请谁抬姑居
来请给兴②抬姑居
来请谁抬姑吕
来请给兴抬姑吕
给兴来说道

---

① 南进、北进：阿孟母语有南京、北京之谐音，或仅作借代附会之词。但在
神话传说时代，并没有这个地名称呼，故不用。
② 给兴：上文提到的一种蜂，此节据上下文，应为细腰蜂，是东家对"蜂"
等飞行动物的一种美称，此也可解为马蜂。

包恰你埋几时埋　　　　　　你抱蜘蛛网虫恋

你埋在太阳路　　　　　　　我葬月亮沟

恐怕闪我腰　　　　　　　　只怕闪你胯

我屙不来水　　　　　　　　你抱蜘蛛网虫爱

耶恰你埋几时埋　　　　　　你恋在香菜

你埋在月亮沟　　　　　　　你爱在香麻

只怕闪我胯　　　　　　　　越恋越做官

我拉不来屎　　　　　　　　越爱越变富

那时包恰才来讲　　　　　　给兴这才抬去埋

那时耶恰才来说　　　　　　那个本是喻世语

我埋太阳路　　　　　　　　那个本是醒世言

恐怕闪你腰

三、姑居姑吕（隆昌、偿班综合版①）

包恰提腿呼拉　　　　　　　吃肉不让小娃晓

耶恰迈步邦达　　　　　　　恐怕小娃爱串寨

走到三岔沟　　　　　　　　包恰只留一块肉

来到三岔路　　　　　　　　包恰只留一滴汤

去砍棵杉木来抬马龙马兔身　本留等姑居

去砍根马桑来抬马龙马兔体　本留等姑吕

扯根青藤来捆马龙马兔身

取条红藤来绑龙马马兔体　　女大女串门

抬马龙马兔体到家　　　　　男大男串寨

抬马龙马兔体到门　　　　　姑居去串门

把马龙马兔来煮　　　　　　姑吕去串寨

把马龙马兔来吃　　　　　　去串门回到家

吃肉不让小娃知　　　　　　去串寨来到屋

只怕小娃爱串门　　　　　　包恰说

---

① 王永堂演述于 2017 年 8 月 12 日下午，隆昌村枫香寨；赵光成演述于
2017 年 8 月 16 日中午，偿班村塘坎 1 队。

咱打倒包冲采耶冲将

它们肉咱吃了　　　　　　　包恰来生气

它们汤咱喝了　　　　　　　包恰来恼火

咱留一碗肉在柜架　　　　　包恰削来根钢棍

咱留一碗汤在碗架　　　　　削来根铁棒

吃肉你们去要吃　　　　　　她驱往山洞

喝汤你们去拿喝　　　　　　赶往石缝

姑居打开柜架　　　　　　　包恰她用沙来堵

只剩一块肉　　　　　　　　用石来压

姑吕打开碗架　　　　　　　包恰转过身来

仅剩一滴汤　　　　　　　　包恰转过头来

　　　　　　　　　　　　　来骂姑居姑吕假慈悲

姑居姑吕怎么说　　　　　　来诅姑居姑吕假情义

姑居姑吕怎样讲　　　　　　你为何放我的包冲采

它大有马龙大　　　　　　　你为啥放我的耶冲将

它长有马兔长　　　　　　　你去叫我的马龙来①

你为何只留一块肉　　　　　你去唤我的马兔来

你为啥只留一滴汤　　　　　姑居姑吕说

姑居来生气　　　　　　　　你要我们找我们就去找

姑吕来恼火　　　　　　　　你要我们寻我们就去寻

姑居姑吕拿倒在柜架下　　　姑居姑吕肩膀扛鳞剑②

忽然起来成只香猫儿兔　　　网兜缚腰间

姑居姑吕拿倒在柜架下　　　长箭搭弯弓

突然跳起成只香狸儿兔　　　竹矛配柴刀③

它脱了马龙的身　　　　　　姑居姑吕匆匆转头去

它离了马兔的体　　　　　　姑居姑吕急急转身去

---

① 它们的变化大致表述为：包冲采（怪兽）——马龙（美称）——断尾巴香猫儿兔（精灵）。耶冲将（怪兽）——马兔（美称）——秃尾巴香狸儿兔（精灵）。

② 像鱼鳞似的剑，故译。

③ 竹矛：主师到竹林中寻不断尖的好竹，先烧香纸，默念祭词后砍下，伸双手臂量一庹，再伸拇指与食指取两拃长，缚上鸡毛与白布，黄平偡家称为"归宗竹"。这些物件即是"七爸七爷"的原型标配，

去到三岔沟

去到三岔路

去见香猫儿兔

去见香狸儿兔

姑居姑吕跟一只香猫儿兔说

跟一只香狸儿兔讲

我来我们打伙计

我来我们做朋友①

香猫儿兔说

我们打伙计就打伙计

你打扮也不好看

我们做朋友就做朋友

你装扮也不漂亮

姑居姑吕挥动宝剑

香猫儿兔蹦跳急急

他们斩断香猫儿兔尾巴

它成一个断尾巴香猫儿兔

姑居姑吕舞动长刀

香狸儿兔逃跑匆匆

他们砍断香狸儿兔尾巴

它成一个秃尾巴香狸儿兔

那时断尾巴香猫儿兔来生气

秃尾巴香狸儿兔来恼火

转身匆匆来

转头急急来

秃尾巴兔说

你妈包恰赶我们住山洞

赶我们住石缝

她拿沙来填

她用石来压

你们砍断我们的尾巴

你们伸脚来

你们伸腿来

姑居姑吕他们伸脚入

他们伸腿进

那个断尾巴香猫儿兔

那个秃尾巴香狸儿兔

咬死了姑居

咬死了姑吕

姑居得死路

姑吕得亡道

死在三岔沟

亡在三岔路

包恰来生气②

包恰来恼火

这本是猜查义

这也是猜查娅

包恰思又思

想又想

让哪个来哭姑居姑吕

包恰她拿只赤凤③来哭姑居

姑吕

---

① 此段情节类似于黄莺祭祀木鼓和粑槽的唱词内容。

② 因此，包恰在其后世子孙亡故后，要用断尾巴香猫儿兔，即"地留"来祭
祀粑槽，要用秃尾巴香狸儿兔，即"地昂"来祭祀木鼓。

③ 赤凤：意译，形似红色羽毛的长尾雉。

那只赤凤叫

叽叽哟叽叽

她死也是包恰的官家儿

他死也是包恰的富家子

这使包恰来合心

这使包恰来合意

包恰撕她火烈裙

拿来沾染

成一个红鸟领头雉

包恰扯她百裥裙

拿来贴缝

成一个赤凤百鸟王

这本是猜查义

这也是猜查娅

让哪个来哭姑居姑吕

包恰拿一只斑鸠来哭姑居姑吕

那只斑鸠叫

咕咕哟咕咕

她死也是包恰的官家儿

他死也是包恰的富家子

这使包恰来合心

这使包恰来合意

包恰她喷一口银砂水

来成一个斑鸠软身软绵绵

她洒一口金砂水

来成一个斑鸠硬身硬体硬邦邦

这本是猜查义

这也是猜查娅

让哪个来哭姑居姑吕

包恰拿一只老鹰来哭姑居姑吕

那只老鹰叫

贵贵哟贵贵

她死也是包恰的官家儿

他死也是包恰的富家子

这使包恰来合心

这使包恰来合意

她送老鹰一条百褶裙

这本是猜查义

这也是猜查娅

让哪个来哭姑居姑吕

包恰拿一只乌鸦来哭姑居姑吕

这只乌鸦飞去站在树枝叫

啊啊呀啊啊

她姑居死不死哟

明后天亲客来不来哟

来我们好抬姑居姑吕去埋

我们好得祭肉食

这只乌鸦飞去站在土坎叫

啊啊呀啊啊

她姑居死没有哟

明后天亲客到不到哟

到我们好抬姑居姑吕去葬

我们好得祭饭吃

这使包恰来生气

这使包恰来恼火

乌鸦报丧客人不来

包恰气掐乌鸦三寸颈

拿沉一口蓝靛缸

它成一只乌鸦白颈脖

包恰气拿乌鸦三指脖

第三章　说古喻今

拿溺一口深靛缸　　毁我的名誉
它成一只乌鸦黑又黑　　我以为你要埋在哪
现在哟乌鸦叫啊啊　　是要埋在月亮路
是有人要死　　月亮出来辣又辣
乌鸦叫呱呱　　烤焦我腰肋
是有人要亡　　我们去我们弓背
这本是猜查义　　我们回我们瘦腰
这也是猜查娅　　我们去我们会拉不来水
　　我们去我们会拉不来屎
包恰想了想　　损我的名声
包恰思了思　　毁我的名誉
不知拿谁来抬姑居姑吕去埋　　没有谁来耕地犁田养黎民百姓
拿谁来抬姑居姑吕去葬　　你看我的肩瘤厚厚成一堆
她拿公牛大将①去抬姑居姑吕　　以后我耕地种地养包恰的龙子
去埋　　你看我的膀瘤高高成一坨
拿水牛大将来抬姑居姑吕去葬　　以后我犁田种地养包恰的龙孙
公牛大将怎么说　　犁陡我走陡
公牛大将怎样讲　　犁平我走平
我抬也就抬
我以为你要埋在哪　　包恰想了想
是要埋在太阳沟　　包恰思了思
太阳出来热又热　　不知拿谁来抬姑居姑吕去埋
烤焦我脊骨　　拿谁来抬姑居姑吕去葬
我们去我们弓背　　她拿公马霸将③去抬姑居姑吕
我们回我们瘦腰　　去埋
我们去我们会拉不来水②　　拿公马霸将来抬姑居姑吕去葬
我们去我们会拉不来屎　　公马霸将怎么说
损我的名声　　公马霸将怎样讲

① 公牛大将：一种修辞，对牛的赞誉之词。
② 同上"拉水"，为阿孟对"屎"的一种讳语。
③ 公马霸将：一种修辞，对马的赞誉之词。

我抬也就抬

我以为你要埋在哪

是要埋在太阳沟

太阳出来热又热

烤焦我脊骨

我们去我们弓背

我们回我们瘦腰

我们去我们会拉不来水

我们去我们会拉不来屎

损我的名声

毁我的名誉

我以为你要埋在哪

是要埋在月亮路

月亮出来辣又辣

烤焦我腰肋

我们去我们弓背

我们回我们瘦腰

我们去我们会拉不来水

我们去我们会拉不来屎

损我的名声

毁我的名誉

没有谁来驮兵将士

你看我的脚掌成一圈

以后我驮包恰的龙子

你看我的脚杆成一节

以后我驮包恰的龙孙

骑下我走下

骑上我走上

包恰想了想

包恰思了思

不知拿谁来抬姑居姑吕去埋

拿谁来抬姑居姑吕去葬

她拿马给兴去抬姑居姑吕去埋

拿马给兴来抬姑居姑吕去葬

马给兴怎么说

马给兴怎样讲

我抬也就抬

我以为你要埋在哪

是要埋在太阳沟

太阳出来热又热

烤焦我脊骨

我们去我们弓背

我们回我们瘦腰

我们去我们会拉不来水

我们去我们会拉不来屎

损我的名声

毁我的名誉

我以为你要埋在哪

是要埋在月亮路

月亮出来辣又辣

烤焦我腰肋

我们去我们弓背

我们回我们瘦腰

我们去我们会拉不来水

我们去我们会拉不来屎

没有谁来留我的名声

没有谁来传我的名誉

包恰怎么说

包恰怎样讲

埋在太阳沟

太阳出来热又热

烤焦你脊骨

你去你弓背
你回你瘦腰
你去你拉不来水
你去你拉不来屎
没有谁来损你的名声
到那里五月间
你去捉蚴蜘蛛拿来恋
你去捉蚴蜘蛛拿来爱①
你恋得三天
它变你的身
它变你的体
它变你的儿
它来留你的名声
埋在月亮路
月亮出来辣又辣
烤焦你腰肋
你去你弓背
你回你瘦腰
你去你拉不来水
你去你拉不来屎
没有谁来毁你的名誉
到那里五月间
你去捉蚴蜘蛛拿来恋
你去捉蚴蜘蛛拿来爱
你爱得三日

它变你的身
它变你的体
它变你的崽
它来传你的名誉

马给兴来抬姑居吕去埋
埋在一个窝采谷
太阳出太阳晃过
抬去埋在太阳沟
太阳来太阳照到
抬去埋在一个波采冲
月亮出月亮不见
抬去埋在月亮路
月亮来月亮照到
包恰说
拿埋在太阳沟
拿埋在月亮路
太阳来太阳带来
月亮来月亮带来
月升就像月十五
你见姑居姑吕在转纺锤
月出就似月十五
你见姑居姑吕在摇纺车
这本是猜查义
这也是猜查娅

① 据上下文，应是拿来食用，这是一种委婉的修辞手法。

第九节　垂死化生

一、垂死化生（仙鹅版）

耶恰开得个天广又广
辟得个地宽又宽
不知天际到哪儿
不知地角到哪里
耶恰想来又想去
耶恰思去又思来
去找打铁匠
去找铸钢师
打得一丈二尺银拐杖
打得一丈二尺金拐杖
耶恰打得来撑天
打得来抵地
耶恰来到半沟
来到半路
碰到个鬼精公
碰到个狡黠公
它割一块肉
包一团饭
藏在刺蓬
收在刺蓬
想跟耶恰换银拐杖
想跟耶恰换金拐杖
耶恰说
我的是银拐杖
你的拐杖是五倍子树

我的是金拐杖
你的拐杖是茶子棒
生生本不换
死死本不换
一个鬼精公
一个狡黠公
它说
不怕你的是银拐杖
拿去市场上换才得来吃
哪怕我的是五倍子树
戳进刺蓬可以扒出酒饭来吃
不怕你的是金拐杖
拿去市场上换才得来吃
哪怕我的是茶子棒
擩进刺蓬可以扒出酒肉来用
他哄耶恰很开心
他骗耶恰很愉快
耶恰只好换银拐杖
只得换金拐杖
耶恰过了藏肉处
戳进刺蓬扒不肉来吃
耶恰过了藏酒处
擩进刺蓬扒不出肉来吃
扒不出饭来用
耶恰饿死去

耶恰饥死了　　　　　　　筋络变青藤

死在四角石①　　　　　　阳具变茄子

死在四方石②　　　　　　睾丸变椪柑

肌肉变成泥巴　　　　　　血变成锈泉水

骨头变成岩石　　　　　　屎尿变成白芨④

头发变成岩荒草　　　　　后来平民百姓脚痛有裂口

胡须变成龙须草③　　　　用白芨来糊

肠子变血藤　　　　　　　当天糊当天就好

二、垂死化生（六个鸡版⑤）

耶恰来去得三年　　　　　舂米"咚咚"在地心

耶恰来去得三轮　　　　　耶恰问

来到天脐⑥香炉山⑦　　　这里是哪儿

来到地心⑧香炉山　　　　这里是哪里

去遇见两个姑留敏　　　　两位好姊妹

去碰到两个雷敏格⑨　　　两位好姐妹

舂米"咚咚"在天脐　　　　两位女天仙

---

① 四角石：有的版本为四方寨，四方河。

② 四方石：有的版本为四边丘，四边湖。

③ 龙须：龙须草，多年生草本，高27~91厘米，又称山草、蓑衣草、野灯芯草、马鬃根。

④ 白芨：又名连及草、甘根、紫兰，地下有粗厚的根状茎，如鸡头状，富黏性，含白及胶质，即白及甘露聚糖，可供药用，有止血补肺、生肌止痛之效，可供作糊料。

⑤ 演述者：金培光（71岁，小学三年级），第一次演述于2018年8月30日，凯里市六个鸡村。采访者：高前文、王星虎。第二次演述于2018年12月21日，凯里市六个鸡村，王星虎记录。

⑥ 天脐：天的肚脐，即天的中央。

⑦ 香炉山：海拔一千余米，四面高崖绝壁，远眺似香炉，故得名。在贵州省黔东南苗族侗族自治州凯里市西约15公里，苗族圣山，黔阳第一山。这段想象应是东家人迁徙到此后附会而成。

⑧ 地心：大地的中心。

⑨ 姑留敏、雷敏格：阿孟母语直译，传说中的的仙女。

两位女神仙　　　　　　　葬在四角石

说这里是天脐　　　　　　死得三年满

这里是地心　　　　　　　死得三年足

耶恰说　　　　　　　　　肌肉变泥巴

我来得三年　　　　　　　骨头变石头

我来得三轮　　　　　　　血液变锈泉

这里才是天脐　　　　　　头发变龙须

这里才是地心　　　　　　筋络变青藤

耶恰恼呀恼　　　　　　　肠子变血藤

耶恰气呀气　　　　　　　阳具变番薯

他恼他就病　　　　　　　睾丸变黄独[1]

他气他就死　　　　　　　精液变白芨

死在这天脐　　　　　　　手指变蕨菜

死在这地心　　　　　　　脚腿变竹笋

埋在这天脐　　　　　　　这本是猜查义

葬在这地心　　　　　　　这本是猜查娅

埋在四方石

第十节　包恰找耶恰 [2]

耶恰去得三年　　　　　　只见耶恰去

耶恰去得三轮　　　　　　不见耶恰回

包恰等耶恰得三年满　　　耶恰去远呀去远

包恰等耶恰得三轮足　　　他回不到家

只见耶恰出　　　　　　　耶姜[3]去久呀去久

不见耶恰转　　　　　　　他转不到门

---

① 黄独：薯蓣科，叶卵形似山药，块茎卵圆至长圆形，叶腋有大小不等的紫
　　棕色球形或卵圆形珠芽。

② 此节为六堡、隆昌、仙坝综合版。

③ 耶姜：耶恰的另一称谓，指同一个人。

包恰等耶恰得三年满
包恰等耶恰得三轮足
为何耶恰会去不会回
为何耶姜会去不会返
我要去找耶恰去
我要去找耶姜去
包恰去请一个打银匠
包恰去请一个炼金师
炼得一丈二尺银拐杖
炼得一丈二尺金拐杖
包恰去寻耶恰的路迹
包恰去踩耶恰的脚印
走到水牛坝
来到黄牛场
遇到七十七个^①宝僚葛^②
逢到七十七个宝僚赳^③
他们经商南进^④来
他们生意北进回
围他们的霸下屎
围他们的霸麂粪
围在三岔沟
围在三岔路
包恰害怕他们

来围耶恰的生骨
来围耶恰的枯骨
包恰折树枝来打
包恰断荆条来拍
七棒遭七个
七鞭遭七十
那时包恰去得三庹远
去得三步后
她转急急回
她转匆匆来
来问七十七个宝僚葛
来问七十七个宝僚赳
你们遇耶恰转来没
你们遇耶恰回来没
七十七个宝僚葛
七十七个宝僚赳
我们经商南进来
生意北进回
我们来到三岔沟
来到三岔路
来围我们的霸下屎
来围他们的霸麂粪
你打我们翅破

---

① 各地版本数字不同，有"七个""七十个""七十七个"。
② 宝僚葛：阿孟东家母语发音。"宝僚葛"意指靓丽女性青年，是民间对蝴蝶、蝴蝶、蜜蜂、飞蛾等动物的雅称，以美丽的动物借指人类。此译上下句作互文处理，此处汉语可特指白蝴蝶。
③ 宝僚赳：阿孟东家母语发音。"宝僚赳"意指俊美男性青年，是民间对蝴蝶、蝴蝶、蜜蜂、飞蛾等动物的雅称，此处汉语特指花蜻蜓。
④ 南进：与下文"北进"相对应，一种指现在的"南京"和"北京"，史诗时间比此地名早，故不取。一种指银子，阿孟母语发音为"额""南"；金子，阿孟母语发音为"进"，但难以一一对应，有待考证。

你拍我们翅烂
你打我们伤身
你拍我们伤体
我们知来我们不说
我们说来我们不知
那时包恰才来说
包恰才来讲
伤身我治身
伤体我疗体
包恰撕她围裙缝
撕她围腰补
缝好含口银沙水喷①
他们七个变成现在的白飞蛾
补好含口金沙水洒
他们七个变成现在的黄飞蛾
这就是白飞蛾黄飞蛾的根由啊

七十七个白飞蛾
七十七个黄飞蛾
开口似仓口
吐舌如蕉叶
来说有根也有据
来讲有因也有果
耶恰去得久
耶恰去得早
耶恰去遇一个鬼精公

耶恰去逢一个狡黠公
鬼精公弄碗饭菜藏刺蓬
狡黠公整碗酒肉藏树丛
它说
你那拐杖棱了才得吃
你那拐杖戳了才得拿
劝你拿来调
请你拿来换
耶恰说
生生我不调
死死我不换
我调我找不到吃
我换我找不到用
一个鬼精公
一个狡黠公
它说
你看我这根梭刺蓬
扒开扒开也找到碗饭菜来吃
你看我这根梭往树丛
扒开扒开也找到碗酒肉来用
鬼精公盐肤木拐棍
调了耶恰银拐杖
狡黠公欀树②木拐棍
换了耶恰金拐杖
耶恰他找不到吃
耶恰他找不到用

① 银沙水，金沙水：民间观察蛾蝶类动物羽翅有似银似金的粉末，想象为始祖所赐。
② 欀（xiāng）树：按阿孟母语音译，"欀"本意是一种树，皮中含有淀粉，可做饼供食用。只有鬼精公懂得它可食用，耶恰虽得却不得吃。有的版本为山茶树。

耶恰已死亡　　　　　　一个蜡蜂
耶恰已匿迹　　　　　　它们说
耶恰死在四角石　　　　耶恰早死了
亡在四边丘　　　　　　耶姜早亡了
肌肉变泥巴　　　　　　死在四角石
骨骼变石头　　　　　　亡在四方石
头发变茅草　　　　　　包恰说
胡须变龙须　　　　　　九个这样讲
血液变矿水　　　　　　十个这样说
肠子变血藤　　　　　　我想耶恰已不存
筋络变青藤　　　　　　我料耶恰已不在
阳具变茄子　　　　　　没有谁来传耶恰的名
睾丸变椪柑　　　　　　没有谁来颂耶恰的誉
屎尿精液变白芨

　　　　　　　　　　　包恰走下也哭
包恰走下也哭　　　　　走上也哭
走上也哭　　　　　　　转到沟边
转到沟边　　　　　　　回到路边
回到路边　　　　　　　遇到一个打糖鸟①
遇到一个蜜蜂　　　　　遇到一个采蜜鸟
逢到一个蜡蜂　　　　　这也问它
这也问它　　　　　　　那也问它
那也问它　　　　　　　你看到耶恰回来没
你看到耶恰回来没　　　你看到耶姜转来没
你看到耶姜转来没　　　一个打糖鸟
一个蜜蜂　　　　　　　一个采蜜鸟

① 打糖鸟：阿孟东家语音"弄叼当"；采蜜鸟，东家语音"弄叼叮"直译"打锣鸟"。似"蜂鸟鹰蛾"，也称"蜂鸟蛾"，被称为昆虫世界里的"四不像"。像蝴蝶，和蝴蝶一样白天活动，口器是长长的喙管，尖端有膨大的触角，翅膀色彩缤纷、美丽炫目；它又像蜜蜂，在夏秋季节飞舞于百花丛中采食花蜜，发出清晰可闻的嗡嗡声；它还像蜂鸟，夜伏昼出，很少休息，取食时，和琴鸟、蜂鸟一样，时而在花间盘旋，时而在花前疾驰。

它们说
耶恰早已死
耶姜早已亡
死在四角石
亡在四边丘
包恰说
九个这样讲
十个这样说
我想耶恰已不存
我料耶恰已不在
没有谁来传耶恰的名
没有谁来传耶恰的誉
我去哪里找耶恰的精气
我去哪里找耶恰的血脉
一个打糖鸟
一个采蜜鸟
它们说
你想找耶恰的精气
你转去等到正月间
它刮一阵正月的风
杨树青冈才萌芽
阳雀杜鹃树枝叫
牛马欢叫下坝子
蜻蜓丁丁溜田口
你跟蜻蜓丁丁溜田口
那时你得耶恰的精气
你转去等到二月间
它刮一阵二月的风
杨树青冈才生芽
阳雀杜鹃树枝叫

牛马欢叫下坝子
蜻蜓丁丁溜田
你跟蜻蜓丁丁溜田渠
那时你得耶恰的血脉
那是耶恰跟你交欢
那是耶姜跟你交配
那时你已受精
那时你已受孕
孕育在子宫
孕育在肚内

这时包恰得实话
包恰得真言
她转过头来
她转过身来
包恰转到家
包恰回到门
包恰她来在那正月间
它刮一阵正月的风
杨树青冈才生芽
杨树青冈才萌芽
阳雀杜鹃树枝叫
牛马欢叫下坝子
蜻蜓丁丁①溜田口

包恰接得耶恰的精液
来放在子宫
包恰引得耶恰的精气
来放在肚内
包恰她转过头来

① 丁丁：蜻蜓的一种昵称。

包恰她转过身来　　　　　拴围腰也贴不了身

包恰转到家　　　　　　　唉噫她来不好看

包恰回到屋　　　　　　　唉噫她来不雅观

包恰来坐场对场　　　　　唉噫她肚渐如桶

来坐月对月　　　　　　　唉噫她肚渐如缸

来得到九月　　　　　　　到时要生龙子

来得到十月　　　　　　　到期要生龙崽

包恰哟　　　　　　　　　这本是猜查义

包恰她穿衣来遮不了体　　这也是猜查娅

勒裤带也拴不住腰

第十一节　十二个龙蛋

包恰急急往回转　　　　　思了又思

匆匆返回程　　　　　　　我去哪里找地方来分娩

包恰育儿已到期　　　　　我去哪里找地方来产儿

孕女已满月

那时包恰穿衣遮不了体　　包恰想

拴围腰也现肚脐　　　　　世上谁最大

包恰害羞又怕笑　　　　　世上谁最高

包恰怎么说　　　　　　　高坡说

包恰怎样讲　　　　　　　大或是山坡大

耶恰死早呀死早　　　　　高或是山岭高

耶姜亡久呀亡久　　　　　她找坡头来生女

不要让人家说闲言　　　　她找岭岗来产儿

不要让人家说碎语　　　　坡头和大岭说

我要去找一地生龙蛋　　　大本是我们大

我要去寻一处生龙宝　　　高本是我们高

　　　　　　　　　　　　但到了正月间

包恰想了又想　　　　　　到了二月份

风来风吹去
风走也刮走
我们保不住你龙蛋
我们护不好你宝蛋
它惹包恰很生气
它惹包恰很伤心
包恰放刺猬
放穿山甲
挖坡头的心脏
掘大岭的肺肠
挖成消水洞
掘成兔儿洞
消水洞的根底啊
就是从那时形成的

包恰又去找风的地方生儿
找风的地方产女
风说大本是我大
高本是我高
但我一天要行到天际
一晚要走到天边
雨来雨打走
水来水趟去
我保不住你的龙蛋
我护不好你的宝蛋
它惹包恰很生气
它惹包恰很伤心
于是包恰就抓风去关在消水洞
关在兔子坑
所以现在风来没人见
鬼来有鬼见
风来只有羊看得见

就是这个道理啊

包恰又去找岩崖的住处来生儿
找石壁的地方来产女
岩崖石壁说
大本是我们大
高本是我们高
但等到四月间、五月份
雨来雨打走
水来水趟去
我们保不住你的龙蛋
我们护不好你的宝蛋
它惹包恰很生气
它惹包恰很伤心
于是包恰拿铁棒去射岩崖
拿钢棍去射石壁
射成了岩洞
射成了石缝
这也是岩洞石缝的根由啊

包恰又去找雨的住处来生儿
找水的地方来产女
雨和水说
大本是我们大
高本是我们高
但我们一天要行到天际
一晚要走到天边
我们也保不住你的龙蛋
也护不了你的宝蛋
它惹包恰很生气
它惹包恰很伤心
包恰拿生铁去捣积水

拿钢棍去搅塘水
捣成了一个水洞
搅成了口黑潭
这就是水洞
也是黑潭的根源啊

那时包恰哭着退回来
哭着转回来
急急来到沟边
急急来到路上
遇到打糖鸟
碰到打锣鸟^①
它打当当下
我遇有地方
它打咚咚下
我碰有住处
包恰就问
你遇哪有地方
你碰哪有住处
你介绍我个好地方
我送你句良言
你介绍我个好住处
我送你句吉语

一个打糖鸟
一个打锣鸟
那里有七层青山岭
又有七叠黑森林
还有杉树九十枝
又有枫香九十桠

既有老鹰在垒巢
又有老鹞在下蛋
你去找老鹰的住处生儿
找鹞子的住处产女
一个老鹰
一个老鹞

我们也告诉你住处
你送我们一句良言
送我们句吉语
包恰说
以后叫阳雀来
打糖鸟不抱阳雀的蛋
以后叫阳雀到
打糖鸟不拿食喂阳雀的崽

打糖鸟话不差
阳雀话不差
包恰急急找地方来垒巢
急急找地方来下蛋
来到七层青山岭
来到七叠黑森林
一个生成厄来爬枫香九十桠
包恰去见老鹰刚好垒成巢
去见老鹞才来孵幼崽
包恰来问杉树
来问枫香
大也是你们大
高也是你们高
本合生龙蛋
本合生宝蛋

---

① 打锣鸟：类似于啄木鸟。

杉树怎么说
枫香怎样讲
现有老鹰筑巢在我头
老鹞搭窝在我肚
恐怕老鹰吃龙蛋
恐怕老鹞吃你宝蛋

包恰才了心
包恰才了意
去找老鹰商量
去找老鹞商议
包恰说
你们跟我孵龙蛋
你们跟我孵宝蛋
老鹰怎么说
老鹞怎样讲
我们要我们才抱
我们搞我们才孵
怎能跟你抱龙蛋
怎会跟你孵宝蛋
包恰说
你们抱你们这窝好了
你们孵你们这窝好后
再来跟我孵龙蛋
再来跟我孵宝蛋
这使老鹰来高兴
这使老鹞来欢喜
那你就生在我们家
那你就生在我们门

那时包恰去问过
包恰去访过

生在老鹰榻
生在老鹞床
正好火烤不到
正好火烧不到
这样看得清
这样找得着
那时谁来生龙蛋
谁来生宝蛋
包恰来生龙蛋
包恰来生宝蛋
她生在老鹰窝
她生在老鹞巢
她生给老鹰孵
她生给老鹞抱
她去生一天得一个
她去生两天得两个
她去接连生得十二个
满到窝边
翻到巢外

包恰去请老鹰来抱
包恰去请老鹞来孵
送它一条百花裙
给它一亲百褶裙
要抱到四十零六天
老鹰怎么说
老鹞怎样讲
我们在我们杉树丫
我们找我们东西吃
我们在我们枫香梢
我们找我们东西用
我们抱我们也抱

我们孵我们也孵
我们怕没人带东西来
我们怕没有带东西到
包恰说
你们没有东西吃
你们去上寨吃只鸡
你们没有东西用
你们到下寨吃只鸭
那相当你们东西吃
那相当你们东西用
包恰许老鹰吃鸡那时起
包恰许老鹞吃鸭那时来
这本是猜查义
这也是猜查娅

包恰匆匆转回来
急急返回来
包恰去得一场又一场
包恰去得一月又一月
住得四十九天
包恰调头也来去看龙蛋
包恰转身也来去看宝蛋
抱出老鹰儿来了
孵出老鹞崽来了
细看老鹰儿的羽毛
好像一条裙
细观老鹞崽的衣裳

好似一条围腰
原来就像我们阿孟的百褶裙
原来就似我们阿孟的花围腰
老鹰儿生出来了
老鹞崽生出来了

等到三四一百二十天
待满三四一百二十日
是谁去看龙蛋儿
包恰去看龙蛋儿
是谁去看宝蛋崽
包恰去看宝蛋崽
回去看她的龙蛋
有六个成形
六个不成形
有六个成人
六个不成人
六个成寡蛋
六个成生蛋
六个不成双
六个成瘦蛋
六个成双来成人
一个生成厄①
一个生成雷
一个生成龙
一个生成虎
一个生成蛇②

---

① 厄：东家语音译，是包恰耶恰开天辟地后的人类始祖。

② "六个成形"的蛋中，隆昌、坝寨版本以"炯"代"蛇"，此版本认为"活捉雷公"一节中，厄的妹妹出现很突然，没有交代，把"炯"认为是"厄"的同胎妹妹，称"姑炯"。但仙鹅、六堡版本把厄的妹称为"妹娘姑"（未出嫁女），在"兄妹结婚"一节叙述，兄妹结婚后，厄改名为"炯"，妹

一个生成蛙　　　　　　　　　还剩一个红通通来黑溜溜

这蛙本来是小崽　　　　　　　这是一个幺蛋

本来是幼儿　　　　　　　　　这是一个尾蛋

茫茫本怪蛙　　　　　　　　　包恰扔在太阳沟

茫茫本怪蟾　　　　　　　　　包恰扔在月亮坝

再有六个成寡蛋　　　　　　　变成三方鬼

六个成瘦蛋　　　　　　　　　变成五方煞

她拿一个扔在山冲　　　　　　包恰拿放阎王殿大堂

变成一个红痢怪①　　　　　　黎民百姓劳动也不灵

她拿一个扔在山上　　　　　　良民百姓种地也不好

变成一个肿瘤怪②　　　　　　请它去看庄稼地

她拿一个扔山下　　　　　　　请它去看山野林

变成一个痔疮怪③　　　　　　它得大公鸡

她拿一个扔在山顶　　　　　　它得刀头肉⑥

变成一个癫痨怪④　　　　　　它得吃也得喝

她拿一个扔山沟　　　　　　　这本是猜查义

变成一个癫疯怪⑤　　　　　　这也是猜查娅

第十二节　　兄弟争大

包恰生儿那时起　　　　　　　包恰生儿那时来

娘姑名为"栓"。坝寨杨仁美版本：六个来成人／六个来成形／一个生下厄／一个生下雷／一个生下龙／一个生下虎／一个生下蛙／一个生下炯／这个本是喻世语（"猜查义"）／这个也是醒世言（"猜查娅"）。

① 红痢怪：东家语音为"甲哩"。

② 肿瘤怪：东家语音为"洼哈"。

③ 痔疮怪：东家语音为"甲如"。

④ 癫痨怪：东家语音为"甲叽"。

⑤ 癫疯怪：东家语音为"甲象"。

⑥ 刀头肉：民间敬山神的祭物。

生得六个孩儿各不同
育了六个孩儿很奇特
厄啊生得高大帅气又聪明
雷啊长得尖嘴猴腮满身毛
虎啊生得腰粗背阔血口大獠牙
龙啊生得牛头马面鹿角鹰钩爪
蛇啊生得身子长长如血藤
蛙啊长得四角蹦蹦叫呱呱
兄妹好也是这样好
爱也是如此爱
那时兄弟不知谁是大
那时兄弟不知谁是兄
你说你是大
你说你是兄
我说我是大
我说我是兄
他说他是大
他说他是兄
兄弟来争大
兄弟来争兄
兄弟来争包恰的九间房
兄弟来争包恰的九间屋
既争屋来又争地
既争地来又争林
厄刁本刁
厄滑本滑
厄说
谁是老大谁要
谁是大哥谁要
龙说我是老大
雷说我也是老大
厄说他也是大哥

虎说他也是兄长
那时的厄既聪明来又狡猾
来我们比试一下身手
比试一下功夫
谁身手好谁是老大
谁功夫好谁是大哥

就让龙先演示给我们看
就让龙先展示给我们瞧
龙扎进深潭
喷水下地，
身上龙鳞闪刺眼
它翻身磨鳞磨沙沙
震水外溢流哗哗
龙潜下绿潭
吐水上天
身上龙鳞闪耀目
它抽身抖尾抖呼呼
荡水翻岸浪滚滚
厄惊慌来又惊慌
厄害怕来又害怕
龙转头回来
返身回来
龙说
你们看我的身手好不好
你们瞧我的功夫精不精
你们惊慌不惊慌
你们害怕不害怕
厄说
我在我家里
我在我屋里
谁知你的身手好不好

谁知你的功夫精不精

我本不惊慌

我本不害怕

那我们叫雷演示给我们看

那我们叫雷展示给我们瞧

雷爬上天

拍尾拍翅拍凶凶

吼得天际响虺虺[1]

震得地下三尺土在动

厄害怕来又害怕

雷飞上树

抖尾抖翅抖颤颤

吼得天空响隆隆

震得地下三尺地在抖

厄担惊来又受怕

雷转头回来

返身回来.

雷说

你们看我的身手好不好

你们瞧我的功夫精不精

你们惊慌不惊慌

你们害怕不害怕

厄说

我在我家里

我在我屋里

谁知你的身手好不好

谁知你的功夫精不精

我本不惊慌

我本不害怕

那就让虎先演示给我们看

那就让虎先展示给我们瞧

虎爬山头刨地刨眇眇

嘴巴伏地啸声啸嗷嗷

拍尾拍嘭嘭

震动地面一层层

厄惊慌来又惊慌

厄害怕来又害怕

虎转头回来

返身回来

虎说

你们看我的身手好不好

你们瞧我的功夫精不精

你们惊慌不惊慌

你们害怕不害怕

厄说

我在我家里

我在我屋里

谁知你的身手好不好

谁知你的功夫精不精

我本不惊慌

我本不害怕

龙雷虎[2]三个同时说

我们叫厄演示给我们看

① 虺虺（huī huī）：形容打雷的声音。

② 估计当时蛇蛙对厄来说，不是值得威胁的争大对象，史诗没有讲述这两个
　 的功夫演示，但叙述它们被火烧的情节。

展示给我们瞧

厄说

我做便做

但不到我时间

还未到我期限

它们三个说

什么时候才是你时间

什么时候才是你期限

厄说

等我育得七年深山

等我造得七年老林

做得七个太阳来晒

做得七个月亮来烘

那时才是我演的时间

那时才是我做的期限

那我们让虎演来看

让虎做来瞧

虎双足刨地刨嗷嗷

吼得雷目又贯耳

抖动地下三尺地

厄害怕来又害怕

虎双脚刨地刨呼呼

吼得震耳又裂目

震动地下三尺深

厄提心来又吊胆

虎转头回来

返身回来

虎说

你们看我的身手好不好

你们瞧我的功夫精不精

你们惊慌不惊慌

你们害怕不害怕

厄说

我在我家里

我在我屋里

谁知你的身手好不好

谁知你的功夫精不精

我本不惊慌

我本不害怕

那时厄已育有七年深山

封有七年老林

做得七个太阳来晒

做得七个月亮来烘

晒得树木全干枯

烘得野草全枯黄

厄叫它们走坡头站

走坡顶看

厄捉一条巨蟒

拴火种在巨蟒尾

他说

你蹿我这片山三圈就放你

窜不周山我打死你

那时蟒窜这片山三圈

转这片山三转

烧得浓烟呀滚滚

雾气哟沉沉

火烧到雷面前

雷说

怎么办呀厄二

厄说

你说你为大

你说你是兄
你问我干什么
你叫我作厄大
再来跟你说
你叫我作厄兄
再来跟你讲
雷说
怎么办呀厄大
厄说
你飞在树上
麻利爬登天
也来脱你身
也来脱你体
雷飞在树上
火烧雷呀弯脚又卷腿

火烧到虎面前
虎说
怎么办呀厄二
厄说
你说你为大
你说你是兄
你问我干什么
你叫我作厄大
再来跟你说
你叫我作厄兄
再来跟你讲
虎说
怎么办呀厄大
厄说
你跳往天石
来脱你的身

你跃往天岩
来脱你的体
虎跳往天石
虎跃往天岩
火烧虎呀花里又胡哨
来成一个扁担花

火烧到龙面前
龙说
怎么办呀厄二
厄说
你说你为大
你说你是兄
你问我干什么
你叫我作厄大
再来跟你说
你叫我作厄兄
再来跟你讲
龙说
怎么办呀厄大
厄说
你潜往黑潭
你游进绿潭
也脱你的身
也脱你的体
龙潜往黑潭
龙游进绿潭
火烧龙呀变红又泛绿

火烧到蛇面前
蛇说
怎么办呀厄二

厄说

你说你为大

你说你是兄

你问我干什么

你叫我作厄大

再来跟你说

你叫我作厄兄

再来跟你讲

蛇说

怎么办呀厄大

厄说

你钻进石洞

也脱你的身

你钻进树窟

也脱你的体

蛇钻进石洞

蛇钻进树窟

火烧蛇呀成条黑乌梢

火烧到蛙面前

蛙说

怎么办呀厄二

厄说

你说你为大

你说你是兄

你问我干什么

你叫我作厄大

再来跟你说

你叫我作厄兄

再来跟你讲

蛙说

怎么办呀厄大

厄说

你伏在牛脚印里

来脱你的身

你趴在马脚印窝

来脱你的体

蛙伏在牛脚印里

蛙趴在马脚印窝

火烧蛙呀背上起泡泡

这本是猜查义

这也是猜查娅

兄弟来生气①

兄弟来恼火

虎向尧舜皇帝来告厄

尧舜皇帝许厄来申辩

许虎来官司

虎说

厄刁本刁

厄滑本滑

育得七年深山

造得七年老林

做得七个太阳来晒

做得七个月亮来烘

他骗我去住山谷

他放烈火到山谷

燃烧像炼石

烧得我脚弯

他哄我去住深冲

---

① 此段厄虎官司内容由坝寨片区开路师延伸情节和演述。

他放烈火到深冲
燃烧像炼铁
烧得我腿曲
我种地本无收
种粮本无获
本养不了妻
本养不了儿
住地本不暖
住乡本不柔
都是同母生
都是同父育
本是同个阴门生
本是同个子宫出
一个踩一个肩膀下
一个爬一个背膀上
来吃一只奶
来食一只奶
本是两兄弟
厄呀来哄我
厄呀来骗我

虎说完了厄驳斥
我们同是一母生
同是一父育
本是同个阴门生
本是同个子宫出
一个踩一个肩膀下
一个爬一个背膀上
来吃一只奶

来食一只奶
只是虎生得异样
生得特别
生得丑陋
生得古怪
我要人住乡
我要鬼住岩
我怕以后它吃我黎民娃
我怕以后它食我百姓崽
我烧它不冤
我撵它不枉
尧舜皇帝才许虎来吃黄泥
许虎来吃白泥
吃养它的身
吃养它的体
吃养它的妻
吃养它的儿
它吃本合理
它食本合情

许虎吃泥那时起
许虎在林那时来
许龙在渊那时起
许雷在天那时来
许蛇在洞那时起
许蛙在凼那时来
这本是猜查义
这也是猜查娅

第十三节　狩猎斗智

这是查义的话　　　　不认我是兄长

也是查娅的语　　　　你看他的头

包恰生儿那时来　　　他可能想当王

包恰育女那时来　　　我要提防他

说到厄啊聪明又聪明　我要整倒他

说到厄啊狡猾又狡猾　以后他才不抢老大当

他见龙哟他不惊　　　以后他才不抢兄长当

他看蛇呀他不怕

他看蛙哟他不打　　　厄想了又想

他看焖呀他不欺　　　思了又思

他看雷哟他心虚　　　过来跟虎说

再看虎呀他害怕　　　虎呀我俩去打猎吃

只见虎腿粗又粗　　　我俩去找野味吃

腰杆硬又硬　　　　　好也是我们好

獠牙长又长　　　　　爱也是我们爱

踢也踢不过他　　　　等到傍晚起露水

抱也抱不过他　　　　我们下猎套

咬也咬不过他　　　　山林野兽才闻不到我们味

厄说　　　　　　　　深山飞禽才闻不到我们气

只怕以后这个　　　　白天飞禽回来也踩到

不认我是老大　　　　晚上走兽出来也套住

---

① 此节由母版《兄弟争大》延伸出来演绎，主要由原坝寨村歌师演述：杨仁美（67岁，私塾一年），2015年7月12日晚，今仙坝村干坝组。杨德芳（65岁，小学文化），2016年3月27日下午，仙坝村青冈林组。2018年3月15日补充，采访整理者王星虎。此部分原为坝寨片区流传的民间故事，由甘坝开路经祖师杨启富等将部分故事改编为诗行韵文，演述较为散乱，有些小节只是单纯的故事讲述，无韵文诗体形式，按史诗上下同义复句进行短句组合而成。

厄拿索套挂在树丫上
虎拿铁夹安在树脚下
次日厄去得早又早
厄去得急又急
露水还没干
露珠还没发
厄去见树丫套住只乌鸦
去见树脚夹住头野猪
聪明本是厄
狡猾也是厄
他解乌鸦来夹在树脚
他解野猪来套在树丫
再叫虎来看
再叫虎来瞧
他也怕虎晓得
他也怕虎怀疑
他边退边拉尿
拉尿作露水

厄转来到门
厄回来到家
悄悄推门
轻轻进屋
来到虎房间
来到虎床边
看虎还在躺
见虎还睡着
厄呀猛拍虎屁股
虎得一大跳
惊慌又惊慌
害怕又害怕

出什么事了呀厄
干什么来了呀厄
厄说
没有搞什么
没有做什么
我喊你起来去看猎物去
我叫你起来去看野味去

虎和厄一起来看
一起来瞧
虎说
只怕厄大早来过
只怕厄兄早来踩
厄说
你看这露水大又大
湿又湿
没有谁来过
没有谁踩过
说来虎也听
讲来虎也信

厄指树丫哈哈又哈哈
嘻嘻又嘻嘻
你看我的索套套了头野猪
你的铁夹夹到了只乌鸦
虎说
为何野猪爬上树
为哪乌鸦趴在地
厄说
野猪爬树吃果实
乌鸦扒草找虫吃
说来虎也听
讲来虎也信

聪明来也是厄
狡猾来也是厄

厄说
你去解野猪
你去松乌鸦
我去找木棒来挑
我去寻木棍来抬
厄去找到一根刺楸树[①]
刺楸生得尖刺多又多
刺楸长得尖刺密又密
厄刮一头光又光
厄让一头毛又毛
厄抬光头长又长
虎担毛头短又短
虎走两步就喊疼
虎走两步就哼痛
虎说
来我们换位挑
来我们调头抬
厄转往前头
光担也在前头
虎调往后头
粗担也在后头
虎走两步就喊疼
虎走两步就哼痛
虎说
来我们掉头抬

来我们换位挑
厄转往后头
光担也到后头
虎转往前头
粗担也到前头
虎走两步又哼痛
虎走两步又喊疼
聪明本是厄
狡猾也是厄
调也整倒虎
换也搞倒虎

兄弟抬到家
兄弟担到屋
厄先撂担落下地
虎便踉跄地上倒
厄说
我去捡柴去
你去挑水来
虎说
我拿什么挑
我拿哪样抬
厄说
你拿秧箩挑
箩大挑得多
虎拿秧箩抬了一上午
虎拿秧箩挑了一早晨
挑也挑不了水

---

① 刺楸树：又叫刺五加、刺枫树、刺桐、钉木树、丁桐皮、鼓钉刺、云楸、辣枫、山上虎、狼牙棒等，生长在山地疏林等地，耐阴耐寒，最高能长到 30 米。树干为棕灰色，浑身长满了粗大坚硬的刺，呈鼓钉状皮刺，刺多到鸟儿都不敢站在上面，故称"鸟不宿"。

抬也抬不来水
厄在家中悄悄把猪烫
把猪剐好来把猪来分
分成一箩尽是肉
分成一筐尽是骨
厄用猪血染鹅石
像坨红肉红通通
拿来放在骨堆上

虎走回来
虎转回来
抬对空箩来到家
见厄在门口坐石磴
跷脚挂腿笑盈盈
厄说
我把猪烫好
我把猪剐成
我把猪分匀
我把猪分均
分作两大箩
分作两大筐
随你选哪箩
随你选哪筐
虎说
你是老大你先挑
你是兄长你先选
厄说
我是老大先挑怕人说
我是兄长先选怕人笑
还是你先挑
还是你先选
你试哪筐重呀挑哪筐

哪箩重呀选哪箩
重的那筐还有一坨好肉
还有一坨好宝
你要你不亏
你要你得强
聪明本是厄
狡猾也是厄
说来虎也听
讲来虎也信

虎挑一箩骨头重又重
虎要一筐骨头多又多
虎挑去虎舔不完
虎抬去虎啃不动
厄拿肉煮两天全吃光
厄拿肉熬两天全吃完
虎问
你怎么吃得这么快
你怎么吃得这么急
我和妻儿嚼不烂
我和妻儿啃不动
你教我如何搞才好吃
你教我如何做才好弄
厄说
你去坎脚烧锅沸烫水
再叫妻儿围锅等
你从坎上倒骨头
你从坎上倒肉坨
你妻得肉吃
你儿得汤喝
聪明本是厄
狡猾也是厄

说来虎也听
讲来虎也信

虎去坎脚煮锅沸烫水
再叫妻儿锅边等
虎从坎上倒骨头
虎从坎上倒肉坨
烫死虎的妻
烫死虎的儿
虎哭呜呜打滚又翻身
虎叫哇哇打转又踢脚
虎说
人家妻儿吃东西要活
我家妻儿吃东西要死
你说这是为什么呀天
你说这是为什么呀地
虎喊天啊天不应
虎叫地啊地不灵

虎转过头去
转回身去
虎抬妻去埋在深谷
虎抬儿去埋在冷冲
他怕狮子来刨
他搬石头来堆
他怕豺狼来扒
他拉尿来围
晚上厄去扒出虎的妻
刨出虎的儿
拿来靠在虎的门
拿来立在虎的家
虎也躺不好

虎也睡不香
清晨起早早
来开他的门
来开他的屋
家门一打开
屋门一敞开
虎妻虎儿倒哗啦
虎妻虎儿倒咣当
吓得虎呀害怕又害怕
惊慌又惊慌
虎说
你娘崽回来搞哪样
转来做什么
要银我送银
要钱我送钱
要香我烧香
要纸我烧纸
请你们莫吓我
请你们别唬我
他们也出不来气
他们也讲不来话
倒在地上直溜溜
横在门脚硬邦邦

虎重新抬虎妻虎儿去埋
埋在一座当阳坡
埋在一座山顶上
他怕狮子来刨
他搬石头来堆
他怕豺狼来扒
他拉尿来围
晚上厄去扒出虎的妻

刨出虎的儿

拿来靠在虎的屋

拿来立在虎的门

虎也躺不好

虎也睡不香

清晨早早起

来开他的屋

来开他的门

家门一打开

屋门一敞开

虎妻虎儿倒哗啦

虎妻虎儿倒咣当

吓得虎呀害怕又害怕

惊慌又惊慌

虎说

你娘崽回来搞哪样

转来做什么

要银我送银

要钱我送钱

要香我烧香

要纸我烧纸

请你们莫吓我

请你们别唬我

他们也出不来气

他们也讲不来话

倒在地上直溜溜

横在门脚硬邦邦

虎再次抬虎妻虎儿去埋

厄再次去挖出来拿整虎

虎想了又想

思了又思

才来找厄商量

厄大呀厄大

你说怎么办

我妻我儿不晓为哪样

我拿埋三次呀起三次

我拿埋三回呀转三回

埋也埋不好

埋也埋不宁

厄来怎么说

厄来怎样讲

厄说

我埋我要埋行

我埋我要埋好

我要你去捡一堆干柴

来给我暖身

我要你去捡一堆枯柴

来给我烤手

你在远远的放哨

你在远远的放风

不让他人来靠近

莫让别人来偷看

你看火烟浓浓你就笑哈哈

你见火烟淡淡你要哭嗷嗷

那时我埋成你妻

我葬成你儿

聪明本是厄

狡猾也是厄

说来虎也听

讲来虎也信

虎去捡一堆干柴

来给厄暖身

虎去捡一堆枯柴
来给厄烤手
虎在远远的放哨
虎在远远的放风
不让他人来靠近
不让别人来偷看
虎看火烟浓浓虎就笑哈哈
虎见火烟淡淡虎要哭嗷嗷
厄来拿虎妻烤吃完
厄来拿虎儿烤吃光
剩下大骨他拿土来埋
剩下小骨他拿灰来盖
再有虎蹄虎爪拿叶来包好
晚上得来吃
晚上拿来啃

虎转过头来
转过身来
来见一个土包包
来见一个灰包包
厄说
这大土包是你妻的坟
这小灰包是你儿的墓
保证它们不会再起来
保证它们不会再找你
我们赶快回家去

虎也躺不好
虎也睡不香
半夜听厄呲嘴响嗒嗒
听厄磨牙响咯咯
虎说

你吃什么呀厄
你啃哪样呀厄
你要分我一点
你要给我一点
我们好歹躺一床
我们好坏睡一塌
好也是这般好
爱也是这般爱
厄说
生生我不说给你听
死死我不讲给你知
说来吓倒你
讲来惊倒你
厄继续呲嘴响嗒嗒
厄继续磨牙响咯咯
虎说
你吃什么呀厄
你啃什么呀厄
你要分我一点
你要给我一点
我们也躺在一床
我们也睡在一起
好也是这般好
爱也是这般爱
厄说
你说我俩好
你说我俩爱
我就说给你来听
我就讲给你知道
我在吃我的阴茎睾丸
我在啃我的手脚指甲
我就分你一点

就给你一点
虎分得吃来说香啊香
虎要得啃来说脆呀脆
吃完才觉有虎味
啃光才感有虎气
厄说
今晚你得我的阴茎睾丸吃
今晚你得我的手脚指甲啃
明天你拿你的给我吃
明天你拿你的给我啃
聪明本是厄
狡猾也是厄
说来虎也肯
讲来虎也愿

次日厄来钻墙成个洞
厄来凿壁成个口
厄去喊虎来
厄来跟虎说
你进家里去
你把根伸来
虎搞虎鞭硬邦邦
伸缩伸缩进洞来
厄拿刀背在虎鞭上搓呀搓
虎说舒服呀舒服
虎说安逸啊安逸
厄说
你再伸长些
你再搞硬点
这回更舒服
这回更安逸
厄翻过刀来

转过刀来
刀背厚厚来朝上
刀锋细细来朝下
一刀宰断虎鞭
一刀割断虎丸
虎哭呜呜打滚又翻身
虎叫哇哇打转又踢脚

虎才来生气
虎才来恼火
虎要去跟母亲包恰说
虎要去跟母亲包恰讲
厄大整我好生气
厄兄弄我好恼火
他骗我整死妻
他哄我弄死儿
他宰断我阴茎吃
他割断我睾丸食
我要吃厄了种
我要吃厄绝种
包恰怎么说
包恰怎样讲
他整你生气
他弄你恼火
你一年生三胎
一胎生三个
你生多又多
你发旺又旺
你吃厄了种
你吃厄绝种
虎念来放心里
虎记来放心上

那晓厄躲半路
那知厄藏半沟
厄吓虎全忘
厄唬虎全落
虎转过头来
转过身来
左也问她妈包恰
右也问她妈包恰
包恰了心诓虎说
了意骗虎讲
你让厄一年生一人
他生多又多
他发旺又旺
让他来住乡
让他来住寨
你三年生一胎
一胎生一个
活下你就要
死去你拿扔
这本是包恰留过的言
这也是包恰说过的话

虎转过头来
转过身来
虎想来生气
虎想到恼火
这回呀我要搞死你
我要吃了你
虎张牙看过来
虎舞爪扑过来
厄见急忙逃
厄看赶快跑

厄逃到村口
虎追到村脚
厄爬井边树丫上
厄攀井旁树丫中
虎追到井边
虎追到井旁
见厄在井里
看厄在井中
虎说
这回我要吞了你
这次我要吃了你
虎张牙伸过来
虎舞爪扑井去
只见水井现水花
水井流哗哗
虎说
这回你死不死呀厄
这次你亡不亡呀厄
等水不再晃
待水不再翻
虎过来看
虎过来瞧
见厄井里稳笃笃
看厄井中静悄悄
虎枉咬呀累
虎枉抓呀疲
厄在树丫看好笑
厄在树丫望好玩
他笑嘻嘻又嘻嘻
哈哈又哈哈
虎急抬头看
虎急伸头瞧

虎说
你也在水井
你也在树丫
哪个才是你
厄说
树上也是我
井中也是我
你爬树爬不动
爬动抓不倒
你下井下不来
下来抓不着
虎说
九回也搞不倒你
十回也弄不了你
怎么搞倒你
怎样弄了你
聪明本是厄
狡猾也是厄
厄来扯白谎
厄来说假话
你这身子长又长
你这肚子大又大
你喝干这井水
你吸完这井水
那时你才搞倒我
那时你才弄了我
说来虎也听
讲来虎也信
心想你在水井跑不掉
我要搞倒你
你在树丫飞不脱
我要弄了你

虎伸口吸水哗哗
虎张嘴喝水咕咕
吸得半天水不消
喝得大早水不干
见厄井里稳笃笃
看厄井中笑嘻嘻
他也不会死
他也不会亡
虎见水里也有虎影子
虎瞧水里也有树影儿
才知水里不是厄
才晓树上本是厄
虎爬树呼啦上
厄梭树哧溜跑

厄逃到寨子口
虎追到寨子脚
厄逃到田坝
遇见一个老农神看田水
厄忙说
农神请你救救我
农神请你帮帮我
虎来追我吃
虎来逐我啃
农神脱件蓑衣来给厄穿
脱个斗篷来给厄戴
拿把锄头来给厄握
厄挖出一个土狗崽
顺水流下田缺口
搅水漩涡转溜溜
虎呀追到田缺口
一脚拍水溅四角

虎来问老农神
你看厄跑来没
你见厄逃来没
在你身边的是哪个
他是你家谁
老农神说
这是我的儿
这是我的崽

厄跑往前面
厄逃往那边
虎立即去追
追到前面
追到那边
不见厄的身
不见厄的影
虎转过头来
转过身来
来骂老农神
刚才那个本是厄
你还想骗谁
就算厄恨我
难道你也来恨我
我要吃掉你
我要吞了你
老农神说
你吃不了我
你吞不了我
不信我拿这个给你尝两口
你就知道我本事
你就知道我厉害
农神点燃旱烟斗

递给虎来抽
递来给虎吸
虎吸两气
虎抽两口
虎呀赌气辣喉咳不休
虎说
这个本厉害
这个本是怪
还是赶快追厄去

厄跑到一条渠
渠上水车转悠悠
厄躲到水车里
厄藏在水车中
虎来水渠问水车
虎到水沟问水车
你看厄跑来没
你见厄逃来没
它来转呀呀
它来旋吱吱
虎说
不承想到农神来帮厄
不料想到农神来帮厄
难道你也要来帮厄
没想你也要来助厄
看我不搞停你
瞧我不弄坏你
虎拿一根木棒钻进去
虎拿一根木棍捅进来
卡牢这水车
卡死这水车
厄被水来冲

厄被水来打
厄慌张跳开
厄急忙逃走

厄逃来到山坳
厄跑来到山岭
看见一堆杉树皮
树皮蚂蚁爬密密
厄去躲在里头
厄去藏在当中
虎追来到山坳上
虎追来见杉皮堆
左不见厄的身
右不见厄的影
虎坐在杉皮上休息
虎大肥又肥
虎壮重又重
厄在里面顶不住
厄在下边抵不了
他摘了根木尖刺
他找了根刺苞针
狠狠捅刺虎屁股
虎痛哎呀又哎呀
虎疼哎哟又哎哟
虎伸手往屁股去
捉到两只大蚂蚁
虎说
原来只道厄恨我
不想你们也恨我
整你们了种算了
弄你们绝种罢休
虎张脚来又舞爪

刨开杉皮响沙沙
啸声吼声响嗷嗷
厄赶紧爬起跑
厄急忙跳起逃

厄来碰到一个木匠
木匠正打木溮桶
厄急怎么说
厄忙怎样讲
师傅请你救救我
虎要来追我吃
虎要来追我唷
木匠解张围腰来给厄
拿把凿子来给厄
那时虎也追到木匠家
看见木匠在打木溮桶
虎问
你看见厄跑来没有
你看见厄逃来没有
在你身边的是哪个
他是你家哪个人
木匠说
这是我的学徒
这是我的学生
你想知道厄跑往哪里
你想知道厄逃往哪方
等我做好溮桶跟你讲
待我做好溮桶跟你说
虎坐了一会儿
虎坐了一阵子
木工刨平木桶
正要拿竹圈勒

木匠说

你要帮我个忙呀虎

你钻进这溜桶里面

看我勒来合缝不合缝

虎钻进溜桶里去看

木匠拿锤使劲勒

厄拿木板钉子钉

勒虎在溜桶里

钉虎在溜桶里

虎用力踢也踢不动

使劲蹿也蹿不开

惊慌又惊慌

暴躁又暴躁

聪明本是厄

狡猾也是厄

想搞也搞定

想整也整倒

厄说

适才你来追我吃

刚才你来追我啃

现在我要拿你去滚坡

我要抬你去丢崖

厄拿虎滚下陡坡

厄抬虎丢下悬崖

厄说这回虎定要死

厄说这回虎定会亡

他掉过头来

慢慢悠悠回家来

虎滚到半坡

虎滚到半崖

被一根岩马桑挂着

被一棵胡桃树挡住

虎吼呀吼哇哇

哭呀哭嗷嗷

有只啄木鸟飞到

啄木鸟说

我筑巢在树丫

枝丫简陋不温暖

枝条硬溜不柔和

冬怕风来刮

夏忧雨来淋

你呀起家在半山

建屋在半崖

块块板关紧

条条木钉实

人家住新房来唱歌

你住新屋喊救命

你到底是谁

虎说

我本是大虫住大坡

我本是老虎在丛林

哪晓遭厄来恨

哪知被厄来整

拿我滚下坡

抬我丢下崖

求你救我命

求你帮脱身

啄木鸟说

我救我也救

我帮我本帮

我要你给我的金爪银爪

我要你给我的钢喙铁嘴
虎忙脱钩爪来给啄木鸟
抓树它抓得紧
爬树它爬得动
啄木它啄得响
它啄呀咚咚
它啄呀笃笃
啄得三天
啄得三晚
才把溲桶啄破
才把溲桶啄烂
虎也得救命
虎也脱了身

虎吼呀吼哇哇
哭呀哭嗷嗷
大声喊救命
一只啄木鸟
飞来听到
飞来看见
啄木鸟说
我搭窝在树梢
筑巢在树丫
枝枝条条不暖和
也怕风来刮
也怕雨来淋
你呀有洞在半坡
有家在半崖
屋也装得好
洞房又严实
人家住在高坡要唱歌
你住在大岭喊救命

你到底是哪个

虎说
我本是老虎住高坡
我本是大虫卧丛林
遭厄来恨
被厄来整
害我滚下坡
整我落下岩
求你来救命
请你帮逃身
啄木鸟说
我救便救
我帮便帮
但我要你给我的金爪银爪
给我的铁嘴钢喙
虎急忙脱下勾爪来给啄木鸟
抓树它抓得紧
爬树它爬得动
啄木它啄得响
它啄得三天
它啄得三晚
啄得个树梯给爬
啄得条路给上
虎也得救命
虎也脱了身

那时虎来生气
虎来恼火
到哪里找不得吃
到哪儿寻不到食
天黑只能进村偷

天晚只好摸圈入
遇到强盗来偷马
碰见强人来盗牛
天黑强盗看不清
他用手来乱摸毛
摸到哪匹算哪匹
摸到哪头是哪头
他摸到老虎背毛挺滑丝
他摸到老虎脊毛很滑顺
急忙跳到老虎背
慌忙跳到老虎脊
老虎不知是何鬼
老虎不晓是啥怪
害怕赶紧跑出来
慌张着急逃出来
虎驮强盗跑上大坡
虎背强盗逃上高岩
等到天渐亮
待到天微明
强盗看到骑的是老虎
见到偷的是花虎
吓得窜树丫
惊得跳树杈

虎转过头来
转过身来
来遇只野猫
野猫过路问
虎呀搞哪样
虎呀做什么
虎说
我想上树吃东西

我想爬树找食物
可惜我身手不行
奈何我功夫不好
我本不会爬树
我本不会上树
怎么搞到吃
怎样弄到用
你来教我身手
你来传我功夫
野猫说
我教我也教
我传我便传
我要你唤我做兄
我要你喊我做师
虎才来叫野猫为兄
虎才来拜野猫为师
野猫来教虎身手
野猫来传虎功夫
九种它教完
十样它传尽
最后才教虎爬树
才传虎上树
猫爬往树丫枝
虎也学爬树丫枝
那时强盗躲树丫
强盗来担心
强盗来害怕
折树枝来拦虎
折树丫来打虎
他害怕急撒尿
他慌张忙拉屎
尿呀落唰唰

屎呀掉咕噜
落来淋在猫的耳
掉来砸在虎的眼
虎说
怎么办呀猫兄
怎样做呀猫师
野猫说
你伸尾过来
你摆尾过来
猫来抓紧虎尾巴
来握牢虎尾巴
让虎跑往深山去
叫虎逃往密林去
虎说
你骗我淋尿
你哄我淋屎
你不是我兄长
我不配我师傅
猫说
你不认我兄长
你不认我师傅
忘师你身手不行
忘傅你功夫不精
以后你也不会爬树
以后你也不会攀崖
虎不会爬树那时起
虎不会攀崖那时来
这本是猜查义
我也是猜查娅

虎转过头来
转过身来
虎生气来跟雷说
恼火来跟龙讲
厄骗我整死我妻儿
厄割断我阴茎睾丸
我不认他为老大
我不认他为兄长
我不要他和我住
我不要他和我躺
雷是如何说
龙是如何讲
厄做厄的本是错
厄做厄的本不对
他欺我弟兄
他哄我姊妹
我们不认他为老大
我们不认他为兄长
我们不要他和我们住
我们不要他和我们躺
赶他出咱包恰的家门
赶他出咱包恰的屋子
包恰来生她儿女们的气
来生她来生儿女们的怨
包恰掉过头去
转过身去
去成一个神仙
去成一个菩萨
这本是猜查义
这也是猜查娅[1]

[1] 异文还有遇到木匠、砍柴人、神仙等情节，因现代附和太多，缺少古歌特色，不再收录。

第十四节　活捉雷公

雷说
厄弄我们好悲惨
厄整我们好伤心
我九次打不败你
十次打不赢你
这次我回去打死你才甘心
打死你才出气
厄说
你来本打不倒我
伤本伤不倒我
雷说
怎么才打败你
如何才打倒你
厄说
你等我建好房
你待我修好屋
那时你来你打倒我
那时你来你伤倒我
厄打不了你
厄伤不了你
后来厄建好房
厄修好屋
他用白秧树皮来盖房
他用白秧树皮来盖屋
吹得七天毛风
下得七夜细雨
雷急急来踩

雷噼哩一脚踩屋顶
吼声吼沉沉
白秧树皮来滑又滑
雷哗啦一脚滑
雷扑通摔在地
厄拿铁叉插
死死把雷叉地上
雷急急来踏
雷噼哩一脚踏在屋脊
闪电闪急急
白桦树皮光又光
雷哗啦一脚滑
雷扑通一声失脚摔在地
厄拿起钢叉插
牢牢把雷叉地下
把雷关在铁牢中
把雷关在钢笼里
厄去寻得七村籼米草
厄去找得七寨糯米草
厄说
你搓绳满我的牢就放你
搓绳满我的笼就放你
那时雷呼呼地搓
厄走牢底呼呼地抽
那时雷呼呼地拧
厄走牢底呼呼地拉
拉去堆满冲

拉去堆满山
变成现在的青藤
变成现在的血藤
青藤的根由那时来的
血藤的根由那时来的啊

厄到时去摆家
到时去串门
嘱咐他妹娘姑①说
我去了你不送雷的水喝
不给雷的饭吃
等厄刚走后
等厄刚走过
雷跟妹娘姑要水喝
雷跟妹娘姑要饭吃
妹娘姑说
厄去厄倒水
不让水在桶
厄去厄倒饭
不让饭在碗
我给我也给
等到厄回来要骂我
我送我也送
等到厄回来要打我
生生也不给
死死也不送
雷说
不要这样绝情

不要这样狠心
好在我俩同娘生
好在我俩同爷养
我在这三年满
我因这三轮足
不要让我绝望
不要让我伤心
给一口潲水算了
送一点荤水算了
那时他妹娘姑
送一点潲水
送一滴荤水
那时雷喝成不成
抖手抖脚抖搲搲
雷喝像不像
抖手抖脚抖颤颤
他妹娘姑说
雷哥做得真好看
雷哥做得真好瞧
雷说
这是潲水不好看
这是荤水不好瞧
给一口清水
做来更好看
送一点凉水
做来更好瞧
他妹娘姑
给一点清水

---

① 妹娘姑：阿孟语，指未出嫁的姐妹。后兄妹结婚后称为"姑炯"，即名
为"炯"的姑妈，有些版本把兄妹结婚后，厄改名为"炯"，妹娘姑唤
名为"栓"。

送一滴凉水
那时雷喝成不成
抖手抖脚抖擞擞
雷喝像不像
抖手抖脚抖颤颤
当时打破铁牢
当场打烂钢笼
那时雷呀得脱身
那时雷呀得脱命
这本是猜查义
这也是猜查娅

雷跟他妹说
我九样做不倒厄
十条也做不倒厄
做得我好了心
做得我好了意①
这次我去我要筑天坝
这次我去我要塞天塘
要淹死厄
要溺亡厄
我送你一粒葫芦种
送你一颗葫芦籽
今天栽
明天它生
后天它长大
四天它开花
五天它结果

六天它成熟
七天你摘
你去划葫芦
你掏瓜子撂
你留瓜壳在
等我去搞洪水漫天
等我去弄江河满地
你坐不给厄坐
你用不给厄用
让厄死于天水
让厄亡于湖底
你坐葫芦来跟我
我在天门口等你

那时厄窜寨归家
厄摆家回屋
看雷已打破铁牢
看雷已打碎钢笼
对他妹娘姑说
说你不听话
讲你不听说
我说不给雷水喝
谁让你给雷水喝
我说不给雷水用
谁让你给雷水用
雷去他跟你说什么没
他送什么给你没
他妹娘姑说

---

① 了心、了意：在阿孟语表达中，多用古语表述方式，意思有了结，死心，无奈失望等。汉语方言中常用，《小窗幽记》也有"了心自了事，犹根拔而草不生"。

它说九次弄不倒你　　　　四天它开花
十回也打不垮你　　　　　五天它结果
它去它要筑天坝　　　　　六天它成熟
它去它要塞天塘　　　　　七天去摘
要淹死你　　　　　　　　让我去划葫芦
要溺亡你　　　　　　　　教我掏瓜子摺
它送我一粒葫芦种　　　　叫我留瓜壳在
它送我一粒葫芦籽
今天栽　　　　　　　　　我坐不给你坐
明天它生　　　　　　　　我用不送你用
后天它长大

第十五节　　洪水滔天

雷转头过去
掉过身来　　　　　　　　那时滴水成溪
雷去打死那螃蟹王　　　　汇流成河
雷去劈死那螃蟹将　　　　厄要来跟他妹娘姑共坐葫芦
来兴洪水浪滔天　　　　　要来跟他妹娘姑同用葫芦
来发大水漫大地　　　　　他妹娘姑生生不给用
水涨急急　　　　　　　　死死不让坐
水满汪汪　　　　　　　　厄说不让坐我把它撬破
雷来跟龙说　　　　　　　不给用我把它摔碎
你看我到天上　　　　　　要死我俩一起死
我帮我去开天口　　　　　要活我俩一起活
我帮我去开地漏　　　　　他妹娘姑了心一起坐
洪水消成海　　　　　　　了意一起乘
江河归成洋
你得大海住　　　　　　　厄呀厄聪明
你得大洋游　　　　　　　厄呀厄伶俐

世上的九样①种子全捡完　　　　那时我还在

世上的十种种子全拾尽　　　　你觉得绳拉松软软

他网一只地马蜂　　　　　　　那时我死去久

他捉一只牛角蜂　　　　　　　那时我死去早

他抓一只黄豆鸟

他捕一只画眉鸟　　　　　　　那时洪水往上涨

他拿来放口袋　　　　　　　　雷在收绳索索

他捉来揣怀里　　　　　　　　这时洪水已登天

厄去拿棵旱死的杉树来放　　　葫芦也登天

旱死的杉树不浮水　　　　　　河天盖完地

厄说这棵太重我不要　　　　　葫芦也游在地③

我要拿它来做千年树呀万年杉　他叫雷开天门

厄去拿棵木棉树来放　　　　　他叫雷敞地户

木棉树不浮水

厄说这棵太重我不要　　　　　那时雷的儿子出去玩

我要拿它去做千年树呀万年花　雷的儿子出去耍

　　　　　　　　　　　　　　来遇厄到天门口

那时雷兴洪水滔天三年满　　　来遇厄到天地户

发大水漫地三轮足　　　　　　雷儿转过头去

洪水往上升　　　　　　　　　回过身去

雷在收绳索索　　　　　　　　去跟雷说

河水往上涨　　　　　　　　　去跟雷讲

雷在收绳呼呼　　　　　　　　你说我们厄大伯死去了

雷来抓绳端　　　　　　　　　我却见他来到天寨门

厄来拿绳尾②　　　　　　　　我却见他来到天村口

厄说　　　　　　　　　　　　雷说

你觉得绳勒紧绷绷　　　　　　我拉绳子快索索

① 九样、十种：为一种虚指，意为许多，数不清。

② 雷本来要救妹娘姑，以绳拴葫芦，以为是她一个人在乘坐葫芦，但厄在也
没办法，这段情节各地没有详述，版本混乱，故录于此，以供参考。

③ 应是天上的"土地"。

厄已死去久
我的绳子松软软
厄已死去早
雷儿说
你讲我扯谎
你讲我说假
不相信你去看
不甘心你去瞧

那时雷以为厄死了
谁晓得厄还活着
认为厄亡了
哪知道厄还在世
这时厄已来到雷家大门口
雷便立即关上门
厄说
开门不开呀雷
不开我就搞来
不开我就整来
雷呀本不听
雷呀本不信
雷来怎样说
雷来怎样讲
你整我们好了心
你搞我们好了意
生生本不开
死死本不开
厄说
开门不开呀雷
不开我就搞来

不开我就整来
雷说
你搞红我就看红①
你整乌我就看乌
生生本不开
死死本不开
厄便放了一只地马蜂
叮住雷婆的手脚
她呀抖颤颤来挛痉痉
她呀打滚滚来转团团
痛也是这么痛
疼也是这么疼
开门呀
让我们厄大伯进来算了
雷说
生生我本不开
死死我本不开
他搞红我就看红
他整乌我就看乌
厄便放一只牛角蜂
蜇住雷婆的奶子
她呀痛得挣扎地起灰
她呀疼得脚手乱踹踢
痛也是这么痛
疼也是这么疼
开门呀
让我们厄大伯进来算了
雷说
生生我本不开
死死我本不开

① 搞红、搞乌：在此意指打架斗殴。

他搞红我就看红

他整乌我就看乌

那时厄左手拿黄豆鸟

右手捏画眉

雷婆见了说

开门让他来

开路随他进

还剩那只大一点

还有那只高很多

那只来了决定死

那只来了决定亡

雷了心开门让他进

了意敞户让他出

进来大家住

进来大家吃

厄一进门便问

我们在下面错一点你就打

我们在下面错一点你就劈

那么吃到什么你才打

弄到什么你才劈

雷说

九种我吃得

百种我拿得

我嫌的是奶水

我嫌的是鸡屎

吃了我就打

拿了我就劈

雷转来问厄

你在你嫌哪些

你在你怕哪样

厄说

我怕腊肉拌豆豉

糯饭蘸苏麻

吃了我身体浮肿

我就死

雷日日夜夜做得腊肉拌豆豉

糯饭蘸酥麻

拿来给厄吃

拿来给厄食

厄吃厄肥来

厄吃厄胖来

雷说

你讲你吃腊肉拌豆豉

糯饭蘸酥麻

你就死

怎么不见你死

厄说

你看现在我已浮肿了

快死啦

雷知已上当

雷晓已受骗

不再弄腊肉拌豆豉

糯饭蘸酥麻

雷到时去摆家

合时去窜寨

厄去要鸡屎来糊簸箕

要鸭屎来糊囤篓①

雷摆家来归家

窜寨来归屋

———————

① 囤篓：东家人用来装稻谷的竹编篓。

厄说
你说你爱干净
你说你喜洁净
你看你婆娘
你瞧你儿女
把鸡屎糊簸箕
把鸭屎沾到囤篓
这样吃得吃不得
这样摸得摸不得
雷说真话
雷说实话
吃到鸡屎一百二十次我才劈
摸到鸭屎一百二十次我才打
厄说
那么吃到什么当场打
摸到什么当时劈
这时雷说了真话
道了真言
吃了奶水当场打
食了母乳当时劈
雷到时去赶场
合时去赶集
雷已去赶场
雷已去赶集
厄去拿五倍子树汁来擦簸箕
厄去拿白秧树浆来糊囤篓
雷赶场回到家
赶集转到屋
厄说
你说你爱干净
你说你喜清洁
你看你的婆娘

你瞧你的子女
他搞奶水在簸箕
他滴奶水在囤篓
这样吃得吃不得
这样用得用不得
那时雷
看了他婆娘一眼
瞧了他儿女一回
当时劈死他婆娘
当场打死他儿女
雷婆没姓是那时来
雷儿没名是那时来
这也是喻世语
这也是醒世言

雷说
你来得三年满
来得三年足
你哄我劈死我婆娘
你骗我打死我儿女
你回你故乡去算了
你归你故里去算了
厄说
你说我就回
你讲我就返
生生我不去
死死我不去
你搞我地水汪汪
你整我方海洋洋
雷放松鼠去开天坝
放老鼠去开地漏

这时河水急急往下消
枯枝碎草哗哗往下飘
河水滔滔往下流
枯木野草冲冲往下淌
雷生怕枯枝碎草阻住水
生怕枯木野草挡住水
叫老鹰背分坡
叫鹞子背分山
让螃蟹去丢夹
那时淌来一个南瓜
螃蟹说
这个果果这么大
不知果树有多大
这个果果这么重
不知果树有多高
老鹰说
它有这么大的果
果树只有指头大
它有这么重的果
果树只有脚趾高
你不用担心
你不用害怕

那时淌来一张棕叶
螃蟹说
它有叶子这么大
不知这棵树有多大
它有叶子这么长
不知这棵树有多高
老鹰说
它叶子虽有这么大
这棵树没有门头大

它叶子虽有这么长
这棵树没有柱头高
你不用担心
你不用害怕

这时天塘的水已淌完
天坝的水已流尽
枯枝碎草也夹完
枯木野草也夹尽
雷喊厄走天门去看
走天门去瞧
厄看大地已成荒坡
厄看平坝已成野岭
生生也不回
死死也不转
雷说
我建好你家乡你回不回
我修复你家园你转不转
厄说
建好我就回
修复我就转
雷便放烟弥漫满天黑乎乎
放雾笼罩大地阴森森
它看烟雾弥漫满天似平原
平原真辽阔
它看烟雾沉沉似平地
平地好宽敞
他叫厄走天门来看
他喊厄走天门来瞧
厄看烟弥漫满天黑乎乎
平丘平地荡坦坦
雾笼罩大地阴森森

平坝平原宽敞敞 　　他看成了大冲
厄把九样种子都捡完 　　他看成了大岭
十种种子都拾尽 　　两姊妹回去
便叫他妹娘姑下五倍子树① 　　哭得脚蹬地
滑泡桐树下 　　四处起灰尘
下到地面 　　到处起灰雾
下到下面 　　那时黄平②是这样来
　　那时灰雾是这样来

这时雷便收回了它的烟 　　后来用五倍子树枝来做戈
收转了它的雾 　　拿泡桐树桩来做符
厄看大地成了荒郊 　　赶龙呀龙来
他看成了冷野 　　赶雷呀雷到
他看成了深谷 　　这本是猜查义
他看成了高山 　　这也是猜查娅

第十六节　兄妹制人烟

一、兄妹结婚（综合版）

兄妹来住久又久 　　来争父母的荒地
来居长又长 　　雷说雷大
兄妹想了又想 　　龙讲龙大
思了又思 　　龙吟龙下水
只怪我们兄妹来争父母荒山 　　雷吼雷上天

① 古人认为五倍子树、泡桐树等植物能长到天上的。
② 黄平：歌师解释为现贵州省黄平县，由此也联想革家与东家古歌旧时应为他们共同创造的。另一解释是据上下文，意为风吹得平地满天黄沙，为后世歌师的一种附会，增加神秘性与真实感。

龙终归到海去
雷终回到天去
龙吟吐水水漫地
雷吼下雨雨满天
整死地上百样草
弄绝地上百样木
百村来死尽
百乡来死绝
那时既没有人烟
又没有人迹
冷地又冷乡
冷地冷乡冷清清
没有人来居
没有人来住
没有黎民
没有百姓
没有兄的妻
没有妹的儿
去跟谁商量
去跟谁商议
不知去哪里找婚姻
不晓到哪儿寻姻缘

厄便前来讲
姑炯①来说道
我们不让祖先的地荒
不让祖宗的地废
我俩造人来住乡
造鬼来住岩

姑炯生生本不肯
死死本不愿
我俩本是同妈生
也是同父养
都是同个子宫育
都是同个胎盘落
一个来搭一个肩
一个来踩一个脚
来吃一只奶
来吸一只乳
不整木叶好难撕
不弄芋叶好难破
不让这地来羞
不让这方来笑
厄本是这样讲
姑炯也是这样说
生生你本不肯
死死你本不愿
我俩只好往前去找婚姻
急急上前去找姻缘
随缘去遇婚姻去
随地去结姻缘去
姑妈还是姑妈
舅爷本是舅爷

兄弟忙忙走到途中
行到沟边
遇到一棵棕树
遇到一棵榈树

---

① 六堡坝寨等版本在包恰生六兄弟姊妹时便起名为姑炯,仙鹅版则在兄妹结
婚后妹娘姑才改名,一个名为炯,一个名为栓,综合版沿用"姑炯"。

左也问它　　　　　　　他们继续前去找婚姻

右也问它　　　　　　　继续往前找对象

你们遇到婚姻没　　　　走到中途

你们遇到姻缘没　　　　来到半道

一棵棕树公　　　　　　遇到一棵椤木[②]

一棵棕树婆　　　　　　遇到一棵撒秧泡[③]

现在都没有人烟　　　　这也问它

如今都没有人气　　　　那也问它

哪里去找婚姻　　　　　你们遇到婚配没

哪里去求姻缘　　　　　你们遇到对象没

婚姻也是你俩自订　　　一棵椤木

对象也是你俩互求　　　一棵撒秧泡

厄说　　　　　　　　　他们说

我俩同一母亲生　　　　现在都没有人迹

同一门坝跨　　　　　　也没有人烟

怎好来成亲　　　　　　要成亲你俩自己成

怎能来成对　　　　　　要成双你俩自己成

它惹厄来生气　　　　　厄说

它惹厄来怨怒　　　　　我俩同母生

厄用铜梳来梳棕树公　　我俩同娘孕

用铁梳去梳棕树婆　　　怎好来求婚

梳得棕叶各丝在各丝　　怎能来成对

各缕在各缕[①]　　　　它惹厄来生气

用灰撒在棕身上　　　　惹厄来恼火

拿渣撒在棕身上　　　　拿木棒插在椤木身上

棕棕身生生世世都有渣　拿灰撒在撒秧泡身上

　　　　　　　　　　　所以现在椤木长刺

---

① 现在用来搓绳的棕绳，做睡床的棕垫。

② 椤木：阿孟东家母语发音为"化杨"，与杨树同音。椤木，石楠科，又
称水红树花、梅子树、凿树、山官木、千年红，为长绿小乔木或灌木，高
6~15米，树干树枝长满坚硬的瘤刺。

③ 撒秧泡：南方一种灌木野生果，在插秧季节成熟，故名。

撒秧泡树干带白灰
就是从那时来的啊
一棵椤木
一棵撒秧泡
你俩不听话
你俩不听劝
今后你俩来成对
我们就做椤木两头锤
撒秧泡两头生根
这也是那时承的诺啊

厄和他姑炯继续上前找对象
继续往前求婚配
来到路上
走到沟边
遇到一个冬瓜
遇到一个猫瓜
这也问它
那也问它
你们遇到男人没
遇到女人没
一个冬瓜
一个猫瓜
现在都没有人迹
没有人烟
哪有男子哪有女人
要成亲你俩自己成
要定亲你俩自己定
厄说
我俩同个母亲孕
同个阴门出
怎能来结婚

怎可来婚配
惹得厄很生气
惹得厄很恼火
抓灰撒在冬瓜上
拿灰撒在猫瓜上
一个冬瓜
一个猫瓜
说你俩不信话
讲你俩不听劝
如果以后你俩成了亲
以后你俩结了婚
生崽无眼又无脸
生崽无鼻又无耳
生的子女跟我冬瓜似
生的子女跟我猫瓜同
脸目跟我冬瓜来相同
身材与我猫瓜来相似

这时厄已变了主意
改变了计划
对他姑炯说
九人这么讲
十人也这样说
那你相信不相信
你看同意不同意
他姑炯说
我俩同个母亲落
同个阴缝出
怎好来成双
怎好来成对
厄说
你不肯我打死你算了

不肯我揍死你算了
他姑炯
慌忙跑爬山
害怕跑爬岭

他姑炯说
九个也这么讲
十个也这么说
你去寻对磨石来
你去找双磨盘来
上磨来当天
下磨来当地
我俩来打个天地卦
我俩来滚磨定姻缘
如是天地分
我们是兄妹
如是天地合
我们是夫妻
厄去搬磨石来
厄去抬磨盘来
厄扛上磨东山走
姑炯抱下磨西山行
厄到东山头
姑炯到西山顶
厄喊一声
姑炯装没听
厄喊两声
姑炯也不应
厄喊三声
姑炯将磨滚
厄也将磨滚
磨石咕噜滚下山

磨盘隆咚滚下谷
不知滚到哪一点
不晓落到那一脉

姑炯她转过头来
她回过身来
来看两山同一排
来瞧两山同样高
就像双胞胎
就像两兄妹
也是同一个妈生
也是同一个妈养
一个来搭一个肩
一个来踩一个脚
要是妹来嫁给哥
若是哥来娶了妹
那时也怕鸟兽虫鱼说
那时也怕魑魅魍魉笑
不搞雾坝相接连
不弄芋叶相挨破

厄也转过头来
回过身来
来看两座山呀高又大
就像花娘两个白奶子
中间这条山谷长又深
就像花娘那个阴户沟
看来本是好
想来本是爱
只是姑炯是我的亲血
姑炯是我的亲妹
也是同一个妈生

也是同一个妈养
一个搭一个的肩
一个踩一个的脚
要是哥来娶了妹
要是妹来嫁给哥
那时也怕鸟兽虫鱼说
那时也怕魑魅魍魉笑
不搞雾坝相接连
不弄芋叶相挨破

厄转过头去
炯回过身来
去看磨石滚到哪一点
去看磨盘落到那一脉
厄在前面眼泪满
炯在后面眼泪流
厄来到一个山脚
炯来到一个谷底
来见到两个磨石正相靠
来见到两个磨盘恰相合
奇怪也是这么奇怪
灵验也是这么灵验
合心姊妹是对鸳鸯命
这个本是猜查义
这个也是猜查娅

姑炯说
这天若要我们这样作
这地若要我们这样为
你去找针来
你去找线来
拿针来当母

拿线来当父
我俩来打个父母卦
我俩来穿针定终身
若是针穿线
我们是兄妹
若是线穿针
我们是对人
厄去拿银针来
厄去要金线来
姑炯捏银针在左手
厄拿丝金线在右手
厄喊一声
姑炯装没听
厄喊两声
姑炯也不应
厄喊三声
姑炯把针抛
厄也将线扬
针线抛到半空
针线落在平地
两兄妹过来看
两兄妹过来瞧
本想的是针穿线
哪晓得是线穿针
奇怪也是这么奇怪
灵验也是这么灵验
合心姊妹是对有缘人
这个本是猜查义
这个也是猜查娅

姑炯说
我们爸也是这样答复

我们妈也是这样示意
哦你去请三媒来
你去请六证来
厄来请棵枇杷树作媒公
来请棵苦李树作媒婆
这枇杷树怎样说
这苦李树怎样讲
枇杷开花要傲雪
结果要在四月天
苦李开花在正月
结果要在七月间
它们让厄和姑炯来成双
它们让厄和姑炯来成对

厄怕姑炯不来成双
厄搞姑炯唉唉在山腰间
厄恐姑炯不来成对
厄弄姑炯嘿嘿在竹林园
姑炯接得厄的精液
来放在子宫
姑炯接得厄的精气
来放在胸膛
姑炯来坐场对场
来坐月对月
姑炯哟
穿衣裳来遮不了体
勒裤带来拴不住腰
围腰布来贴不了身
唉噫她来不雅观
唉噫她来不好看
唉噫她来肚如桶
唉噫她来肚似缸

姑炯来生一个怪胎
姑炯来生一个怪球
他也没有耳朵
他也没有眼睛
他生包恰的气
他埋包恰的怨

姑炯来生气
姑炯来恼火
那时我生生本不肯
死死本不愿
你看现生得个怪胎像冬瓜
生得个怪球像猫瓜
只有一个嘴巴吃
只有一个屁眼排
没有手来没有脚
你聪明枉聪明
你狡猾枉狡猾
你看现在怎么量
你看如今怎样算
兄妹来叹声
兄妹来叹气
去找谁来量
去找谁来算

厄说
大是天大
高是天高
去找天来量
去寻天来算
找到天大
寻到天高

天大天高说
大本是我大
高本是我高
只恐有云遮我头
只怕有云掩我肚
没有来心量
没有来心算
厄才去找云量
才云寻云算
云说
大山高山爱档我们
大山高山受拦我们
没有心来量
没有心来算
厄才去找大山量
才去寻高山算
大山高山说
大本是我大
高本是我高
穿山甲爱挖我们心窝
刺猬爱钻我们肚子
没有心来量
没有心来算

厄才去找穿山甲
才去寻刺猬
穿山甲刺猬说
钢公爱砍我们
铁公爱割我们
没有心来量
没有心来算
厄才去找钢公

才去寻铁公
钢公铁公说
是有一个量公
是有一个算公
是有一个砍公
是有一个割婆

兄妹才去请一个量公来量
去请一个算公来算
量成十二坨
算成十二块
再去请一个砍公来砍
去请一个割婆来割
本是砍成十二坨
本是割成十二块
砍公来砍错
割婆来割误
他多砍了一坨
她多割了一块
砍成十三坨
割成十三块
六块来成双
还有一块不成双
六块来成对
还剩一块不成对
这块是寡妇
这块是寡公
寡妇这里来
寡公这时成

天干天破人家的份
寡公也是人家的根

蜻蜓蝴蝶是两层翅　　　　　　　　这本是猜查义

寡妇寡婆是两重生　　　　　　　　这也是猜查娅

这本是包恰的话

这也是包恰的语　　　　　　　　　包恰点火来烧茅蓬和草丛

　　　　　　　　　　　　　　　　爆燃出声气

包恰①她拿一块随意挂在松树　　　阿晒③阿龚④说"是哪个"

明后天他成一个姓冯　　　　　　　阿尤⑤阿佟⑥说"唉悍么⑦"

她拿一块随意挂于杉木　　　　　　阿孟⑧阿卡⑨说"变忙不⑩"

明后天他成一个姓陈　　　　　　　包恰说

她拿一块随意挂在檀木　　　　　　阿孟阿卡是老大

明后天他成一个姓潘　　　　　　　给他们的犁耙和牛马

她拿一块随意挂在海棠　　　　　　他们种得来吃

明后天他成一个姓王　　　　　　　他们耕得来拿

她拿一块随意挂在茶树　　　　　　阿尤阿佟是老二

明后天他成一个姓李　　　　　　　给他金船和木船

她拿一块随意挂在□□②　　　　　他们得摆渡去得吃

明后天他成一个姓□　　　　　　　他们得摆渡去得拿

包恰拿来当百家姓　　　　　　　　阿晒阿龚是老幺

包恰拿来作人之初　　　　　　　　给他小秤与大秤

---

① 有的歌师演述版本是包恰不忍心让她的子孙后代割成块抛弃山野，她便现身将肉悬挂树上赐姓（寓人类早期近亲结婚，后分居住树上），烧茅成族（寓各民族共祖同宗，分成各个民族，早期刀耕火种，生息繁衍），此处冒出包恰并不突兀，因为民间认为兄妹无此神力，只有无所不在的人类始祖包恰才具有此神力。

② 此处开路师会根据亡人的姓，以阿孟东家人民间信仰的植物搭配。

③ 阿晒：东家语音译，阿孟东家人对汉人的称呼。

④ 阿龚：东家语音译，阿孟东家人对客家的称呼。

⑤ 阿尤：东家语音译，阿孟东家人对绕家人（现认定为瑶族）的称呼。

⑥ 阿佟：东家语音译，阿孟东家人对苗族的称呼。

⑦ 唉悍么：民族语音译，义为"做啥去？"。

⑧ 阿孟：东家语音译，阿孟东家人自称。

⑨ 阿卡：东家语音译，阿孟东家人对木佬人（现认定为仫佬族）的称呼。

⑩ 变忙不：民族语音译，义为"咱不知？"。

他们得做生意到金市　　　　　他们也得来拿

他们得做生意到北京①　　　　这本是猜查义

他们也得来吃　　　　　　　　这也是猜查娅

二、兄妹结婚（仙鹅版②）

原来厄呀厄聪明又聪明③　　　你肯来不肯

这时厄狡猾又狡猾　　　　　　他妹娘姑

想出了对策　　　　　　　　　了心答应他

他抬了一对石磨　　　　　　　了意嫁给他

放到山冲去合好

抬了一对石磨到山顶　　　　　她说我俩一成对

然后跟他妹娘姑说　　　　　　我俩来成双

我俩滚石磨下冲　　　　　　　你要谁来做媒公

石磨相合便成双　　　　　　　你要谁来做媒婆

石磨上下不合扰　　　　　　　厄说我要棵枇杷树作媒公

我俩就是不成对　　　　　　　我要棵苦李树作媒婆

后来他兄妹滚石磨　　　　　　他妹娘姑说

一扇滚下冲　　　　　　　　　你要他来做媒公

一扇翻山坳　　　　　　　　　你要他来做媒婆

他叫妹娘姑　　　　　　　　　你要什么给他们做媒娉

你到冲下看　　　　　　　　　你要什么送他们做媒礼

你到谷下瞧　　　　　　　　　厄说你要枇杷开花傲过雪

她看一扇在下面　　　　　　　结果要在四月天

一扇在下面　　　　　　　　　你要苦李开花春过季

两扇合拢拢　　　　　　　　　结果要在十月间

厄说

现在你信来不信　　　　　　　那时他俩来成对

① 那时应无此地名，为后附会或谐音，意在居住富裕之地，或经商的大城市。

② 开头相同，接滚磨合盘之后。

③ 滚磨合盘原因的一节为仙鹅村版本，兹同录于此，以供参考。

他们俩来成双

后来换了姓

改了名

厄改名叫作炯

他妹唤名叫作拴

后来他俩成对

它俩成双

生下来的崽

无眼又无脸

无鼻又无耳

无手又无脚

左看也像冬瓜

右瞧也像猫瓜

这让栓来生气

这让栓来抱怨

她要拿去扔

她要抬丢弃

拴去请一个划师

去请一个划匠

划师划成十二块

划匠划做十二片

划师手划错

划匠划错片

划成了十三块

划成了十三片

现在不成对

现在不成双

他使有些做光棍

有些成寡婆

这就是光棍寡婆孤儿的来由啊

那时它使厄来生气

它使厄来报怨

拴说抬去撒在坡上算了

抬去分在坡头算了

分得牛场对牛场

拴点火来去烧

分得狗场是狗场

拴点火来去撩

火烧芭茅野草满天飞

成一个爬起骨碌

"娘闷磨"

那个是木佬人①

火烧芭茅野草响声嗲

成一个爬起骨碌

"爱地仙"

那个是苗族人

火烧芭茅野草响声嗲

成一个爬起骨碌

"莫尼仙"

那个是布依族人

火烧芭茅野草响声嗲

成一个爬起骨碌

"阿哈莫"

那个是绕家人②

火烧芭茅野草响声嗲

東家人史诗《开路经》

① 现认定为仫佬族。
② 现认定为瑶族。

成一个爬起骨碌　　　　　　阿晒是个小幺儿
"各芒布"①　　　　　　　　她让阿晒去读书
这个是东家人②　　　　　　她送阿晒好地盘
火烧芭茅野草响声嗲　　　　她送阿晒钱葫芦
成一个爬起骨碌　　　　　　现在做官经商都是阿晒做
"是哪个"　　　　　　　　　偷盗抢劫都是阿晒做
那个是阿晒③　　　　　　　讨乞流浪都是阿晒做啊

第十七节　大迁徙④

一、跋山涉水

那是查义的话　　　　　　　来挤像捆草
也是查娅的语　　　　　　　他们老人那里来
他们老人那里来　　　　　　来过水五条
他们老人下龙来　　　　　　来过湖五个
急急来　　　　　　　　　　看见湖水漫漫无岸出
急湍岩潭淌河来　　　　　　岩洞高高无处上
来挤像马群　　　　　　　　他们老人才来看水
来挤像羊群　　　　　　　　水清是山泉
来拥像马群　　　　　　　　水浑是水田

① 东家语"各芒布",意为"我不知"。有的地区是"啊盖害",意为"做哪样"。
② 现认定为畲族。
③ 阿晒:东家人语意为汉家人、聪明人、外来者、后居者。
④ 此节只有六堡尚保留部分,赵祥章演述,部分译文参考了赵华甫《走近阿孟东家人》上的译语,特注。《迁徙词》在"孟"的民族中,黄平县僮家传承得较多,为让东家人更好地了解本民族迁徙,特附录书后,以供参考,革家《迁徙词》按原著注明演述者与译者。

莽路是山路

荒路是耕路

他们老人才杀牛来盖房

牵马来建屋

来时若鸡群

来时像谷穗

来齐成一丛

来齐成一坝

他们老人才来分

青山①搭凤山

角冲跟蛇冲

五田出盖单

中山跨过瓮榜朗

五龙越五脉

五坝到五路

五沟划五冲

他们老人才去砍毛竹

来得包卡德②编鱼篓

来得耶卡德编鸟笼

他们老人转鱼篓口朝下

捞得草鱼跟野鱼

他们老人转鸟笼口朝上

捕得喜鹊和鹊鸪

他们老人才拿鱼来看鳞

拿鸟来看毛

初看是一样的

再看各不相同

都是一种的鸟

但有十样毛

都是一种的鱼

但有十样鳞

阿孟阿冬③说拿分几百鳞

客家仲家④拿分百家姓

他们老人才说百家那时来

百姓那时来

这是查义的语

也是查娅的话

他们老人看这地这方不够走

姑娘小伙们不听话

姑娘小伙们腿并腿

姑娘小伙们不听劝

姑娘小伙们身缠身

来做不好看

来做不好瞧

生得一个猫孩

生得一个狸崽

拿来沉水五条

拿来沉湖五个

才成十三种鬼怪来

成了床笫的余孽

成了男女诱惑的鬼魅

成了男女成双成对的怪根

①此段出现的"青山"等地名已无法考证，均为阿孟东家人迁徙与居住的地名。
②包卡德、耶卡德：人名，可以译作仫佬太、仫佬公。"卡"是东家对仫佬族的称呼，可能是东家刚到陌生地，向土著仫佬学习的意思。
③阿孟阿冬：东家人和苗家人。
④客家仲家：即汉族和布依族。

成了成林成丛的根由　　　　也是那时来
世上的雌雄配对　　　　　　这是查义的语
就是那时来　　　　　　　　也是查娅的话
人间的男婚女配

二、分地赐姓①

那时老人这才来分地　　　　"嘎谷"是"嘎谷"
这才来分户　　　　　　　　"五寨"连"五寨"
这才来分氏　　　　　　　　"五垛"接"五垛"
这才来赐姓　　　　　　　　"五组"跟"五组"
祖先们分到"都罾"波光湖　　来分七间上头村
祖宗们分到"箕弄"鱼米乡　　促成亲家朋友邻
来分"青山"搭"青山"　　　来分七间下头村
"岭坡"接"岭坡"　　　　　来成父子兄弟家
来分"逼加"到"逼农"②　　先言本称爷
来分"逼铜"到"逼崇"③　　先饱本呼公
余下阿孟东家人　　　　　　分成了姓氏
"玉岭"搭"玉岭"　　　　　赐成了姓名
"棱坡"达"棱坡"　　　　　祖先分氏那时来
"营山"并"营山"　　　　　赐姓那时成
"谷峒"临"谷峒"　　　　　那个本是猜查义
"羊老"各"羊老"　　　　　那个本是猜查娅

① 赵通福演述于2017年8月16日上午，六堡村紫竹寨，王星虎采录。
② 逼加、逼农：据阿孟东家语称谓，为今黔东南苗族侗族自治州凯里苗岭山脉，
　山势高而长，主峰雷公山达2179米，是苗族聚居地，东家人在贵州境内由
　西部迁往东部，至此便与湖南广西的苗族侗族西迁北移交汇，不再东移。
③ 逼铜、逼崇：据阿孟东家语称谓，为今都匀市斗篷山，满山粽巴叶竹和方
　竹，谷蒙大江、中谷里等至今还生活着许多阿孟东家人，因"东"与"侗"
　同音，许多已改为侗族，或改为布依族，或改为汉族，这一带早些年还保
　留说阿孟东家母语、冲粑槽、开东家路等习俗。

三、入地居乡①

那是查义的话　　　　　　　来到基盖羊老④

也是查娅的语　　　　　　　来入"基啸"⑤

老人们急急的来　　　　　　来到"代化嘎"

老人们荡荡地来　　　　　　来入"勒递"⑥

他们"逼迁"②到"逼迁"　　　来到瓜盖井

"逼雾"至"逼雾"　　　　　　来入草鞋坳

"阿迁"到"阿迁"　　　　　　来到棉花冲

"阿峡"至"阿峡"　　　　　　才来入地居乡"瓮榜朗"⑦

"阿羊"到"阿羊"　　　　　　一个祖公住"芒蒿"⑧

"阿汪"至"阿汪"　　　　　　一个祖公住"瓮榜朗"

"嘎望"到"嘎望"　　　　　　这本是猜查义

来到平花逼同③　　　　　　这本是猜查娅

---

① 隆昌枫香寨王永堂，光头寨王永书演述，在翻译中，因用QQ与高前文交流，译文中有部分引用他的译语，特注。

② 逼迁：阿孟语，"逼"为"坡"之发音，即称为"迁"的山坡，下同。以下许多地名只知阿孟母语，具体汉译地名不详，有待考证。

③ 平花逼同：平花，为"平伐"的阿孟母语直译谐音，在贵定平伐一带，逼同，地名不详，现平伐铁炮坡一带还有阿孟东家人的祖坟。

④ 基盖羊老：基盖，阿孟母语"鸡场"的音译，今福泉凤山，因逢十二生肖的"鸡"赶场，叫鸡场。羊老，福泉羊老驿，同为"孟"的民族称其祖先为"羊鲁、杨鲁"，与西部苗语支紫云一带苗族英雄祖先"亚鲁"相似，早年同根同源。

⑤ 基啸：阿孟母语"虎"的发音"啸"，虎场，古逢十二生肖"虎"赶场，今麻江碧波。

⑥ 勒递：阿孟语，长冲，今杏山镇长冲村。

⑦ 榜朗：阿孟语，即蓝水塘之意，今麻江县隆昌村。

⑧ 芒蒿：阿孟语，今麻江县仙鹅村。

第十八节　隔阴阳场

一、赶阴阳场（仙鹅版）

那时讲完了一代
那时说完了一辈
也是查义的话
也是查娅的语
那时只是没有一个市卖种子
也没有一个场买盐吃
包恰才调成猫场和蛙场
黄牛场和鸭场
创造成个市
创造成个场
那时活人来去赶场
亡人也来赶场
活人去赶市
死人也去赶市
人用的是铜钱
死人用的是纸钱
那时有些人死不吉
魑魅魍魉来纠缠
那时有些是老婆死了扔下老公
有些是老公死了扔下老婆
有些是父亲死了扔下子女
有些是子女死了扔下父亲

有些是母亲死了扔下子女
有些是子女死了扔下母亲
有些是兄（姐）死了扔下弟（妹）
有些是弟（妹）死了扔下兄（姐）
一个拉走阳间
一个拉走阴间
死拉又赖缠
难分又难舍
种地地无收
种土土无获
这使包恰来生气
这使包恰来恼火
取消这四个场
取消这四个市
取消给死人来看
取消给亡人去瞧
它看到傍晚
它跟蜻蜓①赶放牛坝场
它看到太阳偏西
它跟蜻蜓赶放牛坪市

---

① 民间暑热时节见蜻蜓在河岸路边成群结队飞来飞去，认为是先人灵魂在集会赶场。

二、制定节气（仙鹅版）

那时一年才是十个月　　　　　再有仫佬①也是老大
一个月是四十天　　　　　　　仫佬也是兄
一场是二十天　　　　　　　　十个月他就过大年
那时种地也无收　　　　　　　十个月他就过春节
种土也无获　　　　　　　　　那时包恰已取消四个场
它惹包恰来生气　　　　　　　已取消四个市
它惹包恰来恼火　　　　　　　现在只怪没有一个场卖种子
包恰重新调整日期　　　　　　没有一个市去买盐巴吃
重新改革年历　　　　　　　　包恰才排成龙场给买
一年调成十二个月　　　　　　排成猪场送卖
一月调成三十天　　　　　　　排成鸡场羊场②在中间
一场调成十三天　　　　　　　排成龙场猪场在两端
那时庄稼才茂盛　　　　　　　排成鸡场羊场在中央
粮食才丰收　　　　　　　　　排成龙场猪场在两头

三、隔阴阳场（六堡版）

那时祖太称重不晓使大秤　　　猪场和羊市
祖公称重不知用戥子　　　　　鸡场和蛙市
这才来清时令　　　　　　　　鸭场和蛇场
这才来理年岁　　　　　　　　祖先开得市
来清一年满　　　　　　　　　阴阳去赶市
本是四百八十天　　　　　　　祖先开得场
一月本是四十天　　　　　　　阴阳去赶场
一场本是十七天　　　　　　　儿去遇母儿不回
祖先来清鸡场和羊市　　　　　母去见儿母不回

① 仫佬族，原称木佬，贵州土著民族。
② 按十二生肖秩序。

妻去见夫妻不回

夫去见妻夫不回

世人本用铜银圆

阴鬼本用冥纸币

去买不到葱果用

去买不到油盐吃

那时祖先来生气

这个不是买卖市

这个不是生意场

这个是鬼市

这个是鬼场

祖先才来开鸡场和羊市

猪场和羊市

鸡场和蛙市

鸭场和蛇场

那时祖太称重才晓使大秤

祖公称重才知用戥子

这才来清时令

这才来理年岁

来清一年满

本是三百六十天

一月本是三十天

一场本是十三天

来清时令对年岁

来清月份合市日

祖先才来开鸡场羊老麻喇在中间

猴场虎场转两头

来开鸡场羊老麻喇在麻哈

四、隔阴阳场（隆昌版）

包恰来制岁月

耶恰来定年日

来制一场十四天

来定一月四十天

来制一年为十个月

来定一年四百天

包恰来开市

耶恰来开场

来开一个猫场和蛙场

牛场和鸭场

包恰让世人阴鬼同赶一个场

当爸死哟

儿去赶场

儿去遇爸喊爸呀爸不来

儿们哭呀泪流汪汪

当妈死哟

儿去赶场

儿去遇妈喊妈呀妈不来

儿们哭呀泪流汪汪

当兄死哟

弟去赶场

弟去遇兄喊兄呀兄不来

弟们哭呀泪流汪汪

当弟死哟

兄去赶场　　　　　　　　包恰来隔场
兄去遇弟喊第呀弟不来　　来隔一个猫场和蛙场
兄哭呀泪流汪汪　　　　　牛场和鸭场
　　　　　　　　　　　　包恰让阴鬼来赶猫场和蛙场
当夫死哟　　　　　　　　牛场和鸭场
妻去赶场
妻去遇夫喊夫呀夫不来　　包恰再来制年月
妻哭呀泪流汪汪　　　　　耶恰再来定岁日
　　　　　　　　　　　　来制一场十三天
当妻死哟　　　　　　　　来定一月三十天
夫去赶场　　　　　　　　来制一年为十二个月
夫去遇妻喊妻呀妻不来　　来定一轮三百六十天
夫哭呀泪流汪汪　　　　　包恰再来开市
　　　　　　　　　　　　耶恰再来开场
　　　　　　　　　　　　来开鸡场和羊老[1]
包恰来开世人用金铜钱　　马场和下司[2]
现鬼用冥纸币　　　　　　鸡场羊老赶在先
他买不到糖盐用　　　　　马场下司隔两场
它买不到油盐食
包恰来隔市

第十九节　亡人身世

一、亡人身世（仙鹅版）

那时九种十样东西在市里　　缺少九种十样东西才赶市
九种十样需要在场里　　　　缺乏九种十样需要才赶场

① 鸡场、羊老：今福泉市凤山镇。
② 马场、下司：今麻江县境内。

那时你妈来赶场
你爸也去赶市
你妈来去看
你爸也来去瞧
你妈在下街
你爸在上街
你爸看你妈前面也合心
你爸看你妈后面也如意
那时你妈来买顶针①
你爸来买手镯
你妈转市来归屋
你爸转场来回家
找得个好媒公
找得个好媒婆
来去说亲
来去走戚
说来说成亲
讲来讲成戚
成亲来相往
成戚来走动
那时你妈得一周岁
你爸得一周岁
你妈得二周岁
你爸得二周岁
那时你妈提动一篮菜
你爸抬动一挑柴
选得你爸的好日子
选得你妈的好年期

选得两个接亲客
找得两个拉丫娘②
接你妈来归门
接你妈来归屋
接得牛场对牛场
你爸和你妈来云雨
接得狗场对狗场
你爸和你妈相和乐
你爸蕴元阳
你妈这时怀六甲
你爸来欢悦
你妈这时已有喜
那时你妈与你爸天地合
合来放胞巢
孕育时间满
分娩期限到
穿衣裳来也贴不了身
栓腰裙来也遮不了体
你妈怕害羞
你妈怕人笑
那时你妈生你在竹床
你白脸白胖像白龙
你妈生你在床单
你花脸花眼似花虎
你爸种地回家
砍柴回屋
左问你妈
右问你妈

---

① 顶针：旧时戴在手指上的铁圈，缝衣用于顶针。
② 拉丫娘：阿孟东家母语称伴娘为拉丫娘。

我的小孩是坐家崽
还是个出门客①
你妈说谎话
你妈撒谎言
我的这是女娃崽
这是女孩体
她使墩头楣头②欣喜笑
光山光岩灰心哭
后来你妈说真话
你妈说实话
我们的小孩是男娃崽
这是个男儿身
他使墩头楣头失意哭
光山光岩欢喜笑

你妈生你得三天
大妈小娘来看望
你妈生你得三朝
大妈小娘来祝愿
大妈小娘来取名
大妈小娘来取字
九个说取作"保"算了
十个也说取作"保"算了
在小叫作"阿保"
长大叫作"保哥"
再大叫作"天保"

老来叫作"保公"
你妈生你得三天
去洗你的尿片
拿晒在刺蓬
魑魅魍魉不好心
撕得你一缕布
指定你来住这么多年
你妈生你得三朝
去洗你的尿片
拿晒在竹竿
魑魅魍魉不好意
撕得一丝布
指定你住七十九岁啊

那时怕有孤魂野鬼拉拢你
怕有凶猛怪兽来要你
才请我们七爹七爷
拿刀剑来呀又扛枪
背网兜来呀又搭箭
谁知没有孤魂野鬼
也没有凶猛怪兽
只是你的命已到
只是你的寿已终
指定你来世上这么多轮
注定你来世上这么多年呀
保公哦

① 出门客：即女生，与"坐家崽（男生）"相对，父系氏族后，重男轻女，
　 女的嫁出门去，成为夫家的人，以后回娘家就成了客人，所以说是"出门客"。
② 墩头楣头：指代男性，光耀门楣相似；光山光岩，指代女性，光秃荒凉相似，
　 所生性别与其反者，可配成双，于是笑，与其同者，将争斗，于是哭。

二、亡人身世（隆昌版）

你妈舍不得一个鸡市①

你爸舍不得一个牛市

你妈落不下一个鸭场

你爸落不下一个马场

你妈的手白生生呀拣金银

你爸的手白皙皙呀捏戥子

你妈的手白纤纤呀挽竹篮

你爸的手白亮亮呀持大秤

你爸看你妈的丰乳来动心

你爸瞧你妈的美背来钟情

你爸去请一个媒公

你爸去找一个媒婆

他让福娃去迎

他让童子去接

来见你爸的家

来进你爸的屋

你爸他拿肉来煮

他拿酒来温

一个媒公

一个媒婆

他们说

有肉不忙煮

有酒不忙温

我们有句贵重语

我们有句首要言

你爸说

我请您老来哦

不是走老路

而是开新路

一个媒公

一个媒婆

他们说

那个好话也是一句

好事也是一桩

他们吃成媒饭

他们挑成媒担

他们拿礼放身上

伞把搭胸前

他们爬坡也留语

他们下坡也留话

他们过九村哟

他们过十寨啊

九村他不去

十寨他不进

只进你妈舅爷亲爹家

舅妈亲妈门

一个寨不大也大一点

不宽也宽一点

也有门多多啊门排排

家重重呀屋亮亮

也有门头来相挨

也有楣头来相拱

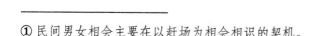

① 民间男女相会主要在以赶场为相会相识的契机。

你妈舅爷亲爹家
用口来说客
用手来接伞
拿石来垫坐
拿凳来给坐
拿烟分到手
拿火点面前
拿肉来烹煮
拿酒来加温
他们吃肉得三天
他们喝酒得三晚
坛口喝到坛底
不见酒浑浊
缸口喝到缸底
不见酒残渣

一个媒公
一个媒婆
伸缩长舌说白话
开合巧舌说巧语
我家有个小俊哥
有个小伙子
他们想来开门亲
他们想来打伙计
你妈舅爷亲爹家
舅妈亲妈门
他们说
那个我们不知道
那个我们不晓得
舅妈亲妈商量寨头到寨脚
商量来落实
舅爷亲爹商量寨脚到寨头

商量来讲定
才来发出丝声气
才来答应点话语
一个媒公
一个媒婆
他们说
声气似打钹
话语如敲桶
他们拿香来点燃
拿纸来焚烧
拿鸡来点尾
拿鸟来点翅
他们作九揖
他们叩九首
一个媒公
一个媒婆
得话在心头
得话成在胸
一个媒公
一个媒婆
转过身来
回过头来
来到你爸的家
来到你爸的屋
你爸说
说成亲不成亲
说成客不成客
一个媒公
一个媒婆
他们说
我们来我们成亲
我们来我们成客

我们个喜果①在我们的头

我们个福结在我们的怀　　　　　　一个寨不大也大一点

你爸才笑一点　　　　　　　　　　不宽也宽一点

你爸才笑一阵　　　　　　　　　　也有门多多啊门排排

　　　　　　　　　　　　　　　　家重重呀屋亮亮

你爸来坐年对年　　　　　　　　　也有门头来相挨

来坐轮对轮　　　　　　　　　　　也有楣头来相拱

女大抬动一挑菜　　　　　　　　　你妈舅爷亲爹家

男大抬动一捆柴　　　　　　　　　用口来说客

你爸去请两个拉押公②　　　　　　用手来接伞

去请两个伴娘婆　　　　　　　　　拿石来垫坐

他叫福娃来去迎　　　　　　　　　拿凳来给坐

他叫童子来去接　　　　　　　　　拿烟分到手

他们来到你爸的家　　　　　　　　拿火点面前

他们来进你爸的屋　　　　　　　　拿肉来烹煮

你爸拿肉来烹煮　　　　　　　　　拿酒来加温

拿酒来加温　　　　　　　　　　　他们吃肉得三天

他们吃成媒饭　　　　　　　　　　他们喝酒得三晚

他们挑成媒担　　　　　　　　　　坛口喝到坛底

他们拿礼放身上　　　　　　　　　不见酒浑浊

伞把搭胸前　　　　　　　　　　　缸口喝到缸底

他们爬坡也留语　　　　　　　　　不见酒残渣

他们下坡也留言　　　　　　　　　他们敲牛吃到田坝呀牛后腿

他们过九村哟　　　　　　　　　　他们砍马吃到草坪呀马转回

他们过十寨啊　　　　　　　　　　他们搞蜂子来放碗

九村他不去　　　　　　　　　　　他们搞蜘蛛来说辞

十寨他不进

只进你妈舅爷亲爹家　　　　　　　两个拉押公

舅妈亲妈门　　　　　　　　　　　两个拉押娘

---

① 喜果、福结：用彩丝线缠成结包的一种礼物。

② 拉押公：即押礼先生。

他们接你妈轻轻来
他们迎你妈慢慢走
来到你爸的家
来到你爸的屋
你爸拿肉来烹煮
拿酒来加温
三亲六戚哟
吃肉得三天
喝酒得三晚
三亲六戚呀
他们转回身去
回过头去

你爸怕你妈不来成双
你爸和你妈相悦在山腰
你爸怕你妈不来成对
你爸与你妈相爱在竹园
你妈得你爸的元阳
得来放在胞巢
你妈得你爸的元气
得来放在胞宫
你妈来坐场对场
来坐月对月
你妈哟
穿衣来也遮不了体
勒裤来也拴不住腰
围腰来也贴不了身
唉噫她来不好看
唉噫她来不好瞧

唉噫她来不好看
唉噫她肚渐如桶
唉噫她肚渐如缸

你妈才来生下你
生你得三朝
你妈拿你的尿布屎片去洗
你妈拿晒在树丫
太阳来晒快要干
太阳落山就要收
魍魅魍魉不好心
魍魅魍魉去扒开看
魍魅魍魉说
这人能活七十零九岁①

你妈生你得三天
你妈拿你的尿布屎片去清
你妈拿晒在石上
太阳来晒就要干
太阳落山将要收
魍魅魍魉不好心
魍魅魍魉去扒开看
魍魅魍魉说
这人能活七十零九轮

大奶小婶来问你妈
你崽是出客的
还是坐家的
我崽本是男娃儿②

① 歌师视逝者实际年龄而灵活变换。
② 歌师根据逝者实际性别而变换。

东家人史诗《开路经》

我崽本是坐家崽　　　　　　阿曼不好听

门头墩头来讨问　　　　　　阿曼很难听

秃山树蔸来哭闹　　　　　　你爸拿你叫"阿保"

你妈说　　　　　　　　　　九人路过叫"阿保"

我的那个也是个白话　　　　十人路过叫"阿保"

我的那个也是个假言　　　　你爸起名那时起

我崽本是女娃儿　　　　　　你爸开名那时来

我崽本是出客妹　　　　　　包恰的喻世语到这里

门头墩头来笑眯　　　　　　包恰的醒世言到这里

秃山树蔸来笑嘻　　　　　　我们跟魑魅魍魉去吃午饭

九人路过叫阿曼　　　　　　好跟魑魅魍魉去爬沟

十人路过叫阿曼　　　　　　我们跟魑魅魍魉去吃午餐

你爸说　　　　　　　　　　好跟魑魅魍魉去上路

三、亡人身世（六堡版）

那时祖公开得市　　　　　　祖公来开鸡场羊老麻喇在麻哈

你爸跟魑魅①祖公去赶市　　猴场虎场各两端

那时祖公开得场　　　　　　祖公指使你爸来守市头场尾市

你爸随魑魅祖公去赶场　　中间

他去他迈步虎虎　　　　　　这是魑魅祖公家打伞

他踏脚赳赳　　　　　　　　这是兄弟姊妹食盐处

走遍鸡场市　　　　　　　　你爸跟魑魅祖公守市头场尾市

逛遍羊老场　　　　　　下端

你爸跟魑魅祖公守市头场尾市　这是魑魅祖公吃糖处

上端　　　　　　　　　　　你妈市头下

这是买卖处　　　　　　　　你爸场尾上

偿班六堡②熙熙来　　　　　你妈心忐忑

养鹅隆昌攘攘回　　　　　　你爸性直憨

---

① 魑魅：东家语音译，灵魂如光影、水波荡漾闪动的影子，指死去的祖先亡魂。

② 偿班、六堡、养鹅、隆昌，均是麻江县阿孟东家人聚居村寨。

你妈意难揣　　　　手上递香烟

你爸心窃跳　　　　三媒和六晋

那时你爸来看你妈前面也合心　说来本是巧舌婆

背面也合意　　　　原本也是滑头公

急急转身来　　　　她称赞三遍

匆匆回头来　　　　他夸奖三回

来杀鸡骨白　　　　你家舅老爷

来磕蛋壳白　　　　本是知嫌贫

来请三媒①到　　　本是知爱富

来请六晋至　　　　说"哦"说"是"

三媒六晋吃肉了一块　应"哦"应"是"

喝酒完一瓶　　　　急切来联亲

摇摇下谷去　　　　匆忙来成戚

晃晃溜坡走　　　　鸡群经媒手

跨坡呀离谷　　　　鸟林过媒面

过河呀离岸　　　　拿鸡来摁翅

喝水呀留灰　　　　拿鸟来摁膀

打火呀留烬　　　　买鸡煮铝锅

本跨龙坡岭　　　　买鸟烹金锅

本过虎岭岗　　　　买鸡齐备备

九村你不去　　　　买鸟齐整整

十寨你不到　　　　吃肉三天满

直门直路来到你舅家　喝酒三夜足

去看大门赳赳似雄狮　三媒六晋急急转过头

围墙起伏如龙蟠　　匆匆回转身

门楣相交应　　　　欣喜来到你婆家四朋

门头相对称　　　　来到你公家四友

石凳来赐座　　　　欣喜你婆得到一个媳

展毡来铺地　　　　阿婆笑甜蜜

口里招呼客　　　　阿公笑开心

---

① 三媒、六晋：东家语音译，由泛指向特指，即媒公、媒婆。

阿婆切肉来烹煮
阿公打酒来烤温
逐渐一年满
逐渐两年足
逐渐三年满
你家阿婆三年都富足
你家阿公三年都富余
来看媳大抬动一挑水
来看儿大抬动一担柴
称银戥子秤
称金司马秤
称银来去说
称金来去接
去请两个伴娘婆
两个押礼公
两个两道冠
两个两道印①
两个伴娘婆
吃成姨妈饭
备好红果喜②
怀抱两束龙谷穗
怀抱红伞跟两边
吃肉了一块
喝酒完一瓶
摇摇下谷去
晃晃溜坡走
跨坡呀离谷

过河呀离岸
喝水呀留灰
打火呀留烬
本跨龙坡岭
本过虎岭岗
九乡你不去
十寨你不到
直门到亲婆乡
直路至亲公寨
你家舅老爷
本是知嫌贫
本是知爱富
去转村头下
惊飞公鸡叫
去转村尾下
惊扰公狗吠
去叫大爷呀小叔
来陪两个押礼公
两个伴娘婆
吃肉得三晚
喝酒得三天
牛吃穷路牛回转
马食尽道马回头
你家舅老爷
来烧媒烛和香钱③
来围水沸泛泡沫④
天蒙蒙发席

---

① 印：意指绥带，与上句冠帽，形容两个押礼出行庄严有礼。
② 果喜：临行前准备的礼物，如银杏果、彩色线缠成的六角形吊坠等。
③ 此句大意是敬祭神龛的香烛纸钱。
④ 比喻人群喧闹，一切即将就绪。

天微亮发亲
来汇这边阿公家四族
来合这边阿婆家四宗
你妈来看肉油列满架
酒水装满瓮
你爸和你妈相会龙场对龙场
你爸与你妈云雨在毡铺
你爸和你妈相遇狗场对狗场
你爸和你妈欢悦在篱床
你妈得元阳在胞宫
接得元气来在怀
接来得三月
接来得六月
哪个去洗椒纹裙
你妈去洗椒纹裙
去到捣衣滩
讲给大妈小婶听
大妈小婶来说道
你做什么怀得快
大妈小婶来嬉笑
弄得你妈好害羞
接来得三月
接来得六月
哪个去洗椒纹裙
你妈去洗椒纹裙
去到捣衣坝
讲给大妈小婶听
大妈小婶来说道
你做什么孕得快

大妈小婶来窃笑
怪不得你妈难为情
那时你妈步蹒跚
接得已三月
接得已六月
接得已九月
哪个感一痉
你妈感一痉
哪个觉踢动
你妈觉踢动
哪个来生王[1]
你妈来生王
哪个来生官
你妈来生官
来生你在哪
来生保[2]你在毡铺
你长花里又胡哨
胡哨恰似龙
来生你在哪
来生保你在篱床
你长花里又胡哨
胡哨恰似蛟
生得一时辰
生得两时辰
生得三时辰
那时你爸问你妈
你妈问你婆
是个男娃子
还是女娃儿

①生王：民间希望儿女出生时就是大富大贵之人。以下"生官"大意同。
②保：亡者名字，可根据具体人而灵活变换。

那时你妈来说道　　　　　那个本是醒世言

那是男娃子

茅头树蔸来哭泣①　　　　生得一时辰

螃蟹鱼虾来欢笑　　　　　生得两时辰

那时你妈来说道　　　　　生得三时辰

那是女娃儿　　　　　　　哪个去洗尿片

螃蟹鱼虾来哭泣　　　　　你妈去洗尿片

茅头茅草来欢笑　　　　　光天祖露晒篱头

生得一时辰　　　　　　　魑魅魍魉不好心

生得两时辰　　　　　　　魑魅魍魉知你寿

生得三时辰　　　　　　　哪个去洗尿裙

哪个来取名　　　　　　　你妈去洗尿裙

你家阿公来取名　　　　　光天祖露晒栏尖

取名叫作"保"　　　　　魑魅魍魉不好意

九个叫作"保"　　　　　魑魅魍魉知你命

十个叫作"保"　　　　　你得七十零九轮

长成青年小伙子　　　　　你得七十零九岁

九个叫作"巴保②"　　　青天悠悠挤你头

十个叫作"巴保"　　　　大地茫茫挤你脚

有子有孙来　　　　　　　魑魅魍魉不好心

九个叫作"耶保③"　　　砍棍在你手

十个叫作"耶保"　　　　魑魅魍魉不好意

乳名阿婆送　　　　　　　抬"绪"在你背

名字阿公取　　　　　　　鬼来前面你不见

乳名那时来　　　　　　　鬼绕后面你不知

取名那时成　　　　　　　一天挤三次

那个本是喻世语　　　　　一天挤九次

---

① 茅头树蔸来哭泣，螃蟹鱼虾来欢笑。此句意思是男子长大要到山上割茅草，挖树蔸，这些植物要遭殃；女子长大要到河里捞螃蟹鱼虾，这些动物要遭难，民间以此喻义来问初生儿性别。

② 巴：东家语称青年小伙"巴究"的简称。

③ 耶：东家语称老年为"耶"。

那时叶黄叶落
果熟果坠
你倒踉跄抵着门
你倒趔趄抵着屋
你下阎王坡
你到阴水潭
爬山喊不听
下坡喊没应
日照不见你影子
下雨不见你脚印
想来扰烦你儿你媳
你子你孙
你儿你媳有钱搭长手
有力达后路
再有一束半抱龙穗谷
奉请师公去指路
我给你真言

再有一束半抱花穗谷
奉请觋公去开路
我给你实话
开天就到此
辟地就完结
造人兽听到此
造植物闻已毕
造鱼虾就这些
造飞禽也这点
本说十二道
本说十二路
本说十二回
本说十二章①
悄悄来吃午饭
慢慢看天宫
悄悄来吃午食
慢慢看冥府

东家人史诗《开路经》

176

① 史诗"摆古"部分到此结束，歌师休息。旧时死者如是妇女，还要请母舅家到灵堂对唱，称之"阿伙究"。后众人冲粑槽、猜谜语等娱乐，以缓解午夜的寂寥。

第四章

祭献粑槽

阿孟东家祭司在为亡人开路途中，要吹长短号、放铁炮、冲粑槽、擂鼓吹笙为亡魂壮胆助威，驱赶阴间路上的妖魔鬼怪、豺狼虎豹和蛇虫鼠蚁等，使亡人去往天堂之路畅通无阻，顺利过关，以达仙界。在现实操作中，祭鼓、祭粑槽、请送粑槽神、打糍粑等仪式往往融合进行。冲粑槽前，祭司要先祭粑槽神，用一个生鸡蛋，持一壶酒、一碗肉和三升六角龙谷米①来祭牛皮鼓，以保平安，祭司唱诵时先冲三杵，然后众人再冲。其中打糯米粑仪式是"揽嘎酿"，祭司把蒸好的糯米放在簸箕中捣成半糊状，主师前三锤以吉利话送与主人家，余下由旁人捣锤成米粑，主师先拿两大团放在棺木上。

---

① 三升六角龙谷米：即三升糯米谷和六小撮米谷。

第一节　祭粑槽

一、祭粑槽（仙鹅版）

祭司手持一个生鸡蛋，面对粑槽念诵[1]：

（这）也是猜查义

（这）也是猜查娅

前辈老人兴[2]打鼓

前世老人兴冲糟

戈里和棣灵[3]你起（鼓）前面我跟后面

你起前头我跟后头

现在好得拿鸡来冲碓

拿蛋来冲糟

（祭司唱诵时先冲三杵，然后众人再冲。其鼓点的母本是"子得子酿，父得父酿，母得大家争抢嘣当嘣当[4]）

二、祭粑槽（隆昌版）

保公哟

保公啊

你得七十零九岁

你得七十零九轮

叶枯叶落

果熟果坠

你下阴河水

你涉水没裆

爬山呼不应

下坡喊没听

日照不见你影子

下雨不见你脚印

---

① 麻江县仙坝村版本。

② 兴：兴起，形成习惯。

③ 戈里和棣灵：东家语音译，为阿孟东家人古代著名音乐舞蹈师。

④ 其实冲粑槽源于稻作民族丰收喜庆，逝者以带着世间喜乐到阴间为荣，必跳粑槽舞。加之对死亡的恐惧，对另一母体新生的希望。鼓点原义中父子得到糍粑不争抢，代表即男性排斥，但对母性的生殖崇拜已略窥一二。

魑魅魍魉不好心

砍棍来挤你身

抬绪来挤你背

青天悠悠挤你头

大地茫茫挤你脚

一天挤三次

三天挤九次

你挡本不住

你受本不了

你蹒跚倒在门

你踉跄倒在家

你儿你媳摇摇得三天

掐掐得三晚

摇摇你不醒

掐掐你不起

他抬头眼泪满

他低头眼泪落

断气适才哭

绝息方才泣

你蹒跚去大乡

你踉跄去长寨

你儿你媳有钱搭长手

有力达后路

拿有香肉醇酒

稻谷糯米

来请我觋公

来请我师公

我拿来给你开腔

我拿来给你起鼓

再有个山神

再有个水煞

山神伏卧半山腰

水煞潜隐半山谷

请它来定音

请它来撑鼓

不得喧哗来吵闹

不得挑衅来生事

我冲三杵去前面

癫瘟血痢妖魔鬼怪去前面

我冲三杵去前头

豺狼虎豹蛇虫鼠蚁去得久

我冲三杵去后面

送给你儿你媳

你子你孙

为富旺旺

做官赫赫

唢呐声声振天外

锣鼓地动撼山摇

冲槽冲碓热腾腾

明天后天哦

你跟魑魅魍魉去爬沟

你跟魑魅魍魉去上路

也没有谁踩你的沟

也没有谁踏你的路

这本是猜查义

这也是猜查娅

三、祭粑槽（黄鹰寨版）

噢哦

粑槽哟①

包恰算了又算

想了又想

要请哪个来起粑槽

哪个来起鼓

要请地留②来起鼓

地昂来起粑槽

他们来喝酒

他们来吃肉

吃肉得三天

喝酒得三晚

喝酒得喝醉

吃肉得吃饱

咚咚啊咚咚

咚咚啊咚咚

冲得了三天

冲得了三晚

冲得地留地昂脱肛破膛流肠来

地留来多心

地昂来多虑

地留来说

地昂来讲

嗬噫包恰吔

怎么来养我身

怎样来养我体

包恰才来说

包恰才来讲

嗬噫留吔昂吔

你去找粮吃

你去找食用

你们下树到地上

你拿杂草塞肛门

今天地留地昂拿杂草塞肛门从

这里来吔

粑槽哟

这本是猜查义

这也是猜查娅

四、祭粑槽（六堡新玉头版）

咩嘤吔咿咿

请道神秉

咩吔映映

请道神王

---

① 如是歌舞比赛等表演冲，直接呼"粑槽"。如是在丧葬礼上冲给亡人，则呼诵亡人名字。

② 地留、地昂：均为东家语发音词，根据歌师解释以及下文描述，其粪便有枯草，地留为花脸獐，地昂为香猫，民间俗称扛鸡猫。

请神布道

请到神到

布道不灵

不蹿神不飨神

奉请五代师祖

姓金姓赵姓王赵宗宾①

天龙地魁

茅草先生

九宫八卦

唐公金公

王公老师

巧公胜公

南公胥公

桥公乔公

隽公金公

东公王府

啊大家一起来

跟着吃跟着喝

路远搭手

路近伸嘴

分银到怀

舒胸舒口

舒心舒体

哦今天保公

有心达长手

有力达后路

得香肉浓酒

千香万纸

诉闻详情

得你魂你魄

求得鸡呀三年

鸡呀三岁

今天龙谷穗谷

知路知家

知屋知门

来拢场坝去

来聚院坝去

来汇村口去

来集寨口去

来到大村长寨

来归那水牛坝去

来回那黄牛场去

来去那葱园去

来去那麻园去

来去那寒冲冷谷去

啊今天龙谷龙穗等去拢去聚

去请去求

九个不请

十个不求

才去请七爸

来敲锣呀打钹

擂鼓呀吹笙

才去求七爷

来冲槽呀冲碓

来喝一道香肉呀浓酒

舒胸舒口

舒心舒体

喝一道才来冲槽呀冲碓

这才伸腿来跨步

提脚来迈步

---

① "姓某某"为《开路经》师祖,而以下"某某公"为本支开路师承的祖师名。

这才来到这深谷
这才来到这葱园
这才来到这麻园
这才来到水牛坝
这才来到黄牛场
这才来到这大村
这才来到这长寨
这才来到这场坝
这才来到这院坝①
来遇鸡得三年
鸡得三岁
来逢千香万纸
诉闻详情
来遇你魂你魄
来喝二道香肉和浓酒
舒胸舒口
舒心舒体
喝一道才来让你七爸敲锣呀打鼓
才来让你七爷来冲槽呀冲碓
来分你儿你媳你子你孙
大魂和高魂
来系龙谷牵牛拉马
系狗捆猪系鸡系鸭
分到金银铜圆
分到天水天酒
这才来分你儿家你孙屋
才来要你子你孙在后面
致富发发
做官赫赫

来住杀牛来娶亲
杀猪来嫁女
来住本成东家公
来祭本成地头王
来住三岔岭
来洗铜脸盆
得地盘来住
得银匠来引
啊今天才来喝三道浓酒
吃三道香肉
舒胸舒口
舒心舒体
三道才来要你
七爸呀这来要你
敲锣来打鼓
七爷呀这才来要你
冲槽呀冲碓
这才来领到你儿你媳
你子你孙
分到制布匠来裁衣师
蒸冥饭婆及祭鸡司
分到打钱纸匠与制纸伞师
他撮一百锉
他削一百铣来抢一百锤
分到他们喇叭匠与打锣师
这才来领到他们一千病一百样瘟
恶语与咒语
千言万语
我赶你去住天四边

---

① 这时粑槽放到主家院坝。

到山六棱去

水冲到潭去

风抬到洞去

水冲成雾去

风吹成灰去

和让你儿你媳你子你孙

亲朋呀好友

五亲呀六戚

好耳哟喊也不听

好眼哟来看也不见

水冲成雾本不恐

风吹成灰本不怕

鬼见鬼愁

怪见怪怕

哦今天才啊今天才来喝四道
浓酒

吃四道香肉

舒胸舒口

舒心舒体

四道才来要你

七爸呀这来要你

敲锣来打鼓

七爷呀这才来要你

冲槽呀冲碓

这才来领到你儿你媳

你子你孙

亲朋呀好友

五亲呀六戚

来赶血光太岁

来赶本命太岁

来赶千样瘟百样病

来赶到四边天六棱山去

水冲到潭去

风抬到洞去

水冲成雾去

风吹成灰去

啊领完这手续

才要我七爸来冲槽

七爷来冲碓

这才照顾得三年足

照料得三年满

（唱毕用鸡蛋摔碎在粑槽里，
冲三下）

五、祭粑槽（六堡紫竹版）

保公哟

保公啊

你得七十零九岁

你得七十零九轮

青天悠悠挤你头

大地茫茫挤你脚

魑魅魍魉不好心

砍棍来挤你身

抬绪来挤你背

一天挤三次

一天挤九次

鬼到前面你不见

鬼爬后面你不知

叶枯叶落

果熟果坠

你挡本不住

你受本不了

你蹒跚倒在门

你跟跄倒在家

你儿你媳

大家丢你丢不得

留你留不住

做雷米粑来给你

做龙米粑来送你

今天这有我觋公

这有我师公

我冲三手去前面

癫痫血痢恶语魔咒去得早

我冲三手去前头

瘟疫肿瘤虫菌凶煞恶怪走得远

我冲三手回后面

来给你子你媳

你子你孙

大魂和高魂

宽魂和长魂

（祭司冲前面、前头和后面都
要正手反手冲三回。）

第二节　请送粑槽神（六堡、隆昌版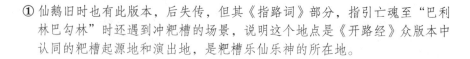）

保公哟

保公啊

你得七十零九岁

你得七十零九轮

青天悠悠挤你头

大地茫茫挤你脚

魑魅魍魉不好心

砍棍来挤你身

抬绪来挤你背

一天挤三次

一天挤九次

鬼到前面你不见

鬼爬后面你不知

叶枯叶落

果熟果坠

你挡本不住

你受本不了

你蹒跚倒在门

你跟跄倒在家

你儿你媳

他们有钱达长手

有力达后路

① 仙鹅旧时也有此版本，后失传，但其《指路词》部分，指引亡魂至"巴利
林巴勾林"时还遇到冲粑槽的场景，说明这个地点是《开路经》众版本中
认同的粑槽起源地和演出地，是粑槽乐仙乐神的所在地。

捡得鸡蛋①收你魂来收你魄

来遇我觋公师公

今天我觋公师公

来拿雷米龙谷

你知沟知路

我拿千香万纸②

请到你们粑槽太和锣鼓公

陪你去上路

伴你去迈脚

上路到院坝

迈脚到场坝

你到寨口

你达村口

去聚在大村

去汇在长寨

去到水牛坪

来到黄牛坝

去到葱谷

来到麻岭

去到凉水洞

来到泉水岩

去到寒冲

来到冰谷

去到虾河滩

来到鱼水河

去到芭茅林

来到芭茅岭

去到巴利③林

来到巴勾林

今天我们来到巴利林

今天我们来到巴色林

来会你们粑槽太

来会你们锣鼓公

今天请到粑槽太

今天请到锣鼓公

去嗦嗦④粑槽声

去嗦嗦锣鼓音

去嗦嗦给保公你听

去嗦嗦给保公你用

今天才有千香万纸

老人你才喝水来有劲

喝酒来有力

上路去院坝

迈脚到场坝

……

（请粑槽太和锣鼓公给亡人来表演，待出殡上山后，祭司又重新请回）

哦我请你们⑤嗦嗦得三天

嗦嗦得三日

① 旧时用鸡，现在用鸡蛋。

② 千香万纸：为香烛纸钱和谷米钱粮。

③ 巴利、巴勾：均为阿孟东家发音词，词义难有定论，从《指路词》推断，相当于燕子林蝙蝠林，是粑槽太和锣鼓公这两个乐仙乐神的居住地，请他们到人间舞乐，一般到这个地方。

④ 嗦嗦：阿孟东家发音词，意为啰唆。

⑤ 你们：粑槽太和锣鼓公。

（按请来路线默念，请粑槽太和锣鼓公这两个乐仙乐神回到他们的居住地）

我引你们去得安息地
我指你们去你安宁处
有吃有住

以后啊
有事①我再用雷米龙谷
香米和利司
再请你们来

东家人史诗《开路经》

---

① 有事：遇到类似丧葬等民间活动需要请粑槽和锣鼓。

第五章

指路词

第一节　敬鸡神谕

　　主人家拿一只公鸡（一般男性用公鸡，女性用母鸡），主师怀抱公鸡，在鸡脖颈及背上安抚三下，喂三口米饭，灌三口酒，由主师一个人念。有的不用酒，用"法力"便使鸡能安静站立，唱诵一番"定鸡咒语"，念诵短小、悄声快念，为秘传。其实是掌撑鸡的特性，慢慢抚摸它的生理部位，或是不断摇晃鸡，打破其脑耳内保持平衡的"半规管"①，让鸡眩晕，难以保持平衡，然后安抚鸡的情绪，鸡感觉自己摇摇晃晃难以平衡，害怕只能在原地不动，进而进入一种安然站立的假死状态。有的开路师为宣扬自己的法力，或争强好胜者加以神秘化而已。阿孟开路师不重在定鸡法，而是敬鸡，赞颂祖先创造万物的艰辛，万物形成、吃住习性的神谕定数，讲述为何用鸡作祭物的因由。故译为"敬鸡神谕"。

一、敬鸡神谕（仙鹅版）

噢哦鸡哦

噢哦鸡啊

包恰她做不成来也得做　鸡②

噢鸡啊

她造不成来也得造　鸡

噢鸡啊

包恰她造成野人在幽林里　鸡

包恰她造成熊人在深林里　鸡

噢鸡啊

包恰她领铜水来做　鸡

包恰她领铁水来做　鸡

噢鸡啊

她拿五倍子树做手骨　鸡

她拿泡桐木做脚骨　鸡

噢鸡啊

她用青藤做经脉

---

① 半规管里有一种液体能起到保持鸡平衡的作用，摇晃鸡或在鸡嘴前画一条线，半规管里液体发生不稳定性作用，鸡就会眩晕，眩晕后恢复较慢较迟钝，故吼叫放炮也无济于事，约20分钟后自行恢复。

② 祭鸡咒语这一节，每一行后面均念"鸡"，以示敬意，同时也起到转接上下语气的作用。

她用血藤做血脉

噢鸡啊

造成那个背脊硬邦邦　鸡

造成那个腰椎直杠杠　鸡

这个去不成人　鸡

这个去不成对　鸡

噢鸡啊

它使包恰来生气　鸡

它使包恰来恼火　鸡

噢鸡啊

包恰她驱赶那个去铜木林　鸡

包恰她驱赶那个去铁木林　鸡

噢鸡啊

包恰这次不用铜水来做　鸡

不用铁水来造　鸡

包恰这次她用油水来做　鸡

这次她用液水来造　鸡

包恰她用五倍子树做手骨　鸡

她用泡桐树做脚骨　鸡

包恰她不用青藤做经络　鸡

不用血藤做血脉　鸡

她用苎麻做经脉　鸡

她用棕丝做络脉　鸡

做成这个背脊软软和　鸡

腰椎灵灵活鸡

那个他去成人　鸡

那个她去成对　鸡

噢鸡啊

包恰她造成野猪去森林里　鸡

她造成野豪在黑树林里　鸡

噢鸡啊

那个将绿林成它木房　鸡

这个将密林成它屋瓦　鸡

噢鸡啊

那个它吃树根　鸡

那个它吃树茎　鸡

它吃生长长　鸡

它吃发展展　鸡

相当籼米饭　鸡

相当糯米饭　鸡

噢鸡啊

包恰她造成锦鸡在绿林　鸡

造成雉鸡在森林　鸡

这个它将绿林作它木房　鸡

将幽林作它瓦屋　鸡

噢鸡啊

那个它吃秧泡果　鸡

它吃熬果　鸡

它吃生长长　鸡

它吃发展展　鸡

相当籼米饭　鸡

相当糯米饭　鸡

噢鸡啊

包恰她造成马龙在崖脚　鸡

造成马兔在岩脚下　鸡

那个它将就崖脚作它木房　鸡

它将就岩脚作它瓦屋　鸡

那个它吃草茎　鸡

它吃树叶　鸡

它吃生长长　鸡

它吃发展展　鸡
相当籼米饭　鸡
相当糯米饭　鸡

噢鸡啊
包恰她造成天鹰在悬崖　鸡
造成岩鹰在半崖　鸡
那个它将悬崖作它房屋　鸡
它将半崖作它房屋　鸡
那个它吃野刺果　鸡
它吃青冈果　鸡
它吃生长长　鸡
它吃发展展　鸡
相当籼米饭　鸡
相当糯米饭　鸡

噢鸡啊
包恰她做成乌鸦在树尖　鸡
造成喜鹊在树丫　鸡
它将就树尖作它木房　鸡
它将就树丫作它瓦屋　鸡
那个它吃红泡果　鸡
它吃黑泡果　鸡
它吃生长长　鸡
它吃发展展　鸡
相当籼米饭　鸡
相当糯米饭　鸡

噢鸡啊
包恰她造成喜良在树尖　鸡
她造成阳雀在树间　鸡
她将就树上作木房　鸡

她将就树间作瓦屋　鸡
那个来偷包恰的粮吃啊　鸡
那个来偷包恰的食吃啊　鸡
包恰才得气来生　鸡
包恰才得怨来埋　鸡
包恰她挥杆子来　鸡
挥竹竿来　鸡
驱赶那个到房顶　鸡
追赶那个到屋顶　鸡

噢鸡啊
包恰她造成画眉在刺蓬尖　鸡
她造成灰喜鹊在树丛尖　鸡
它将就刺蓬尖作木房　鸡
它将就树丛尖作瓦屋　鸡
那个它吃蚱蜢　鸡
那个它吃蛾虫　鸡
它吃生长长　鸡
它吃发展展　鸡
相当籼米饭　鸡
相当糯米饭　鸡

噢鸡啊
包恰她造成伯劳鸟在沟边　鸡
她造成小米雀在路边　鸡
她将就沟边作房屋　鸡
她将就路边作房子　鸡
那个它吃小蛇　鸡
那个它吃虫蟮　鸡
它吃生长长　鸡
它吃发展展　鸡
相当籼米饭　鸡

相当糯米饭　鸡

噢鸡啊
包恰她造成水鸟在水中央　鸡
她造成翠鸟在塘坝中　鸡
她将就水中央作房屋　鸡
她将就塘坝作房子　鸡
那个它吃虫蛇　鸡
那个它吃蛾虫　鸡
它吃生长长　鸡
它吃发展展　鸡
相当籼米饭　鸡
相当糯米饭　鸡

噢鸡啊
包恰她造成花鱼在绿渊　鸡
她造成米虾在深潭　鸡
她将就绿渊作房屋　鸡
她将就深潭作房子　鸡
那个它吃石垢　鸡
那个它吃石藓　鸡
它吃生长长　鸡
它吃发展展　鸡
相当籼米饭　鸡
相当糯米饭　鸡

噢鸡啊
噢鸡啊
包恰她造成你母在高密岭　鸡
造成你父在打鸟坡　鸡
那里茶树青岗高入云　鸡
那里老鹰大　鸡

那里老鹞多　鸡
噢鸡啊
一天它咬你母三次　鸡
一天它抓你父九次　鸡
你母它受不住铁嘴　鸡
你父它受不了鹰爪　鸡
噢鸡啊
你妈她飞蹿进包恰葱园　鸡
你爸飞扑落包恰麻园　鸡
包恰她有天来看她的葱园　鸡
有次来看她的麻园　鸡
来遇你妈冠子红彤彤　鸡
你爸它羽毛紫莹莹　鸡
噢鸡啊
包恰她惊吓得一个　鸡
害怕得一回　鸡
包恰害怕折捧来拍　鸡
折竹条来打　鸡
那时你妈开口　鸡
你爸伸舌头　鸡
求饶说
请你老不要打我们　鸡
劝你老不要拍我们　鸡
有天你自会用我们　鸡
你老会要我们　鸡
包恰她这才了心　鸡
抱你妈在胸襟　鸡
抱你爸在腰胯　鸡
带你妈来放屋壁　鸡
带你爸来放在屋墙　鸡
那时你妈吃碎谷　鸡
那时你爸啄碎米　鸡

噢鸡啊

你妈她说过话 鸡

你爸它承过诺 鸡

噢鸡啊

现在做法事也要你 鸡

驱鬼也要你 鸡

建房开工了要你 鸡

解口嘴也要你 鸡

解口舌也要你 鸡

走亲也要你 鸡

串戚来也要你 鸡

打伙计也要你 鸡

认兄弟也要你 鸡

噢鸡啊

水沸吧嗒 鸡

水开呼噜 鸡

仔细听呀 鸡

耳朵听好 鸡

只是你妈放了话 鸡

只是你爸承过了诺 鸡

噢鸡啊

不是师傅我饿你有肉吃 鸡

不是我师爷想你汤喝 鸡

只怪你妈放了话 鸡

你爸承过了诺 鸡

你千万不怪我师公 鸡

你实在不怨我师爷 鸡

噢鸡哦

（拿少许酒给鸡喝，然后快速念）

啊

这个保公得七十零九轮

得七十零九岁

啊

现在保公要你急急带他去看他的粮仓去

急急带他去看他的粮库去

啊

保公要你急急带他去看他的车房去

急急带他去看他的纸房去

啊

保公要你急急带他去看他的山林去

急急带他去看他的莽林去

啊

保公要你急急带他去看他的葱园去

急急带他去看他的麻园去

啊

保公要你急急带他去看他的虾塘去

急急带他去看他的鱼塘去

啊

现在你急急上沟

你急急上路啊

（主师把鸡放到棺材上的两团糯米团上面，然后众歌师与主师一起唱）

二、敬鸡神谕（隆昌版^①）

鸡哦 鸡

耳在两边 鸡

目是两眼 鸡

你耳听清 鸡

你吃觉得香 鸡

它使那山那山荒凉不长草 鸡

它欢悦你妈你爸左右弄不成 鸡

它使那山那坳荒芜不生笋 鸡

它欢悦你妈你爸左右整不好 鸡

噢鸡哦

大本是老鹰大

大本是老鹞大

一天捉三个呀 鸡哦

三天捉九个呀 鸡哦

你妈当也当不了呀 鸡哦

你爸忍也忍不了呀 鸡哦

你溜下呼噜在包恰的葱园呀 鸡

你溜下呼溜在包恰的麻园呀 鸡

包恰她来去看田园呀 鸡

包恰她来去看山林呀 鸡

她看你妈的红羽红翅通通哦 鸡

你爸红冠红髯红艳艳哦 鸡

包恰不知是啥鬼呀 鸡哦

包恰不知是啥怪呀 鸡哦

包恰折木枝来打啰 鸡哦

折木条来抽啰 鸡哦

你妈吐舌唠唠叫啰 鸡哦

你爸张舌叨叨喊啰 鸡哦

我们是鸡肉体凡心啰 鸡哦

包恰打开衣兜来装你妈呀 鸡哦

包恰撑开围腰来盛你爸呀 鸡哦

包恰拿来放在她的门脚啰 鸡哦

拿来放在她的门边啰 鸡哦

包恰抓把龙谷龙米来撒啰 鸡哦

你爸你妈啄不停啰 鸡哦

包恰抓把龙谷龙米来喂啰 鸡哦

你爸你妈吃不断啰 鸡哦

噢鸡哦

耳在两边 鸡

目是两眼 鸡

你耳听清啰 鸡

你吃觉得香啰 鸡

包恰开不成来你也得开啰 鸡哦

包恰开到老羊啰 鸡哦

包恰开到老牛啰 鸡哦

她开在幽林啰 鸡哦

她开在森林啰 鸡哦

当它的老瓦房啰 鸡哦

当它的木梁屋啰 鸡哦

它吃草叶啰 鸡哦

它吃木叶啰 鸡哦

当它的糯米饭啰 鸡哦

---

① 隆昌村摆扒组高国兴、王德忠演述。

当它的籼米饭啰 鸡哦
它在生长长啰 鸡哦
它在发展展啰 鸡哦

噢鸡哦

包恰开不成来你也得开啰 鸡哦

包恰开不多来你也得开啰 鸡哦

包恰开到猿人啰 鸡

包恰开到野人啰 鸡哦

她开在森林啰 鸡哦

她开在幽林啰 鸡哦

当它的老瓦房啰 鸡哦

当它的木梁屋啰 鸡哦

它吃树叶啰 鸡哦

它吃木叶啰 鸡哦

当它的糯米饭啰 鸡哦

当它的籼米饭啰 鸡哦

它在生长长啰 鸡哦

它在发展展啰 鸡哦

噢鸡哦

包恰开不成你也得开啰 鸡哦

包恰开到豹子啰 鸡哦

包恰开到老虎啰 鸡哦

她开在半崖啰 鸡哦

她开在半岩啰 鸡哦

当它的老瓦房啰 鸡哦

当它的木梁屋啰 鸡哦

它吃黄泥啰 鸡哦

它吃白泥啰 鸡哦

当它的糯米饭啰 鸡哦

当它的籼米饭啰 鸡哦

它在生长长啰 鸡哦
它在发展展啰 鸡哦

噢鸡哦

耳在两边 鸡

目是两眼 鸡

你耳听清啰 鸡

你吃觉得香啰 鸡

包恰开不成来你也得开啰 鸡哦

包恰开到香獐啰 鸡

包恰开到香狸啰 鸡哦

她开在高坡啰鸡哦

她开在高岭啰 鸡哦

当它的老瓦房啰 鸡哦

当它的木梁屋啰 鸡哦

它吃兔子肉啰 鸡哦

它吃蒿菜叶啰 鸡哦

当它的糯米饭啰 鸡哦

当它的籼米饭啰 鸡哦

它在生长长啰 鸡哦

它在发展展啰 鸡哦

噢鸡哦

包恰开不成来你也得开啰 鸡哦

包恰开到雉鸡啰 鸡

包恰开到野鸡啰 鸡哦

她开在茅草山啰 鸡哦

她开在芭茅坡啰 鸡哦

当它的老瓦房啰 鸡哦

当它的木梁屋啰 鸡哦

它捕蝗虫吃啰 鸡哦

它捕飞蛾吃啰 鸡哦

当它的糯米饭啰 鸡哦　当它的木梁屋啰 鸡哦

当它的籼米饭啰 鸡哦　它捕蝗螗吃啰 鸡哦

它在生长长啰 鸡哦　它捉叶蛾吃啰 鸡哦

它在发展展啰 鸡哦　当它的糯米饭啰 鸡哦

　　　　　　　当它的籼米饭啰 鸡哦

　　　　　　　它在生长长啰 鸡哦

噢鸡哦　　　　它在发展展啰 鸡哦

包恰开不成来你也得开啰 鸡哦

包恰开不好来你也得开啰 鸡哦

包恰开到乌鸦 啰鸡　　噢鸡哦

包恰开到喜鹊啰 鸡哦　耳在两边 鸡

她开在树丫啰 鸡哦　　目是两眼 鸡

她开在山顶啰 鸡哦　　你耳听清啰 鸡

当它的老瓦房啰 鸡哦　你吃觉得香啰 鸡

当它的木梁屋啰 鸡哦　包恰开不成来你也得开啰 鸡哦

它捉草螽吃啰 鸡哦　　包恰开不多来你也得开啰 鸡哦

它捉蛾蝇吃啰 鸡哦　　包恰开到黎鸡鸟啰 鸡

当它的糯米饭啰 鸡哦　包恰开到黄豆鸟啰 鸡哦

当它的籼米饭啰 鸡哦　她开在土坎啰 鸡哦

它在生长长啰 鸡哦　　她开在林坎啰 鸡哦

它在发展展啰 鸡哦　　当它的老瓦房啰 鸡哦

　　　　　　　当它的木梁屋啰 鸡哦

噢鸡哦　　　　它捕草蜢吃啰 鸡哦

耳在两边 鸡　　它捉叶蛾吃啰 鸡哦

目是两眼 鸡　　当它的糯米饭啰 鸡哦

你耳听清啰 鸡　当它的籼米饭啰 鸡哦

你吃觉得香啰 鸡　它在生长长啰 鸡哦

包恰开不成来你也得开啰 鸡哦　它在发展展啰 鸡哦

包恰开到画眉啰 鸡

包恰开到山雀啰 鸡哦　噢鸡哦

她开在刺蓬啰 鸡哦　耳在两边 鸡

她开在笋脚啰 鸡哦　目是两眼 鸡

当它的老瓦房啰 鸡哦　你耳听清啰 鸡

你吃觉得香啰 鸡

包恰开不成来你也得开啰 鸡哦

包恰开到百灵鸟啰 鸡

包恰开到小米雀啰 鸡哦

她开在野地啰 鸡哦

她开在野坎啰 鸡哦

当它的老瓦房啰 鸡哦

当它的木梁屋啰 鸡哦

它捕草蜢吃啰 鸡哦

它捉叶蛾吃啰 鸡哦

当它的糯米饭啰 鸡哦

当它的籼米饭啰 鸡哦

它在生长长啰 鸡哦

它在发展展啰 鸡哦

噢鸡哦

耳在两边 鸡

目是两眼 鸡

你耳听清啰 鸡

你吃觉得香啰 鸡

包恰开不成来你也得开啰 鸡哦

包恰开不多来你也得开啰 鸡哦

包恰开到鲤鱼啰 鸡

包恰开到田鱼啰 鸡哦

她开在菠萝田啰 鸡哦

她开在山沟水啰 鸡哦

当它的老瓦房啰 鸡哦

当它的木梁屋啰 鸡哦

它吃粗泥啰 鸡哦

它吃细泥啰 鸡哦

当它的糯米饭啰 鸡哦

当它的籼米饭啰 鸡哦

它在生长长啰 鸡哦

它在发展展啰 鸡哦

噢鸡哦

耳在两边 鸡

目是两眼 鸡

你耳听清啰 鸡

你吃觉得香啰 鸡

包恰开不成来你也得开啰 鸡哦

包恰开不多来你也得开啰 鸡哦

包恰开到花鱼啰 鸡

包恰开到鲫鱼啰 鸡哦

她开在河谷啰 鸡哦

她开在湖泊啰 鸡哦

当它的老瓦房啰 鸡哦

当它的木梁屋啰 鸡哦

它吃砂石泥啰 鸡哦

它吃草泥藓啰 鸡哦

当它的糯米饭啰 鸡哦

当它的籼米饭啰 鸡哦

它在生长长啰 鸡哦

它在发展展啰 鸡哦

噢鸡哦

耳在两边 鸡

目是两眼 鸡

你耳听清啰 鸡

你吃觉得香啰 鸡

包恰开不成来你也得开啰 鸡哦

包恰开到小河虾啰 鸡

包恰开到万年鱼啰 鸡哦

她开在水草间啰 鸡哦

她开在河藓中啰鸡哦
当它的木梁屋啰 鸡哦
它吃砂石泥啰 鸡哦
它吃水草啰 鸡哦
它吃河藓啰 鸡哦
当它的糯米饭啰 鸡哦
当它的籼米饭啰 鸡哦
它在生长长啰 鸡哦
它在发展展啰 鸡哦

噢鸡哦
耳在两边 鸡
目是两眼 鸡
你耳听清啰 鸡
你吃觉得香啰 鸡
包恰开不成来你也得开啰 鸡哦
包恰开到螃蟹啰 鸡
包恰开到螃海啰 鸡哦
她开在石洞啰 鸡哦
她开在石缝啰 鸡哦
当它的木梁屋啰 鸡哦
它吃砂石泥啰 鸡哦
它吃臭鱼啰 鸡哦
它吃腥鱼啰 鸡哦
当它的糯米饭啰 鸡哦
当它的籼米饭啰 鸡哦
它在生长长啰 鸡哦
它在发展展啰 鸡哦

噢鸡哦
耳在两边 鸡
目是两眼 鸡

你耳听清啰 鸡
你吃觉得香啰 鸡
说儿说媳也要你啰 鸡哦
你肉不满碗啰 鸡哦
你汤不满瓢啰 鸡哦
不想你肉吃啰 鸡哦
不念你汤喝啰 鸡哦
说儿说媳也要不完你啰 鸡哦

噢鸡哦
耳在两边 鸡
目是两眼 鸡
你耳听清啰 鸡
你吃觉得香啰 鸡
立房修屋也要你啰 鸡哦
你肉不满碗啰 鸡哦
你汤不满瓢啰 鸡哦
不想你肉吃啰 鸡哦
不念你汤喝啰 鸡哦
立房修屋也要不完你啰 鸡哦

噢鸡哦
耳在两边 鸡
目是两眼 鸡
你耳听清啰 鸡
你吃觉得香啰 鸡
接亲嫁女也要你啰 鸡哦
你肉不满碗啰 鸡哦
你汤不满瓢啰 鸡哦
不想你肉吃啰 鸡哦
不念你汤喝啰 鸡哦
接亲嫁女也要不完你啰 鸡哦

噢鸡哦

耳在两边 鸡

目是两眼 鸡

你耳听清啰 鸡

你吃觉得香啰 鸡

挖田也要你啰 鸡哦

造塘也要你啰 鸡哦

你肉不满碗啰 鸡哦

你汤不满瓢啰 鸡哦

不想你肉吃啰 鸡哦

不念你汤喝啰 鸡哦

挖田造塘也要不完你啰鸡哦

噢鸡哦

耳在两边 鸡

目是两眼 鸡

你耳听清啰 鸡

你吃觉得香啰 鸡

驱鬼降魔也要你啰 鸡哦

你肉不满碗啰 鸡哦

你汤不满瓢啰 鸡哦

不想你肉吃啰 鸡哦

不念你汤喝啰 鸡哦

驱鬼降魔也要不完你啰 鸡哦

噢鸡哦

耳在两边 鸡

目是两眼 鸡

你耳听清啰 鸡

你吃觉得香啰 鸡

说情讲理也要你啰 鸡哦

你肉不满碗啰 鸡哦

你汤不满瓢啰 鸡哦

不想你肉吃啰 鸡哦

不念你汤喝啰 鸡哦

说情讲理也要不完你啰 鸡哦

噢鸡哦

耳在两边 鸡

目是两眼 鸡

你耳听清啰 鸡

你吃觉得香啰 鸡

开沟开路也要你啰 鸡哦

你肉不满碗啰 鸡哦

你汤不满瓢啰 鸡哦

不想你肉吃啰 鸡哦

不念你汤喝啰 鸡哦

开沟开路也要不完你啰 鸡哦

噢鸡哦

耳在两边 鸡

目是两眼 鸡

你耳听清啰 鸡

你吃觉得香啰 鸡

今天

这老人要你带他爬沟去啰 鸡哦

这老人要你带他上路去啰 鸡哦

带他去会阎王啰 鸡哦

带她去会老司啰 鸡哦

你一定做到啦 鸡哦

你一定做成啦 鸡哦

第二节　指路词

　　主家找来七把稻谷穗放桌上，燃香烧纸。开路主祭司把公鸡站定在棺木上后，随同的祭司组成"七爸七爷"，扛火铳、持长剑、背雨伞网兜、挂竹杖、挽弓箭等，朗声唱诵《指路词》。此部分作为《开路经》重要的后半部分，虽鬼巫特征较多，但体现了人们的灵魂观念和认祖归宗思想。其缘由是新逝亡人灵魂脆弱，在去会见祖宗的路上，容易受山林魑魅魍魉的蛊惑，需要七爸七爷一路提醒和指引，看生前的园子鱼塘等，游阎王地府，求得富贵返回家中。然后分三魂，一魂在神龛，一魂在坟茔，一魂七魄认祖归宗，亡人最后投胎转世。各地师传不同，各有特色，有的差异大，有的大同小异，若要呈现各版本，重复处太多，此处以三个典型村寨的《指路词》进行整理，以供参考。各地在实际演述中，以祖传为准，且不能出错，否则亡魂找不到祖先，回不到祖宗地，要来操烦开路师[1]。这也是民间开路师不能统一唱词和各自为贵的存在价值。

第一版　指路词（六堡版[2]）

一、卧室、火塘（当晃、卜就[3]）

鸡梳妆急急去看游[4]	鸡打扮匆匆去看忙
你跟鸡梳妆急急去看游	你随鸡打扮匆匆去看忙

---

[1] 开路师被烦扰后，要择日到三岔路口，焚香烧纸，重新念诵，按正确的指路词，引领亡魂认祖归宗。如此自己才能得到安宁。

[2] 六堡版主要由赵通金、赵通香、赵通福、赵祥开、赵祥章等演述。其文古远，修辞独特，赋比兴手法明显，唱腔醇厚。

[3] 对应的阿孟母语汉语谐音，以下格式同。

[4] 看游：阿孟东家母语音译，大意是游历冥界，去看生前生活过的地方（山林、跳月塘等）、会阎王、沿祖宗地，认祖归宗。以下"看忙"同。

鸡去丢鸡栏
你去你丢儿
鸡去丢鸡窝
你去你丢家
鸡梳妆急急起窝
你梳妆急急起卧室
鸡慢慢来到火塘
你来到内室门
鸡来到堂屋
你来到重门
你家七尊火塘菩萨
七尊土地府君
他们来问你

你妆扮急急去哪儿
你打扮匆匆去哪里
你也诚心来受教
白天你本不在门
整夜不见你在家
你了心了意梳妆去看游
你了心了意打扮去看忙
了心灰茫茫
了意廖寂寂
了心到掌心
了意到脚底
这本是猜查义
这也是猜查娅

二、重门、中堂 （炅讲、达纠）

鸡梳妆急急到中堂
你梳妆急急到重门
鸡来到高门
你来到大门
来遇你家镇宅土地
地脉龙神
他们来问
你妆扮不紧俏
妆扮不像走亲妆
你打扮不合身
打扮不似走戚样
你家镇宅土地
地脉龙神

他们问
你妆扮急急去哪儿
你打扮匆匆去哪里
你也诚心来受教
白天你本不在门
整夜不见你在家
了心灰茫茫
了意廖寂寂
了心到掌心
了意到脚底
了心得两颗
了意得两个

三、高门、大门 （炅机、炅料）

鸡梳妆急急到田坝

你梳妆急急到大门

鸡梳妆急急到院坝

你梳妆急急到高门

来遇你家大门神

来遇你家二门神

左边门神康太保

右边门神李将军

来看你

你妆扮不紧俏

你打扮不合身

妆扮不像走亲妆

打扮不似走戚样

你家大门神

你家二门神

他们问

你妆扮急急去哪儿

你打扮匆匆去哪里

你也诚心来受教

你白天你本不在门

整天整夜不见你在家

你了心了意梳妆去看由

你了心了意打扮去看忙

了心灰茫茫

了意廖寂寂

了心到掌心

了意到脚底

了心得两颗

了意得两个

四、大门楼、长寨（炅翁料、汪帝）

鸡梳妆急急到大门楼

你梳妆急急到大门楼

鸡来到长寨

你也来到长寨

来遇你七尊司油府君

七尊司盐灶王

他们来看你

你妆扮不紧俏

妆扮不像走亲妆

你打扮不合身

打扮不似走戚样

七尊司油府君

七尊司盐灶王

他们问

你妆扮急急去哪儿

你打扮匆匆去哪里

你也诚心来受教

白天你本不在大门楼

整天整夜不见你在寨

了心灰茫茫

了意廖寂寂

了心到掌心

了意到脚底　　　　　　　　　了意得两个

了心得两颗

五、寨口、村口（炅翁、炅汪）

鸡梳妆急急到寨口　　　　　　七尊福德正神护村口

你梳妆急急到寨口　　　　　　他们问

鸡打扮匆匆来到村口　　　　　你妆扮急急去哪寨

你也打扮匆匆来到村口　　　　你打扮匆匆去哪村

来遇你七尊土地菩萨守寨口　　你也诚心来受教

来遇七尊福德正神护村口　　　白天不见你保寨口

我们有胆守一寨　　　　　　　整天整夜不见你护村口

我们有识护一村　　　　　　　了心灰茫茫

他们来看你　　　　　　　　　了意廖寂寂

你妆扮不紧俏　　　　　　　　了心到掌心

妆扮不像走亲妆　　　　　　　了意到脚底

你打扮不合身　　　　　　　　了心得两颗

打扮不似走戚样　　　　　　　了意得两个

七尊土地菩萨守寨口

六、水牛坪、黄牛坝（听蛾、听腰）

鸡匆匆来到水牛坪　　　　　　小孩在打洞

你也匆匆来到水牛坪　　　　　大人打小孩

鸡急急来到黄牛坝　　　　　　小孩哭兮兮

你也急急来到黄牛坝　　　　　放耳听好

魑魅魍魉来说道　　　　　　　放眼看好

去看小伙在挖坑　　　　　　　你听我觋公

小孩在打洞　　　　　　　　　你闻我师公

大人打小孩　　　　　　　　　我送你真言

小孩哭吭吭　　　　　　　　　我给你实话

去看小伙在挖坑　　　　　　　不是小伙在挖坑

不是小孩在打洞　　　　　那是我们大爷老叔

不是大人打小孩　　　　　伯叔兄弟

不是小孩哭吭吭　　　　　来挖你坑四角

不是小伙在挖坑　　　　　来掘你洞四方

不是小孩在打洞　　　　　你匆匆迈过

不是大人打小孩　　　　　你急急走过

不是小孩哭兮兮

七、凉水井、泉水井（瓮坑凉、瓮坑猜）

鸡匆匆来到凉水井　　　　我给你实话

你也匆匆来到凉水井　　　那不是凉井水

鸡急急来到泉水井　　　　那不是泉井水

你也急急来到泉水井　　　那是寨沟水

魑魅魍魉来说道　　　　　那是阴沟水

这是凉井水　　　　　　　那是牛粪水

你来喝两口你再走　　　　那是猪屎尿

这是泉井水　　　　　　　你匆匆迈过

你来喝两口你再走　　　　你千万不要吃

你听我觋公　　　　　　　你急急走过

你闻我师公　　　　　　　你千万不要喝

我送你真言

八、花浪水、花鱼水（瓮波娘、瓮波机）

鸡匆匆来到花浪水　　　　你听我觋公

你也匆匆来到花浪水　　　你闻我师公

鸡急急来到花鱼水　　　　我送你真言

你也急急来到花鱼水　　　我给你实话

魑魅魍魉来说道　　　　　那不是花浪水

来吃花浪水再去　　　　　那不是花鱼水

来要花鱼水再去　　　　　那是你子你媳

你女你婿　　　　　　　　你千万不要吃

在后面哭你的眼泪满脸　　你急急走过

哭你苦水到脚底　　　　　你千万不能要

你匆匆迈过

九、柏冲、麻冲（起究、起碉）

鸡匆匆来到柏冲　　　　　我给你实话

你也匆匆来到柏冲　　　　不是风吹倒来翻

鸡急急来到麻冲　　　　　风吹柏叶翻飞白茫茫

你也急急来到麻冲　　　　不是风吹倒来翻

魑魅魍魉来说道　　　　　风刮麻叶翻飞白生生

不看风吹倒来翻　　　　　是我七爸七爷

风吹柏叶翻飞白茫茫　　　提剑赴赴行

不看风吹倒来翻　　　　　扛铳昂昂过

风刮麻叶翻飞白生生　　　我们护你过柏冲

你看柏冲你再走　　　　　我们送你过麻冲

你看麻冲你再去　　　　　你匆匆迈过

你听我觋公　　　　　　　你千万不要喝

你闻我师公　　　　　　　你急急走过

我送你真言　　　　　　　你千万不能要

十、冰冲、冷冲（者深、者弄）

鸡匆匆来到冰冲　　　　　你闻我师公

你也匆匆来到冰冲　　　　我送你真言

鸡急急来到冷冲　　　　　我给你实话

你也急急来到冷冲　　　　冰冲本冰冲

魑魅魍魉来说道　　　　　冰冲冷生生

你来看冰冲你再走　　　　冷你一人

你来看冷冲你再行　　　　冷心冷肠冷生生

你听我觋公　　　　　　　我们七爸七爷

心肠本不冷　　　　　　　　我们七爸七爷

冷冲本冷冲　　　　　　　　心肠本不冷

冷冲冷寂寂　　　　　　　　你匆匆迈过

冷你一人　　　　　　　　　你急急走过

冷心冷肠冷寂寂

十一、打屁虫林、五香虫岭（翁旮冷、翁旮乌）

鸡匆匆来到打屁虫林　　　　我给你实话

你也匆匆来到打屁虫林　　　不是打屁虫林

鸡急急来到五香虫岭　　　　不是五香虫岭

你也急急来到五香虫岭　　　是你子你媳你女你婿

魑魅魍魉来说道　　　　　　在后面戴孝到脚腿

你来看打屁虫坡你再走　　　服孝到脚板

你来看五香虫岭你再行　　　你匆匆迈过

你听我觋公　　　　　　　　你千万莫要闻

你闻我师公　　　　　　　　你急急走过

我送你真言　　　　　　　　你千万莫要看

十二、巴玉林、巴勾林 ①（翁巴玉、翁巴勾）

鸡匆匆来到巴玉林　　　　　你听我觋公

你也匆匆来到巴玉林　　　　你闻我师公

鸡急急来到巴勾林　　　　　我送你真言

你也急急来到巴勾林　　　　我给你实话

魑魅魍魉来说道　　　　　　不是巴玉林

你跟巴玉一起去　　　　　　不是巴勾林

你和巴勾一起走　　　　　　那是你子你媳你儿你孙

---

① 巴玉、巴勾：从此节所涉内容分析，与唢呐声、擂钹声、粑槽声、木鼓有
关，应是司管音乐的神灵。从黄莺版祭粑槽经文看，这些动物可能为香狸
或麝香，与阿孟东家人的粑槽舞有关。

有钱来达长手	你匆匆迈过
有力来搭后路	你千万莫要听
度你唢呐声与擂钹声	你急急走过
度你耙槽声与木鼓声	你千万莫要看

十三、茅花岭、芦花坳（则波道、则波当）

鸡匆匆来到茅花岭	你闻我师公
你也匆匆来到茅花岭	我送你真言
鸡急急来到芦花坳	我给你实话
你也急急来到芦花坳	转来扭去不是茅花岭
魑魅魍魉来说道	转来扭去不是芦花坳
你看她漂亮本漂亮	那是你子你媳你儿你孙
她转来扭去好像茅花岭	在后面戴孝到脚腿
你看她俏丽本俏丽	服孝到脚板
她转来扭去好像芦花坳	你匆匆迈过
你听了再去	你千万莫要闻
你看了再行	你急急走过
你听我觋公	你千万莫要看

十四、打猎坡、打鸟坡（逼倒该、逼倒弄）

鸡匆匆来到打猎坡	得久
你也匆匆来到打猎坡	你想跟魑魅魍魉打三棍去前头
鸡急急来到打鸟坡	癫痨痢癫瘤疮腌臜子了去得早
你也急急来到打鸟坡	你想跟魑魅魍魉打三棒去后面
你想跟魑魅魍魉打三棒去前面	来分你子你媳你儿你孙
魑魅魍魉瘟神馋诌奸佞①去	来分宗族大魂高魂

---

① 指瘟痢鬼怪、馋言肮脏的不吉之物。下句意思相差不大，有些版本特指有异。

洞魂乡魂①

十二种龙谷穗

十二种花谷穗

先去捆水牛缚黄牛

再去系鸡系鸭

三去系狗绑猪

水酒肉席

臕壮的祭牛

它角不乱丢

它蹄不乱弃

来分在田来分在地

来你门脚

来分你兄弟家

得来放门前

你子你媳你儿你孙拿来放后面

兴肉在肉市

兴酒在酒行

养水牛来拉犁

养黄牛来驼耙

养狗来守家

养猪来放栏

养鸡来爬满坡

养鸭来游满水

养女来住楼

养姑来住阁

发牛来犒亲

宰猪多多来嫁女

来成原住老祖太

来成本地老祖公

做官来耀门楣

为富来发家

十五、深河水、深河潭（嘎瓮、嘎当深）

鸡来到深河水

你也来到深河水

鸡来到深河潭

你也来到深河潭

你看它滴呀滴渐渐

渐渐散崖边

它溅呀溅沥沥

沥沥洒岩壁

你随魑魅魍魉

去喝三勺岩垢水

乌嘴乌舌乌溜溜

红嘴红鼻红通通

你随我们七爸七爷

精明又乖巧

我们千万莫乱喝

你匆匆迈过

你急急走过

---

① 意在招其魂魄来超度，使子孙后代能居高贵官位，能得富裕的日子，来居
　温暖乡，居宽广地。

十六、梭土坡、塌泥坡（嘎边、嘎网俩）

鸡来到梭土坡　　　　　　　这个本是魑魅魍魉哄
你也来到梭土坡　　　　　　这个本是魑魅魍魉骗
鸡来到塌泥坡　　　　　　　不是梭土坡
你也来到塌泥坡　　　　　　不是塌泥坡
魑魅魍魉来说道　　　　　　这是包架逼亚①
爬到梭土坡　　　　　　　　这是耶架逼基
不梭呼呼黄泥土　　　　　　你匆匆迈过
你看形势过　　　　　　　　你千万莫要闻
爬到塌泥坡　　　　　　　　你急急走过
不塌呼呼瘦泥巴　　　　　　你千万莫要看
你依情况行

十七、柴坑山、柴鱼山（逼呆坑、逼呆居）

鸡来到柴坑山　　　　　　　我给你实话
你也来到柴坑山　　　　　　不是柴坑山
鸡来到柴鱼山　　　　　　　不是柴鱼山
你也来到柴鱼山　　　　　　这是你叔伯兄弟
魑魅魍魉来说道　　　　　　来抬你生骨身
我们看柴坑你再走　　　　　来抬你枯骨体
我们看柴鱼你再行　　　　　抬放四方洞
你听我觋公　　　　　　　　抬在四角坑
你听我师公　　　　　　　　你匆匆迈过
我送你真言　　　　　　　　你急急走过

①包架逼亚：女癫痫山。耶架逼基：男癫痫山。有的版本此处叙述是为亡者
　挖的墓穴或坟堆。

十八、良边林、良猛林前 ①（翁良边、翁良猛迭）

鸡来到良边林　　　　　　哪个来有布鞋
你也来到良边林　　　　　你有一双布鞋
鸡来到良猛林　　　　　　哪个来有筒靴
你也来到良猛林　　　　　你有一对筒靴
魑魅魍魉来说道　　　　　哪个来有朋
我们看良边你再走　　　　你来也有朋
我们看良猛你再行　　　　哪个来有伴
你听我觋公　　　　　　　你来也有伴
你听我师公　　　　　　　哪个来有娥 ②
我送你真言　　　　　　　你来也有娥
我给你实话　　　　　　　哪个来有郎
不是良边林　　　　　　　你来也有郎
不是良猛林　　　　　　　你朋你伴相携相护来过蟒蛇坡
这是蟒蛇坡　　　　　　　你郎你娥相拥相搀来过毛虫岭
这是毛虫岭　　　　　　　你看你朋你伴没得双布鞋
蟒蛇像公羊　　　　　　　蟒蛇毛虫来啃脚踝
毛虫似公牛　　　　　　　你看你郎你娥没得对筒靴
乌嘴呀乌舌　　　　　　　蟒蛇毛虫来啃脚腿
乌嘴乌舌乌溜溜　　　　　只好立即绑把地肤 ③ 来遮蛇耳
红嘴呀红鼻　　　　　　　只得马上绑把野蕨来掩虫眼
红嘴红鼻红通通　　　　　这才来过蟒蛇坡
哪个是官家儿　　　　　　这才来过毛虫岭
你本是官家儿　　　　　　来看我七爸来看我七爷
哪个是富家崽　　　　　　我们赴赴来良边林
你本是富家崽　　　　　　提刀扛枪才来护你过蟒蛇坡

---

① 良边林、良猛林前：即良边林、良猛林的前面，实是蟒蛇坡、毛虫岭。下
　一座山才是真实的"良边林、良猛林"，即良边林、良猛林后。
② 娥：好，美丽女子。
③ 地肤：又名地麦、落帚、扫帚菜，茎枝多，叶子茂，可作扫帚。

我们昂昂来良猛林	你千万莫要闻
提剑扛铳才来护你过毛虫岭	你急急走过
你匆匆迈过	你千万莫要看

十九、良边林、良猛林后（翁良边、翁良猛共）

鸡来到良边林	不是良边林
你也来到良边林	不是良猛林
鸡来到良猛林	那是你儿你媳你子你孙
你也来到良猛林	做官来耀门楣
你也来到良猛林	为富来发家
魑魅魍魉来说道	才来使良边林好看
我们看良边你再走	才来使良猛林茂盛
我们看良猛你再行	你匆匆迈过
你听我觋公	你千万莫要闻
你听我师公	你急急走过
我送你真言	你千万莫要看
我给你实话	

二十、桧林山、鹅林山（逼化、逼化鹅）

鸡来到桧林山	我送你真言
你也来到桧林山	我给你实话
鸡来到鹅林山	不是良边林
你也来到鹅林山	不是良猛林
魑魅魍魉来说道	包架逼亚①
我们看良边你再走	这是耶架逼基
我们看良猛你再行	你最好不要听
你听我觋公	最好不要看
你听我师公	就留魑魅魍魉在看守地方

———————————
① 架逼亚、架逼基：阿孟对癫痫病的称呼。

你匆匆迈过　　　　　　　你急急走过

二十一、扫帚苗山、野蕨菜山（逼嘎谢、逼嘎亨）

鸡来到扫帚苗山	你来要野蕨菜桠
你也来到扫帚苗山	你骄傲本骄傲
鸡来到野蕨菜山	你狠狠来劈断
你也来到野蕨菜山	得意插腰带
哪个是官家儿	你自负本自负
你本是官家儿	你狠狠来折断
哪个是富家崽	欢快别腰襟
你本是富家崽	你要扫帚苗枝已得多
哪个来要扫帚苗枝	你要野蕨菜桠已有足
你来要扫帚苗枝	你匆匆迈过
哪个来要野蕨菜桠	你急急走过

二十二、露水坪、露珠坝（江忙哈、江忙碌）

鸡来到露水坪	哪个有野蕨菜桠
你也来到露水坪	你来有野蕨菜桠
鸡来到露珠坝	拿打露珠露珠呀
你也来到露珠坝	露珠露珠承不住
哪个是官家儿	露珠落沥沥
你本是官家儿	你过不湿裙
哪个是富家崽	你看你朋你友没有扫帚苗枝
你本是富家崽	露水沾满襦
哪个有扫帚苗枝	你看你郎你娥没有野蕨菜桠
你来有扫帚苗枝	露珠淋湿裙
将抽露水露水呀	你匆匆迈过
露水露水受不了	你急急走过
露水滴淅淅	
你过不沾襦	

二十三、雾坡、霭岭

1. 雾霭岭、雾岚岭（赵祥章版）
（则窨化、则领当）

2. 雾霭坡、雾岚岭（赵通金版）
（逼哈、逼当）

鸡来到雾霭岭　　　　　　鸡来到雾霭坡

你也来到雾霭岭　　　　　你也来到雾霭坡

鸡来到雾岚岭　　　　　　鸡来到雾岚岭

你也来到雾岚岭　　　　　你也来到雾岚岭

哪个是官家儿　　　　　　哪个是官家儿

你本是官家儿　　　　　　你本是官家儿

哪个是富家崽　　　　　　哪个是富家崽

你本是富家崽　　　　　　你本是富家崽

哪个来要龙米粑[①]　　　　哪个来有朋

你来要龙米粑　　　　　　你来也有朋

哪个来拿花米粑　　　　　哪个来有伴

你来要花米粑　　　　　　你来也有伴

裤腿粘两坨　　　　　　　哪个来有郎

粘呀粘乎乎　　　　　　　你来也有郎

来到雾霭岭　　　　　　　哪个来有娥

来到雾岚岭　　　　　　　你来也有娥

你扔你好走　　　　　　　你朋你伴相携来

你抛你得过　　　　　　　你郎你娥相搀来

你匆匆迈过　　　　　　　帮你抬龙米粑

你急急走过　　　　　　　帮你扛龙米粑

　　　　　　　　　　　　抬来到雾霭坡

　　　　　　　　　　　　这才来扔雾霭

① 龙米粑：与以下"花米粑"是对糍粑的美称。此处到打糍粑的素祭仪式，阿孟称之"揽嘎娘"，开路师在簸箕上把糯米饭捣揉成糍粑，分别捏成九坨，三坨放棺樿前部，三坨放棺樿中间，三坨放棺樿后部。

扛来到雾岚岭

这才来掷雾岚

你拿三坨扔往前头

雾霭雾霭受不住

雾霭雾霭过得久

阿路阿沟明晰晰

你得赴赴过前头

你拿三坨扔回后头

来分你子你媳你子你孙

来分到制布匠来裁衣师

蒸冥饭婆及祭鸡司

分到打纸钱匠与制纸伞师

他撮一千锉

他削一百铣来抡一百锤

分到他们喇叭匠与打锣师

煮饭来做菜

上肉来斟酒

摆席来呀置碗筷

跑堂及跑动

分到七大魂与七高魄

七种龙谷魂七种花米魂

捆鸡来系鸭

拴狗来缚猪

分到金银管财师

木匠和牛司

分回放入兜

分回放在袋

分到天河与阴河

肉林与酒泉

分剩放在你儿房

分剩留在你儿屋

好来拿你儿你媳

你子你孙

他们去居干燥屋

去住暖和家

做官显赫

致富发达

二十四、花山、花岭（边不、边里）

鸡来到花山

你也来到花山

鸡来到花岭

你也来到花岭

魑魅魍魉来说道

我们看花山你再走

我们看花岭你再行

那是魑魅魍魉来哄

那是魑魅魍魉来骗[①]

不是花山

不是花岭

你看风来风吹去

---

① 六堡赵通金认为，魑魅魍魉在此再也没有跟随亡人前去。

吹过对郎对娥耳根去　　　　　你要花苞已得多
来吹花苞花蕾①来盛开　　　　你得花蕾已得够
你看风来风拂去　　　　　　　鸡匆匆迈过
吹过对郎对娥耳郭去　　　　　你跟匆匆迈过
来吹花蓓花蕾来盛开　　　　　鸡急急走过
你折花苞衬头缨　　　　　　　你随急急走过
你摘花蕾映头帕

二十五、大山、大岭（嘎边嘎炳领）

鸡来到嘎边嘎炳领　　　　　　没抓你心慌
你也来到嘎边嘎炳领　　　　　示意你来瞧
嘎边嘎炳领　　　　　　　　　父母拢地拢乡住闹热
没留你意乱　　　　　　　　　我们七爸七爷回去得
指点你来看　　　　　　　　　你孤身独体回不动
父母委腿屈膝坐舒坦　　　　　鸡匆匆迈过
我们七爸七爷回去得　　　　　你跟匆匆迈过
你孤身独体回不成　　　　　　鸡急急走过
嘎边嘎炳领　　　　　　　　　你随急急走过

二十六、喂鸡坪、喂鸭岭（解也盖、解也夏）

鸡来到喂鸡坪　　　　　　　　哪个是富家崽
你也来到喂鸡坪　　　　　　　你本是富家崽
鸡来到喂鸭岭　　　　　　　　哪个有石臼
你也来到喂鸭岭　　　　　　　你来有石臼
哪个是官家儿　　　　　　　　喂鸡喂鸭在石臼
你本是官家儿　　　　　　　　谷粒米粒响喊喊

214

————————————————————————————
①花苞花蕾：花苞被绿色萼片包裹，内部含有花蕾（蓓蕾）；花蕾则是花苞
　内部的花卉器官，俗称花骨朵，其更加饱满且颜色鲜艳。花苞保护花蕾并
　调节开花时间，花蕾则负责吸引传粉昆虫完成授粉。

这鸡这鸭啄欢快
哪个有木槽
你来有木槽
喂鸡喂鸭在木槽
谷粒米粒爆呀呀
这鸡这鸭啄吧呷
来看你朋你友没石臼
喂鸡喂鸭在泥地
谷粒米粒粘下腭
粘土粘泥裹严实

这鸡这鸭啄不脱
来你郎你娥没木槽
喂鸡喂鸭在土坪
谷粒米粒粘下巴
粘土粘泥贴牢实
这鸡这鸭啄不动
喂鸡你已喂了
喂鸭你已喂了
求鸡你好走
求鸭你好行

215

二十七、甩裙坡、甩袂岭（解拦吨、解拦哀）

鸡来到甩裙坡
你也来到甩裙坡
鸡来到甩袂岭
你也来到甩袂岭
哪个是官家儿
你本是官家儿
哪个是富家崽
你本是富家崽
哪个有石凹
你来有石凹
甩裙甩袂石凹
这裙这袂响喊喊
哪个有木权
你来有木权

甩裙甩袂木权
这裙这袂紧压压
你朋你友没石凹
甩裙甩袂在泥地
这裙这袂粘泥屑
粘泥粘屑粘严实
你郎你娥没木权
甩裙甩袂在土坪
这裙这袂粘泥垢
粘泥粘屑粘吧呷
甩裙你已甩了
甩袂你已甩毕
求裙你好去
求袂你好走

第五章　指路词

二十八、射牌①坡、射箭坡（解帮片、解帮拼）

鸡来到射牌坡 　　　　你射三箭去三方

你也来到射牌坡 　　　本中个包波纠西②

鸡来到射箭坡 　　　　本中个耶波纠罗

你也来到射箭坡 　　　你射三箭去三处

哪个是官家儿 　　　　本中个包波纠西

你本是官家儿 　　　　本中个耶波纠机

哪个是富家崽 　　　　你射牌已满

你本是富家崽 　　　　你射箭已足

哪个有牌 　　　　　　求牌你再去

你本来有牌 　　　　　求箭你再过

哪个有箭 　　　　　　鸡匆匆迈过

你本来有箭 　　　　　你急急走过

二十九、匮石峡、倒石谷（则义匮、则义倒）

鸡来到匮石峡 　　　　鸡来到倒石谷

你也来到匮石峡 　　　你也来到倒石谷

---

① 射牌：阿孟语直译为射碑，实为"射背牌"，以"孟"自称民族举行的"射背牌"仪式，以女子背牌服饰为所射对象，喻意两个相爱的人，因父母之命不能成婚，射此衣作为信物，待死后将背牌陪葬，作为阴间相认的信物，阳间不能成对，到阴间可结婚姻，即"结阴亲"。现花溪高坡苗族还沿袭这一习俗。在黄平县革家人中，也有"帮侬冲"（僙语，译意为"射发达鸟"）的仪式，"冲"是"始祖"之意，它是"哈冲"（祭祖）活动的第二环节，即"此冲"（革语，译意为请祖鼓）之后，在祭台挂上一幅酷似人的"发达鸟"画，三名射箭手每人射三箭。射中口部位，表示将来僙家子孙后代有求学上进、能言善辩之旺象；射中乳部，表示有吃有穿，有发财发富旺象；射中生殖器部位，表示多子多福，有兴旺发达之象。三个部位均射中者，表示全族将大吉大利。从指路仪式及上下文语意看，射牌、射箭是希望荣华富贵的喻意。

② 包波纠西：阿孟母语，包波纠西、耶波纠罗、耶波纠机，具体名字意义不详，应与射发达鸟仪式相似。

哪个是官家儿　　　　　带跟跄来过匮石峡

你本是官家儿　　　　　领蹒跚来过倒石谷

哪个是富家崽　　　　　你看孤儿寡女没有双布鞋

你本是富家崽　　　　　匮石峡割脚腿

哪个来有双布鞋　　　　你看孤儿寡女没有对筒靴

你来有双布鞋　　　　　匮石峡割脚踝

哪个来有对筒靴　　　　你匆匆迈过

你来有对筒靴　　　　　你急急走过

三十、清水河、浑水河

1.清水河、浑水河（赵祥　　　　他们老人有银鞋①

章版）　　　　　　　　　当壳②及伙伴

（瓮霍凌、瓮霍冬）　　　买得金船及龙舟

　　　　　　　　　　　　请得老网③来撑船

鸡来到清水河　　　　　雇得老越来拉龙

你也来到清水河　　　　伙伴来接你再去

鸡来到浑水河　　　　　朋友来接你再去

你也来到浑水河　　　　伴郎来接你再去

你听我觋公　　　　　　伴娘来接你再去

你听我师公　　　　　　你听我觋公

我送你真言　　　　　　你听我师公

我给你实话　　　　　　我送你真言

你去你不要急去　　　　我给你实话

你等你爸和你妈　　　　那是他们老人来到了

祖公与祖太　　　　　　你看三船悠悠来三方

列祖及列宗　　　　　　那你选中间方

---

① 银鞋：阿孟语直译，应为马蹄银，元宝的一种形状。

② 当壳：阿孟语音译，当壳、当丧、解葛、解究等可译为伙伴、朋友、伴郎、
　　伴娘。又一说是放在棺前的纸伞，即持伞撑船来接亡人。

③ 老网：与下述的老越，为掌渡人的老者称呼。

你看三船凌凌来三路

那你选中间路

你骄傲本骄傲

你立马上船头

舒适坐在船中央

老越老网睡安然

你自大本自大

你立刻上舟头

惬意坐在船中央

老越老网睡坦然

你跟老越老网撑去前面

瘟神馋诌奸佞去得久

你想跟老越老网撑去前头

癫瘅痢癫瘤疮去得早

你跟老越老网撑去后面

来分你子你媳你儿你孙

来分宗族大魂高魂

洞魂乡魂

十二种龙谷穗

十二种花谷穗

先去捆水牛缚黄牛

再去系鸡系鸭

三去系狗绑猪

水酒肉席

膘壮的祭牛

它角不乱丢

它蹄不乱弃

来分在田来分在地

来你门脚

来分你兄弟家

得来放门前

你子你媳你儿你孙拿来放后面

兴肉在肉市

兴酒在酒行

养水牛来拉犁

养黄牛来驮耙

养狗来守家

养猪来放栏

养鸡来爬满坡

养鸭来游满水

养女来住楼

养姑来住阁

发牛来犒亲

宰猪多多来嫁女

来成原住老祖太

来成本地老祖公

做官来耀门楣

为富来发家

2.幽水河、阴水河（赵通金版）

（瓮霍凌、瓮霍冬）

鸡来到幽水河

你也来到幽水河

鸡来到阴水河

你也来到阴水河

哪个是官家儿

你本是官家儿

哪个是富家崽

你本是富家崽

哪个来有双布鞋

你本有双布鞋

哪个来有对筒靴

你本有对筒靴

哪个来有娥

你来也有娥

哪个来有郎

你来也有郎

哪个来有朋

你来也有朋

哪个来有伴

你来也有伴

你去你不要急去

慢等你爸和你妈

列祖及列宗

法事做给你

嘎须来给你

他们拿钱办

他们用钱请

买得金船

购得龙舟

雇得老网

请得老越

老网来撑船

老越来划舟

那时你爸和你妈

祖公与祖太

熙攘又热闹

伙伴来接你

朋友来接你

在远你伸手

在近你伸脚

这才来到幽水河

这才来汇阴水河

你看三船悠悠来三方

买得中间船

你看三舟凌凌来三路

购得中间舟

他们老人才带你来上船

你立即上船头

悠然坐船中央

老越老网睡安然

你立刻上舟头

惬意坐在船中央

老越老网睡坦然

你跟老越老网撑去前面

瘟神馋谄奸佞去得久

你想跟老越老网撑去前头

癞痨痢癫瘤疮去得早

你跟老越老网撑去后面

来分你子你媳你儿你孙

来分你子你媳你子你孙①

来分到制布匠来裁衣师

蒸冥饭婆及祭鸡司

分到打纸钱匠与制纸伞师

他撮一千锉

他削一百铣来抢一百锤

分到他们喇叭匠与打锣师

煮饭来做菜

上肉来斟酒

摆席来呀置碗筷

跑堂及跑动

分到七大魂与七高魄

七种龙谷魂七种花米魂

---

① 唱到这一节，让孝家来烧香纸，点三柱香，一张纸一张纸地烧。

捆鸡来系鸭

拴狗来缚猪

分到金银管财师

木匠和牛司

分回放入兜

分回放在袋

分到天河与阴河

肉林与酒泉

分剩放在你儿房

分剩留在你儿屋

好来拿你儿你媳

你子你孙

他们去居干燥屋

去住暖和家

来住杀牛来娶亲

杀猪来嫁女

来坐养儿本长

来坐养女本成

养水牛来拉犁

养黄牛来驼耙

养鸡来爬满坡

养鸭来游满水

养狗来守家

养猪来放栏

做肉来本香

做酒来本甜

杀牛来犒亲

宰猪来嫁女

来成原住老祖太

来成本地老祖公

来坐三岔路

来洗铜脸盆

得金帽来戴

得银饰来穿

三十一、幽谷、深山（逼者、逼翁）

鸡来到幽谷

你也来到幽谷

鸡来到深山

你也来到深山

你去幽谷达深山

解绑腿带①来展裙看

那是绑带缨

你去深山连幽谷

解绑腿带来展裙看

那是围腰扣

绑带已看够

围腰已看足

求绑带你好走

求围腰你好过

---

① 绑腿带：旧时走山路，长途跋涉都要缠绑腿带，与下面所说的裙、围腰等，
　一般用亚麻布制作，靛染以花椒等纹，绑腿带和头巾两头以坠须缨丝为装
　饰，而襦裙、围腰衔接处以布缠结成纽扣。

三十二、梳妆坪、妆扮坳（解吨逼、解晓坳）

鸡来到梳妆坪　　　　　　（女）前胸花谷花围腰

你也来到梳妆坪　　　　　　后背红裙红袂红艳艳

鸡来到妆扮坳　　　　　　（男）前胸花谷靛青青

你也来到妆扮坳　　　　　　后背腰垂须袍棉

这是平地坦坦憩息处　　　　理褶裙已妥

也是平地宽宽妆扮处　　　　系围腰已成

来捆裙袂成七手　　　　　　求褶裙你好过

紧胸束腰叠七层　　　　　　求围腰你好走

三十三、官根地、富源坪①（逼勾、逼江）

鸡来到官根地　　　　　　有钱达长手

你跟鸡来到官根地　　　　有力达后路

你至官衙署　　　　　　　去拿马蹄银

道宽坦坦下寨门　　　　　去拿马蹄锭

官衙赳赳是荣贵根②　　　买得官来当

鸡来到富源坪　　　　　　修得富来享

你随鸡来到富源坪　　　　来等你祖公祖太

你至富裕户　　　　　　　来等你严父慈母

路宽敞敞下寨门　　　　　伙伴来接你

地平泱泱是华富源　　　　朋友来接你

你去你不要急去　　　　　在远你伸手

慢等你儿你媳　　　　　　在近你伸脚

你子你孙　　　　　　　　接你去跳祖宗堂

---

① 此为赵通金版，六堡其他版无。这一节接上节，亡人整装打扮好后，来到
　此求官求富，相当于到某官某富的庙宇和供灵处祭拜，祈求荣华富贵。故
　把"逼勾、逼江"译为"官根地、富源坪"。下一节就去跳舞欢娱，随后
　上天官。

② 此处叫孝家烧香纸，以求富贵。

接你去跳祖宗坪

三十四、祖宗堂、祖宗坪

鸡来到祖宗堂

你跟鸡来到祖宗堂

鸡来到祖宗坪

你随鸡来到祖宗坪

这才牵你来跳祖宗堂

拉你来跳祖宗坪

你跳三手来三方

你背来合胸

你胸来映背

互拉互牵手

又牵各自褶裙摆

你跳三手来三面

你背来合胸

你胸来映背

互牵互相和

又牵各自围腰缨

你跳三天三晚成不成

舞郎舞女脱衣裙满胸

优舞找优舞

你跳三天三晚完不完

舞郎舞女解围腰满胯

善舞寻善舞

那时舞郎来传颂

舞女来传名

个个都来传美名

传颂你的名字满地方

个个都来扬好名

赞扬你的名字满场坝

他们跟祖宗去吃孝饭①

踉踉跄跄棱院栏

每人得一坨

蹒蹒跚跚下寨口

那时汉人回他乡

浪人转他方

他们跟舞郎换银镯

跟舞女换银戒

月堂生野蕨

月坪生地耳②

只剩两男修荨麻草

两女理蝎子草

哪个骄本骄

你本骄又骄

哪个傲本傲

你本傲又傲

你转身坦然来射祖宗牌

你转头安然来射祖宗箭③

① 孝饭：用糯米饭做成的饭团。

② 地耳：真菌与藻类结合的一种共生植物，学名称"普通念珠藻"，别名有
地木耳、地皮菜、天仙菜等。

③ 祖宗箭：阿孟东家人与革家人的中堂神龛左侧都挂有桃柳木做成的弓和箭。
除了辟邪功能，还有喻示祖宗护佑、子孙发达富贵之义。

你射七个呆耶耶① 烂袂烂裙烂糟糟
烂裙不烂袂 射祖牌已够
烂裙烂袂烂稀稀 你射祖箭已足
你射七个呆耶耶 求祖牌你再去
烂袂不烂裙 求祖箭你再走

三十五、上天宫

鸡来到天涯　　　　　　　鸡急急过
你跟鸡来到天涯　　　　　你也匆匆过
鸡来到天边
你随鸡来到天边　　　　　鸡来到天平坝
鸡来到七朵亮云　　　　　你跟鸡来到天平坝
你跟鸡来到七朵亮云　　　鸡来到天平原
鸡来到七朵乌云　　　　　你随鸡来到天平原
你随鸡来到七朵乌云　　　哦这是昔日父母大坝垦田处
鸡来到青天　　　　　　　平坝筑塘处
你跟鸡来到青天　　　　　你过匆匆行
鸡来到青天　　　　　　　你本不乱听
你随鸡来到青天　　　　　你过急急走
鸡来到昙天　　　　　　　你本不乱看
你跟鸡来到昙天
鸡来到太阳沟　　　　　　鸡来到阎王老师的天阙
你随鸡来到太阳沟　　　　你跟鸡来到阎王老师的天阙
鸡来到月亮路　　　　　　鸡来到阎王老师的天街
你跟鸡来到月亮路　　　　你跟鸡来到阎王老师的天街
鸡来到天丘陵　　　　　　鸡急急过
你随鸡来到天丘陵　　　　你也急急过
鸡来到天高原　　　　　　鸡匆匆过
你跟鸡来到天高原　　　　你也匆匆过

① 呆耶耶：未知其义。赵通金版有两处射箭，一处在射牌射箭坡，一处在此。

你随鸡来到界帮

鸡来到关口

你跟鸡来到关口

鸡来到关杀

你跟鸡来到关杀

哦这是咱七爸

也是咱七爷

咱带七把龙谷穗

咱拿给你指沟

咱送你真言

咱拿七抱花谷穗

咱拿给你指路

咱送你实话

这是咱阿孟衣

这是咱东苗裙

只怕以前父母有冲翁[1]

先前父母有冲娃

这才有关口

这才有关杀

你过匆匆走

你本不乱听

你过急急行

你本不乱看

鸡来到界降

你跟鸡来到界降

鸡来到界帮

鸡急急过

你也急急过

鸡匆匆过

你也匆匆过

鸡来到九岔街

你跟鸡来到九岔街

鸡来到九丫巷

你随鸡来到九丫巷

听咱真言

咱带七把龙谷穗

咱拿给你指沟

咱送你真言

听咱实话

咱拿七抱花谷穗

咱拿给你指路

咱送你实话

不要走上街

只怕阎王老师

判你去当水牛

判你去当黄牛

判你去当狗

判你去当猪

判你去当鸡

判你去当鸭

不要去下街

---

[1] 冲翁冲娃：阿孟母语，一种民间鬼巫仪式，即给怀胎四五个月左右的妇女打替身，保胎，封存胎气，不让鬼怪来侵扰胎儿，防止流产。关口和关杀就是防鬼怪侵扰的临界、关卡。说词汉孟杂译为：龙米谷来到莫宾／门旦去到莫省／九个他不说／十个他不讲／去讲包冲翁／去说耶冲娃／包娃蛾／耶娃娃／包嘎且／耶嘎党。

只怕阎王老师

批你去变虾

批你去变鸟

批你去变鱼

批你去变蟒蚱

批你去变青蛙

你走那直街

大街直直通阎殿

你过匆匆走

你本不乱听

你过急急行

你本不乱看

鸡来到阎王老师三十三屯金
楼梯

你跟鸡来到阎王老师三十三屯

金楼梯

鸡来到阎王老师三十三屯银
楼梯

你跟鸡来到阎王老师三十三屯
银楼梯

鸡来到阎王老师大殿门

你随鸡来到阎王老师大殿门

鸡来到阎王老师大堂门

你随鸡来到阎王老师大堂门

鸡将士没得祖应诺①

鸡将士守大门

不让鸡将士进

鸡兵士没得祖许诺

鸡兵士守腰门

不让鸡兵士入

三十六、葱园、麻园②（文嘎、文达）

哪个骄本骄

你本骄又骄

哪个傲本傲

你本傲又傲

你跑吧嗒去看葱园

你跑吧嗒去看麻园

看到咱七爸

见到咱七爷

咱的葱园绿到根

咱的麻园乌到尖

看到你的魂

见到你的魄

看遍葱园

看完麻园

---

① 据多版本考证，亡人经鸡的引领到此停留，鸡不允许到阎王殿大堂见阎王，
只能在大门前守卫。估计是没有得到祖宗的允许，恐冒犯阎王天威，泄漏
天机。待亡人会见完阎王后，出大殿才会合返回。

② 上到阎王殿之前去看生前的葱园麻园虾池鱼塘都是冥间幻象，让亡人认清
死亡现实，不再留恋人世间，了心了意去会见阎王。

来问杨先生   了意廖寂寂

来问李发生①   了心得两颗

这才来告诉你   了意得两个

你的葱园枯去早 了心到掌心

你的麻园死去久 了意到脚底

了心灰茫茫

三十七、虾池、鱼塘（邦勾、邦机）

哪个骄本骄   看完鱼塘

你本骄又骄   来问杨先生

哪个傲本傲   来问钓井关

你本傲又傲   这才来告诉你

你跑吧嗒去看虾池 你的虾池枯去早

你跑吧嗒去看鱼塘 你的鱼塘干去久

看到咱七爸   了心灰茫茫

见到咱七爷   了意廖寂寂

咱的虾池绿茵茵   了心得两颗

咱的鱼塘蓝幽幽   了意得两个

看到你的魄   了心到掌心

见到你的魂   了意到脚底

看遍虾池

三十八、水塘、血塘（乌瓮、乌恤）

哪个骄本骄   你跑吧嗒去看血塘

你本骄又骄   看到咱七爸

哪个傲本傲   见到咱七爷

你本傲又傲   咱的水塘满汪汪

你跑吧嗒去看水塘 咱的血塘乌溜溜

① 赵通金版本为杨义清和李书清。

看到你的魄　　　　　你的血塘干去久

见到你的魂　　　　　了心灰茫茫

看遍水塘　　　　　　了意廖寂寂

看完血塘　　　　　　了心得两颗

来问杨先生　　　　　了意得两个

来问血盆关　　　　　了心到掌心

这才来告诉你　　　　了意到脚底

你的水塘枯去早

三十九、添寿竹、扶禄马（秧、禄马）

哪个骄本骄　　　　　看完你的禄马

你本骄又骄　　　　　来问杨先生

哪个傲本傲　　　　　来问马牌子

你本傲又傲　　　　　这才来告诉你

你跑吧嗒去看添寿竹①　你的寿竹倒下早

你跑吧嗒去看扶禄马　　你的禄马倒下久

看到咱七爸　　　　　了心灰茫茫

见到咱七爷　　　　　了意廖寂寂

咱的寿竹绿到根　　　　了心得两颗

咱的禄马乌到尖　　　　了意得两个

看到你的魄　　　　　了心到掌心

见到你的魂　　　　　了意到脚底

看完你的寿竹

---

① 添寿竹：阿孟母语称挂扶禄马木牌的竹子为"秧"。扶禄马是民间祈禳科仪，禄为养命之源，马为扶身之本，每遇老人生病，认为患者命犯"马倒禄"需添富添贵添爵禄，赐福赐寿赐康宁，名曰"接寿""添寿""添粮"。添寿者要穿长寿衣帽，全寨人带米为其添寿，在一小块长方形木板上画一匹马，用红布缝一个三角形小包袱，里装米与银元，作为"禄马"。最后把这些挂在一根金竹上，放置在中堂一侧。《指路经》唱到此，可问主人家，如亡人有就唱，没有就跳过此节。

四十、纸房、纸牌（机单、机牌）

哪个骄本骄
你本骄又骄
哪个傲本傲
你本傲又傲
你跑吧嗒去看纸房
你跑吧嗒去看纸牌
看到咱七爸
见到咱七爷
咱的纸房好端端
咱的纸牌立正正
看到你的魄
见到你的魂
看遍纸房

看完纸牌
来问杨先生
来问李书清
这才来告诉你
你的纸房垮去早
你的纸牌塌去久
了心灰茫茫
了意廖寂寂
了心得两颗
了意得两个
了心到掌心
了意到脚底

四十一、名册、字卷（鸡媚、鸡边）

哪个骄本骄
你本骄又骄
哪个傲本傲
你本傲又傲
你跑吧嗒去看名册
你跑吧嗒去看字卷
看到咱七爸
见到咱七爷
咱名在册明朗朗
咱字在卷明显显
阎王划不去

大人勾不脱
看到你的魄
见到你的魂
看遍名册
看完字卷
来问杨先生
来问卷先生①
这才来告诉你
你的名册划去早
你的字卷勾去久
了心灰茫茫

① 赵祥章版为李布书。

了意廖寂寂　　　　　　　了心到掌心

了心得两颗　　　　　　　了意到脚底

了意得两个

四十二、会阎王

你来到阎王老师的大殿　　　你泰然会阎王

你来到阎王老师的大堂　　　你自若见老师

听咱真言　　　　　　　　　你说话说不停

咱带七把龙谷穗　　　　　　你讲理又讲理

咱拿给你指沟　　　　　　　你说了三回

咱送你真言　　　　　　　　你讲了三遍

听咱实话

咱拿七抱花谷穗　　　　　　那时阎王老师才来问你

咱拿给你指路　　　　　　　只怕你来你为桑田来

咱送你实话　　　　　　　　你为塘坝来

你匆匆上殿会阎王　　　　　你为土地来

你急急上堂见老师　　　　　你为柴木来

你看一个穿鞋不露趾　　　　你为山林来

扬头昂昂不蓬髯　　　　　　你为月坪来

你看一个耳朵似扇子　　　　你为跳塘来

鼻子像喇叭　　　　　　　　你为大秤一小斗

穿鞋一尺二　　　　　　　　那时你得受教

正襟危坐堂中间　　　　　　我来不为桑田来

这个就是阎王　　　　　　　不为塘坝来

威严端坐殿中央　　　　　　不为土地来

这个就是老师①　　　　　　不为柴木来

　　　　　　　　　　　　　不为山林来

你胆大本大　　　　　　　　不为月坪来

你胆壮本壮　　　　　　　　不为跳塘来

①老师：阿孟东家人对阎王的别称。

不为大秤一小斗　　　　　下面有钱来上贡
绝气才来　　　　　　　　你骑马赳赳下
没命才来　　　　　　　　坐轿昂昂上
这是我来求官　　　　　　骑马有人牵
这是我来求富　　　　　　坐轿有人抬
那时阎王答复　　　　　　你得官喜洋洋
商量又商量　　　　　　　你得富笑咪咪
理论又理论　　　　　　　你这才跟阎王老师去盖章
商量得三天　　　　　　　这才去盖印
理论得三晚　　　　　　　那时咱七爸
商量得结论　　　　　　　那时咱七爷
理论得结果　　　　　　　这才跟阎王老师说
你来不为桑田来　　　　　这才跟大人讲
不为塘坝来　　　　　　　我们七个大魂和高魂
不为土地来　　　　　　　你回去管三地
不为柴木来　　　　　　　回去管三方
不为山林来　　　　　　　回去管三户
不为月坪来　　　　　　　回去管三家
不为跳塘来　　　　　　　回去管咱妻
不为大秤一小斗　　　　　回去管咱儿
啊这才来吩咐你　　　　　咱去居后面
来居村中央　　　　　　　养女本长大
来管市中心　　　　　　　养姑本长寿
这才来买田遍坝子　　　　养水牛来满坡
买塘遍平地　　　　　　　养黄牛来满坝
买得大田开不动　　　　　养狗本在扉
要得大寨打不开　　　　　养猪本在栏
下面买到云南省　　　　　煎肉本是香
上面买至北京城　　　　　酿酒本是甜
上面你管十万马　　　　　咱来住后头
下面你管十万兵　　　　　杀牛来接亲
上面有田来享用　　　　　宰猪来嫁女

来住本成老祖太　　　　来洗铜脸盆

来住本成老祖公　　　　得官帽来戴

来住三街巷　　　　　　得富地来领

四十三、回程

现在只有你一人　　　　回到阎王老师三十三屯银楼楼

你了心跟阎王老师去纳喜　回到九岔街

这才去奉揖①　　　　　　回到九丫巷

你才起身哧溜堂中央　　　回到界降

七爸七爷大魂高魂回急急　回到界帮

你才起身呼溜殿中间　　　回到关口

七爸七爷大魂高魂回匆匆　回到关杀

　　　　　　　　　　　回到天阙

回到阎王老师大门楼　　　回到天街

回聚阎王老师大门牌　　　回到天平坝

来见公鸡勇士父与母②　　回到天平原

它们转急急　　　　　　　回到天丘陵

你跟回匆匆　　　　　　　回到天高原

他们返急急　　　　　　　回到太阳沟

鸡也回匆匆　　　　　　　回到月亮路

七爸七爷大魂高魂回悠悠　回到青天

回到阎王老师三十三屯金楼梯　回到昙天

四十四、抄近路

哦咱带七把龙谷穗　　　　咱拿七抱花谷穗

咱拿给你指沟　　　　　　咱拿给你指路

咱送你真言　　　　　　　咱送你实话

――――――――――

① 奉揖：作揖；拱手为礼。

② 对鸡的美称，此前鸡没随亡人进阎王殿，只能在此等待。

刚才咱来咱走大路	现在咱回咱走小路
大路是弓路①	小路是弦路

四十五、下至地面

咱回到天边	瓦屋七爿
回到天涯	你本骄又骄
回到冷冲	来捡尿片和褴褛
回到冰岭	来诉嗑嗑呀嗑嗑
回到黄牛坝	来捡尿片褴褛急乎乎
回到水牛坪②	尿片褴褛系腰襟
回到村口	紧胸紧腰紧严严
回到寨口	你本傲又傲
回到长寨	来捡裙带和腰带
回到大门楼	来谈嗡嗡呀嗡嗡
回到田坝	裙带腰带捆腰围
回到院坝	紧胸紧腰紧实实
你抬头来看	得尿片褴褛已足
你立耳来听	得裙带腰带已够③
九户不去	坐下来吃午饭
十家不入	慢慢去会祖太
你径直进入你儿你媳家	坐下来吃热饭
瓦房七间	慢慢去见祖公④

东家人史诗《开路经》

---

① 弓路：以弓弦比喻，弓路是弯路，弦路是直路。回程这条路为小路，为直道的捷径。来时的路是大路，因山林中的魑魅魍魉蛊惑，走的是弯路，充满曲折艰险。回程经阎王指点，求得富贵，沿路不再有魑魅魍魉，为尽快返回中堂神龛，七爸七爷指了近路。

② 妇女到此，不是去夫家，而是要到娘家去找出生时的尿片与月带。

③ 女性在此说的是月经带。

④ 此时开路师们也坐下来吃宵夜，然后给亡人也点支烟，给些许饭菜酒食，休息一会儿便重新引领亡人去会祖太祖公。

四十六、重起卧室

鸡梳妆急急去会祖太

你跟鸡梳妆急急去会祖太

鸡梳妆匆匆去见祖公

你跟鸡梳妆匆匆去见祖公

鸡急急去丢它栏

你去你弃你卧室

鸡急急去丢它窝

你去你弃你房屋

鸡急急起窝

你起你家

鸡急急火塘

你跟鸡急急到厢房

鸡急急重门

你跟鸡急急到火塘

你家七尊火塘菩萨

七尊土地府君

他们来问

你妆扮不紧俏

妆扮不像走亲妆

你打扮不合身

打扮不似走戚样

你家镇宅土地

地脉龙神

他们问

你妆扮急急去哪儿

你打扮急急去哪里

你也诚心来受教

你们做得耳心没

你们做好眼瞳没

你家七尊火塘菩萨

七尊土地府君

他们说

白天不见你守门

晚上不见你在家

我们做不成耳

我们做不成眼[1]

了心放你去会祖太

了意放你去会祖公

了心灰茫茫

了意廖寂寂

了心到掌心

了意到脚底

了心得两颗

了意得两个

这是猜查义

也是猜查娅

---

[1] 耳、眼：人去世后，灵魂处于游荡状态，即失魂落魄，漂泊无依，易被山野的魑魅魍魉蛊惑，成为孤魂野鬼，故经招魂、摆古等系列仪式后，知道自己民族历史、了解民族文化，明了自己的身世，由觋公给鸡的法力，制得耳和眼，引领亡魂能仔细听见、看见，进而去看生前的一切、辨认真假，认清阳间阴间事实，沿祖宗迁徙路，认祖归宗。

四十七、重起家门

鸡梳妆急急到中堂
你梳妆急急到重门
鸡来到大门
你来到堂屋
来遇你家镇宅土地
地脉龙神
他们来问
你妆扮不紧俏
妆扮不像走亲妆
你打扮不合身
打扮不似走戚样
你家镇宅土地
地脉龙神
他们问

你们做得耳心没
你们做好眼瞳没
白天不见你守门
晚上不见你在家
我们做不成耳
我们做不成眼
了心放你去会祖太
了意放你去会祖公
了心灰茫茫
了意廖寂寂
了心到掌心
了意到脚底
了心得两颗
了意得两个

四十八、分司魂魄

这里你去你不急去
分司你三魂你再去
分管你七魄你再走
分司到大魂
分司到大魄
来居住香火
来守年岁和月季
日期和节日
白天不让鬼来闻
晚上不让怪来淆①

鬼来掩耳又闭眼
新月得月供
末月得月祭
吃得过坡
吃得过岭
年岁和节日
来有你儿和你媳
你子和你孙
做肉来给你
酿酒来给你

① 淆：不让鬼怪来混淆迷惑家神祖魂。

做菜做饭来给你
你来闻得肉气和饭气
菜气和酒气
香烛气和纸钱气
来跟大魂居
来跟大魄住
分司到二魂
分司到二魄
去成双来成对
有父来有母
有妻来有儿
有兄弟来有姊妹
有田来有地
有山来有笋
有林来有材
上面得达南京回
下面得至北京返
得田两千顷
得塘两万方
得田开不动
得塘开不脱
得官喜洋洋
得富笑嘻嘻
来得地种粮
来得坝吃水
来得二魂后
来得二魄毕
分司到三魂
分司到七魄
好来居住坟茔和坟墓

来有你儿和你媳
你子和你孙
来等清明和祭日
这才烧香做挂纸
做肉来给你
拿酒来送你
做菜来给你
拿饭来送你
来嗅菜气和饭气
肉气和酒气
香烛气和纸钱气
白天有阿枭阿魁①管你水
夜晚有地脉龙神招呼茶
你坐安然吃
你坐坦然拿
来分三魂后
来分七魄毕
你去你不急去
去要裙带你再去
去要腰带你再走
你本骄又骄
来捡绑带和裙带
来诉嗑嗑呀嗑嗑
来捡绑带裙带急乎乎
绑带裙带系腰襟
你本傲又傲
来捡系带和腰带
来谈嗡嗡呀嗡嗡
系带腰带捆腰围
得绑带裙带已足

---

① 阿枭阿魁：阿孟母语为"逗枭逗魁"，是白天侍奉死者的神。

得系带腰带已够
了结你的生平和艰辛
让你玩乐得玩耍
引郎来娱女
放水牛来牧黄牛
打猎来捕兽

抓虾来捞鱼
捉虫来网鸟
了结你瓦房七间
瓦屋七爿
得绑带裙带已完
得系带腰带已毕

四十九、重到高门、大门

鸡梳妆急急到田坝
你梳妆急急到大门
鸡梳妆急急到院坝
你梳妆急急到高门
来遇你家大门神
来遇你家二门神
左边门神康太保
右边门神李将军
来看你
你妆扮不紧俏
你打扮不合身
妆扮不像走亲妆
打扮不似走戚样
你家大门神
你家二门神

他们问
你们做得耳心没
你们做好眼瞳没
白天不见你守门
晚上不见你在家
我们做不成耳
我们做不成眼
了心放你去会祖太
了意放你去会祖公
了心灰茫茫
了意廖寂寂
了心到掌心
了意到脚底
了心得两颗
了意得两个

五十、重到大门楼、长寨

鸡梳妆急急到大门楼
你梳妆急急到大门楼
鸡来到长寨
你也来到长寨
来遇你七尊司油府君

七尊司盐灶王
他们来看你
你妆扮不紧俏
妆扮不像走亲妆
你打扮不合身

打扮不似走戚样

七尊司油府君

七尊司盐灶王

他们问

你们做得耳心没

你们做好眼瞳没

白天不见你守门

晚上不见你在家

我们做不成耳

我们做不成眼

了心放你去会祖太

了意放你去会祖公

了心灰茫茫

了意廖寂寂

了心到掌心

了意到脚底

了心得两颗

了意得两个

五十一、重到寨口、村口

鸡梳妆急急到寨口

你梳妆急急到寨口

鸡打扮急急来到村口

你也打扮急急来到村口

来遇你七尊土地菩萨守寨口

来遇七尊福德正神护村口

我们有胆守一寨

我们有识护一村

他们来看你

你妆扮不紧俏

妆扮不像走亲妆

你打扮不合身

打扮不似走戚样

七尊土地菩萨守寨口

七尊福德正神护村口

他们问

你们做得耳心没

你们做好眼瞳没

白天不见你守门

晚上不见你在家

我们做不成耳

我们做不成眼

了心放你去会祖太

了意放你去会祖公

了心灰茫茫

了意廖寂寂

了心到掌心

了意到脚底

了心得两颗

了意得两个

五十二、认祖归宗

鸡匆匆来到水牛坡

你也匆匆来到水牛坡

鸡急急来到黄牛坝

你也急急来到黄牛坝

你听我觋公　　　　　　　曾祖公和曾祖太

你闻我师公　　　　　　　他们老人有蹄马银

我送你真言　　　　　　　朋友及伙伴

你来你不乱来　　　　　　伙伴来接你再去

你回你不乱回　　　　　　朋友来接你再去

这有你儿和你媳　　　　　伴郎来接你再去

你子和你孙　　　　　　　伴娘来接你再去

有钱搭长手　　　　　　　你听我觋公

有力达后路　　　　　　　你听我师公

养得公鸡得三年　　　　　现在他们老人来到了

育得公鸡得三岁　　　　　伴郎来接你

银梳和银簪　　　　　　　伴娘来接你

铜盆和铝盆　　　　　　　伙伴来接你

请到觋公　　　　　　　　朋友来接你

请到师公　　　　　　　　接你放墓穴

龙米谷请你再来　　　　　接你入坟窟

花米谷请你再来　　　　　你去一年又一岁

你去你不急去　　　　　　再有你子你孙留你名

来等你儿和你媳　　　　　你去一年又一岁

你子和你孙　　　　　　　你有名字也会忘

有钱搭长手　　　　　　　你子你孙失你名

有力达后路　　　　　　　你去一季又一季

再拿蹄马银　　　　　　　你睡坦然杉木板

再拿蹄马锭　　　　　　　乌泥乌土来染你

买得宅基地　　　　　　　乌泥染你乌沉沉

买得屋基地　　　　　　　你去一月又一月

建得瓦房七间　　　　　　你睡坦然柏木板

修得泥房七爿　　　　　　乌泥乌土来浸你

才来居住在那儿　　　　　乌土浸你乌黑黑

才来居住在那里　　　　　等到一月间

你去你不急去　　　　　　待到二月间

来等你祖公和祖太　　　　跛脚老太来吼声

你翻身翻不动　　　　　　才拿你的鸡来敬

你侧体侧不成　　　　　　你父你母鸡来祭

放手来细看　　　　　　　那时包恰来讲过

放脚来细闻　　　　　　　包恰来许过

手腕像枯笋　　　　　　　修田筑塘来要鸡

脚腿似干椿　　　　　　　垦地伐木也要鸡

那时你知是你失①　　　　开山辟林也要鸡

你知是你忘　　　　　　　解口角谗言也要鸡

你知是你丢　　　　　　　陪亲陪客也要鸡

你知是你死　　　　　　　讲理说情也要鸡

等到三月间　　　　　　　开亲结拜也要鸡

待到四月间　　　　　　　走亲串戚也要鸡

布谷鸟咕咕枝头鸣　　　　指路指沟也要鸡

黄牛水牛哞哞满坪叫　　　那时包恰来讲过

你在寂寂呀寂寂　　　　　包恰来许过

你在寂寂守村口　　　　　别人会生呀生一个

那时大爷老叔　　　　　　你妈不会生呀生一群

个个真心全意做农活　　　别人会生呀生一人

只有你个人不知做农活　　你妈不会生呀生九人

待到四月间　　　　　　　你生得多又多

等到五月间　　　　　　　你生得旺又旺

杜鹃咕咕枝头鸣　　　　　你大也不大

黄牛水牛哞哞满坝叫　　　你大并不大

你在寂寂呀寂寂　　　　　你肉不满碗

你在寂寂守寨口　　　　　你汤不满钵

那时大爷老叔　　　　　　不想你肉吃

个个真心实意做农桑　　　不想你汤喝

只有你个人不知做农桑　　不怪我觋公

才拿你的鸡来叫　　　　　不怪我师公

你父你母鸡来鸣　　　　　不怪我垂涎

_____

① 失：失踪，即死亡的委婉说法。以下"忘""丢"同。

不怪我嘴馋　　　　　　　　鸡急急跟你去转世

拿你指沟本不错　　　　　　你放手坦然来接鸡三年

拿你指路本不冤　　　　　　你去三千年

你去投胎　　　　　　　　　你放手安然来接鸡三岁

鸡匆匆跟你去投胎　　　　　你去三万轮[1]

你去转世

第二版　指路词（隆昌版[2]）

噢你儿你媳有钱搭长手　　　拿来请我觋公

有力达后路　　　　　　　　拿来请我师公

割得七抱七把龙谷穗　　　　我拿来开你的沟

割得七抱七把花谷穗　　　　我拿来指你的路哦

一、中堂、香火

鸡妆扮在鸡笼　　　　　　　你看你家祖公和祖太

你打扮在厢房　　　　　　　高祖和远祖

鸡妆扮成　　　　　　　　　中堂土地

你也打扮成　　　　　　　　他们说

鸡妆扮好　　　　　　　　　你妆扮急急不好看

你也打扮好　　　　　　　　你怎去走亲

鸡走前面你也跟　　　　　　你打扮急急不漂亮

鸡走前头你也随　　　　　　你怎去走戚

鸡到中堂　　　　　　　　　你说

你也到中堂　　　　　　　　只因你俩老

鸡到香火　　　　　　　　　不与我作陪

你也到香火　　　　　　　　我妆扮急急

---

① 最后以鸡摔死在棺木上，《指路词》唱毕。

② 隆昌版高国兴、王德忠、王永书等演述，内容丰富，自成体系，路线清晰，叙述生动。

我要跟魑魅魍魉去看我的粮库　　　　我要跟魑魅魍魉去看我的谷仓

只因你俩老　　　　　　　　　　你俩老来为官威威

不与我做伴　　　　　　　　　　致富发发

我打扮急急

二、火塘、厨灶

鸡妆扮在鸡笼　　　　　　　　　　他们说

你打扮在厢房　　　　　　　　　　你妆扮急急不好看

鸡化妆在鸡灶　　　　　　　　　　你怎去走亲

你打扮在厨灶　　　　　　　　　　你打扮急急不漂亮

鸡妆扮成　　　　　　　　　　你怎去走戚

你也打扮成　　　　　　　　　　你说

鸡妆扮好　　　　　　　　　　只因你俩老

你也打扮好　　　　　　　　　　不与我作陪

鸡走前面你也跟　　　　　　　　　　我妆扮急急

鸡走前头你也随　　　　　　　　　　我要跟魑魅魍魉去看我的龙马

鸡到火塘　　　　　　　　　　只因你俩老

你也到火塘　　　　　　　　　　不与我作陪

鸡到厨灶　　　　　　　　　　我打扮急急

你也到厨灶　　　　　　　　　　我要跟魑魅魍魉去看我的龙驹

你听你家七尊火塘菩萨　　　　　　　你俩老来为官威威

五尊灶王府君　　　　　　　　　　致富发发

三、大门、门前

鸡妆扮在鸡笼　　　　　　　　　　鸡妆扮好

你打扮在厢房　　　　　　　　　　你也打扮好

鸡化妆在鸡灶　　　　　　　　　　鸡走前面你也跟

你打扮在厨灶　　　　　　　　　　鸡走前头你也随

鸡妆扮成　　　　　　　　　　鸡来到大门

你也打扮成　　　　　　　　　　你随鸡来到大门

鸡来到门前
你随鸡来到门前
你听你家左门神右门神
秦叔宝尉迟恭
他们说
你妆扮急急不好看
你怎去走亲
你打扮急急不漂亮
你怎去走戚
你说

只因你俩老
不与我作陪
我妆扮急急
我要跟魑魅魍魉去看我的纸房
只因你俩老
不与我作陪
我打扮急急
我要跟魑魅魍魉去看我的纸屋
你俩老来为官威威
致富发发

四、屋檐、檐滴水

鸡妆扮在鸡笼
你打扮在厢房
鸡化妆在鸡灶
你打扮在厨灶
鸡妆扮成
你也打扮成
鸡妆扮好
你也打扮好
鸡走前面你也跟
鸡走前头你也随
鸡到屋檐
你也到屋檐
鸡来到檐滴水
你随鸡来到檐滴水
你听你屋檐檐滴水
它们说

你妆扮急急不好看
你怎去走亲
你打扮急急不漂亮
你怎去走戚
你说
只因你俩老
不与我作陪
我妆扮急急
我要跟魑魅魍魉去看我的葱园
只因你俩老
不与我作陪
我打扮急急
我要跟魑魅魍魉去看我的麻园
你俩老来为官威威
致富发发

五、门楼口、寨口

鸡妆扮在鸡笼
你打扮在厢房
鸡化妆在鸡灶
你打扮在厨灶
鸡妆扮成
你也打扮成
鸡妆扮好
你也打扮好
鸡走前面你也跟
鸡走前头你也随
鸡到门楼口
你也到门楼口
鸡到寨口
你也到寨口
你听你家厚德土地
他们说

你妆扮急急不好看
你怎去走亲
你打扮急急不漂亮
你怎去走戚
你说
只因你俩老
不与我作陪
我妆扮急急
我要跟魑魅魍魉去看我的鱼塘
只因你俩老
不与我作陪
我打扮急急
我要跟魑魅魍魉去看我的鱼池
你俩老来为官威威
致富发发

六、凉水井、泉水井

鸡走前面你也跟
鸡走前头你也随
鸡到凉水井
你也到凉水井
鸡到泉水井
你也泉水井
魑魅魍魉不好心
哄你喝寨脚水
魑魅魍魉不好意
骗你喝屋脚水

你不要听魑魅魍魉哄
你不要听魑魅魍魉骗
你听我觋公
你听我师公
我来告诉你真实言
我来告知你诚心话
你喝凉水井
它不回沟
你喝泉水井
它不回路

你喝不喝多

你喝不喝足

你喝三口我为你来度

度你唢呐声与擂钹声

哭声与哀声

死手到烂手

度你千样瘟万种病

度你去住天四边山六棱

你儿你媳好耳呀喊也不听

好眼呀来看也不见

才让你儿你媳为官来威威

致富发发

你喝三口之后

我为你来分你儿你媳的

九脉成大魂

十脉成高魂

菜魂和饭魂

肉魂和酒魂

拿来住干燥屋

拿来住暖和家

七、柏冲、麻冲

鸡走前面你也跟

鸡走前头你也随

鸡到柏冲

你也到柏冲

鸡到麻冲

你也到麻冲

魑魅魍魉不好心

哄你来看刮柏你再去

魑魅魍魉不好意

骗你来看刮麻你再去

你不要听魑魅魍魉哄

你不要听魑魅魍魉骗

你听我觋公

你听我师公

我来告诉你真实言

我来告知你诚心话

那个也是刮你的生骨

那个也是刮你的干骨

八、牛场、马坝

鸡走前面你也跟

鸡走前头你也随

鸡到牛场

你也到牛场

鸡到马坝

你也到马坝

你跟娃娃来挖窑

你跟崽崽来射箭

你捏不捏多

你捏不捏死

你捏三手在前面

我为你来度

度你唢呐声与擂钹声

哭声与哀声

死手到烂手　　　　　　　你捏三手之后
度你千样瘟万种病　　　　我为你来分你儿你媳的
度你去住天四边山六棱　　九脉成大魂
你儿你媳好耳呀喊也不听　十脉成高魂
好眼呀来看也不见　　　　菜魂和饭魂
才让你儿你媳　　　　　　肉魂和酒魂
为官来威威　　　　　　　拿来住干燥屋
发富旺旺　　　　　　　　拿来住暖和家

九、黄泥坡、烂泥坡

鸡走前面你也跟　　　　　你听我师公
鸡走前头你也随　　　　　我来告诉你真实言
鸡到黄泥坡　　　　　　　我来告知你诚心话
你也黄泥坡　　　　　　　那个也是大爷老叔来包你的
鸡到烂泥坡　　　　　　　高坟
你也到烂泥坡　　　　　　那个也是大爷老叔来建你的
魑魅魍魉不好心　　　　　新坟
哄你来看黄泥你再去　　　了心到手掌
魑魅魍魉不好意　　　　　了意到脚板
骗你来看烂泥你再去　　　掩耳你再走
你不要听魑魅魍魉哄　　　遮眼你再去
你不要听魑魅魍魉骗　　　迈步急急前头去
你听我觋公

十、五岔沟、五岔路

鸡走前面你也跟　　　　　你也到五岔路
鸡走前头你也随　　　　　你也是官家儿
鸡到五岔沟　　　　　　　你也是富家崽
你也到五岔沟　　　　　　你也有女友
鸡到五岔路　　　　　　　你也有男友

有女友在五岔沟等你　　　　　你调一个手镯也是男友
有男友在五岔路等你　　　　　贫家女也是女
你调一块腰帕也是女友　　　　穷家男也是男
你换一块腰带也是男友　　　　互牵相伴你走过五岔沟去
你换一个顶针也是女友　　　　互牵相伴你走过五岔路

十一、旱芭茅冲、水茅草冲

鸡走前面你也跟　　　　　　　你听我觋公
鸡走前头你也随　　　　　　　你听我师公
鸡到旱芭茅冲　　　　　　　　我来告诉你真实言
你也到旱芭茅冲　　　　　　　我来告知你诚心话
鸡到水茅草冲　　　　　　　　那也是你儿你媳来戴你的孝布
你也到水茅草冲　　　　　　　那也是你儿你媳来戴你的孝花
魅魍魉不好心　　　　　　　　了心到手掌
哄你来看芭茅花你再去　　　　了意到脚板
魍魅魍魉不好意　　　　　　　掩耳你再走
骗你来看茅草花你再去　　　　遮眼你再去
你不要听魍魅魍魉哄　　　　　迈步急急前头去
你不要听魍魅魍魉骗

十二、青蒿冲、艾蒿冲

鸡走前面你也跟　　　　　　　骗你来看艾蒿你再去
鸡走前头你也随　　　　　　　你不要听魍魅魍魉哄
鸡到青蒿冲　　　　　　　　　你不要听魍魅魍魉骗
你也到青蒿冲　　　　　　　　你听我觋公
鸡到艾蒿冲　　　　　　　　　你听我师公
你也到艾蒿冲　　　　　　　　我来告诉你真实言
魍魅魍魉不好心　　　　　　　我来告知你诚心话
哄你来看青蒿你再去　　　　　那个也是你亲家你伙计来戴你
魍魅魍魉不好意　　　　　　　的孝衣

那个也是你亲家你伙计来戴你
的孝服

了心到手掌

了意到脚板

掩耳你再走

遮眼你再去

迈步急急前头去

十三、杉树冲、杉木冲

鸡走前面你也跟

鸡走前头你也随

鸡到杉树冲

你也到杉树冲

鸡到杉木冲

你也到杉木冲

魑魅魍魉不好心

哄你来看杉树棺盖你再去

魑魅魍魉不好意

骗你来看杉木棺底你再去

你不要听魑魅魍魉哄

你不要听魑魅魍魉骗

你听我觋公

你听我师公

我来告诉你真实言

我来告知你诚心话

那也是大爷老叔那你来装棺

那也是大爷老叔那你来入殓

那你的头来抵棺头

那你的脚来顶棺底

了心到手掌

了意到脚板

掩耳你再走

遮眼你再去

迈步急急前头去

十四、柴桧冲、柴鱼冲

鸡走前面你也跟

鸡走前头你也随

鸡到柴桧冲

你也到柴桧冲

鸡到柴鱼冲

你也到柴鱼冲

魑魅魍魉不好心

哄你来看柴桧你再去

魑魅魍魉不好意

骗你来看柴鱼你再去

你不要听魑魅魍魉哄

你不要听魑魅魍魉骗

你听我觋公

你听我师公

我来告诉你真实言

我来告知你诚心话

那也是大爷老叔的守柴冲

那也是大爷老叔的护林场

了心到手掌 遮眼你再去

了意到脚板 迈步急急前头

掩耳你再走

十五、椿象坡、五香虫坡

鸡走前面你也跟 你听我师公

鸡走前头你也随 我来告诉你真实言

鸡到椿象坡 我来告知你诚心话

你也到椿象坡 那个也是你儿你媳来哭你的

鸡到五香虫坡 泪水

你也到五香虫坡 那个也是你儿你媳来哭你的

魑魅魍魉不好心 眼水

哄你来看椿象你再去 了心到手掌

魑魅魍魉不好意 了意到脚板

骗你来看五香虫你再去 掩耳你再走

你不要听魑魅魍魉哄 遮眼你再去

你不要听魑魅魍魉骗 迈步匆匆前头去

你听我觋公

十六、蟒蛇坡、毛虫坡

鸡走前面你也跟 哦你走过蟒蛇坡

鸡走前头你也随 你走过毛虫坡

鸡到蟒蛇坡 这有七爸七爷送

你也到蟒蛇坡 这有我觋公我师公

鸡到毛虫坡 我们脚步生风踏龙米谷

你也到毛虫坡 急急走过

你也是官家儿 我们脚步响亮踏花米谷

你也是富家崽 匆匆走过

你也有双布鞋 你回头来看

你也有双筒靴 你转头来瞧

这有一个孤寡女　　　　　走过蟒蛇坡

这有一个鳏寡男　　　　　他拿灰来扬

他也没有一双布鞋　　　　走过毛虫坡

他也没有一双筒靴　　　　了心到手掌

蟒蛇乌肚乌溜溜　　　　　了意到脚板

毛虫红嘴红通通　　　　　掩耳你再走

他哭满泪流　　　　　　　遮眼你再去

他哭满脸淌　　　　　　　迈步急急前头去

他拿灰来撒

十七、山神林、水仙潭

鸡走前面你也跟　　　　　它们笑哈哈呀满山岭

鸡走前头你也随　　　　　笑哈哈呀应山谷

鸡到山神林　　　　　　　山神呀你也看了

你也到山神林　　　　　　水仙呀你也看过

鸡到水仙潭　　　　　　　了心到手掌

你也到水仙潭　　　　　　了意到脚板

山神来住在半山岭　　　　掩耳你再走

水仙来住在半山谷　　　　遮眼你再去

山神来水仙的卵蛋　　　　迈步急急前头去

十八、母猪疯坡、羊角疯坡

鸡走前面你也跟　　　　　你也是官家儿

鸡走前头你也随　　　　　你也是富家崽

鸡到母猪疯坡　　　　　　你也有双布鞋

你也到母猪疯坡　　　　　你也有双筒靴

鸡到羊角疯坡　　　　　　哦你过母猪疯坡去

你也到羊角疯坡　　　　　你过羊角疯坡去

他拉屎来如桶　　　　　　这有七爸七爷送

撒尿来如盆　　　　　　　这有我觋公我师公

我们脚步生风踏龙米谷　　　　　他哭满脸淌
急急走过　　　　　　　　　　　他拿灰来撒
我们脚步响亮踏花米谷　　　　　走过母猪疯坡
匆匆走过　　　　　　　　　　　他拿灰来扬
你回头来看　　　　　　　　　　走过羊角疯坡
你转头来瞧　　　　　　　　　　了心到手板
这有一个孤寡女　　　　　　　　了意到脚板
这有一个鳏寡男　　　　　　　　掩耳你再走
他也没有一双布鞋　　　　　　　遮眼你再去
他也没有一双筒靴　　　　　　　迈步急急前头去
他哭满泪流

十九、冰山、雪岭

鸡走前面你也跟　　　　　　　　我们脚步响亮踏花米谷
鸡走前头你也随　　　　　　　　匆匆走过
鸡到冰山　　　　　　　　　　　你回头来看
你也到冰山　　　　　　　　　　你转头来瞧
鸡到雪岭　　　　　　　　　　　这有一个孤寡女
你也到雪岭　　　　　　　　　　这有一个鳏寡男
你也是官家儿　　　　　　　　　他也没有一双布鞋
你也是富家崽　　　　　　　　　他也没有一双筒靴
你也有双布鞋　　　　　　　　　冰凌豁他的脚腕
你也有双筒靴　　　　　　　　　冰角划他的脚踝
哦你走过冰山　　　　　　　　　了心到手掌
你走过雪岭　　　　　　　　　　了意到脚板
这有七爸七爷送　　　　　　　　掩耳你再走
这有我觋公我师公　　　　　　　遮眼你再去
我们脚步生风踏龙米谷　　　　　迈步急急前头去
急急走过

二十、花坡、芽坡

鸡走前面你也跟　　　　鲜花你看完

鸡走前头你也随　　　　嫩芽你看完

鸡到花坡　　　　　　　了心到手掌

你也到花坡　　　　　　了意到脚板

鸡到芽坡　　　　　　　掩耳你再走

你也到芽坡　　　　　　遮眼你再去

你看花你再去　　　　　迈步急急前头去

你看芽你再去

二十一、喂鸡岭、喂鸟坪

鸡走前面你也跟　　　　你扭头来看

鸡走前头你也随　　　　这有一个孤寡女

鸡到到喂鸡岭　　　　　这有一个鳏寡男

你也到到喂鸡岭　　　　他喂在地上

鸡到喂鸟坪　　　　　　细谷细米粘砂石

你也到喂鸟坪　　　　　他喂在泥巴

你也是官家儿　　　　　他鸡他鸟也不来

你也是富家崽　　　　　他哭满泪流

你也有双布鞋　　　　　他哭满脸淌

你也有双筒靴　　　　　了心到手掌

你喂在木碗　　　　　　了意到脚板

你鸡你鸟它也来　　　　掩耳你再走

你喂在石碗　　　　　　遮眼你再去

它吃得干干又净净　　　迈步匆匆前头去

你回头来看

二十二、斗鸡坡、斗鸟岭

鸡走前面你也跟　　　　　度你去住天四边山六棱
鸡走前头你也随　　　　　你儿你媳好耳呀喊也不听
鸡到斗鸡坡　　　　　　　好眼呀来看也不见
你也到斗鸡坡　　　　　　才让你儿你媳为官来威威
鸡到斗鸟岭　　　　　　　发富来旺旺
你也到斗鸟岭　　　　　　你踢三踢在之后
你啄他不啄多　　　　　　我为你来分你儿你媳的
你踢呀不踢死　　　　　　九脉成大魂
你踢三踢在前面　　　　　十脉成高魂
我为你来度　　　　　　　菜魂和饭魂
度你唢呐声与擂钹声　　　肉魂和酒魂
哭声与哀声　　　　　　　拿来住干燥屋
死手到烂手　　　　　　　拿来住暖和家
度你千样瘟万种病

二十三、甩裙岭、甩袂坳

鸡走前面你也跟　　　　　你回头来看
鸡走前头你也随　　　　　你扭头来看
鸡到甩裙岭　　　　　　　这有一个孤寡女
你也到甩裙岭　　　　　　这有一个鳏寡男
鸡到甩袂坳　　　　　　　他甩裙摆地面
你也到甩袂坳　　　　　　沙土灰尘来落满
你也是官家儿　　　　　　他甩袂扫泥巴
你也是富家崽　　　　　　沙土灰尘来洒满
你甩裙扬石头　　　　　　他哭满泪流
沙土灰尘飘飞飞　　　　　他哭满脸淌
你甩袂洒树枝　　　　　　了心到手掌
沙土灰尘扬洒洒　　　　　了意到脚板

掩耳你再走　　　　　　迈步急急前头去

遮眼你再去

二十四、妆扮岭、打扮坳

鸡走前面你也跟　　　　你穿三件在后面

鸡走前头你也随　　　　齐裙齐袄齐不齐

鸡到到妆扮岭　　　　　齐裙齐袄齐整整

你也到到妆扮岭　　　　棉带来换掉你

鸡到打扮坳　　　　　　孝带来换掉你

你也到打扮坳　　　　　了心到手板

你也是官家儿　　　　　了意到脚板

你也是富家崽　　　　　掩耳你再走

你穿三件有七褶皱　　　遮眼你再去

齐裙齐袄齐不齐　　　　迈步匆匆前头去

齐裙齐袄齐又齐

二十五、云雾岭、雾霭坡

鸡走前面你也跟　　　　你看亡神老人

鸡走前头你也随　　　　擂钹嚓嚓来哄鬼

鸡到云雾岭　　　　　　擂钹嚓嚓来哄怪

你也到云雾岭　　　　　擂钹嚓嚓来下家门外

鸡到雾霭坡　　　　　　擂钹嚓嚓来下寨子口

你也到雾霭坡

二十六、跳屯①坪、跳月②塘

鸡走前面你也跟　　　　　　女跳女到屯坪

鸡走前头你也随　　　　　　男跳男来月塘

鸡到跳屯坪　　　　　　　　再让亡灵神仙来吃午饭

你也到跳屯坪　　　　　　　亡灵神仙来结束跳屯

鸡到跳月塘　　　　　　　　再让亡灵神仙来吃宵夜

你也到跳月塘　　　　　　　亡灵神仙来收尾跳月

你也是官家儿　　　　　　　让屯坪来生"阿蛹"

你也是富家崽　　　　　　　让月塘来生"阿蛆"③

你也有女友　　　　　　　　了心到手板

你也有男友　　　　　　　　了意到脚板

你拉女朋男友来跳屯　　　　掩耳你再走

你拉女朋男友来跳月　　　　遮眼你再去

跳屯得三天　　　　　　　　迈步急急前头去

跳月得三晚

二十七、射箭坡、射背牌坳

鸡走前面你也跟　　　　　　鸡到射背牌坳

鸡走前头你也随　　　　　　你也到射背牌坳

鸡到射箭坡　　　　　　　　你射不射多

你也到射箭坡　　　　　　　你射不射死

---

① 跳屯：原阿孟地区有原住民仫佬族，他们每年农历正月初一至春社期间，在称为"屯上"（今仙鹅村屯上还沿用此地名）的地坪上举行歌舞活动，是未婚男女青年恋爱交际的场所。

② 跳月：每年初春或暮春时月明之夜，苗彝民族未婚的青年男女，聚集称之"塘坡"（阿孟母语发音为"逼塘"，今仙鹅村下院）的地坪上尽情歌舞，叫做"跳月"。相爱者通过这些交际活动，即可结为夫妻。

③ 阿蛹、阿蛆：阿孟东家母语，屯坪、月塘生下的后代，喻意阿孟这种民俗活动生生不息。也暗指男女在跳屯、跳月后找到意中人，生下的"野种"。

你射三箭在前面　　　　　发富旺旺

我为你来度　　　　　　　你射三箭在之后

度你唢呐声与擂钹声　　　我为你来分你儿你媳的

哭声与哀声　　　　　　　九脉成大魂

死手到烂手　　　　　　　十脉成高魂

度你千样瘟万种病　　　　菜魂和饭魂

度你去住天四边山六棱　　肉魂和酒魂

你儿你媳好耳呀喊也不听　拿来住干燥屋

好眼呀来看也不见　　　　拿来住暖和家

才让你儿你媳做官威威

二十八、上游河、下游河

鸡走前面你也跟　　　　　你回头来看

鸡走前头你也随　　　　　你扭头来瞧

晴天你躲在鸡翅　　　　　这有一个孤寡女

下雨你避在鸡尾　　　　　这有一个鳏寡男

鸡到上游河　　　　　　　他也没有列祖船

你也到上游河　　　　　　他也没有列宗船

鸡到下游河　　　　　　　他蹚上游河

你也到下游河　　　　　　河水淹他的腿膝

你也是官家儿　　　　　　他过下游河

你也是富家崽　　　　　　河水没他的腿弯

你也有列祖船　　　　　　他哭满泪流

你也有列宗船　　　　　　他哭满脸淌

列祖列宗扶你来上船　　　他只剩一个顶针环

列祖列宗让你在中间坐踏实　拿来请绕家公

列祖列宗在两边划呀划　　拿来请苗家公

这有七爸七爷送　　　　　搀他来过上游河

这有我觋公我师公　　　　扶他来过下游河

咱跟你坐列祖船　　　　　了心到手掌

咱跟你坐列宗船　　　　　了意到脚板

掩耳你再走　　　　　　　　迈步急急前头去

遮眼你再去

二十九、游方①坡、花园②坪

鸡走前面你也跟　　　　　　云朵飘悠悠

鸡走前头你也随　　　　　　丢田丢土他丢成

鸡到游方坡　　　　　　　　丢娘丢郎你丢不成

你也到游方坡　　　　　　　你玩姑娘你再去

鸡到花园坪　　　　　　　　你玩马郎你再去

你也到花园坪　　　　　　　姑娘你已玩

你也是官家儿　　　　　　　马郎你已耍

你也是富家崽　　　　　　　了心到手掌

你走一个上坝　　　　　　　了意到脚板

你的姑娘伙伴聚热闹　　　　掩耳你再走

你走一个下坝　　　　　　　遮眼你再去

你的姑娘伙伴游欢腾　　　　迈步匆匆前头去

你看天空蓝又青

三十、驱雾坡、赶霭岭

鸡走前面你也跟　　　　　　你也到赶霭岭

鸡走前头你也随　　　　　　你儿你媳有钱搭长手

晴天你躲在鸡翅　　　　　　有力达长路

下雨你避在鸡尾　　　　　　送你七坨龙米粑

鸡到驱雾坡　　　　　　　　送你七坨花米粑

你也到驱雾坡　　　　　　　你拿去驱雾

鸡到赶霭岭　　　　　　　　你拿去赶霭

① 游方：旧称"摇马郎"，是黔东南、黔南苗族青年男女公开的社交和娱乐活动，通过歌舞谈情说爱以成婚姻。

② 花园：此花园为阿孟青年男女约会的山坡平地，俗称"坐花园"或"等郎会"，一般正月二月间青年聚集歌舞，以歌传情，以舞会友，寻找意中人。

你投三坨在前面   你投三坨在后头

它驱雾赶霭驱去远   它驱雾赶霭驱去了

九人也看不见   九人也看不见

十人也看不出   十人也看不出

只见你的阎王沟   只见你的阴间路

三十一、七朵亮色云、七朵乌色云

鸡走前面你也跟   你也到七朵乌色云

鸡走前头你也随   这有我觋公我师公

鸡到七朵亮色云   这有七爸七爷送

你也到七朵亮色云   我们到七朵乌色云去

鸡到七朵乌色云

三十二、青天、里天 ①

鸡走前面你也跟   你也到里天

鸡走前头你也随   这有七爸七爷送

鸡到青天   这有我觋公我师公

你也到青天   我们到里天去了

鸡到里天

三十三、布天、纸天

鸡走前面你也跟   你也到纸天

鸡走前头你也随   这有七爸七爷送

鸡到布天   这有我觋公我师公

你也到布天   我们到纸天去了

鸡到纸天

---

① 里天：阿孟母语直译，意为天宫。

三十四、太阳沟、月亮路

鸡走前面你也跟
鸡走前头你也随
鸡到太阳沟
你也到太阳沟
鸡到月亮路

你也到月亮路
这有七爸七爷送
这有我觋公我师公
我们到月亮路去了

三十五、龙石、兔石①

鸡走前面你也跟
鸡走前头你也随
鸡到龙石
你也到龙石
鸡到兔石

你也到兔石
这有七爸七爷送
这有我觋公我师公
我们到兔石去了

三十六、天门楼脚、天宫门下

鸡走前面你也跟
鸡走前头你也随
鸡到天门楼脚
你也到天门楼脚
鸡到天宫门下

你也到天宫门下
这有七爸七爷送
这有我觋公我师公
我们到天宫门下了

三十七、天门土地、天门土府

鸡走前面你也跟
鸡走前头你也随

鸡到天门土地
你也到天门土地

① 龙石、兔石:"姑居姑吕"中上到月亮的马龙、马兔。人们想象天宫中经过月亮路时看到的山石场景。

鸡到天门土府

你也到天门土府

这有七爸七爷送

这有我觋公我师公

七爸七爷来放下网兜

七爸七爷来放下阴伞

七爸七爷来放下剑刀

七爸七爷来放下猎枪

只剩我觋公师公

带你去会阎王去

去会老师去

三十八、阎王地府、阎王大堂

你去开阎王家的钢门府

你去开阎王家的铁门堂

你去爬阎王家的七级银楼梯

你去爬阎王家的七级金楼梯

你到阎王家的大堂

你到阎王家的堂前

你去见一个穿鞋不露趾

盘发不露耳

他坐着威严在大堂

那一个就是阎王

一个坐着威然在地府

那一个就是阎王他老师①

三十九、爬望山旗

阎王叫你去爬七层望山旗

你爬一层望山旗

你爬二层望山旗

你爬三层望山旗

你爬四层望山旗

你爬五层望山旗

你爬六层望山旗

你爬七层望山旗

你回过头来看

你转过身来瞧

你来哟

你丢你方冷

你来你丢你方荒

你来你丢你家冷

你来你丢你家凉

你来你丢你弟妹

你来你丢你兄姐

了心到手掌

了意到脚板

掩耳你再走

遮眼你再去

迈步急急前头去

---

① 这里并不是指阎王的老师，他即特指，阎王也是老师。

四十、冥仓、冥库

鸡带你去看你的谷仓　　　　　　　他淘沙来埋
鸡带你去看你的粮库①　　　　　　了心到手掌
这有个仓先师仓娘娘　　　　　　　了意到脚板
他也去得久　　　　　　　　　　　掩耳你再走
他也去得早　　　　　　　　　　　遮眼你再去
他弄沙来掩　　　　　　　　　　　迈步急急前头去

四十一、冥马、冥驹

鸡带你去看你的龙马　　　　　　　了心到手掌
鸡带你去看你的龙驹　　　　　　　了意到脚板
这有个马先师马娘娘　　　　　　　掩耳你再走
他弄沙来掩　　　　　　　　　　　遮眼你再去
他淘沙来埋　　　　　　　　　　　迈步急急前头去

四十二、冥房、冥屋

鸡带你去看你的纸房　　　　　　　他搞蠹虫来啃
鸡带你去看你的纸屋　　　　　　　了心到手掌
这有个纸先师纸娘娘　　　　　　　了意到脚板
他也去得久　　　　　　　　　　　掩耳你再走
他也去得早　　　　　　　　　　　遮眼你再去
他弄蛀虫来蛀　　　　　　　　　　迈步急急前头去

① 亡人以为看到的是自己的谷仓和粮库，其实是阴间幻象，但还是按亡者认
　为的来演述，故此处仍用真实场景命名。

四十三、冥葱园、冥麻园

鸡带你去看你的葱园　　　他淘沙来埋
鸡带你去看你的麻园　　　了心到手掌
这有个酒先师酒娘娘　　　了意到脚板
他也去得久　　　　　　　掩耳你再走
他也去得早　　　　　　　遮眼你再去
他弄沙来掩　　　　　　　迈步匆匆前头去

四十四、冥鱼塘、冥鱼池

鸡带你去看你的鱼塘　　　他淘沙来埋
鸡带你去看你的鱼池　　　了心到手掌
这有个鱼先师鱼娘娘　　　了意到脚板
他也去得久　　　　　　　掩耳你再走
他也去得早　　　　　　　遮眼你再去
他弄沙来掩　　　　　　　迈步急急前头去

四十五、下望山旗

鱼塘你已看完　　　　　　粮库你已看遍
鱼池你已看遍　　　　　　你下七层望山旗
葱园你已看完　　　　　　你下到六层望山旗
麻园你已看遍　　　　　　你下到五层望山旗
纸房你已看完　　　　　　你下到四层望山旗
纸屋你已看遍　　　　　　你下到三层望山旗
龙马你已看完　　　　　　你下到二层望山旗
龙驹你已看遍　　　　　　你下到一层望山旗
谷仓你已看完

四十六、阎王送真言

阎王说
恐怕你抢人家妻
抢人家妾
为这你才来
你听我觋公
你听我师公
我来告诉你的真实言
我来告知你的诚心话
你也是官家儿
你也是富家崽
不抢别人妻
不抢别人夫
了气方才来
了脉方才来
阎王勾牌方才来
阎王勾薄方才来

阎王说
恐怕你抢人家儿
抢人家孙
为这你才来
你听我觋公
你听我师公
我来告诉你的真实言
我来告知你的诚心话
你也是官家儿
你也是富家崽
不抢别人儿
不抢别人孙

了气方才来
了脉方才来
阎王勾牌方才来
阎王勾薄方才来

阎王说
恐怕你抢人家菜
抢人家饭
为这你才来
你听我觋公
你听我师公
我来告诉你的真实言
我来告知你的诚心话
你也是官家儿
你也是富家崽
不抢别人菜
不抢别人饭
了气方才来
了脉方才来
阎王勾牌方才来
阎王勾薄方才来

阎王说
恐怕你抢人家银
抢人家钱
为这你才来
你听我觋公
你听我师公
我来告诉你的真实言

我来告知你的诚心话
你也是官家儿
你也是富家崽
不抢别人的银
不抢别人的钱
了气方才来
了脉方才来
阎王勾牌方才来
阎王勾薄方才来

阎王说
恐怕你抢人家的田
抢人家的塘
为这你才来
你听我觋公
你听我师公
我来告诉你的真实言
我来告知你的诚心话
你也是官家儿
你也是富家崽
不抢别人田
不抢别人塘
了气方才来
了脉方才来
阎王勾牌方才来
阎王勾薄方才来

阎王说
恐怕你抢人家土
抢人家柴
为这你才来
你听我觋公

你听我师公
我来告诉你的真实言
我来告知你的诚心话
你也是官家儿
你也是富家崽
不抢别人土
不抢别人柴
了气方才来
了脉方才来
阎王勾牌方才来
阎王勾薄方才来

阎王说
恐怕你抢人家山
抢人家林
为这你才来
你听我觋公
你听我师公
我来告诉你的真实言
我来告知你的诚心话
你也是官家儿
你也是富家崽
不抢别人山
不抢别人林
了气方才来
了脉方才来
阎王勾牌方才来
阎王勾薄方才来

阎王说
恐怕你抢人家牛
抢人家羊

为这你才来

你听我觋公

你听我师公

我来告诉你的真实言

我来告知你的诚心话

你也是官家儿

你也是富家崽

不抢别人牛

不抢别人羊

了气方才来

了脉方才来

阎王勾牌方才来

阎王勾薄方才来

阎王说

恐怕你抢人家狗

抢人家猪

为这你才来

你听我觋公

你听我师公

我来告诉你的真实言

我来告知你的诚心话

你也是官家儿

你也是富家崽

不抢别人狗

不抢别人猪

了气方才来

了脉方才来

阎王勾牌方才来

阎王勾薄方才来

阎王说

恐怕你抢人家鸡

抢人家鸭

为这你才来

你听我觋公

你听我师公

我来告诉你的真实言

我来告知你的诚心话

你也是官家儿

你也是富家崽

不抢别人鸡

不抢别人鸭

了气方才来

了脉方才来

阎王勾牌方才来

阎王勾薄方才来

阎王说

恐怕你抢人家犁

抢人家耙

为这你才来

你听我觋公

你听我师公

我来告诉你的真实言

我来告知你的诚心话

你也是官家儿

你也是富家崽

不抢别人犁

不抢别人耙

了气方才来

了脉方才来

阎王勾牌方才来

阎王勾薄方才来

阎王说

恐怕你抢人家钉耙

抢人家锄镐

为这你才来

你听我觋公

你听我师公

我来告诉你的真实言

我来告知你的诚心话

你也是官家儿

你也是富家崽

不抢别人钉耙

不抢别人锄镐

了气方才来

了脉方才来

阎王勾牌方才来

阎王勾薄方才来

阎王说

恐怕你抢人家镰刀

抢人家柴刀

为这你才来

你听我觋公

你听我师公

我来告诉你的真实言

我来告知你的诚心话

你也是官家儿

你也是富家崽

不抢别人镰刀

不抢别人柴刀

了气方才来

了脉方才来

阎王勾牌方才来

阎王勾薄方才来

阎王说

恐怕你抢人家布

抢人家绢

为这你才来

你听我觋公

你听我师公

我来告诉你的真实言

我来告知你的诚心话

你也是官家儿

你也是富家崽

不抢别人布

不抢别人绢

了气方才来

了脉方才来

阎王勾牌方才来

阎王勾薄方才来

阎王说

恐怕你抢人家针

抢人家线

为这你才来

你听我觋公

你听我师公

我来告诉你的真实言

我来告知你的诚心话

你也是官家儿

你也是富家崽

不抢别人针

不抢别人线

了气方才来　　　　　　　我来告诉你的真实言
了脉方才来　　　　　　　我来告知你的诚心话
阎王勾牌方才来　　　　　你也是官家儿
阎王勾簿方才来　　　　　你也是富家崽
　　　　　　　　　　　　不抢别人戥子秤

阎王说　　　　　　　　　不抢别人大秤
恐怕你抢人家戥子称　　　了气方才来
抢人家大秤　　　　　　　了脉方才来
为这你才来　　　　　　　阎王勾牌方才来
你听我觋公　　　　　　　阎王勾簿方才来
你听我师公

四十七、求阎王

九种你不抢　　　　　　　你跟阎王求饭你再去
百样你不抢　　　　　　　求菜你也求得了
哦你跟阎王求言你再去　　求饭你也求得了
你跟阎王求语你再去
求言你也求得了　　　　　哦你跟阎王求银你再去
求语你也求得了　　　　　你跟阎王求钱你再去
　　　　　　　　　　　　求银你也求得了
哦你跟阎王求妻你再去　　求钱你也求得了
你跟阎王求夫你再去
求妻你也求得了　　　　　哦你跟阎王求田你再去
求夫你也求得了　　　　　你跟阎王求土你再去
　　　　　　　　　　　　求田你也求得了
哦你跟阎王求儿你再去　　求土你也求得了
你跟阎王求孙你再去
求儿你也求得了　　　　　哦你跟阎王求山你再去
求孙你也求得了　　　　　你跟阎王求林你再去
　　　　　　　　　　　　求山你也求得了
哦你跟阎王求菜你再去　　求林你也求得了

哦你跟阎王求牛你再去　　　　哦你跟阎王求布你再去

你跟阎王求羊你再去　　　　　你跟阎王求绢你再去

求牛你也求得了　　　　　　　求布你也求得了

求羊你也求得了　　　　　　　求绢你也求得了

哦你跟阎王求狗你再去　　　　哦你跟阎王求针你再去

你跟阎王求猪你再去　　　　　你跟阎王求线你再去

求狗你也求得了　　　　　　　求针你也求得了

求猪你也求得了　　　　　　　求线你也求得了

哦你跟阎王求鸡你再去　　　　哦你跟阎王求戥子秤你再去

你跟阎王求鸭你再去　　　　　你跟阎王求大秤你再去

求鸡你也求得了　　　　　　　求戥子秤你也求得了

求鸭你也求得了　　　　　　　求大秤你也求得了

四十八、直道返回

九种你求成　　　　　　　　　小路是近路

十样你求得　　　　　　　　　大路是弯路

我们回我们地去　　　　　　　小路是直路

我们回我们方去　　　　　　　鸡呀转过头

我们从大路来　　　　　　　　你也调过头

我们回小路去　　　　　　　　鸡呀转过身

大路是远路　　　　　　　　　你也调过身

四十九、回到天门土地

鸡走前面你也跟　　　　　　　你来遇到你的七爸七爷来送

鸡走前头你也随　　　　　　　七爸七爷来拣网兜

鸡到天门土地　　　　　　　　来持伞来提刀来扛枪

你来到天门土地　　　　　　　我们回到天门土地了

五十、回到天门楼脚、天宫门槛

鸡走前面你也跟
鸡走前头你也随
鸡到天门楼脚
你也到天门楼脚
鸡到天宫门槛

你也到天宫门槛
这有七爸七爷送
这有我觋公我师公
我们回到天宫门槛了

五十一、回到龙石、兔石

鸡走前面你也跟
鸡走前头你也随
鸡到龙石
你也到龙石
鸡到兔石

你也到兔石
这有七爸七爷送
这有我觋公我师公
我们回到兔石了

五十二、回到天边、天涯

鸡走前面你也跟
鸡走前头你也随
鸡到天边
你也到天边
鸡到天涯

你也到天涯
这有七爸七爷送
这有我觋公我师公
我们回到天涯了

五十三、回到奈何桥

鸡走前面你也跟
鸡走前头你也随
鸡到奈何桥
你也到奈何桥
你也是官家儿

你也是富家崽
你也有列祖桥
你也有列宗桥
你看上一条它是蚯蚓路
你看下一条它是蚂蚁路

这有七爸七爷送　　　　　　我们已过奈何桥了
这有我觋公我师公

五十四、回到崇山、峻岭

鸡走前面你也跟　　　　　　你也到峻岭
鸡走前头你也随　　　　　　这有七爸七爷送
鸡到崇山　　　　　　　　　这有我觋公我师公
你也到崇山　　　　　　　　我们回到峻岭了
鸡到峻岭

五十五、回到水牛场、黄牛坝

鸡走前面你也跟　　　　　　你也到黄牛坝
鸡走前头你也随　　　　　　这有七爸七爷送
鸡到水牛场　　　　　　　　这有我觋公我师公
你也到水牛场　　　　　　　我们回到黄牛坝了
鸡到黄牛坝

五十六、卸刀卸枪

是有七爸七爷来放下网兜　　我带你去会你妈去
放下伞放下刀卸下枪　　　　我带你去会你爸去
只剩我觋公　　　　　　　　你爸你妈带你投胎去
只剩我师公　　　　　　　　你爸你妈带你转世去啰

五十七、回到门楼口、寨口

鸡走前面你也跟　　　　　　鸡到寨口
鸡走前头你也随　　　　　　你也到寨口
鸡到门楼口　　　　　　　　这有我觋公我师公
你也到门楼口　　　　　　　我们回到寨子口了

五十八、回到田坝、院坝

鸡走前面你也跟　　　　　鸡到院坝
鸡走前头你也随　　　　　你也到院坝
鸡到田坝　　　　　　　　这有我觋公我师公
你也到田坝　　　　　　　我们回到院坝了

五十九、回到大门、高门

鸡走前面你也跟　　　　　鸡到高门
鸡走前头你也随　　　　　你也到高门
鸡到大门　　　　　　　　这有我觋公我师公
你也到大门　　　　　　　我们回到高门了

六十、回到堂屋、厢房

鸡走前面你也跟　　　　　合心合意合不合
鸡走前头你也随　　　　　合心合意合归一
鸡到堂屋　　　　　　　　你右手来扒拢拢
你也到堂屋　　　　　　　左手来捏紧
鸡到厢房　　　　　　　　合心合意合不合
你也到厢房　　　　　　　合心合意合又合
我看你呀也心很大　　　　裙带你找得
我看你呀也心好狠　　　　月带你找得（女）
你右手来扒拢拢　　　　　腰带你找得（男）
左手来捏紧

六十一、重出大门、高门

东家人史诗《开路经》

鸡掉过头来　　　　　　　鸡转过身来
你也掉过头来　　　　　　你也转过身来

鸡走前面你也跟
鸡走前头你也随
鸡到大门
你也到大门
鸡到高门

你也到高门
这有我觋公我师公
我们到高门了呵

六十二、再过田坝、院坝

鸡走前面你也跟
鸡走前头你也随
鸡到田坝
你也到田坝

鸡到院坝
你也到院坝
这有我觋公我师公
咱到院坝了呵

六十三、再出门楼口、寨子口

鸡走前面你也跟
鸡走前头你也随
晴天你躲在鸡翅
下雨你避在鸡尾
鸡到门楼口

你也到门楼口
鸡到寨子口
你也到寨子口
这有我觋公我师公
咱到寨子口了呵

六十四、后至五岔沟、五岔路

鸡走前面你也跟
鸡走前头你也随
鸡到五岔沟
你也到五岔沟

鸡到五岔路
你也到五岔路
这有我觋公我师公
咱到五岔路了呵

六十五、亡魂归宗

鸡走前面你也跟
鸡走前头你也随

鸡走到你爸的坟墓
你也走到你爸的坟墓

鸡走到你爸的坟冢

你也走到你爸的坟冢

这有我觋公我师公

我们到走到你爸的坟墓了

你钻二层细泥

你钻三层粗土

你钻四层细泥

你钻五层粗土

你钻六层细泥

你钻七层粗土

你去揭你爸的灵

你去揭你爸的盖

你去钻七层粗土

你去钻七层细泥

你钻一层粗土

你去揭你爸的棺

你去揭你爸的椁

你去见你爸的九间房

你去见你爸的九抱屋

六十六、投胎转世

你爸带你去投胎

你爸带你去转世

你爸带你去找一个怨女在踢床

一个痴男在登月①

矛戳不进两手推盾②穿不入两手扳

再分你的三魂和六魄

拿一个去住干燥门和温暖家

拿一个去守你的高坟和新墓

再拿一个去投胎

再拿一个去转世

你看我觋公

你看我师公

脚步踏实踩龙米谷

我转回跟我弟妹去

脚步响亮踩花米谷

我转回跟我兄姐去

你在那时正月间

雷公老虎来高啸

生人活物翻得了身

你翻不了身

你在那时二月天

雷公老虎来猛吼

生人活物翻得了体

你翻不了体

再弄雨下纷纷

再整你的高坟新冢

青草绿茵茵

---

① 踢床：东家语音"提浅"的意译，民间喻示女人性欲旺盛期。登月：是东家语音"及拉"的意译，民间喻示男人在夜晚交媾。

② 矛：喻指男人阳具。盾：喻指女人阴户。

第三版：指路词（仙鹅版 [①]）

吃成中午饭已久   吸烟也吸这么久算了

吃成中午饭已早   坐也坐这么久算了

抽烟也抽这么久算了 休息也休息这么久算了

一、火塘、香火

你看鸡在卧室急急梳妆 梳妆不像梳妆

你跟着鸡在卧室急急梳妆 又不是去走亲

鸡来到火塘边   打扮不像打扮

你随鸡来到火塘边   又不是去走戚

鸡来到香火   怪你们做不出耳来给他

你随鸡来到香火   做不出眼来给他

你遇到五个土地公   让他跟魍魅魍魉去看他的谷仓

你遇到五个土地母   让他跟魍魅魍魉去看他的粮库

这也来问你   他好拿耳来听崽们

那也来问你   拿眼来看看媳们

二、中堂、堂屋

鸡来到中堂   那也来问你

你随鸡来到中堂   梳妆不像梳妆

鸡来到堂屋   不是去走亲

你随鸡来到堂屋   打扮不像打扮

你遇七个土地公   又不是去走戚

你遇七个土地母   开亲不见六戚

这也来问你   只怪你们做不成耳来给他

[①] 仙鹅版因传承问题，流失较为严重，但叙事也自成体系，自成风格，简略却还保持基本的指路路线与认祖归宗旨意，特录于后，以供参考。

只怪你们做不成眼来给他　　　屋去

让他跟魑魅魍魉去看他的纸　　　他好拿耳来听崽们

房去　　　　　　　　　　　　　拿眼来看媳们

让他跟魑魅魍魉去看他的纸

三、大门、高门

鸡来到大门　　　　　　　　　化妆不像化妆

你随鸡来到大门　　　　　　　梳妆不像梳妆

鸡来到高门　　　　　　　　　只怪你们做不成耳来给他

你随鸡来到高门　　　　　　　只怪你们做不成眼来给他

遇两个家门神　　　　　　　　让他去跟魑魅魍魉去看他的山

遇两个屋门神　　　林去

一个红脸将军　　　　　　　　去跟魑魅魍魉去看他的园林去

一个白脸将军　　　　　　　　他好做耳来遮门

这个也问他　　　　　　　　　这才做眼来观屋

那个也问他

四、院门、院坝

鸡来到院门　　　　　　　　　天干你躲鸡翅膀

你随鸡来到院门　　　　　　　下雨你躲鸡尾巴

鸡来到院坝　　　　　　　　　天干不见你影子

你随鸡来到院坝　　　　　　　下雨不见你脚印

五、寨门、寨脚

鸡到寨门　　　　　　　　　　你遇土地婆婆护寨脚

你随鸡到寨门　　　　　　　　左也问你

鸡到寨脚　　　　　　　　　　右也问你

你随鸡到寨脚　　　　　　　　化妆不像化妆

你遇土地公公守寨门　　　　　梳妆不像梳妆

不是去走亲　　　　　　　　　　塘去

只怪你们做不成耳来给他　　　　去跟魑魅魍魉去看他的虾池去

只怪你们做不成眼来给他　　　　他好做耳来遮寨

让他去跟魑魅魍魉去看他的鱼　　做眼来看村

六、七岔沟、七岔路

鸡到七岔沟　　　　　　　　　　只怪你们做不成耳给他

你随鸡来到七岔沟　　　　　　　只怪你们做不成眼给他

鸡到七岔路　　　　　　　　　　让他去跟魑魅魍魉去看他的葱

你随鸡到七岔路　　　　　　　园算了

这也问你　　　　　　　　　　　去跟魑魅魍魉去看他的麻园

那也问你　　　　　　　　　　算了

化妆不像化妆　　　　　　　　　他好做耳来遮地

梳妆不像梳妆　　　　　　　　　做眼来看方

不是去走亲

七、凉水井、泉水井

鸡到凉水井　　　　　　　　　　你喝不喝多

你随鸡来到凉水井　　　　　　　你喝不喝久

鸡来到泉水井　　　　　　　　　你喝三口走前面

你随鸡来到泉水井　　　　　　　魑魅魍魉痢疾过去早

那个不是凉水井　　　　　　　　你喝三口走前头

魑魅魍魉不好心　　　　　　　　魑魅魍魉痢疾过去久

它骗你不信　　　　　　　　　　你喝三口退后面

魑魅魍魉不好意　　　　　　　　要分给你子你媳你子你孙

它哄你不看　　　　　　　　　　分给那些守院坝的爷伯叔侄们

那是屋前水　　　　　　　　　　分给那些帮钱帮米的大爷老

那是屋后水　　　　　叔们

你喝凉井水你再走　　　　　　　分给那些帮忙的大爷老叔们

你喝泉井水你再走　　　　　　　分给那些蒸你糍粑的大妈小

婶们	去居闹市
分给那些打望山钱的老爷们	做官威威
分给那些安葬你的大爷老叔们	为富旺旺啊
分给我们五爷五伯们	保公哦
分我们去住当街	

八、地肤①坡、地麦林

鸡来到地肤坡	他们烧香来送你
你随鸡来到地肤坡	他们烧纸来送你
鸡来到地麦林	了心到掌心
你随鸡来到地麦林	了意到脚底
那个不是地肤坡	你急切切走前面
魑魅魍魉不好心	放耳去听
它骗你不信	放眼去看
那个不是地麦林	你看地肤坡你再走
魑魅魍魉不好意	你看地麦林你再走
它哄你不看	你看地肤开满山
那你子你媳你子你孙	你看地麦林开满冲

九、露水坡、霜冻岭

鸡来到露水坡	那个不是霜冻岭
你跟鸡来到露水坡	魑魅魍魉不好意
鸡来到霜冻岭	它哄你不看
你跟鸡来到霜冻岭	那是你子你媳你子你孙
那里不是露水坡	他们泪满脸
魑魅魍魉不好心	他们哭了心
它骗你不信	你急切切走前面

---

① 地肤：阿孟东家母语称为"嘎细"，汉语别名地麦、落帚、扫帚菜、孔雀松。分枝多而细，具短柔毛，茎基部半木质化，老株可用来作刷把、扫帚。

放耳去听

放眼去看

你看露水坡你再走

你看霜冻岭你再走

你看露水起满坡

你看霜冻起满岭

十、芭茅坡、茅草坳

鸡来到芭茅坡

你随鸡来到芭茅坡

鸡来到茅草坳

你跟鸡来到茅草坳

那里不是芭茅坡

魑魅魍魉不好心

它骗你不信

那个不是茅草坳

魑魅魍魉不好意

它哄你不看

那是你子你媳你子你孙

他们戴你花

他们戴你孝

了心到掌心

了意到脚底

你急切切走前面

放耳去听

放眼去看

你看芭茅坡你再走

你看茅草坳你再走

你看苇花开满坡

你看茅花开满坳

十一、巴狸坡、巴勾①岭

鸡来到巴狸坡

你随鸡来到巴狸坡

鸡来到巴勾岭

你跟鸡来到巴勾岭

那里不是巴狸坡

魑魅魍魉不好心

它骗你不信

那个不是巴勾岭

魑魅魍魉不好意

它哄你不看

那是大爷老叔

那是伯叔兄弟

冲粑槽来送你

冲米槽来给你

你急切切赶前面

放耳听好

放眼看好

你看巴狸坡你再走

---

① 巴狸、巴勾：香狸或麝香，从黄莺版祭粑槽经文看，这些动物与阿孟东家人的粑槽舞有关。

你看巴勾岭你再走　　　　　它笑吟吟来满坡
你看巴狸骑在巴勾的背上　　它笑嘻嘻来满岭

十二、苍蝇林、蚊子林

鸡来到苍蝇林　　　　　　　吹喇叭来送你
你随鸡来到苍蝇林　　　　　敲锣打鼓来给你
鸡来到蚊子林　　　　　　　你急切切赶前面
你跟鸡来到蚊子林　　　　　放耳听好
那里不是苍蝇林　　　　　　放眼看好
魑魅魍魉不好心　　　　　　你看苍蝇林你再走
它骗你不信　　　　　　　　你看蚊子林你再走
那个不是蚊子林　　　　　　你看苍蝇嗡嘤嘤
魑魅魍魉不好意　　　　　　你看蚊子嗡营营
它哄你不看　　　　　　　　你看风吹苍蝇林浙浙响
那是大公小爷　　　　　　　你看风吹蚊子林沙沙响
那是叔伯兄弟

十三、青杠山、青冈林

鸡来到青杠山　　　　　　　那是五友六朋
你随鸡来到青杠山　　　　　他们拿饭来祭你
鸡来到青冈林　　　　　　　他们拿肉来敬你
你跟鸡来到青冈林　　　　　你急切切赶前面
那里不是青杠山　　　　　　放耳听好
魑魅魍魉不好心　　　　　　放眼看好
他骗你不信　　　　　　　　你看青杠山你再走
那个不是青冈林　　　　　　你看青冈林你再走
魑魅魍魉不好意　　　　　　你看风吹青杠叶响沙沙
它叫你不看　　　　　　　　你看风刮青冈叶响唰唰
那是五亲六戚

十四、泡桐林、谷桶林

鸡来到泡桐林　　　　　　那是长兄胞弟
你随鸡来到泡桐林　　　　抬你下谷冲
鸡来到谷桶林　　　　　　抬你上高坡
你跟鸡来到谷桶林　　　　你急切切赶前面
那里不是泡桐林　　　　　放耳听好
魑魅魍魉不好心　　　　　放眼看好
它骗你不信　　　　　　　你看泡桐林你再走
那个不是谷桶林　　　　　你看谷桶林你再走
魑魅魍魉不好意　　　　　你看泡桐林响沙沙
它哄你不看　　　　　　　你看谷桶林哗叽叽
那是大爷小叔

十五、歇凉坪、息气坳

鸡来到歇凉坪　　　　　　放耳听好
你随鸡来到歇凉坪　　　　放眼看好
鸡来到息气坳　　　　　　你看大爷老叔拽青冈棒
你跟鸡来到息气坳　　　　你学大爷老叔拽青冈棒
那里不是歇凉坪　　　　　你看大爷老叔提青冈棍
魑魅魍魉不好心　　　　　你学大爷老叔提青冈棍
它骗你不信　　　　　　　你拿不拿厚
那个不是息气坳　　　　　你拿不拿多
魑魅魍魉不好意　　　　　你拽三手走前面
它哄你不看　　　　　　　魑魅魍魉走得久
那是大爷小叔　　　　　　你拽三手走前头
那是兄弟姊妹　　　　　　魑魅魍魉走得早
挖坑来埋你　　　　　　　你拽三手往后面
挖洞来装你　　　　　　　分给你子你媳你子你孙
你急切切赶前面　　　　　发富来发贵

发子来发孙

十六、深谷、长冲

鸡来到深谷　　　　　　他哄你不看
你随鸡来到深谷　　　　那是大爷老叔
鸡来到长冲　　　　　　兄弟姊妹
你跟鸡来到长冲　　　　挖坑来埋你
那里不是深谷　　　　　挖洞来装你
魑魅魍魉不好心　　　　大爷老叔转回去
他骗你不信　　　　　　剩你一人回不去
那个不是长冲　　　　　你看坟洞冷飕飕
魑魅魍魉不好意　　　　你看石缝冷寂寂

十七、棱泥坡、垮土岭

鸡来到棱泥坡　　　　　兄弟姊妹
你随鸡来到棱泥坡　　　埋成个坟头
鸡来到垮土岭　　　　　埋成个坟冢
你跟鸡来到垮土岭　　　你看前面
那里不是棱泥坡　　　　放耳去听
魑魅魍魉不好心　　　　放眼去看
它骗你不信　　　　　　你看这坡泥巴垮
那个不是垮土岭　　　　不垮黄泥巴
魑魅魍魉不好意　　　　你看这坡泥巴棱
它哄你不看　　　　　　不棱细泥巴
那是大爷老叔

十八、麻塘、麻地

鸡到麻塘　　　　　　　鸡到刮麻地
你随鸡到麻塘　　　　　你随鸡到刮麻地

你看绕家太苗家妇在麻塘　　魑魅魍魉走前面
你跟绕家太苗家妇在麻塘　　你刮三手在前头
你看绕家太苗家妇在刮麻　　魑魅魍魉过去早
你跟绕家太苗家妇刮麻　　你刮三手在后面
你刮不刮厚　　分给你子你媳你子你孙
你刮不刮多　　做官威威
你刮三手在前面　　为富旺旺

十九、七道沟、七岔路

鸡来到七道沟　　有女友牵你手
你随鸡来到七道沟　　拉你来看七道沟
鸡来到七岔路　　牵你来看七岔路
你随鸡来到七岔路　　你过匆匆七道沟
你去你约有男伴　　你过呼呼七岔路
你去你约有女友　　他反脸看
你看一眼上面　　你扭身瞧
男伴女友成群群　　还有一个孤寡女
九人喊九声　　还有一个孤独男
你看一眼下面　　她去她约不到男伴
美男靓女多又多　　他去他约不到女友
九人喊九回　　要她来包灰
你交换围腰带是友　　要他来包烬
你赠送帕头巾是友　　要她把路上的水吸干才走
你捡泥巴去换也是友　　要他把路上的水吸尽才去
你捡石头去换也是友　　她哭得伤心
你捡李子果换也是友　　他哭得失意
你捡桃子果换也是友　　断绝耳听你再去
有男伴拉你脚　　断绝眼看你再走

二十、雾罩坡、雾霭岭

鸡来到雾罩坡　　　　雾罩马上散纷纷
你随鸡来到雾罩坡　　直天直道直杠杠
鸡来到雾霭岭　　　　你去你找到路
你随鸡来到雾霭岭　　你去你有坨糯米团
那时你去你有钱　　　拿去驱雾霭
你去你有谷　　　　　雾霭立即走纷纷
你去你有坨糍粑　　　直天直道直溜溜
拿去攥雾罩　　　　　你去你找到沟

二十一、白雪岩、冰雪岭

鸡来到白雪岩　　　　越过了冰岭
你随鸡来到白雪岩　　你转骨碌看
鸡来到冰雪岭　　　　你返匆匆瞧
你跟鸡来到冰雪岭　　还有一个孤寡女
那里不是白雪岩　　　还有一个孤独男
魑魅魍魉不好心　　　她去她没钱没有米
它骗你不信　　　　　没有双布鞋
那个不是冰雪岭　　　踩在雪山上
魑魅魍魉不好意　　　雪棱得像刀割
它哄你不看　　　　　她哭妈咦妈哟
那是雪山　　　　　　他去没得双水鞋
那是冰岭　　　　　　踩在雪地上
你去你有钱　　　　　冰凌得像刀刮
你去你有米　　　　　他哭妈呀妈呀
你去你有双布鞋　　　断绝耳听你再去
留下脚印明朗朗　　　断绝眼看你再去
你过了雪山

二十二、拐杖坡、拐柱坡

你随鸡来到拐杖坡　　　　他骗你不信

鸡来到拐柱坡　　　　　　那个不是拐柱坡

你随鸡来到拐柱坡　　　　魑魅魍魉不好意

那里不是拐杖坡　　　　　他哄你不看

魑魅魍魉不好心

二十三、蟒蛇坡、毛虫岭

那是蟒蛇坡　　　　　　　他去他没有钱

那是毛虫岭　　　　　　　她去她没有米

蟒蛇大像公羊　　　　　　他去他没布鞋

毛虫壮如公狗　　　　　　他踩蛇虫巨蟒全抬头

看那蟒蛇巨口红彤彤　　　毒虫巨蟒咬脚肚

毛虫身体绿莹莹　　　　　他哭妈呀妈呀

那时你去你有钱　　　　　她去她没双水鞋

你去你有米　　　　　　　他踩蛇虫直伸头

你去有双布鞋　　　　　　千蛇万虫咬脚腕

你踩蛇蚁缩头躲　　　　　她哭唉呀唉呀

你去你有双水筒鞋　　　　断绝耳听你再去

你踩蛇虫缩头忍　　　　　断绝眼看你再去

你过得畅快　　　　　　　还有我们七爸七爷

你急急过了蛇虫山　　　　我们有一年一季的米钱来垫路

你转骨碌看　　　　　　　七爸七爷来带路

你返匆匆瞧　　　　　　　我们过去很通畅

还有一个孤寡女　　　　　有我们七爸七爷来带路

还有一个孤独男　　　　　你过你去很轻松

---

① 此节与上下节迥异，疑有遗漏，待考证。

二十四、喂鸡坪、喂鸟岭

鸡来到喂鸡坪　　　　　　你返匆匆瞧

你随鸡来到喂鸡坪　　　　还有一个孤寡女

鸡来到喂鸟岭　　　　　　还有一个孤独男

你随鸡来到喂鸟岭　　　　他去他没得钱

那时你去你有钱　　　　　她去她没有米

你去你有米　　　　　　　喂饭掺沙子

喂饭掺石子　　　　　　　泥巴混沙子

泥巴混沙子　　　　　　　鸡鸟啄不开

鸡呀鸟呀啄得叫咯咯　　　喂饭掺泥巴

喂饭掺泥巴　　　　　　　沙子混泥巴

石子混泥巴　　　　　　　鸡鸟啄不脱

鸡呀鸟呀吃得响呱呱　　　她哭得伤心

你急急过了喂鸡坪　　　　他哭得失意

忙忙过了喂鸟岭　　　　　断绝耳听你再去

你转骨碌看　　　　　　　断绝眼看你再走

二十五、斗鸡岭、斗鸟坡

鸡来到斗鸡岭　　　　　　魑魅魍魉过前面

你随鸡来到斗鸡岭　　　　你踢三脚在前头

鸡来到斗鸟坡　　　　　　魑魅魍魉过得早

你随鸡来到斗鸟坡　　　　你踢三脚回后面

你咬不咬死　　　　　　　拿分你子你媳你子你孙

你咬不咬多　　　　　　　做官显赫

你咬三口在前面　　　　　为富发达

二十六、梳妆岭、打扮坳

鸡来到梳妆台　　　　　　你随鸡来到梳妆台

鸡来到打扮坳　　　　　你穿七件套七层

你随鸡来到打扮坳　　　你拿一件嚓嚓扫牛粪

你穿不穿厚打扮坳　　　你穿七层套七道

你穿不穿多　　　　　　你拿一件潺潺擦猪粪

二十七、戴花坪、戴花岭

鸡来到戴花坪　　　　　魑魅魍魉过前面

你随鸡来到戴花坪　　　你戴三朵在前头

鸡来到戴花岭　　　　　魑魅魍魉过得早

你随鸡来到戴花岭　　　你戴三朵回后面

你戴不戴厚　　　　　　拿分你子你媳你子你孙

你戴不戴多　　　　　　做官显赫

你戴三朵在前面　　　　为富发达

二十八、马郎坡、跳月坪

鸡来到马郎坡　　　　　嘤嘤月亮出

你随鸡来到马郎坡　　　你吹嘤嘤呀嘤嘤

鸡来到跳月坪　　　　　嘤嘤月亮升

你随鸡来到跳月坪　　　谁的名字都不现

你看谁的手伴舞　　　　特意提你的苦命名

以前老人手伴舞　　　　全寨名字都不念

你看谁的手舞姿　　　　单提你的名字明朗朗

以前老人的手舞姿　　　你挪脚去看会

你说你样样行呀样样会　你动步去会场

你说你玲巧来呀又玲珑　看到中午

你唱歌来配芦笙　　　　女的来分饭

你围舞娘在周围　　　　男的来分糖

你噜起嘴来吹芦笙　　　人人各一份

舞女翩翩起舞随后行　　饭饱糖足任你吃

你吹嘤嘤呀嘤嘤　　　　你看三天成不成

舞郎舞娘返纷纷　　　　你听锣鼓咚咚是哄鬼
你看三晚完不完　　　　现留会场生蕨菜
舞男舞女回程程　　　　现丢会场生茅草
你看芦笙嘤嘤是骗虎

二十九、射箭坡、射牌岭

鸡来到射箭坡　　　　中个喉包太
你随鸡来到射箭坡　　中个喉结公
鸡来到射牌岭　　　　矢一箭去前头
你随鸡来到射牌岭　　中个喉包公
你看谁的手拉弓　　　中个喉包太
以前老人手拉弓　　　你射一箭回后面
你看谁的手射箭　　　发富又发贵
以前老人的手射箭　　发子又发孙
矢一箭去前面

三十、阴凉河、阴水河

鸡来到阴凉河　　　　你转忽略瞧
你随鸡来到阴凉河　　还有一个孤寡女
鸡来到阴水河　　　　还有一个孤独男
你随鸡来到阴水河　　他去他没钱
你去你有米　　　　　她去她没米
你去你有钱　　　　　没钱请羊公
有钱请羊公　　　　　羊公不来渡他的船
羊公来渡你的船　　　没米送卡公
有米送卡公　　　　　卡公不来撑她的舟
卡公来撑你的舟　　　了心才脱袜
你急急过阴凉河　　　了意才脱鞋
你匆匆过阴水河　　　他踩阴凉河
你回骨碌看　　　　　脚腕开麻裂

她淌阴水河　　　　她哭得失意

脚腕开裂口　　　　掩耳你走

他哭得伤心　　　　蒙眼你去

三十一、石龙石蛟、关口关杀

鸡来到石龙　　　　鸡来到关杀

你随鸡来到石龙　　　你随鸡来到关杀

鸡来到石蛟　　　　你过关口你再走

你随鸡来到石蛟　　　你过关杀你再走

鸡来到关口　　　　你过三十六道关

你随鸡来到关口　　　你过七十二道杀

三十二、望乡台、望乡亭

鸡来到望乡台　　　　那是魑魅魍魉不好意

你随鸡来到望乡台　　它骗你不瞧

鸡来到望乡亭　　　　那是你子你媳的

你随鸡来到望乡亭　　你看你子你媳

你上七层七阶望乡台　还在哭你哭得花脸涕流

你上七层七阶望乡亭　哭得两眼水溜溜

你上到上层　　　　大的小叔还在办酒席

你上到顶端　　　　还在办酒桌

你回骨碌看　　　　了心到掌心

你返脸来瞧　　　　了意到脚底

你看你门还好　　　你下七层七阶望乡台

你看你房牢固　　　你下七层七阶望乡亭

那是魑魅魍魉不好心　下到下面

它哄你不看　　　　下到地面

三十三、冥仓、冥库

鸡来到粮仓
你随鸡来到粮仓
鸡来到粮库
你随鸡来到粮库
看粮仓还满突突
看粮库还紧巴巴
魑魅魍魉不好心

它骗你不信
魑魅魍魉不好意
它哄你不看
那是你子你媳你子你孙的
你粮仓早已空
你粮库早已缺

三十四、冥房、冥屋

鸡来到纸房
你随鸡来到纸房
鸡来到纸屋
你随鸡来到纸屋
你看纸房还紧绷绷
你看纸屋还严实实
魑魅魍魉不好心

它骗你不信
魑魅魍魉不好意
它哄你不看
那是你子你媳你子你孙的
你纸房垮去久
你纸屋塌去早

三十五、冥山、冥林

鸡来到山林
你随鸡来到山林
鸡来到莽林
你随鸡来到莽林
你看你的山林还绿茵茵
你看你的莽林还葱郁郁
魑魅魍魉不好心
它骗你不信
魑魅魍魉不好意

它哄你不看
那是你子你媳你子你孙的
你山林早已枯
你莽林早已败
这山枯到那边山
魑魅魍魉争着踩
这冲干到那边冲
魑魅魍魉争着抢

三十六、冥鱼池、冥虾塘

鸡来到鱼池　　　　　　　它骗你不信
你随鸡来到鱼池　　　　　魑魅魍魉不好意
鸡来到虾塘　　　　　　　它哄你不看
你随鸡来到虾塘　　　　　那是你子你媳你子你孙的
你看你鱼池还绿茵茵　　　你鱼池干得早
你年你虾塘还静悄悄　　　你虾塘旱得久
魑魅魍魉不好心

三十七、冥葱园、冥麻园

鸡来到葱园　　　　　　　它骗你不信
你随鸡来到葱园　　　　　魑魅魍魉不好意
鸡来到麻园　　　　　　　它哄你不看
你随鸡来到麻园　　　　　那是你子你媳你子你孙的
你看你葱园还绿茵茵　　　你的葱园干去早
你年你麻园还蓝幽幽　　　你的麻园旱去久
魑魅魍魉不好心

三十八、阎王府、阎王殿

鸡来到阎王府　　　　　　你绕老师三转
你随鸡来到阎王府　　　　你上阎王衣裳兜
鸡来到阎王殿　　　　　　我上老师膝盖头
你随鸡来到阎王殿　　　　你求得父得母你再来
你看个冷身威威是阎王　　得兄得弟你再来
你看个酷面凶凶是老师　　求得妻得子你再来
那个戴银不见耳　　　　　得房得屋你再来
顶冕不见头　　　　　　　得田得土你再来
你转阎王三圈　　　　　　得山得林你再来

得牛得马你再来
得狗得猪你再来
得鸡得鸭你再来

你下阎王衣裳兜
你下老师膝盖头

三十九、返程

鸡转回来
你随鸡转回来
你来我们带你走大路
你转我们带你走小路

大路是远路
小路是近路
大路是弯路
小路是直路

四十、回到七道沟

回到七道沟
鸡回到七道沟
你随鸡回到七道沟
七伯七爹都转回
鸡回到六岔六条路
你随鸡回到六岔六条路
鸡回到五岔道
你随鸡回到五岔道
五爹五伯回匆匆
鸡回到四丫沟

你随鸡回到四丫沟
鸡回到三岔路来
你随鸡回到三岔路来
鸡回到两岔沟来
你随鸡回到两岔沟来
鸡回到一岔路来
你随鸡回到一岔路来
七爸七爷转纷纷
我们来我们齐备
我们去我们齐套

四十一、从望乡台到卧室

鸡回到望乡台
你随鸡回到望乡台
鸡回到望乡亭
你随鸡回到望乡亭
鸡回到关口
你随鸡回到关口

鸡回到关杀
你随鸡回到关杀
鸡回到牛场
你随鸡回到牛场
鸡回到牛坪
你随鸡回到牛坪

鸡回到到田坝

你随鸡回到到田坝

鸡回到院坝

你随鸡回到院坝

鸡进到家

你随鸡进到家

鸡进卧室

你随鸡进卧室

那时你心厚

那时你心狠

你来捡你的尿片

你来捡你的尿片

右手捡来左手放衣兜

装得衣兜胀鼓鼓

左手捡来右手塞衣包

撑得衣包紧绷绷

捡得你的尿片

捡得你的尿片

魑魅魍魉围着你

你呼不来气

全身气胀鼓

撑鼓你肺

绷痛你腹

四十二、回归祖宗

鸡回到火堂

你随鸡回到火堂

鸡回到堂屋

你随鸡到堂屋

鸡到院坝

你随鸡到院坝

你赖缠缠跟祖太

赖乎乎跟祖公

祖太生生不答应

祖公死死不肯允

他又犟着跟祖太

你又犟着跟祖公

那时你的公鸡叫

祖太祖公的母鸡应

你的母鸡叫

祖太祖公的公鸡接

祖太了心点了你一桌

祖公了意办了你一席

点得那桌红通通

办得那席乌溜溜

咱说那桌你不吃

那你席你不用

那桌是你身体腐烂流的水

那席是你身体溃烂淌的浓

你再犟着跟祖太

犟着跟祖公

祖太了心点了你一桌

祖公了意点了你一席

点得那桌白如叶

点得那席滑似鱼

咱说那桌你要吃

那席你要用

你犟着跟祖太

犟着跟祖公

祖太这才了心安排你的住处　　脚似干篱笆

祖公这才了意安顿你的歇处　　住到四月间

住到一月间　　住到五月份

住到二月份　　你听雷公忽咚忽嚓

你抬眼望手　　那时你才清醒

你抬脚望脚　　那时你才翻身

手如干蕨菜

第六章

尾　声

第一节　招阳魂

　　阿孟东家人在出殡时，开路师招阳魂，把主家的宗族按大房至小房顺序理一遍，以及参加葬礼的村民、亲戚朋友的魂魄与亡灵分隔开来，喊回家，以免被亡灵叫去做伴，使活人丢阳魂而犯重伤。

一、招阳魂（综合版）

保公哟

保公哦

你得七十零九轮

你得七十零九岁

青天悠悠挤你头

大地茫茫挤你脚

世人怜得少

魑魅魍魉怜得多

世人爱得少

魑魅魍魉爱得多

鬼来前面你看见

鬼来后面你瞧不见

砍棍在你手

抬"绪"在你脚

一天挤三次

一天挤九次

你忍本不了

你受本不了

你倒跟跄抵着门

你倒趔趄抵着屋

想来害你儿你媳

你子你孙

他们了 一个

他们受一力

他们吹你本不醒

拉你本不起

挎你眼泪满

放你眼泪落

你家那个来疼你

你家大爷老叔来疼你

你家那个来爱你

你家大爷老叔来爱你.

我们抬你到大门

我们送你到院坝

这有我觋公

这有我师爷

我为你来汰你儿你媳

你子你孙

大魂和高魂

谷魂和米魂

猪魂和牛魂

鸡魂和鸭魂

拿来住干燥屋

拿来住暖和家

打卦我为你汰

投符我为你放

顺卦汰来在门

阳卦放来在家

我为你来汰你儿你媳

你子你孙

打卦我为你汰

投符我为你放

顺卦汰来在门

阳卦放来在家

我为你来汰家里大奶小婶

大爷老叔和姑娘小伙

大魂和高魂

菜魂和饭魂

肉魂和酒魂

拿来住干燥屋

拿来住暖和家

打卦我为你汰

投符我为你放

顺卦汰来在门

阳卦放来在家

我为你来汰三亲六戚

亲家伙计

大魂和高魂

菜魂和饭魂

肉魂和酒魂

拿来住干燥屋

拿来住暖和家

打卦我为你汰

投符我为你放

顺卦汰来在门

阳卦放来在家哦

二、招阳魂（六堡新玉头版）

主师用竹签挑猪心绕棺唱喏：

啵吁嘻①

啵吁嘻

啵吁嘻

熙熙得三天②

攘攘得三日

你过七岭来平坝

来到达院坝

再有你儿你媳

你子你孙

了心谁没有

了意谁心甘

来开粮仓底

来掏米缸角

肉熟锅里

饭蒸甑子

---

① 仪式开头起音语，无特殊意义。

② 视死者从去世到出殡做法事的天数而定，一般是三天、五天、七天。

来煮心肝和心脏
心肺和心鼻
还没下口你来求
还没下嘴你来求
求到有你儿你媳
你子你孙
求到大爷老叔
兄弟叔伯
五亲六戚
求到制布匠和裁衣师
蒸冥饭婆及祭鸡司
求到打钱纸匠与制纸伞师
求到喇叭匠与打锣师
求到他们
煮饭和做菜
上肉和斟酒
摆席和跑堂
捆鸡和系鸭
拴狗和缚猪
求到金银管财师
求到天河与阴河
肉林与酒泉
求剩放在你儿房
求剩留在你儿屋
好来拿你儿你媳
你子你孙放后面
他们去居干燥屋
去住温暖家

做官显赫
致富发达
来住杀牛来娶亲
杀猪来嫁女
来住本成东家公
来祭本成地头王
来住三岔岭
来洗铜脸盆
得地盘来住
得银匠来引
他们去居干燥屋
去住温暖家
做官显赫
致富发达
来汰①门汰屋
来汰瘟寨头
来汰瘟村头
来汰瘟牛瘟猪
瘟鸡瘟鸭瘟狗
来汰恶言咒语
来汰千样疾百样病
来汰魑魅魍魉
来汰龙山四方棱六角
来汰水冲入潭
风吹入洞
水淌冲去
风抬扔去
再来度你子你媳

① 汰：阿孟母语音译，即隔开。意在这些在世的人都还在享受好生活，就亡者一人离去，超度亡魂，接下来把所有在世人的阳魂招回，隔开他们，不要跟亡魂一起离去。

你子你孙	坏人喜欢他得去
来度大爷老叔	奸人喜爱他得去
兄弟叔伯	汰完病瘟
五亲六戚	度完亲朋
好眼不见	你来吃你的心肝去
好耳不听	你来吃你的心肺去
路不好不走	你去三千年
话不好不听	你去三万年
魑魅魍魉	啵吁嘻
鬼怕鬼躺	啵吁嘻
怪怕怪癖	啵吁嘻

第二节　喝忘情水

抬亡人至寨岔路口坝上，吃姑妈酒前，亡人女儿拿香与纸钱，几分硬币，持瓷碗和罐子到水井，烧香纸，说明因由，把币投入井中买水来给主师，唱时根据村寨宗族情况变化地名，唱毕在棺材上打碎瓦罐，高呼"乃——哦嗬，耶躲迭"（"耶"为男性，女性唱嗻道："乃——哦嗬，包躲迭"，"包"为女性，有时还加其乳名或常用名），在场众人也高声应和。随后举行"吃姑妈酒"仪式，主事按死者女儿女婿地址姓名高喊，把他们所带来的酒糖果等聚到高台，酒分给抬棺人喝，把糖果洒向人群，引众人争抢。

一、喝忘情水（仙鹅版）

保公哟	大地茫茫缠你脚
保公哦	世人怜你少
你得七十零九轮	魑魅魍魉缠诓你久
你得七十零九岁	世人爱你少
青天悠悠抵你头	魑魅魍魉缠你多

鬼来前面你看见
鬼来后面你瞧不见
砍棍勒你手
抬捧挤你脚
一天勒三次
三天挤九次
你忍本不了
你受本不了
你倒跟跄抵住门
你倒趔趄扶住屋
害得你儿你媳
你子你孙
大爷老叔
兄弟姊妹
他们得一回
料理你得三天
护理你得三晚
这才抬你来到寨门
才抬你来到村口
这里不是凉水井
魑魅魍魉不好心
它哄你不信
这时不是涧凉水
魑魅魍魉不好意
它骗你不看
这是你的女儿来想你
你的姑娘来怜你
打凉水来给你
提泉水来送你
我说你喝不喝够
你喝不喝多
你喝三口走前面

魑魅魍魉过去久
你喝三口在前头
魑魅魍魉过去早
你喝三口回头
要分你子你媳你子你孙
要分养鹅村宗族
窝凶寨
中寨
石板寨
岩寨
下院
对门寨
小寨
坪寨
新寨
米洞
坡脚
摆扒
海扒冲
分给七爸七爷
做官多多
致富旺旺
你喝一口你去一千年
你喝两口你去二万代
你喝三口你去三千年
你喝四口你去四万代
你喝五口你去五千年
你喝六口你去六万代
你喝七口你去七千年
你喝七口你去七万代
你喝八口你去管八千年
你喝八口你去管八万代

你喝九口你去管九千年　　　　　从此永不相见

你喝十口你去管十万代　　　　　你去你的咯

你喝完你女儿的凉井水　　　　　公得去啰

你喝完你女儿的凉泉水　　　　　哪——哦嗬

二、喝忘情水（黄莺大寨版）

保公吧　　　　　　　　　　　　他跟你到卧室

保公哟　　　　　　　　　　　　你恍惚阴路去

你得七十零一年你在啊　　　　　你昏昏阴河涉

你得七十零一岁你死吧　　　　　你倒来入冲

你在你是人　　　　　　　　　　你倒来跌沟

你死你是鬼是怪咦　　　　　　　你儿你媳

哪个不好心　　　　　　　　　　扶你也不起

哪个不好意　　　　　　　　　　催你也不醒哦

魑魅魍魉不好心　　　　　　　　哈吧保公咦

魑魅魍魉不好意　　　　　　　　你去你留官

你出屋不合时　　　　　　　　　你去你留财

你出门不凑巧　　　　　　　　　你去留田宽宽在山谷

他跟你到屋　　　　　　　　　　你去剩土广广在山坡

他随你到门　　　　　　　　　　只是他们眼泪汪汪

砍棍在你手　　　　　　　　　　了心到手心啊

抬绪在你脚　　　　　　　　　　了意到脚底么咿吧哦

挤你紧紧呀嗡嗡

一天挤三次　　　　　　　　　　哪个来想你

一天挤九次　　　　　　　　　　哪个来念你

一天弄三回　　　　　　　　　　你的女儿来想你

一天弄九回　　　　　　　　　　你的孙女来想你哦

你得病痛去　　　　　　　　　　哈吧保公咦

你得死路去哈吧保公吧

他随你到中堂　　　　　　　　　她们来商量

他随你到火塘　　　　　　　　　她们来讨论

商量来了心　　　　　　　　拿给他用

商议来了意　　　　　　　　等到明后天呀

她去挑龙水　　　　　　　　你去你乡

她去打泉水　　　　　　　　你去你岭

泉水岩渗来　　　　　　　　你去不拦沟

雷水雷打来哦　　　　　　　你去不挡路

哈吧保公咦　　　　　　　　上路相拉推攘摇晃走哦

　　　　　　　　　　　　　保公哦

那时你来喝

那时你来要　　　　　　　　你走你立耳听

你喝莫急喝　　　　　　　　你回你睁眼看

你要莫慌要　　　　　　　　伸手来接

引来给哪个喝　　　　　　　张嘴来吃

拿来给哪个用　　　　　　　你喝头碗上前去

引来给爷喝　　　　　　　　你去一千年

拿来给婆用　　　　　　　　你喝两碗上前去

那是哪个爷　　　　　　　　你去两千年

那是哪个太　　　　　　　　你喝三碗上前去啊

这是难产婆　　　　　　　　你去千年万代么咿吧哦

这是瘤包公　　　　　　　　哈吧保公咦

带给她喝

<h1 style="text-align:center">第三节　择吉地</h1>

　　古时阿孟东家人没有佛道法师，葬礼仪式全程均由开路师主持，现在盛行佛道法事，开路师主持的仪式程序一般到《喝忘情水》后就结束，上山之后的程序由佛道法师主持。旧时抬死者上山后，开路师一路持长刀跟随，开路师到村口进行完喝水仪式后转家中，送其灵魂到坟地，要"嘎"，即"念说"一遍，需一只母鸡，杀鸡烹煮之后留一只鸡腿（男左女右），先从至亲到旁系、亲朋好友，以至打纸钱的师傅等，一一打卦，

寻找送魂的人，一魂留守神龛，一魂送至坟茔，一魂送至祖宗。择吉地内容包括"选坟茔""送魂引路""定地封路""投胎转世""分灵安位"，等等。因为这些内容渐与道教融合，短小杂乱，故只收录一二，仅供参考。

保公哟 掐掐你不听
保公哦 摇摇你不醒
你得七十零九轮 今天你得三朝睡
你得七十零九岁 今天你得三暮眠
叶枯叶落 日晒不见你影子
果熟果坠 下雨不见你脚印
青天悠悠盖你头 今天你得阴路去
大地茫茫抵你脚 今天你得死路走
魑魅魍魉不好心 你儿你媳有钱搭长手
魑魅魍魉来起心 有力达后路
魑魅魍魉不好意 你儿你媳得地王①
魑魅魍魉来起意 你儿你媳得地乡
砍棍来挤你手 地王在高坡②
抬绪来挤你头 地乡在高岭
一天挤三次 谷魂和米魂
三天挤九次 你知地来知路
你挡也本不能 能说来会道
你顶也本不过 你迈脚堂屋
你踉跄来扶门 你跨步火塘
你踉跄来抵家 你到大门
你下阴河水 你到宽门
你下阎王地 你到院坝
你子你媳 你到场坝
揭被喊你不应 你到大村
揭褥喊你没听 你到长寨

① 地王、地享：即坟茔，死者葬地。
② 高坡、高领：死者葬地的地名，根据死者的具体地名而变换。

你到村口　　　　　　拿我筷箸

你到寨口　　　　　　抖抖不落

……①　　　　　　　摇摇不掉

谷魂和米魂　　　　　你下七层天界

你知地来知路　　　　七层地界

能说来会道　　　　　你下六层天界

你上一层天界②　　　六层地界

一层地界　　　　　　你下五层天界

二层天界　　　　　　五层地界

……③　　　　　　　你下四层天界

七层天界　　　　　　四层地界

七层地界　　　　　　你下三层天界

来见你被裙④　　　　三层地界

来得你襁褓　　　　　你下二层天界

你转迈脚来　　　　　二层地界

你调抬步来　　　　　你下一层天界

得鸡三年　　　　　　一层地界

得鸡三岁　　　　　　这里是阳间地

还没得来你来牵　　　这里是阳世间

还没得来你来拿　　　这里是高坡

你分到你儿你媳　　　这里是高岭

你子你孙　　　　　　来到村脚

大爷小叔　　　　　　来到寨脚

大太小婶　　　　　　大村长寨

亲朋好友　　　　　　院坝场坝

还有我七爸七爷　　　大门宽门

拾我竹饭盒　　　　　堂屋火塘

---

① 具体路线按亡人葬地而灵活增变，直至坟茔。

② 天界、地界：东家语音直译，与望山旗、望乡台相似。

③ 从一至七层念诵，以下返程省略同。

④ 被裙、襁褓：此处意为将投胎转世。

今天我有母鸡三岁

母鸡三年

交你手去

交你路去

你来领你母鸡三岁

母鸡三年

拿它去做根去

拿它去做种去

今天你在你要放

下马着地

下轿坐憩

喝水来喝茶

吃肉来喝酒

今天要你来

你儿你媳

你子你孙

谷魂和米魂

……

他们去居干燥屋①

去住温暖家

种地本顺

耕作本好

今天我拿母鸡三年

母鸡三岁

送你长手

送你长脚

风吹风不得

生吃吃不成

待我肉煮锅里

饭煮甑里

再来给你醇酒喝

再来给你香肉吃

（回熟，即把鸡水煮后）

今天肉煮熟

饭煮软

有肉有酒给你用②

好哦今天你得吃得用啦

你回你乡

你回你地去

去守你坟

去守你茔

去住天四边

山六棱哦③

---

① 各种与亡者相关的动植物灵魂都可提到。

② 祭司从竹饭盒中拿出竹筷，倒酒淋湿，点麻杆烧断。齐断后呼"两头整整齐齐，顺顺利利"。意在得个"口风"。

③ 另送一魂至祖宗地，大同小异。

第四节　开日开月

在棺椁入土前，进行"开日开月"仪式。阿孟东家人认为人有三魂七魄，亡魂离开身体游荡，开路师有通天入地的本领引领亡魂，一魂放到神龛，一魂在坟地，一魂归祖宗。入土后，要"下关"安位，告诉亡者灵魂东方日月升落的方向，亡魂才借到日月之光来回。

主师持剑，站立葬地棺后，作下砍状，高声云：

你前人兴后人跟

我砍你添福

发子又发孙

你主人是要富还是要贵啊

（众人皆应和）

富也要贵也要

（然后主师至亡者棺上，面朝东方，用剑指曰）

保公啊

今天太阳从边出

你跟太阳这边出

月亮从边出

你随月亮这边出

（然后主师反往西边，用剑指曰）

保公啊

今天太阳从边回

你跟太阳这边回

月亮从边回

你随月亮这边回

（主师又到南北，定其方位，至此，东南西北定穴落成。）

附　录

附录一　相近民族《开路经》节选

　　经笔者调查，贵州省惠水、贵定、福泉、平塘、麻江、黄平等县的"东家苗"、"海葩苗""东家"、"僙家"系西部苗语支，均自称"嘎孟"，同属"孟"的民族，都有丧葬唱古歌的习俗。族人去世后唱史诗，巫师手持长刀等法器，以鸡为指路之物，虽均有南方民族通行的《开天辟地》《洪水滔天》《兄妹结婚》等内容，但阿孟东家人史诗有自身的演述体系，其后半部分也是其他民族鲜有的。

　　笔者对比几个地方族群的史诗，核心内容叙述相似，但其他地方的史诗已残存不全，短小而不成体系，鲜有叙述完整的故事情节，演述只是十几分钟便完成。而阿孟东家人史诗少则有四五千行，多达万余行，叙述故事复杂，内容与形式保留较为完美。

一、惠水苗族《招阴魂》

喊你三声你不应，
呼你三句你不听。
你头饰打扮恰相反，
你穿着佩戴非常人。

穿着佩戴不合伴，
着装打扮不合群，
穿戴不是去种地，
打扮不像去耕耘；
谁个不知哪个不晓，
你穿戴是去祖宗寨，

你打扮像去祖宗村。
天亮路面亮堂堂，
天明路边亮黄黄，

你看你穿着慌又忙，
你是去和龙王争龙位，
你看你打扮很慌忙，
你是去和皇帝抢地方。

　　　　——引自《惠水苗族》[1]一书

东家人史诗《开路经》

---

[1] 贵州省苗学研究会惠水县分会编：《惠水苗族》，1996年，第123—124页。

二、黄平凯里僮家"将给"词①

僮家袭古之习，凡有子女而亡者，死时牙未脱落的，须敲掉二颗门牙方能安葬，故称"凿齿之民"。入棺者胸前盖上一块图案为"亚"字的刺绣方巾，僮家人称之为"归宗图"，或"归宗牌"，又称之为盾，以抵挡神刀鬼箭。指路由三人进行，指路师以一大公鸡为死者"引路"，与东家发音相同，也叫"将给"。"开路"前，须为死者砍一根"归宗竹"，意为魂归还祖，掩埋死者时，下端埋于死者墓穴头部，入地约三分之二。开路时，孝男恭跪于死者身旁，开路师挂长刀一把，一手提"引路鸡"，一手拿"归宗牌"，口念"开路词"，迷信谓之指引死者归宗还祖

哎依哎呀！
甲依甲哟！
哎！
哪个心不好？
凶神恶鬼心不好；
哪个肠不好？
凶神恶鬼肠不好。

砍根竹棍搭在你的头，
包坨米饭搁你的饭盒。
你得死路去，
你得亡路行；
你享高龄去，
你享老寿行。
要理清古人类不理？
要理清古人类才去；
要理清古人事不理？
要理清古人事才行。
是谁来开天？
古老古代的人来开天。
是谁来辟地？
古老古代的人来辟地。
抓上三把黄泥撒三方，
得到一个圆圆的天；
抓上三把细泥撒三路，
得到一个宽宽的地。
开天得天高，
辟地得地广。
要用什么来遮天？
要拿青布蓝布来遮天。
要用什么来盖地？
要拿树木青草来盖地。
是谁造太阳？

---

① 转自"天地僮家人之——僮家丧葬《开路词》"// 天地僮家人的博客 http://blog.sina.com.cn/liaofenglin.

爹务爹峨造太阳①；
是谁造月亮？
爹务爹峨造月亮。
他拿簸箕造太阳，
他拿筛子造月亮。
太阳出来一发光，
满天照得亮堂堂；
月亮出来一发光，
满地照得晶晶亮。
它会照来又会亮，
照得满天满地红又亮。
是谁开始来兴年和月？
爹务爹峨来兴年和月。
开始来兴一年十五月，
兴的一年五百七十天。
做活不够吃，
砍柴不够烧。
改成一年十二月，
定为三百六十天。
哪个开始来养青鸡和锦鸡？
播卡爷当开始来养青鸡和锦
鸡②。
青鸡在青山，
锦鸡在大山。
青鸡吃树果，
锦鸡吃草果。
它吃树果长成血，
它吃草果长成油。

它们长肥大，
它们长肥壮。
哪个开始来养柳江和柳波？
柳江在青山，
柳波在大山。
柳江吃树果，
柳波吃草果。
它吃树果长成血，
它吃草果长成油。
它们长肥大，
它们长肥登。
是谁开始来养鸡？
播卡、爷当开始来养鸡？
鸡蹬在高坡，
鸡站在高坎。
它挡不住风，
它挡不住雨。
它飞下刺泡冲来，
它飞到大麻冲来。
阿播波务来采猪菜③，
它飞进阿播波务的背篓，
她问它是真物还是鬼？
它说是真鸡不是鬼。
阿播波务把它背回家，
放在干地棚，
安在暖屋坐。
鸡吃皇帝的粮，
它叫皇帝的太阳；

308

① 爹务爹峨：在僳家意识中是一个能管天管地的神化人物。
② 播卡、爷当：意为始祖太、始祖公。
③ 阿播波务：意为远祖太。

鸡吃皇帝的米，
它送皇帝的太阳。
哪个开始来饲养虎和熊？
播卡爷当开始来饲养虎和熊。
虎在抖身，
熊在发威，
那是一只大雄虎，
那是一只大公熊。
哪个开始来养公猿和母猿？
播卡爷当开始来养公猿和
母猿。
公猿挺腰身，
母猿挺腰杆。
烈日不知热，
雨淋不知湿。
它摘一张青冈叶，
就是它的一碗龙米饭。
它摘一片毛栗叶，
就是它的一碗玉米粮。
那是一只大公猿，
那是一只大母猿。
是谁开始来养水牛和黄斗？
播卡爷当开始来养水牛和
黄牛。
水牛拉铁犁，
黄牛拉铁耙，
做活来养你，
做活养百姓。
哪个开始来造古人类？
播卡爷当来造古人类。

用什么来造人？
要将黄蜡染蜡来造人。
用什么来造筋和脉？
要将棉、麻来造筋和脉。
用什么来造腿和骨？
要将青冈来造腿和骨。
造得一个软腰杆，
造得一个软腰身。
热天他怕晒，
雨天他怕淋。
这个就是人，
做活得饭吃，
砍柴得柴烧。
他坐满天坝，
他坐满天下。
哪个开始来造祖宗场和祖
宗鼓？
阿播波务、阿爷波柱开始来造
祖宗场和祖宗鼓①。
祭了九天又九夜，
情郎不来见，
恋女不来会；
再祭七天又七夜，
情郎不来会，
恋女不来约；
又祭五天又五夜，
情郎还是不来会，
恋女还是不来约；
最后祭了三天和三夜，
情郎出来会，

① 阿播波务、阿爷波柱：意为远祖太、远祖公。

恋女出来约。
情郎是他爹，
恋女是他妈。
他妈来到祭祖坪，
他爹来到祭祖场。
他爹看他妈，
从头看到双脚板。
面容又好想，
背面又好看。
他爹急转回到自家门，
取来卖猪卖狗钱，
不够又加卖米钱，
换得四两三钱银。
杀鸡一大个，
倒酒一满壶。
上去请得三媒人，
下去请得三媒亲。
媒人请到家，
媒亲请到门。
吃鸡留鸡头，
吃鸭剩脚杆，
吃酒剩个壶，
吃饭吃菜留个碗。
拿起四两三钱银，
揣在自腰身，
手拿一把伞，
肩扛一床被，
跨过龙坡去，
越过虎山行。
走到他妈家，
交清四两三钱银，
绑住他妈头和脚，

申时来到门，
卯日来到家。
他爹爱他妈，
亲她又想她。
满日来月经，
足月来流血。
一月到二月，
二月到三月，
三月到四月，
四月到五月，
他妈在点蜡，
他娘在绣花，
左肚在动定是男，
右腹在跳定是女。
六月到七月，
七月到八月，
八月到九月，
九月到十月，
足天生了他，
足月来养他。
他妈坐床边，
他哭生下地，
去拿尿布来包他，
去拿包背来滚身。
他生得三早满，
他生得三天整，
他哭唏唏又唏唏，
哭要爹娘取个富贵名。
他爹杀得鸡一个，
倒得酒一壶，
起脚上去请祖太来取姓，
起脚下去请祖公来取名。

吃鸡取得姓，
吃酒取得名。
你的名字这样喊，
千个这样叫，
万人这样称。
你吃什么才长大？
你吃你妈奶水才长大。
长大成姑娘，
长登成儿郎。
别人生病你也病，
别人病好离开床，
你却病倒在床旁。
别人痛手你痛手，
别人生病又会好，
你却震痛全半身。
别人痛脚你痛脚，
别人痛了又会好，
你却病痛了全身。
哪个心不好？
凶神恶鬼心不好。
哪个肠不好，
凶神恶鬼肠不好。
要砍根竹棍搭在你的头，
要包坨米饭放在你的手。
你得死路去，
你得亡路行；
你享高龄去，
你享老寿行。
哪个带你路？
哪个引你程？
公鸡带你路，
成鸡引你程。

公鸡站立在床旁，
你起来站床旁。
公鸡站在床席边，
你起来站在床席边。
你跟公鸡走到放柴角，
那是你的烧柴处，
那是你的烧草处。
你问为何这样走？
千人万人这样走。
公鸡走前你跟后，
迈开步子赶快走。
公鸡引你走到火坑的下方，
那是你的洗瓢处，
那是你的洗碗处。
你丢开这里就快行，
你放开这里就快走。
公鸡走前你走后，
迈开步子往前走。
公鸡引你走到火坑的正方，
公鸡走前你要紧跟后，
迈开步子赶快过。
公鸡带你走到火坑的上方，
那里有你的金床和银床。
那是你的陪子处，
那是你的陪夫（妇）处。
你问为何这样去？
为何这样行？
千人这样去，
万人这样行。
丢开这里快快行，
放开这里快快走。
公鸡走到小侧门，

你跟公鸡走到侧门。

公鸡走前你走后，

迈开步子赶快过。

你跟公鸡走到堂屋正中央，

那是你的陪主处，

那是你的陪客处，

那是你的陪亲处，

那是你的陪友处。

你为什么这样去？

你为什么这样行？

人家千个这样去，

人家万个这样行。

丢开这里去，

扔掉这里行。

公鸡走前你走后，

放开步子往前走。

你跟公鸡走到屋大门，

公鸡走前你跟后，

迈开步子往前过。

公鸡引你路，

成鸡引你程。

你跟公鸡走到屋檐脚，

我蹬脚不要亲魂送，

我拍手不要亲魄跟，

亲魂退到家，

亲魄退到门。

公鸡走前你跟后，

迈开步子往前行。

公鸡走到阴阳沟你跟公鸡去到
阴阳沟。

哪个心不好？

凶神恶鬼心不好。

哪个肠不好？凶神恶鬼肠
不好。

它说吃了阴沟水再去，

喝了阳沟水再行。

我说你要听，

我讲你要懂。

那是鸡粪水，

那是鸭粪便。

吃了走不到祖宗场，

喝了走不到祖宗鼓。

公鸡走前你跟后，

迈开步子赶快过。

公鸡引你走到院子正中央，

你要反穿花绑腿，

反缠黑花带，

漂漂亮亮归宗场，

标标致致归宗鼓。

你跟公鸡走出大朝门，

热天要躲在鸡翅膀下，

雨天要藏于鸡尾巴。

公鸡走前你走后，

迈开步子往前走。

公鸡带你路，

成鸡引你程。

公鸡带你走到三岔路，

成鸡引你走到三岔口。

大路堂堂上边一条路，

没有布鞋印，

没有草鞋迹，

那是客家路，

那是客家程。

那条路走不到祖宗场，

到不了祖宗鼓。
大路堂堂下边一条路，
它是苗家路，
它是苗家程。
那条走不到祖宗场，
到不了祖宗鼓；
大路堂堂中间那一条，
只有这条才有布鞋印，
才有草鞋迹，
这是僳家路，
这是僳家程。
要走这条才到祖宗场，
要走这条才到祖宗鼓。
公鸡带你走到荞子寨，
成鸡引你去到麦子村。
公鸡走前你跟后，
迈开步子往前过。
公鸡引你走到小坟坝，
婴儿小孩拥成群。
他们折来蒿枝杆，
捅地刨土刨呻吟，
刨得一个小坡岭；
他们折来刺木条，
插孔捅地捅号嗨，
捅得一个圆洞洞。
大孩打小孩，
小的哭唏唏。
那个拉你的衣角，
这个扯你的裤脚，
你要认清是儿是孙才抱走，

不是儿孙就掰开手脚甩掉他。
公鸡走前你跟后，
迈开步子赶快过①。
公鸡带你走到虫虫坝，
成鸡引你去到虫虫场。
哪个心不好？凶神恶鬼心
不好。
哪个肠不好？凶神恶鬼肠
不好。
它说来踩虫虫再去，
来踏虫虫再行。
我说你要听，
我讲你要懂。
你是高贵者，
你是富贵人，
你穿布鞋草鞋莫踩偏，
迈开步子赶快过。
公鸡带你走到尿虫打屁虫冲，
成鸡引你去到尿虫谷。
哪个心不好？
凶神恶鬼心不好。
哪个肠不好？
恶鬼凶神肠不好。
它说去学尿虫声、去学尿
虫话。
我说你要听，
我讲你要懂。
你学尿虫声去不到祖宗场，
你学尿虫话走不到祖宗鼓。
公鸡带你走到冷水冲，

附
录

———————

① 十二岁以下的死魂只走到小坟坝。

成鸡引你去到冷冻谷。
长有一对黑竹子，
去折一根拿来拄，
拄它才到祖宗场，
拄它才到祖宗鼓。
你跟公鸡去到茅草坡，
公鸡走前你走后，
迈开步子往前过。
公鸡带你走到深山老林坡，
七天七夜走不通。
哪个会哄你？
凶神恶鬼来哄你？
哪个会骗你？
凶神恶鬼来骗你。
它说来吹酸杆筒再去，
吹完酸杆筒再走。
我说你要听，
我讲你要懂。
你的酸杆筒在怀，
你的酸杆筒在身。
去吹哩啦又哩啦，
哩哩啦啦走到祖宗场，
哩哩啦啦去到祖宗鼓。
公鸡引你走到青冈山，
去到青冈林。
恶鬼凶神骗你去爬青冈树，
去梭青冈木。
我说你要听，
我讲你要懂。
你爬青冈树去不到祖宗场，
你梭青冈木走不到祖宗鼓。
你跟公鸡走到射箭坳，

你胸前戴有日月盾，
你背后戴有日月牌。
九神射九箭，
九箭射不中。
十神射十箭，
十箭射不着。
公鸡走前你跟后，
迈开步子赶快过。
公鸡带你去到浮萍井，
走到浮萍泉。
哪个来哄你。
凶神恶鬼来哄你。
哪个会骗你？
恶鬼凶神来骗你。
它说喝浮萍水再去，
饮浮萍泉再行。
你喝了浮萍水，
水里映有你额头的公鸡尾；
你饮了浮萍泉，
水里映有你发髻的公鸡毛。
你问怎么这样留你去？
我说你要听，
我讲你要懂。
你得死路去，
你得亡路行；
你享高龄去，
你享老寿行。
千人这样走，
万人这么行。
丢开一切步步走，
放开一切步步行。
公鸡带你走到山谷冲，

成鸡引你去深谷林。
公鸡走前你跟后，
迈开步子赶快过。
公鸡带你下到九十九台阶，
下到九十九屯岩。
你是高贵者，
你是富贵人。
你拿包袱里的饭来吃，
你拿砂罐里的水来喝。
吃饭下坡就有气，
喝水下坡才有力。
公鸡走前你跟后，
迈开步子往前行。
公鸡带你走到大江水，
引你走到大江河。
上游大水来滚滚，
大水冲有什么来，
大水卷起蜘蛛来。
我说你要听，
我讲你要懂。
不要去沾蜘蛛身，
不要去沾蜘蛛体。
你沾蜘蛛身，
它背你进岩洞；
你沾蜘蛛体，
它背你进岩孔。
你去不到祖宗场，
你走不到祖宗鼓。
上游大水来滚滚，
下游河水滔滔流。
大水冲起什么来？
大水卷起螃蟹虾子来。

不要去沾螃蟹身，
不要去沾虾子体。
你沾螃蟹身，
它背你进岩穴；
你沾虾子体，
它背你进岩孔。
你去不到祖宗场，
你走不到祖宗鼓。
上边大水来滚滚，
下边河水滔滔流。
大水冲有什么来？
大水冲有死鱼活鱼来。
不要去沾死鱼身，
不要去沾活鱼体。
你沾死鱼身，
它背你进大江；
你沾活鱼体，
它背你进大海。
你去不到祖宗场，
你走不到祖宗鼓。
上面大水来滚滚，
下面河水滔滔流。
大水冲起什么来？
冲起金船银船来。
漂来一只杉木船，
杉船非常红，
鲜红艳彤彤。
我说你要听，
我讲你要懂。
那是客家船，
那是汉家舟。
你坐那只船，

附录

去不到祖宗场，
走不到祖宗鼓。
上边大水来滚滚，
下边河水滔滔流。
大水冲起什么来？
冲起金船银船来。
漂来一只栗树船，
船身蓝又黑，
靛蓝映黑色。
我说你要听，
我讲你要懂。
那是苗家船，
那是苗家舟。
你坐那只船，
走不到祖宗场，
去不到祖宗鼓。
上游大水滚滚来，
下游河水滔滔流。
大水冲起什么来？
冲起金船银船来。
漂来一只刺木船，
船身红又白，
鲜红映白色。
我说你要听，
我讲你要懂。
这是倮家船，
这是倮家舟。
你坐这只船，
才到祖宗场，
才到祖宗鼓。
公鸡登船头，
你跟公鸡上船头。

哪个变成精？
你要变成精。
我蹬脚不要亲魂送，
我拍手不要亲魄跟。
驱得儿魂转回家，
驱走孙魄转回门。
要请哪个来撑船？
去请客家船夫来撑船。
要请哪个来划舟？
去请苗家船夫来划舟。
撑船漂漂去靠岸，
划舟漂漂到码头。
公鸡下船走前你赶后，
迈开步子赶快过。
你跟公鸡走到黄土细泥坡，
公鸡走前你跟后，
迈开步子赶快过。
公鸡带你去上九十九台阶，
再爬九十九屯岩。
我说你要听，
我讲你要懂。
你是高贵者，
你是富贵人。
打开包袱饭盒来吃饭，
拿起砂罐水来喝。
吃饭上坡才有气，
喝水上坡才有力。
公鸡走前你走后，
迈开步子赶快走。
公鸡带你走到养鸡坡，
成鸡引你去到喂雀坳。
哪个心不好？

东家人史诗《开路经》

凶神恶鬼心不好。

哪个肠不好？

恶鬼凶神肠不好。

它说你要拣光喂鸡米才能走，

拣尽喂雀粮才能行。

我说你要听，

我说你要懂。

你是高贵者，

你是富贵人。

你要喂石槽米，

才能拣得光，

才能拣得尽。

那是饿馋鬼，

他喂撒地米，

他的拣不光，

他的拣不尽。

公鸡走前你跟后，

迈开步子往前过。

公鸡引你走到弹花坡，

成鸡带你去到弹花坳。

哪个心不好？

凶神罪鬼心不好。

它说弹花后再走，

弹纱后再行。

你是高贵者，

你是富贵人。

要弹棉花丝，

才能弹得成。

那是饿馋鬼，

让他去弹棕毛皮。

公鸡走前你跟后，

迈开步子赶快过。

公鸡引你走到红花坡，

艳山红花满树梢。

伸手选花折，

去折一朵插在头。

戴花去到祖宗场，

插花走到祖宗鼓。

公鸡带你到了响水村，

你跟公鸡后头赶快行。

公鸡带你走到疯婆坳，

成鸡引你碰上疯癫婆。

疯婆经血白天流不尽，

夜晚滴不止。

那个会哄你？

凶神恶鬼会哄你。

哪个会骗你？

恶鬼凶神会骗你。

它说要舔完经血再去，

要舔尽经血再走，

我说你要听，

我说你要懂。

不要舔她的经血，

有女有郎携手过，

无女无郎撒灰盖，

迈开步子往上过①。

公鸡带你去到树子九十丫，

凶婆恶娘吊满叉。

附录

---

① 因生小孩和妇女病而死的妇女，死魂只能走到疯婆坳，不准入宗，不准入鼓。

有女有郎携手过，
无女无郎拿起挂棍隔开它，
迈开步子跟鸡过①。
公鸡带你走到大歌坝，
若有大歌拿来唱，
没有大歌跟鸡赶快过。
公鸡引你走到山歌场，
你有山歌拿来唱，
没有山歌跟鸡赶快走。
公鸡引你来到宗场边，
你的公鸡叫一声，
家族祖宗公鸡应一声。
管场四郎和四汉，
打开禁门出来看。
问你为何来？
你说你得病死来，
你得亡路来，

你享高龄来，
你享老寿来。
四郎四汉带你进到祖宗场，
进到祖宗鼓。
去会你家族的老祖公，
祖公挺胸坐在正宗堂，
身上披袍衣，
头戴花冠帽。
你将公鸡交给家族老祖公，
祖公想你又爱你，
同意你入宗，
同意你入鼓。

黄平县偉家：廖朝英（54
岁）、罗登远（65岁）口述

廖尚义记录并翻译

1981年10月

三、罗甸苗族《开路经》②

你的子女啊！
为您存积了三年的粮食，
为您酿制了三年的美酒，
拿给你带去赠送给祖父辈的老
人们品，
拿去赠送给祖母辈的老人
们尝，
让您带足整年的食品，

备足常年的粮食。
农历正月刚刚过去，
早春二月就来临，
竹鼠要开垦生计的道路，
竹鼠别处没有去，
它却游荡到你的床脚，
让您睡觉的床单沾上邪气，
常年在消耗着您的生命，

① 吊颈死的男女死魂，只能走到树子九十丫，不准入宗，不准入鼓。
② 节选自吴正彪：《贵州麻山地区三个支系苗族的生计方式比较研究》，贵
州大学出版社2021年版，第32—33页。

东家人史诗《开路经》

您的魂魄就这样被纠缠了三年，

让您的生命像树木一样走向干枯，

您的生命就此枯萎了结。

唱述人：陆玉光（苗族，78岁，罗甸县平岩乡高兰村）

记录翻译：吴正彪

记录时间：2006年夏

四、黄平僚家《"喀工"词》（迁徙词）①

祖公颂利，

祖公读地；

祖太波肯，

祖太波弄。②

我们的祖公廖姓，

住地在南京；

我们的祖公罗姓，

住地在北京。③

去住年代长，

去住年成久。

祖公发愁地窄住不下，

坝小 不够祖公住；

祖公要找大田种来吃，

祖公要找大坝来居住。

祖公牵着水牛留绳来，

抬着祖鼓留种来；

祖公下来找大地方种来吃，

陆续落业在这个地方。

落业龚吴旺解京。④

祖公住得年代长，

祖公住得年成久；

祖公要找大田种来吃，

祖公要找大坝来居住。

祖公牵着水牛留绳来，

抬着祖鼓保种来；

祖公迁地陆续来，

陆续落业在这个地方。

我们的祖公廖姓，

来住广东地；

我们的祖公罗姓，

① [nqa qoŋ]：僚语直译为下地方。这份材料是1981年对僚家进行民族识别时，由黄平县重安区重兴公社枫香寨阴族长廖朝英（46岁）口述，前辈阴族长廖定芳（76岁）订正，贵州省民族研究所徐志森同志记录的。转自天地僚家人之——黄平枫香寨革家廖姓《迁徙词》// 天地僚家人的博客 http://blog.sina.com.cn/liaofenglin. 原文所引用为国际音标或苗语音，无汉字。

② 颂利、读地、波肯、波弄均系人名。

③ [dʐau] 是廖姓的僚姓；[tloŋ] 是罗姓的僚姓。在迁徙中，为便于开亲，这两姓始终一路走。北京、南京并非真实地名，隐意为妇人双乳，人是吃母亲的双乳长大的。

④ "龚无王解紧"，为皇宫大门。

来住广西地。①
祖公来住年代长，
祖公来住年成久；
祖公来怀来生来养祖公郎菊，
祖公来怀来生来养祖公郎值。②
祖公去拿那冲造好田，
那坡造好土；
祖公去造大田田满坝，
塘深塘满冲。
祖公大田涨满水浮萍，
深塘布满水葫芦。
祖公田大田香饭，
塘深塘香鱼；
祖公吃不完，
祖公抬不动。
祖公怨那白汉人，
祖公怨那野蛮人。
拿剑相交背，
将刀相对口；
一天挤三尺，
三天挤九尺。
祖公德高管寨多，
祖公该当主；
祖公望重管寨多，
祖公应做主。
祖公要找大田种菜吃，
祖公要找大坝来居住。

祖公牵着水牛留绳来，
抬着祖鼓保种来；
祖公迁地陆续来，
陆续落业在这里。
我们的祖公廖氏，
来住拱洋地；
我们的祖公罗氏，
来住拱江地。③
祖公来住年代长，
来住年成久。
祖公去建门七十，
去兴户七十。
来去好热闹，
干活飞尘土；
夜晚更热闹，
种地穿梭走；
寨上人声像火旺，
大坝吆喝坦荡荡。
祖公他说："好年代是那么好！
好年成是那么好！"
祖公他的田土造满坝，
柴草砍成堆。
祖公要"哈戎"祭祖宗银，④
要祭祖宗金；
要祭祖九日，
要祭宗九天；
要祭祖七日，

东家人史诗《开路经》

---

① "广东、广西"：为广东、广西的实体地名。

② "郎菊、郎值"系人名。

③ "拱洋、拱江"系地名，僚语直译为龙潭、清潭，不知所指。

④ 戎银、戎金、银宗、金宗、哈戎均指祭祖；银宗、金宗有隆重、辉煌的意思。

要祭宗七天；

要祭祖五日，

要祭宗五天；

要祭祖三日，

要祭宗三天。

父同父商量，

子同子协商，

商量定规则，

商讨订规章；

商讨订得法，

商讨订得章。

筹得祖公九天祭，

备得九日祭；

筹得七天祭，

备得七日祭；

筹得五天祭，

备得五日祭；

筹得三天祭，

备得三日祭。

祖公去说：

祭祖银已筹备妥，

祭祖金已筹备好。

祖公需要块大板，

祖公需要张长凳；

需要五束纸戴在头上，

需要五只竹篓装米饭，

需要五瓣蒜，

需要五组盐，

需要五片青菜叶垫底，

需要五块肉放在砧板上。

备得大砧板，

筹得长砧板。

备得五束额头纸，

筹得五盒竹篓饭，

备得五瓣蒜，

筹得五组盐

备得五片青菜叶垫底，

筹得五块肉放在砧板上。

祖公要讲史，

祖公要说谱。①

祖公需要跳芦笙，

祖公需要擂祖鼓；

需要锦鸡尾，

需要家鸡毛，

需要牧马绳，

需要牛耙绳；

需要苦麻藤，

需要葛麻绳，

需要银楔子，

需要金楔桩；

需要美女子，

需要美男子。

祖公需要五套衣，

祖公需要五件服；

祖公需要五条裙，

祖公需要五个铠。②

---

① "要话、要语"即为祖宗叙迁徙史，讲族谱。

② "铠"：佯家女性穿的贯首衣的称谓，也是佯家男性成年人死亡时胸前放的归宗牌的同音。

祖公需要雄牛皮封大鼓，
祖公需要肥猪皮蒙小鼓。①
一家筹四钱，
十家集四两，
百家筹集四十两。
五人五把伞，
五人五把戬；
买得祖公的雄象，
买得祖公的牯象；②
头上长好角，
屁股生长尾；
脑顶戴角来，
尾巴摇摆拖地来。
一家凑三钱，
十家筹三两，
三十家筹集三十两。
三人三把伞，
三人三把戬；
买得祖太那肥猪，
买得祖公那胖猪；
脑后生好鬃，
屁股长好尾；
买得祖太胖猪来，
买得祖公肥猪来；
拿来雄象牯象交给祖公的
手心，
拿来肥猪胖猪放在祖太的

眼下；
大鼓在堂屋，
小鼓在门外。
祖公说：
"戎"银已做成，
"戎"金已做好。
祖公去看望他爹该"哈戎"，
祖公去看望他妈应"哈戎"。
祖公去看门七十，
祖公去查户七十。
要敬祖公银宗酒还是不敬？
要敬祖公金宗酒还是不敬？
去敬祖公银宗酒祭成，
去敬祖公金宗酒祭成。
祖公说：
好年成是那么好！
好年代是那么好！
祖公说：
封宗封祖搁，
封古典古词搁，
封笙封鼓搁，
封歌封谣搁，
封鬼话邪说搁。
祖公说：
去封去戒，
去得三年整，
去得三年满。

---

① 小鼓，又名陪鼓或母鼓。僮家人除吴姓祭双鼓外，其余各姓只祭一大鼓，而小鼓则在"哈戎"时才建，"哈戎"结束时置于竹房中。

② 传说，僮家人是用象皮蒙祖鼓，后来无象才改用牛祭，用牛皮蒙鼓。

祖公说：

日期在六月七月天。

祖公说：

好年成是那么好！

好年代是那么好！

要祭祖公的银宗，

要祭祖公的金宗。

启封语言来，

启封笙鼓来，

启封歌舞来，

启大田大坝来，

启深塘九冲来，

启九男俊郎来，

启七女美貌来。

献给我们家七十，

献给我们户七十；

过去七月天，

迎来八月天；

过去八月天，

迎来九月十月天。

祖公说：

好年成是那么好！

好年代是那么好！

要祭祖公的银宗，

要祭祖公的金宗。

祖公去看他的门七十，

去看他的户七十。

去把龙蛋拿来卜，

去把宝蛋拿来卜。

去念去请去得，

祖公"盎梗"白天来，

去念去请去得，

祖公"常颇"白天来。

要祭祖公那银宗，

要祭祖公那金宗；

去祭三天转七轮，

去祭三夜转七圈。

祖太去对祖公说：

你的银宗祭完了，

金宗祭好了；

水牛黄牛肉我们吃厌，

脚脚爪爪我们吃完，

你要安活鱼我们吃，

捉生鱼我们吃。

祖公去把笼口安在水底下，

巴笼笼到毛婴囡；

巴笼笼口提上来，

笼着婴孩成堆来。

祖太她愁她又愁，

她气她又气。

她愁她又愁，

娃娃崽崽脚挨脚；

她气她又气，

娃娃崽崽背挨背。

祖太去爬七抱马桑树，

去爬七抱杨柳树。

去骂三天转七轮，

去骂三天转七圈。

祖太看到母鹞大又大，

母鹰肥又肥。

祖公去打那母鹞，

祖公去扑那母鹰。

祖太去对祖公说：

你的葫芦瓢做什么用？

你们拿谷种放在何处？
米种放在哪里？^①
你们要拿谷种装满仓，
米种装满库。
祖公劈头去扑着母鹞，
祖公劈脑去扑着母鹰。
来的是哪个？
谁走在前头？
他去他赞赏，
他去正合适。
他来他称母鹞肉，
他来他破母鹰胸。
祖公说：
他来他赞赏，
他来恰合时，
触目惊心的事办过了。
祖公说：
他是哪个贵姓大名的客，
他从哪里来？
他走在赶前。
他对祖公说：
他想品尝母鹞肉。
祖太说：
你们想吃你们就去问白胡子
公公，
吃得你们就吃，
吃不得你们就算。
白胡子公公说：
吃得的！
他来在赶前，

他得笼心肝，
他得串心肺，
他得条舌头。
祖公把印交给他的手，
头上官帽给了他，
会讲能说便是他，
轻手轻脚也是他，
他就是个客家。
来的是哪个？
他走在赶前。
他来他对祖公讲：
给我一块拿去搦，
他便是姓廖。
来的是哪个？
他来他对祖公说：
给我一块黑黑的，
那个便是姓罗的。
来的是哪个？
他来他对祖公讲：
给我一整支，
抬着笑眯眯又笑眯眯，
他是姓李的客人。
来的是哪个？
他来他对祖公说：
给我一块兰又兰，
那个是姓兰的客。
来的是哪个？
他来他对祖公说：
给我一块弯弯的，
弯得像牛枒，

东家人史诗《开路经》

① "飘葫芦、谷种、米种"均系隐讳语，即指人的精子。

那个便是姓骆的客人。
来的是哪个？
他来他对祖公说：
给我一块去煨茶，
那个便是姓王的客人。
来的是哪个？
他走在后头，
他来他向祖公央求。
祖公说：
心肝肚肺都抬完，
腿肉臂肉也分光，
只剩有骨头，
他来他只能抬骨头。
祖公说：
挖言挖语也是他，
控诉告状也是他，
那个便是个苗家。
来的是哪个？
他来在后头，
筋筋骨骨都抬完。
只剩把大剑，
还有把大刀，
他舔剑口和刀口，
割坏他舌头。
他讲话"比力波罗"，
那个就是个西家。
来的是哪个？
他走最后头，
刀刀剑剑都没留，
只剩下张皮。

他来只有抬张皮，
月初他下水，
月末他下塘，
那个就是个"卡卞"。
"工乌"成吴姓，
"工赛"成客家，
"工教"成廖姓，
"工 tloŋ"成罗姓，
"佳仁"成李姓，
"相朗"成兰姓，
"拉根"成骆姓，
"变给"成王姓，
"工同"成苗家，
"那西"成西家，
"工卡"成木家。
细分九个哪里来？
叙说九人哪里来？
都从那里来。
祖公忧虑地窄容不下，
土窄不够祖公住，
祖公要找大地种来吃，
祖公要找大坝来居住。
祖公牵着水牛留绳来，
抬着祖鼓留种来；
祖公迁徙层层来，
陆续落业在这里。
我们的祖公廖姓，
去落业拱拢；
我们的祖公罗姓，
去落业门赛。①

───────────────

① "拱拢、门赛"，地名，不知所指。

祖太来看野兽大又大，
野肉多又多。
祖公去赶山，
祖公去罗雀；
去赶三天转七轮，
三夜转七周。
祖公转回门，
祖公转回家。
祖公去对祖太说：
我去你的肚子大，
我回你的肚子扁，
你将我崽放哪里？
祖太她对祖公讲：
我挖杉树脚，
我生你儿放杉桩。
祖公慢去看，
他是个男孩，
他是廖杉树。
祖公去赶山，
祖公去罗雀；
祖公去赶三天转七轮，
三夜转七周。
祖公转回门，
祖公转到家。
祖公去问那祖太：
我去你的肚子大，
我回你的肚子扁，
你将我崽放哪里？
祖太去对祖公讲：
我挖黄瓜窝，
我生你儿放瓜兜。
祖公就去看，

是个男儿汉，
他是廖黄瓜。
祖公去赶山，
祖公去罗雀；
祖公去赶三天到转轮，
三夜到转周。
祖公转回门，
祖公转到家。
祖公去问那祖太：
我去你的肚子大，
我回你的肚子扁，
你将我崽放哪里？
祖太她对祖公说：
我挖那花兜，
我生你儿放花兜。
祖公就去看，
是个男儿汉，
他就是廖花。
祖公去赶山，
祖公去罗雀；
祖公去赶三天转七轮，
三夜转七周。
祖公转回门，
祖公转回家。
祖公去对祖太讲：
我去祖太肚子大，
我回祖太肚子扁，
你将我崽放哪里？
祖太她对祖公说：
我挖广菜窝，
我生你儿在广菜脚。
祖公他去看，

是个男儿汉，

他便是廖广菜。

祖公去赶山，

祖公去罗雀；

祖公去赶三天转七轮，

三夜转七周。

祖公转回门，

祖公转到家。

祖公去问祖太：

我去祖太肚子大，

我回祖太肚子扁，

你将我崽放哪里？

祖太她对祖公讲：

我挖蕨巴根，

我生你儿在蕨根。

祖公他去看，

是个男孩子，

他是廖蕨巴。

杉树叫作廖杉，

黄瓜叫作廖黄瓜，

花叫成廖花，

广菜叫作廖广菜，

蕨菜叫作廖蕨巴。①

五支哪里来？

五甲哪里来？

都从那里来。②

祖公忧虑地窄容不下，

土窄不够祖公住，

祖公要找大地种来吃，

祖公要找大坝来居住。

祖公牵牛留绳来，

抬鼓保种来；

祖公迁移层层来，

陆续落业在这里。

我们的祖公廖姓，

去住拱弄地；

我们的祖公罗姓，

去住麻引地。③

祖公找地得一片，

寻坝得一冲；

祖公去拿那冲造好田，

那坡开好土。

祖公去造大田田满坝，

塘深布满冲；

祖公大田浮萍塘连塘；

塘深飘满水葫芦。

祖公田大田香饭，

塘深塘香鱼；

---

① 廖杉、廖黄瓜、廖花、廖广菜、廖蕨巴系㑰家廖姓的五个系统。经调查，
廖杉住黄平的文笔；廖黄瓜住枫香、野洛等地；廖广菜住黄平的富桐；廖
花住黄平甘塘；廖蕨巴住黄平的望坝、凯里的新寨、泡木等地。

② "查技查甲"直译为五支五系，实际上有纵横两个方面的理解。从纵向看，
廖姓本身有五个系，每系五个房；从横向看是廖、潘的五个支与罗、金的
五个支对应构成一个婚姻集团。所以，无论从纵向看或是从横向看，都是
二五一十的，以十为数的社会组织。

③ "拱弄、麻引"，地名。不知所指。

祖公吃不完，
祖公抬不动。
祖公愁那白汉人，
怨那野蛮人。
祖公德高管寨多，
祖公该当主；
拿剑尖相交，
将刀口相对；
一天挤三尺，
三天挤九尺。
祖公忧虑地窄住不下，
土窄不够祖公住；
祖公要找大地种来吃，
要寻大坝来居住。
祖公牵着水牛留绳来，
抬着祖鼓保种来；
祖公迁徙层层来，
陆续落业在这里。
我们的祖公廖姓，
去住斯张地；
我们的祖公罗姓，
去住嘎哄地。①
祖公去住年成多，
去住年代久。
祖公来怀来生来养祖公菊尚斯，
祖公来怀来生来养祖公菊尚界。②
祖公找地得一弯，

寻坝得一冲；
祖公去拿那冲造好田，
那坡造好土；
祖公大田田满坝，
塘深布满冲。
祖公大田浮萍塘连塘，
塘大漂满水葫芦。
祖公田大田香饭，
塘深塘香鱼；
祖公吃不完，
祖公抬不动。
祖公愁那白汉人，
怨那野蛮人。
祖公德高管寨多，
祖公应当主。
将剑尖相交，
用刀口相对；
一天挤三尺，
三天挤九尺。
祖公忧虑地窄住不下，
土窄不够祖公住；
祖公要找大地种来吃，
祖公要找大坝来居住。
祖公牵着水牛留绳来，
抬着祖鼓保种来；
祖公迁徙层层来，
陆续落业在这里。
我们的祖公廖姓，
去住梗面地；

① "斯胀、嘎哄"，地名。不知所指。
② "菊尚斯、菊尚界"是人名。

我们的祖公罗姓，
去住架长地。①
祖公找地得一弯，
寻坝得一冲；
祖公他拿那冲造好田，
那坡造好土；
祖公造田田满坝，
塘深塘满冲。
祖公大田浮萍塘连塘，
深塘漂满水葫芦。
祖公田大田香饭，
塘深塘香鱼；
祖公吃不完，
祖公抬不动。
祖公愁那白汉人，
怨那野蛮人。
祖公管寨多，
祖公应当主。
将剑来相交，
用刀口相对；
一天挤三尺，
三天挤九尺。
祖公忧虑地窄住不下，
土窄不够祖公住；
祖公要找大地种来吃，
祖公要找大坝来居住。
祖公牵着水牛留绳来，

抬着祖鼓保种来；
祖公迁徙层层来，
陆续落业在这方。
我们的祖公廖姓，
去住地麻哈；
我们的祖公罗姓，
去住地麻栗。②
祖公去住年代长，
去住年成久。
祖公来怀来生来养祖公菊荡，
祖公来怀来生来养祖公菊斯。③
祖公找地得一弯，
寻坝得一冲；
祖公他拿那冲造好田，
那坡造好土；
祖公田大田满坝，
塘深塘满冲。
祖公大田浮萍塘连塘，
深塘漂满水葫芦。
祖公田大田香饭，
塘深塘香鱼；
祖公吃不完，
祖公抬不动。
祖公愁那白汉子，
怨那野蛮人。
祖公德高管寨多，
祖公应当主。

附
录

---

① "梗面"直译是"马场"的意思；"架长"直译是"铜鼓"的意思，据说均在麻江境内。
② "麻哈、麻栗"据说在麻江与凯里交界处。
③ "菊荡、菊斯"，人名。

将剑来相交，
用刀口相接；
一天赶三尺，
三天赶九尺。
祖公忧虑地窄容不下，
土狭不够祖公住；
祖公要找大地种来吃，
祖公要寻大坝来居住。
祖公牵着水牛留绳来，
抬着祖鼓保种来；
祖公迁徙不断来，
陆续落业在这里。
我们的祖公廖姓，
去住麻哈地；
我们的祖公罗姓，
去住独神地。①
祖公找地得一弯，
寻坝得一冲；
祖公他拿冲造好田，
拿山造好土；
祖公造田田满坝，
塘深塘满冲。
祖公大田浮萍塘连塘，
深塘漂满水葫芦。
祖公田大田香饭，
塘深塘香鱼；
祖公吃不完，
祖公抬不动。
祖公愁那白汉人，

怨那野蛮人。
祖公德高管寨多，
祖公应当主。
拿剑背相对，
用刀口相交；
一天挤三尺，
三天挤九尺。
祖公忧虑地窄容不下，
土狭不够祖公住；
祖公要找大地种来吃，
祖公要找大坝来居住。
祖公牵着水牛留绳来，
抬着祖鼓保种来；
祖公迁徙层层来，
陆续落业在这里。
我们的祖公廖姓，
去住雄蒙地；
我们的祖公罗姓，
去住寨弄地。②
祖公来怀来生来养祖公朋蒙，
祖公找地得一岭，
寻坝得一厢；
祖公他拿那冲造好田，
那坡造好土；
祖公造田田满坝，
塘深塘满冲。
祖公大田浮萍塘连塘，
深塘漂满水葫芦。
祖公田大田香饭，

① "麻哈、独神"，地名，在麻江境内。
② "雄蒙、寨弄"，指凯里的舟溪、牙溪寨。

东家人史诗《开路经》

塘深塘香鱼；
祖公吃不完，
祖公抬不动。
祖公怨那白汉子，
怨那野蛮人。
祖公德高管寨多，
祖公应当主。
将剑相交尖，
用刀相对口；
一天挤三尺，
三天挤九尺。
祖公忧虑地窄容不下，
土狭不够祖公住；
祖公要找大地种来吃，
祖公要寻大坝来居住。
祖公牵着水牛留绳来，
抬着祖鼓保种来；
祖公迁徙层层来，
陆续落业在这里。
我们的祖公廖姓，
去住卡里地；
我们的祖公罗姓，
去住将故地。①
祖公找地得一岭，
寻坝得一沟；
祖公他拿那冲造好田，
那坡造好土；
祖公造田田满坝，
塘深塘满冲。

祖公大田浮萍塘连塘，
深塘漂满水葫芦。
祖公怨那白汉人，
怨那野蛮人。
祖公德高管寨多，
祖公应当主。
将剑来相对，
用刀口相交；
一天挤三尺，
三天挤九尺。
祖公忧虑地窄容不下，
土狭不够祖公住；
祖公要找大地种来吃，
祖公要寻大坝来居住。
祖公牵着水牛留绳来，
抬鼓保种来；
祖公迁徙层层来，
陆续落业在这里。
我们的祖公廖姓，
去住常大地；
我们的祖公罗姓，
去住嘎兄地。②
祖公找地得一弯，
寻坝得一冲。
祖公拿冲造好田，
拿坡造好土；
祖公他造大田田满坝，
塘大塘满冲。
祖公大田浮萍塘连塘，

---

① "卡里、将故"，指凯里和龙头河。
② "常大、嘎兄"，指凯里的凯堂、凯所。

深塘漂满水葫芦。
祖公田大田香饭，
塘深塘香鱼；
祖公吃不完，
祖公抬不动。
祖公怨那白汉人，
怨那野蛮人。
祖公德高管寨多，
祖公应当主。
将剑来相对，
用刀口相交；
一天管三尺，
三天管九尺。
祖公忧虑地窄容不下，
土狭不够祖公住；
祖公要找大地种来吃，
祖公要找大坝来居住。
祖公牵着水牛留绳来，
抬着祖鼓保种来；
祖公迁徙层层来，
陆续落业在这里。
我们的祖公廖姓，
来住翁伸地；
我们的祖公罗姓，
去住嘎弓地。①
祖公找地得一坝，
寻坝得一冲。
祖公拿冲造好田，
拿坡造好土；

祖公他造大田田满坝，
塘大塘满冲。
祖公大田浮萍塘连塘，
深塘漂满水葫芦。
祖公田大田香饭，
塘深塘香鱼；
祖公吃不完，
祖公抬不动。
祖公怨那白汉人，
怨那野蛮人。
祖公德高管寨多，
祖公应当主。
拿剑来相交，
用刀口相对；
一天挤三尺，
三天挤九尺。
祖公忧虑地窄容不下，
土狭不够祖公住；
祖公要找大地种来吃，
祖公要找大坝来居住。
祖公牵着水牛留绳来，
抬着祖鼓保种来；
祖公迁徙层层来，
陆续落业在这里。
我们的祖公廖姓，
去住更我地；
我们的祖公罗姓，
去住加巴地。②
祖公找地得一弯，

① "翁伸、嘎弓"，指凯里的湾水、偡种。
② "更我、加巴"，指黄平的牛场、加巴。

寻得坝一冲。

祖公拿冲造好田，

拿坡造好土；

祖公他造大田田满坝，

塘深塘满冲。

祖公大田浮萍塘连塘，

深塘漂满水葫芦。

祖公田大田香饭，

塘深塘香鱼；

祖公吃不完，

祖公抬不动。

祖公怨那白汉人，

怨那野蛮人。

祖公德高管寨多，

祖公应当主。

拿剑来相交，

用刀口相对；

一天挤三尺，

三天挤九尺。

祖公忧虑地窄容不下，

土狭不够祖公住；

祖公要找大地种来吃，

祖公要找大坝来居住。

祖公牵着水牛留绳来，

抬着祖鼓保种来；

祖公迁徙层层来，

陆续落业在这里。

祖公蓬逢住甲卡，

祖公朋蒙住碑铜，

祖公祖榜住工教，

祖公菊始住翁使，

祖公翁炸住棒商。①

口　述：枫香寨阴族长廖朝英

翻译整理：罗义贵

1983年3月

五、福泉东家《请苗王王阿平、蓝阿越撵鬼词》②

位于福泉市凤山镇边闷昂界（吹笙跳月的地方，汉名大坝棉花土）寨的阿孟东家人祭师霭斯（汉名吴芳顺），又称茅草师（鬼师）在替人撵鬼时唱诵的《请王阿平、蓝阿越撵鬼词》，更是一首永存于世的叙事

---

① "蓬逢、朋蒙、祖榜、菊始、翁炸"是廖黄瓜祖先名叫宋利的这一支系的五个大房，每个大房自成一寨，每寨又有五个小房——意识上的五个房，像野洛寨的五个房实际上无法具体所指，但野始祖祖榜的墓碑却仍刻的一、二、三、四、五房共立。蓬逢是罗姓始祖，先搬到黄飘的甲卡，以后搬去哈龙。据说菊斯因为娶苗族妇女为妻，后变为苗族。翁炸是宋利的三儿子，原住黑冲里山寨，传说咸同年间全部外迁去"安龙"，现黄平已无后代。经查翁炸的后裔现住关岭县花江区。

② 转引自吴琪拉达，赵华甫：《走近阿孟东家人》，中国文联出版社2014年版。

诗。该诗叙述了阿孟东家人不堪民族压迫,在他们的领袖王阿平、蓝阿越领导下起来反抗失败而被杀害,其魂魄升天,在天上保佑阿孟东家人。人们有了灾难或疼痛,都要请他到凡间来撵鬼。该诗载《吴琪拉达诗集》第八集《故乡情恩》乔顺母亲翻译,吴琪拉达整理,被《黔南民族古籍》收藏,现转录如下:

开天门　　　　　　　　　糯饭没有吃
天门开　　　　　　　　　汗水没擦尽
弟子来请神　　　　　　　突刮一妖风
请苗王王阿平　　　　　　六月降红雪②
请苗王蓝阿越①　　　　　原是一鬼魔
请你两位神　　　　　　　龇牙又咧嘴
快快下凡尘　　　　　　　伸手抓人心
打救众民生　　　　　　　张口喝人血
民间有了难　　　　　　　吓得这个人
阿平阿越急在心　　　　　倒地头昏昏
　　　　　　　　　　　　从此染恶疾
阿平约阿越　　　　　　　又吐又咳喘
你看这凡人　　　　　　　浑身冷冰冰
原本身强壮　　　　　　　不吃又不喝
挑抬不停顿　　　　　　　脚手软没力气
做活手不闲　　　　　　　昏睡眼不睁
砍柴砍来松香
挑水挑来金银　　　　　　阿平哟阿越
世人都夸赞　　　　　　　你俩原在尘世过
邻里都尊敬　　　　　　　你俩原住阿孟地③
只因那一日　　　　　　　领我阿孟人
急行在谷地　　　　　　　带我阿孟的后生
歇气在坡岭　　　　　　　开出四方地

---

① 时称阿孟东家人为"苗子",古称阿孟东家人为"东苗",故称"苗王"。
② 意即不吉利。
③ 阿孟,指阿孟东家人住地。

垦出四方田

种出谷稻黄锃锃

牧出牛羊像白云

家家都富有

寨寨响芦笙

男生个个壮

女生个个俊

林也密

水也清

各寨都跳月

人人都开心

突地风云变

来了一伙外地人

捆我妹姻卖（即姐妹）

捉我后生当奴隶

杀我把们①血淋淋

恶人心太恶

强盗心太狠

不能过

求生存

你俩一声召唤

四处齐响应

团拢来

抗击外地人

阻敌于山前

阿平挥刀迎在前

阿越率众随后跟

下来向下杀

杀到谷地去

上来向上挡

挡到山巅巅

阿平拉弓如日月

阿越挥刀如流星

杀的外地人

肉跳心惊

赶的外地人

逃过九山九岭

敌人没办法

说是来讲和

说是从此不战争

还我阿孟地

不再杀我阿孟人

好心的阿平哟

善良的阿越

听了甜言蜜语

中了官家的诡计

前去交割

前去订榔规②

议榔的时候

议了三天三夜

讲了三天三夜

说是我榔规

谁做了强盗

谁做了亏心事

拿他来惩罪

拿他来育人

斩首以示众

有法要必依

---

① 把们：阿孟语，即爸妈。

② 榔规和议榔：指法规和条约，订时叫议榔，一旦订出法规和条约，称为榔规。

法大如日月
榔重如天地
如若不遵守
拿理来惩治
拿刀杀死他
拿毒药毒死他
挖坑活埋他
坠河溺死他
样样都讲好
榔规订的清

阿平哟阿越
领兵往后退
带人朝后撤
不想官家计谋高
不想官家早增兵
堵我在山前
围我在沟内
恶风猛刮
杀声四起
阿平挡了九天九夜
阿越防了九天九夜
终因势不敌
终因没后援
被强敌捉了去
被强敌杀在母鸡桥边①这个时
候哟
市人都看明
世人都看清
我阿平阿越没有死

他俩被天家接了去
在高天上护佑我阿孟人
在天庭保我得太平
虽我阿孟失了地方
但我阿孟仍活着
但我阿孟仍在繁衍
这都是有阿平保佑
这都是有阿越在显灵

阿平阿越哟
你是第一个带兵打仗的人
你是第一个杀敌不手软的人
从古至今
不毒的你不杀
不毒的你不打
不狠的你不撵
不穷的你不帮
不弱的你不扶
人间有了不平事
就都去请你
就都去唤你
你俩必定去出力
你俩必定去赶杀
你俩必定去显灵

阿平哟阿越
现在这时候
你俩都听清
你俩都分明
我们寨里这个人

① 母鸡桥，今福泉市城东门外的母鸡桥边。

病倒已不起
眼花头昏昏
浑身冷浸浸
魂被鬼勾走
血被魔来吸
请你来撵鬼
请你来收魂
请你去惩治恶魔
请你搭救这凡人

（吼声）火火火
妖魔鬼怪齐听清
看阿平阿越下凡尘
日出云雾散
大地光鲜鲜
驾祥云
猛风阵阵
我阿平阿越来在人间

（白）你们主人家快快快
快把祭水舀来
快把公鸡抱来
助我阿平和阿越
把妖魔撵开
将山鬼赶尽

（喷水声）将不干不净的污垢
喷尽
将妖魔鬼怪撵开

（白）把雄鸡捉来
弟子我用雄鸡的血

助阿平和阿越
将病人的魂魄牵回
把魔怪山鬼赶回阴地

（把竹卦握在手）
看，阿平阿越的法卦在手
让我弟子掷出去
哟，一卦掷在地
顺顺利利
吓得妖魔避退
哟，二卦掷在地
保卦保清洁
山鬼不敢再缠身
哟，三卦掷在地
法力无边
如同阿平阿越
当年拒敌在山前
驱赶顽敌节节退

三卦全掷了
山鬼远远逃
妖魔不近人
病人洁了身
病人净了心
从此无灾无病

（将公鸡拿在病人头上边绕
边念）
此鸡此鸡
你不是非凡鸡
你飞到竹林去
从此变竹鸡

你飞到草坡去

从此变野鸡 （边杀边念）

你飞到田里去 一滴血敬天地

从此变秧鸡 主家大吉大利

你飞到家中去 二滴血敬阿平阿越

从此变家鸡 二位英公佑我得安宁

鲁班拿你来敬梁 三滴血赶你恶魔鬼怪

主家世代孙满堂 转回程

师傅拿你来敬屋 从此不再造孽

主家富贵辈辈旺 从此不再害人

弟子拿你来驱鬼 病家从此脱灾难

鬼们从此返回乡 病家从此脱灾星

此鸡，此鸡 ——载黔南州民族宗教事务局

不是弟子要杀你 古籍办公室编《黔南民族古籍》，

是阿平阿越和巴萨 2011年内资准字第23号

要我弟子拿你保清洁

六、黄平僙家《摆解轰》词①

是谁创造了历史？ 就得来一个天；

查义查娅创造了历史②； 查娅去撒一把细泥，

是谁创造了人类？ 就得来一个地。

查义查娅创造了人类。 查义开天得天天难看，

古人类没有天， 查娅辟地得地不美观，

古代人没有地。 查义要拿什么来遮天？

查义去撒一把黑泥， 要拿青布蓝布来遮天；

---

① 《摆解轰》系僙家语，意为开酒坛，又名《祝女酒》词。僙家嫁女后生的第一个孩子，舅家要送礼去祝贺，在开席吃酒前，要由舅家请的特定人先唱此词。转自天地革家人之——《摆解轰》// 天地革家人的博客 http://blog.sina.com.cn/liaofenglin.

② 查义、查娅：僙家传说中的创世祖。

查娅要拿什么来盖地？
要拿青草绿叶来盖地。
这样开天就得天，
这样辟地就得地。
开得天来黎民戴，
辟得地来百姓居。
查义开天就得天，
查娅辟地就得地。
开得天来没太阳娘，
辟得地来没月亮郎。
查义去撒一把黑泥，
引来七个太阳娘；
查娅去撒一把细泥，
引来七个月亮郎。
太阳出来最炎热，
月亮出来热呵呵。
人们热得受不住，
人们热得心头慌。
只得戴锅去干活，
只得戴盆去砍柴。
戴锅晒破锅，
戴盆晒破盆。
阳光晒石石破裂，
阳光晒岩岩裂缝。
晒死田里的禾苗，
晒枯土里的庄稼。
晒得百物都枯死，
只剩七抱大的马桑树不死，
只剩七抱大的杨柳树活着。
眼看天干地旱不得吃，

大家团拢来商量。
商量要去射太阳，
商量要去射月亮。
商量哪个力大艺高强？
大家决定请他去射阳娘和
月郎。
卡又卡谷开始去把弓箭造①
造到猴日对猴日，
造得一支崭新弓；
造到兔日对兔日，
造得一捆利箭亮光光。
箭头捆扎实，
箭尾配搭紧。
卡又卡谷把弓拿在手，
腰插药箭起脚大步走出朝
门口。
走了不多远，
来到七抱大的马桑树跟前；
走了不多远，
来到七抱大的杨柳树脚下。
卡又卡谷爬上杨柳树，
杨柳树梢触着天。
卡又卡谷小心爬，
爬到半树丫。
卡又卡谷小心爬，
爬到靠近天。
钻进云里面，
耐心等待仔细看。
等了不多久，
阳娘月郎排成一队刚刚出。

附
录

---

① 卡又卡谷，系僳家语，指古代僳家先民，善射。

卡又卡谷拉弓瞄准放一箭，
射中排头月郎的咽喉。
月郎兄弟抵不住，
缩着颈子滚下山。
阳娘怕死再也不敢出，
月郎伤心再也不露面。
七天七夜无日月，
天地无光黑黝黝。
大家赶忙来商量，
商量叫谁去喊阳娘和月郎。
大家商量又商量，
叫牛去喊阳娘和月郎。
牛说要我去喊我也喊，
先要送我对角头上戴，
先要送我蹄鞋脚上穿。
卡又卡谷拿来双角给牛戴，
拿来蹄鞋穿在牛脚上。
牛说我生来就是架着铁犁去
耕田，
拉柴来给百姓烧。
叫我去喊我去喊，
但我怕去喊它们不肯来，
不如不去喊！
大家商量又商量，
叫马去喊阳娘和月郎。
马说叫我去喊我愿喊，
但先要送我鞍子背上披，
先要送我铁鞋脚上穿。
卡又卡谷拿来鞍子给马披，
拿来铁鞋给马穿上脚。
马说叫我去喊我愿喊，
我生来就是吃皇粮跑路把

信传，
但我怕去喊它们不出山，
不如不去喊！
大家商量又商量，
叫鸡去喊阳娘和月郎，
鸡说要我去喊我愿喊，
先要送我一把红梳子，
还要送我一双钳叉鞋。
卡又卡谷去拿红梳子给鸡头
上戴，
拿来钳叉鞋给鸡脚上穿。
鸡说叫我去喊我去喊，
月郎阳娘就是我家舅爷和
舅妈，
我喊他们肯定会出山，
我叫他们会出来！
公鸡放开嗓子叫咯咯又咯咯，
一个阳娘冉冉上东山，
阳娘西落天擦黑。
公鸡又再咯咯叫，
一个月郎应声也出来。
白天有了太阳娘，
黑夜有了月亮郎，
人间才有光明和温暖，
世上才有好年好景过。
远古一年十五月，
每月三十又八天，
一年就是五百七十天。
日多砍柴山光不够烧，
月多干活粮食不够吃。
年长缝衣不够穿，
顾吃顾穿忙到晚，

走亲走戚无空闲。
大家团拢来商量，
商量要改年月日时。
定在何时来商量？
定在六月七月来商量。
商量要改一些年月日时去，
要改牛年鸭年猫年去①，
要改牛月鸭月猫月去，
要改牛日鸭日猫日去，
要改牛时鸭时猫时去。
一年定为十二个月，
每月都是三十天，
一年是三百六十天。
年短才有吃和有穿，
才有时间安排娶亲和嫁女，
才有空闲走亲戚。
要拿何时来娶亲？
要拿九十冬腊月来娶亲；
要拿何时来嫁女？
要拿九十冬腊月来嫁女。
娶亲嫁女来到家，
欢欢喜喜过新年。
送去旧岁，
迎来新年。
到了正月二月暖洋洋，
谷种将要下田坝，
良种准备下土头。
到了三月四月热呵呵，
谷种已落入田坝，
良种已经入土头。

到了五月六月暑热天，
谷种栽在田坝满坝青，
良种长在土里绿茵茵。
到了七月八月立秋白露来，
谷种黄满坝，
良种熟满田。
等到八月九月天，
去收谷种来进九栋仓，
去收良种来入九间库，
去收稻子来挂满栏杆，
去收高粱来挂满楼枕。
再等九月十月天，
哪个才考虑周全？
年迈老人才考虑周全。
要拿何时来吃祝女酒？
要拿秋收以后来吃祝女酒.
收来苞谷和小米，
收来稻子与高粱。
酿得米酒装满坛，
酿得米酒装满缸。
米酒酿来干什么？
酿等外婆舅妈来想嫩娃娃。
要叫哪个来送请吃祝女酒
的信？
要叫女婿来送请吃祝女酒
的信。
要请哪个来喝祝女酒？
要请外婆、舅爷、舅妈三亲六
戚来喝祝女酒。
要请哪个来陪客？

附
录

---

① 牛年，黄牛，僮家"十二生肖"，只采用水牛。

要请寨上公公、太太、叔伯、叔伯妈和哥哥兄嫂来陪客。

要带哪样去喝祝女酒？

要拿新衣新帽新裤新鞋去喝祝女酒。

要抬哪样去送女？

要抬肥鸡、白米、红蛋、红柜去送女。

外婆、舅妈、舅爷进村走过来，

进寨光临来。

来到何人家？

来到女婿家。

有耳舅妈听，

有眼舅爷看。

看来哪个最有心？

女婿女儿最有心。

女婿拿来板凳我们坐，

女儿拿来椅子我们歇；

女婿端来热水我们洗，

女儿端来热茶我们喝，

女婿递烟我们吸，

女儿添饭我们吃。

哪个想周到？

女婿女儿想周到。

女婿轻脚去房间，

抱来一坛香米高粱酒，

女儿走进房屋间，

抱来一坛稻米苞谷液。

要拿米酒放何处？

端端正正放在堂中央。

要请哪个坐上席？

要请舅妈、舅爷坐上席。

要请哪个削竹管？

要请舅妈、舅爷削竹管。

一节竹管插在酒坛里，

插起酒坛直挺挺。

插得竹管不封嘴，

竹管喝酒吸呒呒。

第一要请哪个喝上前？

要请来唱祝女酒歌的人喝上前，

要请外婆、舅妈、舅爷喝上前，

要请随来的亲戚朋友喝上前。

舅妈、舅爷嘴巴直，

敞开竹管敞口喝酒到咽喉，

从坛口喝到坛底，

越喝越喜越香甜。

我们喝了一口又一口，

周身暖和和。

我们吸了一口又一口，

心头甜蜜蜜。

我们有口喝来没口谢，

女婿女儿莫多心。

三天的美酒喝醉了，

三夜的祝女酒歌唱已尽，

明日欢欢喜喜回家门。

要把女婿女儿的好心和好意，

回去一一说给大家听。

要让女婿的美名传天下，

要让女儿的美名传四海。

要让亲家婆的大名像清水江一样永远流传！

要让亲家公的赫赫名声象香炉山巍峨屹立！

仫佬家《祝女酒》歌唱不尽！

仫佬家《祝女酒》歌唱不完！

仫佬家《祝女酒》歌就这样唱来就这样传！

仫佬家《祝女酒》歌世世代代继续传！

搜集、翻译者：廖启科、李永相、罗洪圣

附

录

附录二 东家人史诗《开路经》
演述场记单（节选）

东家人史诗演述场记单

文件编号	00000	00001	00002	00003
文件路径	H:\《开路经》课题\演述现场1\2015年6月28日拍摄\STREAM	H:\《开路经》课题\演述现场1\2015年6月28日拍摄\STREAM	H:\《开路经》课题\演述现场1\2015年6月28日拍摄\STREAM	H:\《开路经》课题\演述现场1\2015年6月28日拍摄\STREAM
景别	近景	近景	近景	近景
名称	跪孝	跪孝	跪孝	跪孝
民族	畲族	畲族	畲族	畲族
主题	跪孝	跪孝	跪孝	跪孝
类别	仪式	仪式	仪式	仪式
人物	死者家属	死者家属	死者家属	死者家属
语言	东家人语	东家人语	东家人语	东家人语
时间	2015年5月28日17:25	2015年5月28日17:26	2015年5月28日17:27	2015年5月28日17:28
地点	贵州麻江仙鹅村	贵州麻江仙鹅村	贵州麻江仙鹅村	贵州麻江仙鹅村
环境	死者家中	死者家中	死者家中	死者家中
格式	hdv	hdv	hdv	hdv

文件编号	00000	00001	00002	00003
设备	松下AG-AC160AMC	松下AG-AC160AMC	松下AG-AC160AMC	松下AG-AC160AMC
编导	王星虎、欧黔	王星虎、欧黔	王星虎、欧黔	王星虎、欧黔
采访	王星虎	王星虎	王星虎	王星虎
翻译	王星虎	王星虎	王星虎	王星虎
拍摄者	吴昌荣	吴昌荣	吴昌荣	吴昌荣
登录者	陆朝龙	陆朝龙	陆朝龙	陆朝龙
审核者	王星虎	王星虎	王星虎	王星虎

345

附

录

附录三　阿孟东家人史诗演述现场及史诗传承人 ①

1.东家人史诗《开路经》在丧葬仪式的《指路词》现场演述

演述者：（左起）王天洪、王星跃、王正章、王天荣、王正友
摄　制：欧黔、吴昌荣、陆朝龙、王星虎
时　间：2015年5月28日晚
地　点：贵州省麻江县杏山镇仙鹅村对门寨组亡者家中堂

① 许多歌师，或因采访的时间为晚上，灯光昏暗，照片不佳，有的年老实在不便下床，背景凌乱，或不喜欢不同意拍照，故未收录。

东家人史诗《开路经》

2.东家人史诗《开路经》在丧葬仪式的《开天辟地》表演现场

演述者：（左起）赵通银、潘义宝、赵节亨、赵通金、赵祥勇、王正章、王天荣

摄　　制：王星虎

时　　间：2017年7月28日晚

地　　点：贵州省福泉市凤山镇棉花土村边闹边界（阿孟著名诗人吴琪拉达逝世，在他葬礼上演述史诗）

3.东家人史诗《开路经》在丧葬仪式的《招阴魂》现场演述

仪式演述：《开路经》之《招阴魂》

演述者：王星友

摄　　制：吴昌荣、陆朝龙、王星虎

时　　间：2015年8月21日晚

地　　点：贵州省麻江县杏山镇仙鹅村中寨组

4.仙鹅村《开路经》传承人王维昌

王维昌（1924—2000）享年77岁，仙鹅村下院组人，养鹅司开路师，远到坡脚、米洞等村寨"讲给"，急公好义，授徒王正章、王正友、王星普等。

5.《开路经》传承人隆昌村摆扒寨高国兴

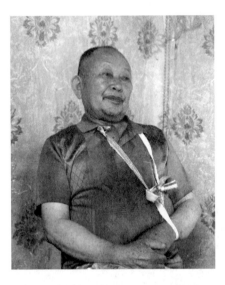

采访内容:《开路经》学艺经历、史诗文本记录

采访对象:高国兴（76岁，没有读过书，自学小学文化，当过铁路工人，60岁时与同寨曼公边放牛边学开路经，记忆惊人，很快出师，后中风常年卧病在屋。）

采访交流记录者:王星虎

采访摄像者:王星华

时间记录:2016年8月15日上午

地点:贵州省麻江县杏山镇隆昌村摆扒寨

6.《开路经》传承人六堡村赵通香

采访内容:《开路经》学艺经历、史诗渊源、文本唱诵

采访对象:赵通香(68岁,小学二年级文化,13岁开始跟本村赵向亨轿林公学"讲给",曾进8732兵工厂当工人,木匠,鬼师,"阿芒"歌师)

采访交流、记录、摄像者:王星虎。

时间:2015年8月4日上午

地点:贵州省麻江县杏山镇六堡村兔儿寨

7.《开路经》传承人凯里六个鸡村金培光

采访内容:《开路经》分布及文化圈、异文比较

采访对象:金培光(71岁,小学三年级文化,根雕、书画、山歌皆通)

采访交流、记录、摄像者:高前文、王星虎

时间:2017年8月30日中午

地点:贵州省凯里市六个鸡村

8.《开路经》传承人岩茑村黄茑大寨吴光权

采访内容：《开路经》文化地域、历史渊源、传承谱系、异文版本

采访对象：吴春政、吴光权、吴春炳、吴春豪等

采访交流、记录、摄像者：王星虎、高前文、王天贵、赵祥书、杨登贤等

时间：2017年8月31日中午

地点：贵州省宣威镇岩茑村黄茑大寨

9.《开路经》传承人六堡村紫竹寨赵通福与角冲村潘义宝

赵通福（持长刀者，65岁，自2018年主师赵通香去世后掌坛，为县级《开路经》非遗传承人。旁边为潘义宝，57岁，凯里市炉山镇角冲村人，有传家《开路经》，后再师于赵通金，其子也跟随学习史诗。此照片为王星虎于2018年11月25日在麻江县马鞍山举行的"东家人"认定为畲族22周年暨首届畲族文化节上拍摄。

10.《开路经》传承人六堡村新玉头赵通金

采访内容:《开路经》历史渊源、传承谱系、文本解读

采访对象:赵通金（46岁，小学文化，幼向祖父赵运松学"讲给"，又继承父赵枝堂乔公衣钵，同时拜王国富、赵义享、赵向享等为师，兼茅草师，史诗演述流利，声音洪亮，授徒遍布阿孟村寨，县级《开路经》传承人。）

采访交流、记录、摄像者：王星虎

时间：2017年8月15日下午
地点：贵州省杏山镇六堡村新玉头

11.偿班村《开路经》传承人

赵德荣（1894—1986）享年92岁，偿班村开路师兼鬼师，学于王松悟，松悟又学于后山金氏，德荣传其子赵光成与侄子赵光富。

　　赵光成（现年81岁，读过私塾），当下养有两头黄牛，每天上山割草喂养，经文只能唱方能记得词。

　　赵朝魁，51岁，小学文化，学习祖父德荣及父光成。采访者王星虎，2017年8月16日于偿班塘坎1队。

12.岩莺村《开路经》传承人

　　吴光翰（78岁，读过一年私塾，向吴开明鬼师学开路），2018年8月31日王星虎、赵祥书、王天贵、高前文、杨登贤等采访于岩莺村岩头寨。

　　吴光凡（81岁，读过私塾，跟黄莺高寨杨老潘学开路），2016年7月12日王星虎采访于都匀市洛邦马场村义红大寨。

13. 茅坪村《开路经》传承人

金德方（83岁，私塾文化），王星虎2017年8月17日采访于隆昌村茅坪山。

金德海（70岁，私塾文化，金德方弟）。

14. 甘坝《开路经》传承人

15. 青冈林《开路经》传承人

杨仁美（75岁，小学文化），王星虎2016年4月25日采访于坝寨村甘坝组。

杨德芳（73岁，小学文化），王星虎、杨兴开2017年8月10日采访于仙坝村青冈林组。

16. 黄平县僚家"将给"传承人

李文凤（69岁，小学文化），僚家开路师，师从其父李朝祯学"将给"），2019年8月10日王国邦（僚家人）、王天贵、王星虎采访于黄平县重安镇塘都村。

廖尚美（71岁，小学文化），僚家"将给"阴师传人，祖鼓存放的"鼓东"，2009年"哈戎节"承办人。2019年8月10日王国邦（僚家人）、王天贵、王星虎采访于黄平县重安镇枫香寨。

17. 中山村《开路经》传承人

18. 六堡村老虎坳《开路经》传承人

王承忠（71岁，小学二年级），2018年8月29日采访于金竹街道中山村，记录者杨仁德、王星虎。

赵祥章（45岁，小学文化），2016年2月28日采访于金竹街道六堡村老虎坳，记录者王星虎。

后 记

　　自2010年始，本书的搜集、整理与翻译竟持续了十四年，现今终于完成了汉译工作。贵州畲族东家人的史诗相当浩繁，版本众多，靠个人的努力采录，不敢说完全穷尽其文本，但基本内容与框架也大抵如此。这算是给自己民族交了一份作业吧。

　　我的祖父王维昌是仙鹅村开路师，他一生都奉献给了《开路经》，经过他演述经文超度的人不计其数。从小我就跟随祖父走乡串寨，看到他与那些父老乡亲喝酒论谈，猜谜语答十三、冲粑槽。如今我走到每个村寨，总是听人说起那个力大无穷、性格耿直豪爽、主动积极帮忙的维昌曼四公。这种称赞让我对开路师肃然起敬，坚定着我搜集整理《开路经》的信念。

　　每当夜深人静，我总想起与祖父同榻的岁月，他一遍又一遍教授我经文的唱词，讲述里面的神话故事。让我无法忘怀的是祖父孤身一人剥玉米的深夜，唱诵经文聊以打发漫漫长夜，那悲怆深沉又哀婉绵长的唱腔，如烈酒慢慢浸渍着我年少的心胸。当年我不能完全理解那种故事与情感，可惜到我高三那年，祖父永远离开了我们。

　　我们没有他惊人的记忆力，完整的经文可能只记住十之八九。到了大学学习民间文学课程，我才知道祖父唱那些开天辟地、射日射月、洪水滔天的故事是一个民族的神话史诗。2010年，喜欢中国现当代文学的我开始花精力整理本村的《开路经》，2014年申报"中国史诗百部工程"子课题，以仙鹅村版本为演述的文本、影像资料得以面世。感谢开路师王正章、王正友、王星跃和父亲王天荣的支持，赵华甫老师和王星华老师还陪我到荔波水利大寨参加结项，王星跃和高前文还耐心与我交流翻译文本，我们常在QQ上争论，为那些难以对应的动植物译名而犯愁。我常为一个字词，打电话咨询或亲自回家向歌师们讨教，力求准确地传达原意。

作为演述影像，每个村寨歌师演唱的版本不同，不能用各地的版本进行综合演唱，因此完成史诗百部工程课题后，我决心再做一个各地的综合文本，这是一个庞大的工程。打听各地的开路师，因为素不相识，歌师们平日要养家糊口，都推托没有时间静下来由我采录。于是我只有先从熟人开始做，找到六堡村老虎坳的姐夫赵祥章，他喊同道学友一起来他家里边吃边谈，因时间关系，只能录得些片段。过后又转到坝寨干坝杨仁美姑太公家，他也是忙于生计，在外打工。几次约定，我到村里，他还在田地里耕田，我们就在地头边谈边劳动，晚上边喝酒边录制。摆扒村的高国兴老人常年卧病在床，两次造访他都忍受痛苦，坚持下床坐几个小时，脖挽绷带，吊着手腕配合录制，让我十分感动。

六堡村《开路经》传承人赵通香总是很忙，约了几次，他说要我提前预约，最终去他家也只采录了部分，没有想到次年他竟突然弃世而去。一个歌师的离去，口传文学的精华神韵便随之消失，而另一个人，无法复制。这让我加大了搜集进度。2015年，我托同学杨仁德开车到宣威黄莺村采访，由于年久已不兴唱《开路经》，其渐已失传。为了下乡小路方便，我买了一辆电动自行车，暑假冒着烈日奔走各个阿孟村寨，不管会多会少，都厚着脸皮去打扰歌师们。

2017年，我先去"朝圣"《开路经》的起源地——隆昌村后山组，金德成带着我到后山急水滩回水坪旧址，昔日的长五间只剩下屋基，石砌台阶长满苎麻，天书石经落满鸟粪，流水淙淙，古樟临崖欲坠。可惜后山金氏后人经文已失传，迁到茅坪村的金德方和金德海还有传承，他们说正逢稻谷扬花，不宜诵经。后又到六堡新玉头表伯王治权家，他又叫来开路师赵通金，晚上得知是表姐夫，阿孟东家人相隔千里大山，隔代隔系多少都有些亲戚关系，赵通金深得他祖父的真传，唱诵十分稔熟，声音洪亮。偿班村赵光成、赵朝魁父子，隆昌枫香寨王永堂，光头寨王永书，中山村王承忠等开路师，虽已不能完全记清经文，但每念诵经文，他们自己却情不自禁地哽咽盈眶。对这些民间艺人，在此难以一一记述。在与他们的相处中，我强烈地感受到，他们已把《开路经》作为人生悲苦、生命短暂的一种灵魂救赎。

后来，我约民间文艺爱好者高前文到六个鸡采访开路师金培光，金培光是一个爱好书法绘画和根雕艺术的老人。我们每到一处，都能感受到各地史诗艺人对《开路经》的不同理解和演述。此后，2018年我同赵祥书、王天贵、杨登贤、高前文等再访岩莺村，聆听吴春豪等歌师优美独特的唱腔。这一带已逐渐汉化，许多年轻一代已不会说阿孟东家话，而《开路经》是用本民族语言全程演述，没有了语言基础，《开路经》早晚也会像岩莺村一样，濒临消亡。随着文化交流的影响，聚居地的民间丧葬仪式请佛道法师主持葬礼增多，传统阿孟开路师逐渐走向边缘，《开路经》的演述场域受到了来自民间的选择危机。

除了麻江本地，我早些年还到都匀瓮桃采访过吴光凡开路师，周边摆楠、斗篷山系谷蒙大江、中谷里（他们改为侗族）、翁牛新寨，更远到贵定平伐找到开路师王天延，语言相通，仪式相似，经文内容大同小异。此后在王天贵叔公、黄平偟家人王国邦的引荐下，到重安镇塘都村和枫香寨采访开路师，当地也称之"讲给"，语言习俗更为高古。今年又到平塘县牙舟镇陈家湾村小广寨，这一带苗族自称"嘎孟"，有60%的语言相同，开路念诵的《迁徙词》叙述的地名、迁徙路线更为详尽，这说明以"孟"自称的东苗族群在黔中黔南一带有着广阔的地域文化空间，与安顺地区苗族史诗《亚鲁王》的文本与仪式基本相似，西部苗语史诗还有许多可以深入挖掘的文化富矿。

在翻译过程中，我深深地感受到阿孟东家语言的丰富和优美。从小深谙民族语言的我，其实在日常交流中，用到的词汇只是普通语言，并且许多是外来借音词和谐音词，这些语言基础并不能完全驾驭翻译史诗，要多向村寨七八十岁的老人们请教。《开路经》的语言相当古老，就像是中国语言学中的古代汉语，许多发音原义现已失传，或变异，或借用，或新造。如"汰"为隔开、超度之意，现在日常用词已不用。"喝"这个词，古语用"喇"的发音较多，现在多用"好"这个音，"喇"渐成了贬义词。阿孟语较为简洁，往往一个字就说明意思，必须用相应的汉语古语，如表达死去了一个亲人，用"窘"这一单个发音词，就要从"死"之外的汉语中找到恰当的情感词，"失去"之义中选择"了"字。在民族话语交流中，阿孟语用汉语的古语也常有，如"身体""性命"这个词，阿孟人分开用，上下句对应，变成"身"和"体""性"和"命"等分开单独使用。有的动植物在经文中形象已不同现在，但要尊重古文本，请教民间歌师，不能随意猜测篡改。如马桑树现实中矮小弯尖，但在史诗中，它高入云天，古人就攀爬马桑树上天，因人类祖先与雷公争斗，马桑树被贬为如今的模样。总体上，在词语的翻译中，尽量以直译为主，意译为辅，目的是保持相当接近的民族语言特色。

句式表达上，《开路经》常用上下同义复句强调，造成一个事物有两种发音与词汇，在汉语翻译时，往往很难找到适当的字词对应。就连那些罕见的动植物、器物、古代礼仪的称呼等，熟唱经文的老歌师也是知其然不知其所以然，他们只是传承师傅的经文唱诵，有些字词并没有去深究。因此，看似简单的汉译，其实常因一个字词而中断，请教无果，思考用汉字谐音无法表达出阿孟语言的奥妙，烦恼暂停一段时间，竟难以再启动，造成了害怕面对的抵触心理。此次的汉译，既要考虑保持阿孟东家语言的习惯表达，又要照顾汉语的表达方式，阿孟语常用倒装的表达方式，如阿孟语"耶恰"，汉语表达是"开创公"、阿孟语音"扛假"，直译是"洞石"，汉语表达词序是"石洞"。在句子的副词运用上，阿孟语用得较多，有些不太符合汉语表述习惯，如"这使包恰来生气"，其中"来"用得频繁。汉语文字翻译也不能把演述的许多情感叹词、停顿及语气修辞等美感一一呈现，可能许多翻译的艺术形式都有一些缺憾吧。

各地《开路经》前后部分的仪式相同，就"说古道今"的摆古部分不同，大体上有两种章节的编排处理。仙鹅一带讲述包恰耶恰开天辟地后接着"十二个蛋""洪水滔天"，后来才到"射日射月"，而六堡一带则在开天辟地后，就讲述"射日射月""雄鹰治怪兽"，才接着讲"十二个蛋""洪水滔天"。从故事情节的逻辑性上说，各能自圆自说。因此在编排整个章节时，按某一地的为准，并加以注明。总体上，各地版本虽异，但基本内容相同或相似。同一个开路师，会唱会编会修辞的歌师，在长期的演述实践中，可能在此基础上进行加工、延伸、改编、修饰等，或因口传记忆缩减，或失传遗忘，或增添补充。因此在处理这些不同的版本时，搜集整理与翻译的原则是尽量保持各地版本的特色，作为同一章节并列在一起，以供比较研究。在相似相同度较高的章节中，往往以某地版本为主，有时把各地版本进行融合，而不具代表性的地方版本，暂不收录。本书是一个相对的综合文本，各地版本都有特定的演述者，如没有特别注明，一般仙鹅版演述者为王正章、王天荣、王星跃，坝寨版演述者为杨仁美、杨德芳，黄莺版演述者主要是吴光权、吴春豪，六个鸡演述者为金培光，六堡版演述者为赵通香、赵通福、赵通金、赵祥开、赵祥章，隆昌版演述者为高国兴、王德忠、王永书、王永堂、王承忠。其他村寨版本大同小异，残缺或不完整较多，故不收录。

对《开路经》的搜集整理与翻译，目前，有赵华甫老师翻译过他家乡六堡的部分章节，2015年收录在他的《走近阿孟东家人》一书中。听说民间文艺青年高前文也翻译过全部经文，可惜未能目睹。因百部史诗课题邀他作成员，发我翻译的全文译本给他，委托指教，在多次交流中，参考了他对我一些章节的命名，特殊字句，并探讨过经文的意义与价值，非常庆幸我们民族民间有这样的文艺才子。我期此项工作，并希望本民族有更多的文艺爱好者加入这个队伍。每个人的翻译理念与风格各不相同，这将会丰富阿孟东家人《开路经》的文本价值。

搜集经文往往暑假时间充裕，野外奔波，烈日风雨无阻，而整理翻译更花时间与精力，特别是翻译后期，我一边照看一岁半的女儿，一边思考翻译，有时不能静下心来细致辨音，只得待家人休息后进行，常常做到凌晨一两点，有时做到四点。这种艰辛既不能天马行空地创作，也不能随意猜测妄写，必须有对民族经典的敬畏之心，有对民族的责任感去完成这个任务。民间流传的《开路经》浩瀚庞大，本来可以拖延几年慢慢整理穷尽，因近几年一些外地学者不懂本民族语言，采录部分民间故事视作阿孟经典《开路经》，并进行片面曲解，无中生有。如研究凤凰衣的源起说，东家《开路经》中有凤凰浴火重生的情节，但搜遍阿孟各版本，并无此内容。所以有必要及时整理出一部相对完整的《开路经》。尽管如此，由于个人能力、时间与精力的关系，本书的经文整理与翻译还有许多错误与不足之处，望读者不吝赐教，以臻完善。

由于著者没有机会学习国际音标和苗语标注，本书的文献价值有所欠缺。缺乏专业的民族语言训练，特别是对西部苗语的深入研究，希望与有识之士合作，也期望本民族青年学子投身于民族语言专业，共同完成苗语或国际音标版本，以及各村寨现场演述音像资料，让更多的学者去研究民族古籍。这是一个细致而庞大的工程，可能还需要几十年的时间方能完成。

为了让世人从自称为"孟"的兄弟民族中去整理与研究《开路经》，本书在经文后附录了语言相似民族学者整理翻译的"将给词""迁徙词""摆解虒"等部分汉译章节，以及诗人吴琪拉达的《撵鬼词》等，为尊重原译者，均注明了译者与出处。

感谢阿孟东家人的开路师们，有了他们无私的演述与传授，才让本民族的古籍得以传阅后世。

搜集、整理与汉译者　王星虎
2023 年 10 月 19 日